黄科安·主编

中国散文的
民族化与现代化

ZHONGGUO
SANWEN DE
MINZUHUA YU
XIANDAIHUA

中国社会科学出版社

图书在版编目（CIP）数据

中国散文的民族化与现代化/黄科安主编. —北京：
中国社会科学出版社，2010.7
ISBN 978-7-5004-8846-0

Ⅰ.①中…　Ⅱ.①黄…　Ⅲ.①散文-文学研究-中国-当代
Ⅳ.①I207.67

中国版本图书馆 CIP 数据核字(2010)第 109061 号

策划编辑　郭晓鸿(guoxiaohong149@163.com)
责任编辑　储诚喜
责任校对　周　昊
封面设计　李尘工作室
技术编辑　戴　宽

出版发行　中国社会科学出版社
社　　址　北京鼓楼西大街甲 158 号　　邮　编　100720
电　　话　010—84029453　　　　　　传　真　010—84017153
网　　址　http://www.csspw.cn
经　　销　新华书店
印　　刷　新魏印刷厂　　　　　　　　装　订　广增装订厂
版　　次　2010 年 7 月第 1 版　　　　印　次　2010 年 7 月第 1 次印刷
开　　本　710×1000　1/16
印　　张　22.5　　　　　　　　　　　插　页　2
字　　数　323 千字
定　　价　38.00 元

目　　录

20 世纪中国散文理论之变迁

王锺陵

基源于特定的生存环境而产生的历史使命，使得新文学运动从它诞生起，便存在一个深刻的内在矛盾：它既要承担远绍维新派的救亡图存的时代重任；又要完成从传统文化形态向现代形态的转换，这一转换有着两项内容：一是个性的解放与表现，郁达夫说："五四运动的最大的成功，第一要算'个人'的发现。从前的人，是为君而存在，为道而存在，为父母而存在的，现在的人才晓得为自我而存在了"（《〈中国新文学大系·散文二集〉导言》，上海良友图书印刷公司 1935 年版）。二是现代新文体的建设与对于新的艺术技巧的探索。既然形态转换的要求，是从救亡图存的需要中衍生出来的，那么矛盾的主要方面自然便在于前者。这一矛盾两个方面力量的不平衡状态，决定了包括新文学运动在内的整个中国思想文化发展的必然道路。大致上说，当反侵略的要求相对和缓时，新文化的建设就比较侧重自身；当各种矛盾愈趋紧张时，社会就会拉紧其与文学的关系。

一 取法西方浪漫主义的现代散文之兴起

"五四"时期是一个充满新鲜气息与创造精神的时期，一个古老文化的转型与迁跃虽然是艰难的、痛苦的，但毕竟展现了一片全新的天地与巨大的机会。五四新文学运动展开之初，普遍地充满着一种浪漫主义的憧憬和个人主义的强烈的生命欲望。正当西方文学大力肃清浪漫主义的影响、提倡非个性化、节制感情、强调理智之际，中国的新文学家们却在大力呼唤"人"的文学，强调感情对于文学的重要性，也就是说，中国文坛上日渐盛行的，正是西方文坛上日渐丧失的浪漫主义精神。这自然是为中国新文学所具有的反封建主义的性质所决定的。因此，中国与西方在"现代"的含义上便有着很大的不同：英美现代派诗歌衣钵于法国象征主义，它是疏离于社会的，而作为现代派诗歌在理论上的反映的新批评派，则意在与科学割席而居，西方文学及其理论在世纪初叶的发展趋向是向文学自身返回；但中国的五四新文学运动本身就是一个具有深刻的政治与思想内涵的社会革命运动，也就是说，新文学运动在它起步之时，就是功利的、现实的、革命的。在这一点上，它同维新派文学改良运动是一致的。

现代散文兴起之初，是以杂感、随感的形式出现的。五四时期，在《新青年》等杂志上，此类文章很多。这一时期的小品，鲁迅的《热风》可作代表。阿英 1934 年底回顾说："小品文的产生，在新文学的初期"，"是由于战斗的需要，是由于有关于社会改造的话要说。既不能成大块文章，也必得随便说说，这是当时小品文所以发展的原因。"（《现代十六家小品序》，阿英编《现代十六家小品》，光明书局 1935 年版）另一方面，艺术的追求也在启动。周作人在 1921 年就将性质在于记述、叙事与抒情或分或合而具有艺术性的文章，称为美文。继周作人提出"美文"概念后，王统照 1923 年提出了"纯散文"的概念，胡梦华 1926 年则又引进了"絮语散文"的概念。徐蔚南 1926 年为王世颖的《龛偬》写序，在此序中，他以"印象的抒写"、"暗示的写法"、"题材常采取即兴的一点"（见该年 6 月 8 日《晨报副刊》载《美文》）三点作为小品文的特色，这已是对于具体艺术技巧的总结了。值得强调的是，整个新文学运动，都是面向西方寻找借鉴的；新散文的源头及其精神气质，也是向西方去探求的。鲁迅说五四以后的散文小品，"常常取法于英国的随笔（Essay）"（《小品文的危机》，《现代》第 3 卷第 6 期）。胡梦华 1926 年 3 月发表的《絮语散文》，将中国新文学的建设取法西方浪漫主义文学的趋向，鲜明地表现了出来。他说："近世自我（egotism）的解放和扩大曾促进两种文学质和量上的惊人进步"，一种是抒情诗，一种便是絮语散文。所谓絮语散文，"乃是如家人絮语，和颜悦色的唠唠叨叨地说着……它的内容虽不限于个人经历、情感、家常掌故、社会琐事，然而这种经历、情感、掌故、琐事确是它最得意的题材"。胡梦华甚至以"茶余酒后的闲谈"（《小说月报》第 17 卷第 3 号）来比喻絮语散文。诉说自我，乃至其微不足道的一切，正是浪漫主义文学的特征。胡梦华又说，絮语散文，还有一个比较重要的特性，"就是作者和作品的关系"，"我们仔细读了一篇絮语散文"，"可以洞见作者是怎样一个人"（《小说月报》第 17 卷第 3 号）。西方浪漫主义文论的实质是天才论，它将作者这一方面，高置为整个文学活动的主宰。"洞见作者是怎样一个人"的说法，正是作者对于作品的主宰论。

胡梦华在主要引进浪漫主义文学概念的同时，也糅进了西方 20 世纪的一些新时尚。他将"惊人的奇思，苦心雕刻的妙笔"，"似是而非的反语（irony），似非而是的逆论（paradox）"，"冷嘲和热讽，机锋和警句"，"热情和诙谐"一齐赋予絮语散文，并称"它是散文中的散文，就同济慈是诗人中的诗人"（《小说月报》第 17 卷第 3 号）。奇思特别表现在奇喻上，反语即反讽，逆论即悖论，都是西方现代派诗人从玄学诗中张扬起来的表现手法；济慈因认为诗人没有个性，而为现代派诗人所认同。胡梦华此文的影响，我们在钟敬文刊于《文学周报》第 349 期上的《试谈小品文》（写于1928）中对于胡文的长段引用上便可以看出来。

3

虽然胡梦华糅进了西方的新时尚，但五四作家们的兴趣显然在强烈地表现自我上。冰心认同文学创作是由于不可遏抑的灵感的看法，而郁达夫到 1935 年 4 月还在强调散文的自叙传色彩，乃是文学里所最可宝贵的个性的表现。

在西方敛束了光华的浪漫主义文学，却导引了中国新文学的主要走向，除了因为上文已经说到的，它适应了当时中国反封建的历史需要外，还因为它同中国固有的"诗言志"的诗论有相契合的地方。梁实秋便曾引"言为心声"的古训来立论。周作人 1935 年 8 月说："中国新散文的源流我看是公安派与英国的小品文两者所合成"，"新散文的发达成功有两重的因缘，一是外援，一是内应。外援即是西洋的科学哲学与文学上的新思想之影响，内应即是历史的言志派文艺运动之复兴"（《〈中国新文学大系·散文一集〉导言》，上海良友图书印刷公司 1935 年版）。

然而，从 18 世纪到 20 世纪，西方在对待感情与自我的态度上发生了明显的变化。韦勒克说："在文学史上十八世纪的读者和作者动辄泪如涌泉的事是屡见不鲜的"（《文学理论》，三联书店 1984 年版，第 121 页）。艾略特则将两种对立的态度清楚地说了出来："尤其是在十八世纪、十九世纪，感伤泛滥，男女情感被极力美化；对此各种各样的现实主义者感到极为愤慨并加以谴责：这种感伤忽视了这一事实，即男女之间的（或者就这一点而论，人与人之间的）相爱只能由一种更高层次的爱来加以解释并证实其合理性，否则的话，简直就是动物之间的配对"（《艾略特诗学文集》，国际文化出版公司 1989 年版，第 103 页）。肖德才格更是早在 1841 年即已指责浪漫派作家把自己当作其大话的唯一主题，洋洋自得地颂扬自己生活中最微不足道的事情，并宣称倾吐私衷、发泄感情的时代已经过去。与郁达夫之大力强调作品的自传色彩相反的是，也是在 30 年代中期，兰色姆已在建立新批评的诗学本体论，维姆萨特明确地说，正是新批评派把现代美国的批评议论从老派的传记式批评学派的铁钳中解放了出来。

二 "言志"与"载道"之颠倒

令人注目的是，从"五四"的文学革命，到 30 年代的革命文学，言志和载道两种态度在优劣势上掉了个儿。如果说 20 年代，五四作家所注目的主要是新旧之争，是向着旧文学示威；那么 30 年代文坛风会际会之所在乃是新文学运动内部的分歧。这一分歧在散文领域，集中在两个问题上：一是个人与社会的关系，一是应该赋予散文小品以何种特性。这其实乃是上文所说新文学运动自身内在矛盾——救亡图存与形态转换——的展开。

当梁实秋从散文是作者的整个性格的表现，走向强调"文调的美纯粹是作者的性格的流露"（《论散文》，《新月》第 1 卷第 8 号）时；当林语堂倡导从解脱性灵、参悟道理而成"个人笔调"（《论文》下篇，《论语》第 28 期）时，他们确如鲁迅所说，是"在特别提倡那和旧文章相合之点，雍容，漂亮，缜密，就是要它成为'小摆设'，供雅人的摩挲，并且想青年摩挲了这'小摆设'，由粗暴而变为风雅了"（《小品文的危机》）。梁实秋反对嬉笑怒骂之文，一概贬为"粗陋"，将引车卖浆之流的语气，与村妇骂街的口吻相并列，均谥之为"恣肆"；林语堂之提倡幽默，以至于说什么"思想真自由，文章必放异彩，放异彩，又岂能无幽默乎"（《论文》下篇）？这简直是以幽默作为思想自由与文章异彩的唯一标准了，他们纤弱的"雅人气"是明显的。西方具有反抗与向往的浪漫主义精神一变而成为中国士大夫式的清玩。

这样一种审美情趣作为个人的爱好，原可存之。但要张扬起来，作为一个时代的风尚，则在那个风沙扑面、狼虎成群的时候，显然是不相宜的。于是鲁迅起而批判了，以他对于现实的执著和阅世的清醒，指出"小品文的生存，也只仗着挣扎和战斗"（《小品文的危机》）。鲁迅所要求的是对于生存环境的一种清醒的认识，小品文必须是匕首，是投枪，是能和读者一同杀出一条生存的血路的东西。

茅盾继续着鲁迅的话题，他要求小品文写满州游记、长城游记、闸北战墟游记，写铁工场、码头、矿穴，在给小品文注入一种现实精神的同时，也表现了一种过于将文艺与社会实用联系起来的意向。

我们可以看到，两种倾向的对立是严重的。抒写性灵也好，言志也

5

好，引进"絮语散文"概念也好，都并不错，都是五四运动个性解放的产物。以言志反对载道，也具有反对封建主义假文学而提倡真文学的作用。这些在早期都有进步意义。但从五卅惨案以后，散文与社会现实的关系就愈益拉紧了。阿英说，这一时期，"产生了积极的对于革命的要求"，"从五四到五卅，在这几年的过程中，中国社会的发展"，"是从反封建主义的重心，移到反对帝国主义的重心"，"从个人主义的观点到反个人主义的立场"（《现代十六家小品序》）。五卅惨案时流在帝国主义枪炮下的几位上海志士的鲜血，将每个中国人的社会责任，明白真切地指示了出来。

然而，"为社会斗争而淤积的血愈多"，手拿不动竹竿的文人就"愈益加紧的向趣味主义的顶点上跑"。一方面是一些左翼文学家由于倾注热情于现实的关怀，而带来艺术追求的不足；另一方面，则是本具有洋绅士或土绅士幻想的人，其审美趣味也被险恶的环境加倍扭曲。这样，从封建主义文化形态向着现代形态的转换的两项内容，都为上文所说新文学运动从它诞生起就具有内在矛盾的主导方面——承担救亡图存的时代重任——所压倒了。并且，左翼在愤慨之余，其态度理所当然地会变得尖锐起来。社会学的批评方法在一个敌我分明的环境中被运用，亦将难免于走向简单化。我们从方非的《散文随笔之产生》一文中可以看出当年运用社会学研究方法的一些特点：

第一是重在时代。方非说："在文学史上，很早的时候，便有人主张文学作品之解释，必须从时代，环境及遗传三方面着手。不过从我们看来，这种分析是不十分妥当的。时代一项已可把环境包括在内，而遗传之对于文学大抵是没有什么关系的，即使有，其关系也不多。"因此，方非说他"只企图从时代——包含环境之因素——一项来着手"探究。从时代，环境及遗传三方面着手分析，应是指的法国人丹纳之从种族、环境、时代三大原则上来分析文艺的方法。丹纳所说的种族即是方非所说的遗传。对于取法于西方而打破了传统的五四及其随后那一个时代的人来说，所注目的是普遍性，是他山之石可以攻玉，种族或遗传这一因素，自然要受到贬斥。因为这一贬斥，文艺的民族性也就遭到了放逐。将环境包括在时代之中，其实质即是将个人化解到群体之中。这样民族的、个人的特殊性都消失了，只剩下时代性这一可以适用于全人类的普遍性因素了。

第二是从社会进化论引进文艺进化论。方非曰："说到时代，当然是就人类历史的阶段言，……根据社会进化论看来，倘若资本主义社会已届烂熟时期，便必然地在其自身孕育着一个位于资本主义后一阶段的社会，这也正同封建主义社会已届没落时期在其本身孕育资本主义社会一样。"环境被包括到时代之中，而时代又与社会形态论紧密相连。人们对于未来的美好向往正是建立在社会进化史上的："如承认现代资本主义社会差不多已日薄崦嵫，那使我们便不由得不相信一个光明时代将近来临。"历史的发展是单线的、全人类都一样的，文艺与时代则是决定与被决定的关系：这是一整个时代的观念。方非说："从时代以连论到文学进化的阶段，二者有连锁关系。由此，更证明了人类经济基础对于一切上层意识形态之反映，确是惟妙惟肖的事情。"方非在这儿，连意识形态的相对独立性都没有提到。意识对于存在仅仅是一种反映关系。这同中国古代文论是从人的社会存在的状态出发，以表现包容反映的传统，差不多是反向地转了一个圈。由方非的这句话中，我们可以清楚地看到从社会进化论到文艺进化论再到社会反映论的演化逻辑。

第三是阶级分析。方非从小布尔乔亚阶级性来解释随笔大量产生的历史的、阶级的原因，并将小品文的一切特征都与小布尔扣合起来，显示了阶级分析方法在其被运用之初时，就具有一种显见的意欲囊括一切的简单化倾向。社会形态是由经济关系决定的，而经济关系又是由阶级关系来表现的。阶级分析法自然是社会学批评的题中应有之义，但它只能是一个方面，一种成分，将之囊括一切，则在分析复杂的问题上就会前后失据。

7

　　从方非此文中我们可以看到社会学批评方法的内在逻辑：将个体的、特殊的因素纳入到时代之中，而时代又是指的人类历史的阶段，人类的历史阶段表现为社会形态。历史是进化的，文艺也是进化的，并且两者的进化又是符契的，这具体体现在经济基础与上层意识形态之相应上。社会形态由特定的阶级组成，因此分析文艺，势必要从作者的阶级性上着眼，作品的特性正是作者阶级性的表现。这一内在逻辑，起先是由小而大，以后又由大而小。由小而大仿佛包容了一切的局部，至由大而小时则又仅仅落实到一项因素上，使之囊括一切。

　　伯韩的《由雅人小品到俗人小品》一文，对写作雅人小品的名士大加调侃，针锋相对地提出"俗人小品"的概念。但伯韩此文最值得注意的是他对雅人小品派两个论据的批判："不错，小品文是言志的，但言志之中便载了'道'。天下没有无'道'之'志'"，并且这是一切文学所共有的。"至于小品文是主观的文学，这句话就更不好讲了。一切文学，无论怎样的形式，都不能不通过主观而表现出来"，"但一切文学，都同时反映了客观现实，而且有时还具有改造它的反作用，可见得并没有什么主观的文学了"（陈望道编《小品文和漫画》，生活书店1935年版）。

　　中国古代的诗言志说，本具有比较广泛的内容。志者，思之属。并非只指个人性灵，更非专指闲适之情。上以采风论世，下以讽咏其上，达于事变而怀其旧俗，在东方社会中，诗本具有强烈的社会功能。正如《论语》所云：诗，可以兴，可以观，可以群，可以怨。因此，伯韩说"言志是不知不觉地载了道"的，是正确的；缺点是他没有将抒发性灵的文学主张与五四运动对于个性的解放联系起来，加以一定的肯定。言志派简单地强调说小品文是主观的文学，是错的；但以一切文学都是通过主观而表现，并都反映了客观，作为批判的理由，则各种文体就没有区别了。由伯韩此文，我们可以看出，社会学批评方法，在其具有透辟的批判威力的同时，也隐含着一时难以觉察的理论上的片面性与简单化倾向。

　　阿英 1934 年选编《现代十六家小品》，意在全面总结五四以来的小品文学。他在此书《序》中对小品文学的发展过程作了论述，表现出强烈的左倾色彩。上文已经说到，阿英认为，小品文发展的第一时期，即新文学运动初期的杂感是战斗的。"要说成为漂亮缜密紧凑的文章，那是第一期后一阶段的事。"冰心的《笑》（1920）及周作人的《苍蝇》（1924）二文，被他看成是五四运动分化后，一部分转向消沉而谈风月说琐事倾向的最初的代表。第二时期"是和第一期一样，仍不免是个人主义的，但是一方面是更进一步的风花雪月，一方面却转向革命"，"是更进一步的反对帝国主义"。第三时期是忙者自忙，闲者自闲。一方面是小品文更加强悍，更加有力；另一方面则是作"稿纸上的散步"，丝毫不接触苦难的人间。阿英的此种把握其实是不全面的，他仅仅从社会功能的角度着眼，并且还又只是革命的功能。他对于这一段散文史的勾勒已鲜明地表现出一种二元对立的思维模式。

　　在左翼文学家的批判下，言志派在理论上支持不住了。连周作人也觉得言志与载道的对立，"容易引起缠夹"。于是他改口说："言他人之志即是载道，载自己的道亦是言志"，这是承认志中有道了，言志与载道的区分淡化了。更进一步，周作人又将两者统一起来了："以科学常识为本，加上明净的感情与清澈的理智，调合成功一种人生观，以此为志，言志固佳，以此为道，载道亦复何碍"（《〈中国新文学大系·散文一集〉导言》）。所谓科学常识、明净的感情、清澈的理智，说穿了一句话，就是做一个平和的庸人。

9

　　总之，周作人、林语堂等人在多受抨击之下已经窘态毕露了，左翼观点因多难的国势与新兴的社会学批评方法在理论上的深度与透辟，已明显地占了优势。文艺发展到 30 年代，已经消解了浪漫主义的自由个人精神，个性解放为社会解放所取代，救亡图存压过了审美的追求。集体观念、决定论的准则，在将阶级、人群凝聚为一个整体的同时，也愈益缩小着一个民族及其个人的精神自由的空间。左翼文艺运动内部的矛盾以及鲁迅晚年的困难处境，就已经明白地表示了这一趋向。

三 新文学运动结束期对以往争论的答案

40 年代，社会处在炮火连天之中，30 年代散文领域争论的两个问题：一是个人与社会的关系，一是应该赋予散文小品以何种特性，在这一时期中都有了新的审视与回答。

首先的一个显著变化是，阿英所说的小品文向着更加强悍更加有力方向的发展，使得杂文壮大到可以自成一科，于是它与散文分家了。丁谛说："杂文和散文分家后"，"关于说理的部分多半让给了杂文"，"除开说理一部分，余留下的便只是叙事和抒情"（《重振散文》，《新文艺》1940 年 10 月号）。方非与郁达夫都曾将内容无所不谈、范围的无穷尽作为散文的特征。然而，在散文范围缩小后，就不存在这一特征了。这样，在 30 年代成为争论焦点的散文小品的功能问题，便有了新的审视的可能。文体特征是一个变动的范畴，散文的范围缩小了，它的特质也就与原来不同了。特质不同，功能便有差异。或者换句话说，在范围缩小后，对于散文的特质就可以有更进一步的认识了。于是，散文的诗性特征受到了注目。

关于个人与社会的关系。方非在说明小品文的特性时，曾说到小品文有"即物以言志"、"即小以见大"的写法。在此种写法中，着眼点在自我，琐事是主要的，但时代的潮流与社会的影响使散文不得不趋向于与社会的联系。随着从五卅惨案以后显著表现出来的、强化与社会联系这一倾向的发展，个体与社会的关系最终呈现出另一种组合关系。在这种组合关系中，着眼点在"时代"，社会是主要的，个人琐事不过是借以出发的起点。为时代的人生观取代了郁达夫所说为自我而存在的人生观。

在李广田写于 1944 年 9 月的《论身边琐事与血雨腥风》（ 李广田《文

学枝叶》，益智出版社 1948 年版）中，我们可以看到个人与社会的关系又在进一步发展，与之相联系，散文观也有了新的变化。首先一点，便是对于琐事的贬斥："身边是一个多么狭小的世界，至于琐事，当然是相当散漫的"，"只止于身边琐事，时代意义稀薄或几等于无者"，"不必再写"。第二，提出要改造人。李广田说："我们应当努力的"，"就是'人'的改造问题。假使我们生活在这时代却并没有把自己改造过，那就是生活的大失败"。第三，当生活改变以后，"那时候你也许不写小品散文了，因为你的题材或主题将冲破你的体裁，即便写，也将是另一种小品散文"，即是刚性的、强力的、激发的、鼓舞的，从自己到世界，从琐事到大事的一类。

从"五四"之发现自我，到五卅以后以至 30 年代，如郁达夫所说的两个处处不忘："作者处处不忘自我，也处处不忘自然与社会"（《〈中国新文学大系·散文二集〉》导言），再到 40 年代李广田所说人要改造，一个历史过程匆匆地结束了：取法于西方浪漫主义的人性的发现，在一度汹涌起洪波大浪之后，终于在多难而古老的大地上，溪流似地干涸了。苍蝇与宇宙之争，以宇宙的胜利而结束。言志与载道复归于一，言志必须载道，身边琐事必须与天下大事相联系，不载道之志，可以不言。

在文艺思想上，同是在三四十年代，西方以反对意图谬见、反对传记式批评，来消解浪漫主义文学所强调的作者在文学活动中的主宰作用；中国虽一直肯定作者的此种主宰作用，却在主宰之上再加主宰，即作者又受时代主宰。与西方的差别在于：在此种双重主宰之下，文本的地位就很低了，它完全没有独立性，时代、社会、作者意图、效果等诸多方面都束缚着它；西方用的是排除法，文本在孤立中被高置了。当新批评派也讲文类或一个时代的审美规范时，它就在走向结构主义了。而中国的社会学模式则在悄悄地演化为社会政治学模式，阶级分析成为最重要的甚至是唯一的内容。

11

四 "形散神不散"的散文特征论与杨朔模式

50 年代，在西方批评界，是从文本向结构过渡的时期，弗莱原型批评模式的成功，标志着细读法的失败，视野趋向阔大，但形式主义的本质未变。60 年代风行的结构主义深入到文本的下面去发现深层规范，共时系统成为事物的主宰，具体事物不过是事物的复制。随着符号系统地位的上升，人愈加隐没了。

中国文艺界，则带着"改造世界观"的口号，进入了五六十年代，人们注目于时代，时代精神照耀着每一个人。如果说三四十年代，是社会政治学模式的成型期；五六十年代，是这一模式的统治期；60 年代后期至 70 年代中叶，便是这一模式的恶性大发作期，它彻底地摧毁了文艺：十亿人民八个戏。

虽然救亡图存的任务已不再有，但定型了的社会政治学模式，具有强烈的政治色彩，甚至应该说，它的本质便是政治性，文艺成了可怜的婢女。因此，新文学运动的根本矛盾，仍然存在于本世纪文学发展的第二阶段中，当然在具体内容上有了相当的变化。这一矛盾的一方面是政治与社会；另一方面是艺术与个人。文艺为工农兵服务，决定了作家必须面向现实，这其实正是社会生活比个人琐事更重要这一观点的延续。文艺为政治服务，表明了对一种特定的社会功能的要求已经取得了压倒一切的地位。反映论成为科学、文艺、生产活动共同的、最重要的哲学基础。齿轮与螺丝钉，则成为对包括知识分子在内的一切人的地位的认定，这其实也正是与人的改造论相一致的。作家们自觉地或被迫地配合政治运动去写作，于是图解政策的一系列作品便问世了。及至所谓"领导出思想，群众出生活，作家出技巧"的三结合论出台，则社会政治学模式的荒谬已经暴露无遗。

强烈的政治功能追求，造成了题材的狭隘。秦牧于 1959 年耐不住地写

12

了篇题为《海阔天空的散文领域》（秦牧《花城》，作家出版社 1961 年版）的文章，以谨慎的口气要求扩大写作范围。与要求题材的广阔性相一致，秦牧对于散文文体的界定也很宽泛：它也许是文艺性的政治、社会论文，或者是个人抒情气氛很强烈的东西，或者包含着一个故事，于是它与社会科学、诗歌、短篇小说均"隔壁居住"，只有"一墙之隔"。这样的一种文体界定比之 40 年代初丁谛、葛琴、李广田诸人尚远不如。然而，重要的是，从秦牧此文我们可能看到，散文文体在缩小了范围之后，复又产生了一个泛化的发展动向。就秦牧本人而言，是出于对狭隘政治要求的反抗；但客观上正是因为此种反抗，使得他模糊了与杂文分家后的散文的文体意识。有趣的是，秦牧对于散文的"海阔天空"的要求，却是不期然地昭示了 90 年代"大散文"概念的出现。

60 年代，对于散文的文体特征，萧云儒提出了一个传播极广、获得广泛承认的新概括："形散神不散"。这一散文特征论的本质乃在于强调"神"的君临作用。"神"即是思想，它必须是居统帅地位的。而作者的思想又是由时代精神决定的。秦牧说："在先进、成熟的思想的指导下，丰富的生活知识、大量的词汇就能够活跃起来了"（《海阔天空的散文领域》）。丰富、大量、活跃，便是形散，亦即外表上的散；先进、成熟的思想的指导，则是神不散。秦牧的这句话使我想起兰色姆在 1934 年所说的概念诗。兰色姆所谓概念诗，并不是说它不写事物，而是说它写事物的目的在于说明概念，事物不过是一种装潢门面的修辞，意象仅仅是一种对于概念的图解。或者换句话说，这一散文特征论所表达的，不过是一般概念的具体化。人们在写作散文中，总要记住一个"神不散"，哪有随手舒心的乐趣，为文又怎能得行云流水的妙谛，那些朦胧的情绪、曲折的心态，自然也将被摒除于散文之外，因此所谓形散也就剩了一个虚假的外壳。这样一个流行了 20 多年的散文特征论，其实是大悖于取法于西方随笔、絮语散文而发展起来的现代散文的特征的。它是社会政治学模式在散文领域中的具体化。

13

　　杨朔模式同上述概括是密切相应的，他在《东风第一枝·小跋》（作家出版社 1961 年版）中说，收在这本集子中的是"近年来写的一些国际题材的散文，看起来范围比较广"，这是形散；然而，"表现的主要内容却是集中在一点上"，即世界革命形势大好，这是神不散。这很自然地使我们想起了李广田所说激发的、鼓舞的那一类小品散文。一条从 40 年代散文理论中延续下来的线索是清楚的。杨朔散文模式用一句话加以概括，这便是他在《小跋》中所说，"总是拿着"散文"当诗一样写"，但真的斗争生活是充满苦涩与挣扎的。十分清楚，杨朔模式的散文，乃是社会政治学模式制造出来的小摆设，这样一种散文其实已经大背于 30 年代的左翼传统。

　　无论是对于取法西方的讲求艺术的一线，还是对于执著于现实人生战斗的一线，五六十年代的散文都已经背离了。五四传统在社会政治学模式中，已经丧失殆尽。

五　在求真中重新找回自我与艺术

　　在西方，当解构主义将一切都变成话语的游戏，结构也与文本一样，没有了自足的意义，这时，剩下的唯有表示意义无限流走的文本间性了，一切都已经轻松到没有了。于是人们这才重又面向现实，呼唤历史意识的复归。现实是处于一种权力结构的支配之下的特点，此时，便十分显目了；从而技巧、结构、意象的兴趣都退潮了，挖掘话语中的权力含意，分析作品中的力场较量，成为一个新的兴趣之所在。同时，黑人之反对民族压迫，妇女对于男权统治的控诉。这一切，听起来那么耳熟，恍然使人觉得，西方文论在一定程度上正走向本世纪中叶的中国文论。

　　新时期的中国，则在淡化那一步步发展起来而到"突出政治"的年代里恶性膨胀了的浓厚的政治色彩，欧风美雨再一次大举东渐，历史又一次出现了一个巨大的创造机会，这似乎颇有点像五四时期：个人与艺术都需要再一次找回来。

14

然而，历史不可能完全重复，五四时期是在救亡图存的急迫需求下，由德、赛二先生唱了主角，而"求真"则构成了新时期以来重要的思想走向。既然看够了虚假的文艺、虚假的报道以及虚假的政治，那么求真便成为一个不可抑制的渴求。

孙犁饱经沧桑地说："作品的真正价值，是只有时间才能考验得出"，"我们应该从历史上，找出散文创作成败得失的一些规律，那对我们衡量当前的散文，可能是比较有用的"（《关于散文创作的答问》，《人民文学》1983 年第 9 期）。作为一个革命作家的孙犁，其判断标准亦已不再是当前的政治功利了，他明确反对"迎合风尚"（《关于散文创作的答问》，《人民文学》1983 年第 9 期）。孙犁对于真情实感的强调，对于自我的真诚表白，都具有重新唤回早已被五四所发现了的个人的内涵。这时期散文理论表现出一种明显地向历史回归的特色，前文已引，周作人曾说，中国新散文的源流是公安派与英国的小品文两者所合成。而孙犁则明确地说："我们还是要写中国式的散文，主要是指它反映的民族习惯和伦理的传统。至于说创新，也不能说，只有接受外来影响，才能创新。中国散文，在接受外来影响以前，也是不断创新的。……文学作品既以内容为主导，则中国土壤，自然对创新起决定作用"（《关于散文创作的答问》，《人民文学》1983 年第 9 期）。引人注目的是，在对民族传统的继承上，孙犁提出了一个一般散文作者及评论者都不大可能会提出的要求："中国散文的品类繁多。所以，散文作者，首先应该涉猎中国散文的丰富遗产，知道有多少体制，明白各种体制的作用，各类文章的写作要点"（《关于散文创作的答问》，《人民文学》1983 年第 9 期）。这一辨体要求的提出，反映出一种应对中国散文传统作广泛继承的意向，已不期然地、朦胧地、以一种历史的而非现实的方式说出了中国散文理论界所应该努力的方向。

然而，即使是孙犁，其对于中国传统的理解，也还相当不足。他认为唐宋以前散文的"主要经验，是所见者大，而取材者微。微并非微不足道，而是具体而微的事物"（《关于散文创作的答问》，《人民文学》1983 年

15

第9期）。后一句话是为了同五四絮语散文划清界限；但前一句之所见，也不过是司马迁早在《史记·屈原列传》中所说"其称文小而其指极大，举类迩而见义远"的意思。此外，孙犁对于文学史的沉浮现象显然也缺乏认识，所以有一种单线的单纯淘汰论。我们自然不必苛责于孙犁，要求一个作家有文学史家的眼光；但是对历史认识的欠缺，势必将影响散文创作的深度以及理论建设的高度。

六　大散文概念与净化说

还在80年代中期，散文的门庭虽较冷落，但弱情节小说的成功，已然引起了论者对散文美的欣喜，算是寂寞中的安慰；然而，在散文界中一股躁动不安的情绪还是在滋长。谁也没有想到，数年之间，风水就轮流转了。刚进入90年代，图书市场上散文集的销售行情即一路看涨，牛气冲天。新时期以来社会思想的生态系统有了重大调整：人们向着历史回归，在文化上求依托，从对人生的思索上求悟解。这需要有个载体。对于承担这一任务来说，散文是可信度最高、最方便、范围最广大且又最大众化的文体。

适应着这样一种社会需要，十分自然地产生了大散文概念。独抒性灵的说法，显得狭隘了。1992年5月，贾平凹在《美文》杂志发刊词《关于散文》中说："散文是大而化之的，散文是大可随便的，散文就是一切的文章。"与此相联系的，贾平凹主张一种大美概念："美是生存的需要，美是一种情操和境界，美是世间的一切大有。"正是从生存的角度，方才产生了大散文概念的。但是贾平凹的观点显然有片面性，且不说散文再宽泛，也不能说成是一切的文章；最为关键的还在于，美不仅是生存的需要，它还是对于生存的超越。因此，散文也不仅应适应社会的需求，作文化的载体；它还应有其自身的存在，也就是它还应有对于一般社会适应的超越。

虽然，在名为《美文》的杂志上，倡言"大散文"的概念，从现代文学史的角度来看，是件糊涂事；然而，执定了散文是作者性灵（独特个性）的自然流露和自由展现的说法，将大散文概念说成是散文发展到今天乱象丛生的体现，不仅是概念上的刻舟求剑，而且也是不看散文生存条件的书斋之见。

大散文的概念显然与文化热有关，大散文观其实就是一种文化散文观。它的一个不良走向，便在于会将艺术全部融化在文化之中。详细地说，存在着这样一种危险：以文化的广泛适应性，抹平了散文中各种类型体式上的差别；以文化为散文创作的唯一因素，忽略了作者在艺术上的独创性追求。于是，散文沦落为仅是文化的载体。

其实，大散文概念与净化说的争论，某种程度上就是载道与言志的又一轮斗争。不过，此次争论中有着更浓厚的文体论色彩。

接近于净化说的一股发展动向是艺术散文，或曰新潮散文。作者们不仅不满意于杨朔模式，而且连周作人、朱自清、徐志摩诸人的种种体式也不满足了，并且又受到西方现代派艺术的强烈浸润，因而自觉地创作一种与所谓通俗散文分流的散文。这种散文具有更强的内向性，讲究象征、隐喻、密度，抒写意识流，渗入夸诞与怪异，渲染世界的陌生性，风格朦胧，形式诗化，内容心灵化，思路不再清晰，意象自由联结，虚构、想象、独白、跳跃，展现一个混沌的自我——模糊的情绪，骚动的内心，曲折的情思。散文本具有从心所欲、随意抒写的风格，但在新潮散文中，此种从心所欲，因其更加内向化，而变成随着情绪以至感觉去写。人物内心既已裸现，在写法上也就无须再即物言志、借景抒情了；散文写作既以表现心灵现实为目的，散文既被视为是一种自我向内的艺术观照，那么当然也就不必再以小见大；那种先描述，后点题升华，将哲理挂在尾巴上的，类似汉赋篇末讽谏的套式，已被厌倦。散文愈显得没有了结构。

新潮散文因其难于读懂，而过于疏离了大部分读者，并且也引起了圈内人的反对。虽然，任何艺术上真正的探索，都不可能不在纷乱中前进；

17

然而，值得提醒的是，对于散文的新潮试验，不应该忽视了散文的文体特征是比之诗有着更多一些反映的内容的。对于心绪的表现，意识流的写法，只能视为是一种路数。在对外物的描写中，渗入意识流的写法可以加大作品的心理内涵，使得作品的视点更有个体特色，但不能使得外界事物零碎化、影子化。

艺术散文在文学观上有一定变化，他们认为：文学是以人为主体对大自然、社会和自我（人类自身）的艺术观照。这是对于纯粹的反映论的摒弃，但此种文学观仍有缺陷，艺术对于人的特殊价值的问题仍然没有答案，这样，价值论与认识论就还是不能融合。事实上，既没有剥离了人的客观世界，也没有高踞于世界之外的主体人。对自然、社会、人类自身作主宰性观照者，其本身也是受制的。单纯的自我向内的艺术的观照，只会将路子愈走愈狭。这样一种文学观，已经颇为接近于单纯的表现论了。

我以为，必须确立以语言为介质而构建为了主体之存在的艺术化了的世界的文学观。这样，新潮散文或曰艺术散文强调主体意识的优点可得以保留，而其因过于内向化、裸现化而造成的那一颗膨胀到无视世界的个人心灵，也才能得到合理的消解。艺术散文，显然还有一个广为吐纳并自我否定的发展过程。

从中国古代文体的发展上，我们可以明白，在散文界所通行的文体"净化"概念，是一个错误的概念，它暗含了文体发展具有一个先验的目的，那种执定某种特征以绳今日之文者，便是认定某种文体必以某种特征为其内质。这些论者缺乏深沉的文体浮沉观，更不明白某一文体在其发展过程中必然会变型。一方面，文体在分化，附庸可蔚为大国；另一方面，文体的类型在转换和增加。这两个方面都直接受到社会需要及风气的制约；而社会需要、社会风气的深层所蕴涵的，乃是民族思维、民族文化—心理的发展。从文学史发展上说，文体类型的转换，正是某一文体质文沿时、与世推移的表现，是它为了适应社会与时代的发展而更新自己的努力。因此，包括散文在内的一切文体，也还必然要在浮沉兴灭之中，继续其分化与转换类型相兼有的历程。"净化"是永远做不到的。

大散文的概念，则是一个更为错误的概念。从一定意义上说，一部文学史就是一部文体分化、类型转换的历史。文学起源是与文体的形成同步的。中国古代文论一再强调辨体对于写作的重要性，正是抓住了文学发展的这样一个本质。大散文观抹杀一切差别，自必否认"分化"与"转换"的概念，反转过来，就会阻碍文体分化及其类型转换的应有发展。中国现当代文学研究，需要的正是文体史的精密化。规范的建立，有助于高水平作品的问世；鸿文懿篇的出现，才能使得某一文体真正光被文苑。只有超越一般社会适应之上，我们才能拥有、展示一种更高境界的美，才能建立覆盖面更大的以至于蔚映寰球、通于来叶的艺术。没有秀华光发的大作品像高高耸立的山峰一样振起某一文体，众作碌碌，这一文体所显现的将不过是一片平芜。美只有超越于生存之上，才能提高生存，它也才能真正称之为美。

虽然净化说与大散文概念，从理论上说都是错的；但它们的出现又都是一种客观要求的表现。大散文概念，反映了当代散文发展打开新范围、新道路的要求；净化说则反映了文体意识的抬头：这正是当代散文发展的两个值得肯定的积极的方面。从一个世纪现代散文的传统上看，大散文概念，与强调散文的社会功能论相联系；而净化说，则与重视提高散文艺术性的追求一脉相承。侧重于散文的社会功能与侧重于散文的艺术性的两种倾向，从世纪初叶，一直对立到世纪末叶，十分典型地反映了两元对立的思维特征，而这正是 20 世纪最本质的属性。

要之，一个世纪的散文理论史告诉我们，散文理论的今后发展，面临着两个任务：

一是实现文学观的转变，从单纯的反映论或表现论，转到基源于特定存在状态的表现中包含着反映的文学观。这是一个根本前提，否则难以认识散文的类特征及其各个分支的差异。唯有完成此种转变，才能摆脱言志与载道的再一轮斗争。

19

　　二是文体史的精密化，在"原始以表末"（《文心雕龙·序志》）的过程中，理清 20 世纪散文文体的变化过程，它的审美规范的多种形态。然后将"选文以定篇"与"敷理以举统"（同上）结合起来，对种种类型的区别作出细致而又不泥执的说明。只有这样，我们才能为新形态的散文的凝定及其达到更高的艺术境界，奠定好必要的理论基础。

　　如果我们将随笔、抒情散文、杂文、报告文学、文化—哲理散文等，视之为这一个世纪在其纵向发展中的不同环节的转换与展开，也许我们便可以打开一个新的具有内在逻辑性的宏通视野，用不着再在两种对立意见中局促不安。消弭二元对立，以一种浑化的展开来看待历史，是 21 世纪的新视野。

[作者单位：苏州大学文学院]

重建中国现代小品散文理论的言说空间

黄科安

重建现代小品散文观念那种充满智慧的言说和论辩空间，应视为中国现代知识者对小品散文理论转换与创构的深层次对话与碰撞，旨在提示人们，当时各种散文小品观念之间的差别、关系、间隔、差异、独立性、自律性以及各自历史性彼此连接的方式，激活了在不同的历史形态下，现代小品散文理论话语的多样性，这就为当今学人探索现代小品散文观念的变革和发展提供有益的借鉴。

一

人们在论述现代小品散文观念的形成时，常常把"五四"时期倡导"个人的文学"、"人的文学"的口号联系在一块，并且指出这是中国现代小品散文创作上质和量"惊人进步"的根本原因。这在胡梦华《絮语散文》、郁达夫《〈中国新文学大系·散文二集〉导言》等都有过精辟的论述文字。而我们更应该关注的是从西方移植过来所谓"个人的文学"、"人的文学"的观念背后到底意味着什么？例如，鲁迅所接受外来文学观念的影响，显然是有自己的别择和眼光。他倡导张扬"个性"是和"社会批评"和"文明批评"密切关联的，并将"社会批评"和"文明批评"规定为作家进行创作的职责和向导。所谓的"社会批评"和"文明批评"是两个日语词汇，大约出现在日本的明治时代。明治三十四年，高山樗牛在其发表的《作为文明批评家的文学家》一文中，把西方哲人尼采称为19世纪欧洲的"文明批评家"，并认为日本文坛所缺乏的就是尼采那样的"文明批评家"厨川白村承续了高氏这一理论精髓，在《走向十字街头》中列举了雪莱、拜伦等"带着社会改造理想的文明批评家"。从中可以窥见鲁迅关于文艺，包括散文创作的社会功能的阐释渊源。同样，"五四"另一位重要学人周作人也是注意探究"个人"文学背后潜藏的价值和意义，他把古今文艺的变迁归纳为"集团的"和"个人的"对峙和相搏。"集团的"口号是"文以载道"，这是"朝廷强盛"、"政教统一"的时代，文坛上统统是那些"大的高的正的"东西占据，使人读之昏昏欲睡；而"个人的"口号是"诗言志"，这是到"颓废时代"，"处士横议"，"百家争鸣"，"许多新思想好文章"都在这个时代产生了，是"言志派"文学的兴盛。根据这个分析思路，周作人推出这样的结论："小品文是文学发达的极致，它的兴盛必须在王纲解纽的时代。"① 这一见解很难说概括得精确、周全，但它的犀利、深刻，让人有入木凿石之感，也是诛心之论。可见，"五四"学人把现代小品散文当作一种充分"人格化"的文学形式，从而承载着作家的自由创造意识和理性批判精神。而恰是这一点构成了中国现代小品散文理论的基点和生长点。

"五四"学人认为"闲逸"笔致是现代小品散文一个重要的美学特征。甚至像追求"寸铁杀人"的杂感文作家鲁迅，也主张："猛烈的攻击，只宜用散文，如'杂感'之类，而造语还须曲折。"② 造语的"迂回"、"曲折"本身意味着行文中有夹杂"闲笔"，而发挥"闲笔"的极致，那便会出现"离题"的现象，这是现代小品散文中有意思的理论问题。关于这种"离题"做法，其实在西方现代随笔鼻祖蒙田就曾尝试过，他说："我的离

---

① 周作人：《〈冰雪小品选〉序》，《看云集》，河北教育出版社 2002 年版，第 104—105 页。
② 鲁迅：《两地书·三十二》，《鲁迅全集》第 11 卷，人民文学出版社 1981 年版，第 97 页。

题与其说是不经意，倒不如说是有意放纵。本人奇想联翩，各种念头有时彼此只有松散的联系，虽则互相照应，但并不直接。"① 《大英百科全书》指出："在随笔中，用一段逸事说明一个道德忠告；或者把一段有趣的遭遇插入一篇随感或游记中。这种离题的闲笔正表现了最高的写作技巧。"② 可见，西方随笔作家对于"离题的闲笔"是颇为欣赏的，与其说是不经意，倒不如说是有意放纵，并将它视为"最高的写作技巧"，了解此中的艺术奥秘，我们也就能触及到随笔文体的某些本质特征。因为随笔家的创作不是制服读者为目的，不像小说家和戏剧家所做的那样，让读者感到他们确切地明白要把读者带到什么地方。一些不经意的偶然闲谈，一些明显无关的逸闻趣事，都能使读者从暗示中推导出结论而会心微笑，这实在是比其他体裁的文章更富有感染力和亲切味。"五四"学人识得英国随笔这一艺术手段也是大有人在的。林语堂说："小品文不妨夹入遐想及常谈琐碎"，③ 便是其中一例。即便鲁迅一再谦逊表示"英文的随笔小说之流，我是外行，不能知道"④，但在谈到国外那些平易地讲述学术文艺的书时说它们"往往夹杂些闲话或笑谈，使文章增添活气，读者感到格外的兴趣，不易于疲倦"，然而中国的一些译本，却将这些删去，使之复近于教科书。对此，鲁迅颇为不满，他进一步打比方说："这正如折花者，除尽枝叶，单留花朵，折花固然是折花，然而花枝的活气却灭尽了。人们到了失去余裕心，或不自觉地满抱了不留余地心时，这民族的将来恐怕就可虑。"⑤ 鲁迅由"离题的闲笔"，论及人们是否有"余裕心"的重要性，再上升到民族将来前途的大事，不可不谓见微知著、精悍深警。而最能体会到这种

23

---

① 蒙田：《诗之自由随意》，《蒙田随笔》，梁宗岱、黄建华译，湖南人民出版社1989年版，第298页。

② 《大英百科全书》条目，转引自《外国作家论散文》，傅德岷编，新疆大学出版社1994年版，第5页。

③ 林语堂：《论小品文笔调》，《人间世》第6期，1934年6月20日。

④ 《鲁迅致江绍原信》，《鲁迅全集》第11卷，人民文学出版社1981年版，第597页。

⑤ 鲁迅：《忽然想到》（二），《鲁迅全集》第3卷，人民文学出版社1981年版，第15—16页。

"离题闲笔"的神髓，并将之化入自己艺术创作的血肉之中，应该首推周作人，周作人说："我写文章，向来以不切题为宗旨，至于手法则是运用古今有名的赋得方法，找到一个着手点来敷陈开去，此乃是我的作文金针。"① 周作人创作的小品散文经常是从这个主题跳到另一个主题，不受约束，不讲分寸，随兴发挥，甚至有时会忘记了自己该写的主题，切题的话只是偶尔在文中闪现，无关的内容遮掩了主题。然而，这种自由欢快的离题和变化多端的文笔，却给人以"常识"和"趣味"，是一种绝妙的美的享受。联系我们后来散文理论和散文创作转向独尊"主题先行"和"形散神不散"的金科玉律，从而造成理论思维的封闭僵化和创作路子的狭窄单一，这不能不让我们觉得深思和反省的必要，从而促进现代小品散文朝着多元化的方向发展。

"五四"学人从一开始就强调文学的"美文"特质。而这种美学趣尚、美学观念的形成，与西方散文，尤其是对英国随笔别有会心的领悟和阐释分不开的。周作人在《美文》中指出那"记述的"又是"艺术性"的论文可以称作"美文"，而"这种美文在英国国民里最为发达，如中国所熟知的爱迭生、兰姆、欧文、霍桑诸人都做有很好的美文，近时高尔斯威西、吉欣、契斯透顿也是美文的好手"②。那么，什么样的散文标准，才称得上"美文"呢？蒙田以为："最美的古代散文（我在本文中作为诗一样加以引用）却到处显露出诗的活力和独创性，表现出诗才的光彩。当然，我们就得承认这种散文在言语艺术方面的高超和卓越。"③ 很显然，蒙田把散文在言语艺术的高超和卓越定位在"诗的活力和独创性"，这是很耐人寻味的观点。西文自古希腊亚里士多德起，长期以来，一直流行着"扬诗抑文"的理论观念，即便近代德国古典唯心主义哲学和美学的集大成者黑格尔也

---

① 周作人：《郑子瑜选集·序》，《周作人散文》第2集，张明高、范桥编，中国广播电视出版社1992年版，第340页。

② 周作人：《美文》，《晨报副刊》，1921年6月8日。

③ 蒙田：《诗之自由随意》，《蒙田随笔》，梁宗岱、黄建华译，湖南人民出版社1989年版，第299—300页。

不例外。黑格尔认为诗和散文代表着"两个不同的意识领域",散文所用的是单凭"知解力"和"日常意识"的思维方式,"不能深入事物的内在联系和本质以及它们的理由,原因,目的",等等,因而看不到事物"活的统一体";而诗是用"形象显现真理"的思维方式,它只有一个目的即"创造美和欣赏美",代表着"自由的艺术"。所以,如果要把散文的领域提升到诗的领域,就要摆脱"日常意识"对于琐屑的偶然现象的顽强执著,把"散文意识的寻常表现方式转化为诗的表现方式"[①]。由于诗创造"美",代表着"自由的艺术",因此在这思维方式制约和引导下,散文追求"美"和创造"美",就必须突进诗的疆域,取得诗艺的技法。"五四"学人在译介西方随笔时,就将是否探求"诗美"作为衡量美文的重要标尺。较早提出这个看法,如周作人在《美文》中说:"读好的论文,如读散文诗,因为他实在是诗与散文中间的桥。"李素伯在《什么是小品文》中也提及"用诗似的美的散文,不规则的真实简明地写下来的,便是好的小品文"。应该说,在小品散文创作中,积极借鉴、引进诗歌的艺术,有助于提高它的文学性和艺术品位。对此,我们应该给予积极的肯定和总结。但话说回来,小品散文"美"的艺术探求是多方面多角度,而"诗美"标准只是多元中的一种,而不应该独尊一格。

二

周作人于 20 世纪 20 年代中期开始发生了学术立场的"转换",他由早期号召新文学作家"模范"外国的"美文",而转向复古明清"名士派"散文小品。郁达夫曾就此事作出这样的价值评判:"周先生以为近代清新的文体,肇始于明公安、竟陵的两派,诚为卓见。"[②] 那么,周作人为什么

---

① 黑格尔:《美学》第 3 卷下册,商务印书馆 1981 年版,第 22—46 页。
② 郁达夫:《清新的小品文字》,《现代作家谈散文》,佘树森编,百花文艺出版社 1986 年版,第 69 页。

会有这种"卓见"呢？

我以为可以从两个层面来分析：其一，从现实的动因看，周作人是一位较早地觉察"五四"新文化运动激烈反传统的缺陷和弊端的学者。当时有的"五四"学人惯常采用的宁左勿右、二元对立斗争策略和带有那种摧毁旧专制，树立"新权威"的王者心态，在周作人看来这都是不可接受的。他说："君师的统一思想，定于一尊，固然应该反对；民众的统一思想，定于一尊，也是应该反对的。"① 他认为批判传统，并不是全盘否定，研究本国的古文学，乃是国民的权利，他赞赏一位朋友给他来信讲的一句话"蔑视经验，是我们的愚陋；抹杀前人，是我们的罪过"②。钱钟书在分析周作人等人复古明清小品时说："我在别处说过，过去已是给现在支配着；同一件过去的事实，因为现在的不同，发生了两种意义，我们常常把过去来补充现在的缺陷，适应现代的嗜好，'黄金时代'不仅在将来，往往在过去，并且跟着现在转移。"③ 钱钟书精辟阐释周作人等由于现实的需要而出现"复古"、"恋旧"的复杂情结。

其二，从学理的层面看。周作人对小品散文的本质特征有了更深一层的认识，他说："文学是不革命，然而原来是反抗的：这在明朝小品文是如此，在现代的新散文亦是如此。"周作人从晚明小品文中，看到小品散文具有颠覆、边缘和反抗的社会功能。因而，他说："明朝的名士的文艺诚然是多有隐遁的色彩，但根本却是反抗的，有些人终做了忠臣，如王谑庵到覆马士英的时候便有'会稽乃报仇雪耻之乡，非藏垢纳污之地'的话，大多数的真正文人的反礼教的态度也很显然，这个统系我相信到了李笠翁、袁子才还没有全绝，虽然他们已都变成了清客了。"④ 晚明文人这种"反抗"心态，大抵与当时社会政治背景密切相关。明末政治的腐败黑暗，

① 周作人：《诗的效用》，《自己的园地》，河北教育出版社 2002 年版，第 20 页。
② 周作人：《古文学》，《自己的园地》，河北教育出版社 2002 年版，第 21 页。
③ 钱钟书：《近代散文钞》，《新月》第 4 卷第 7 期，1933 年 6 月 1 日。
④ 周作人：《〈燕知草〉跋》，《永日集》，河北教育出版社 2002 年版，第 80 页。

26

统治阶层内部展开的激烈党争，再加上外族入侵，边患日深，这一切导致文人对于社会前景的失望乃至绝望。在这种境遇下，晚明文人把小品散文当作反抗现实、逃避现实的精神避难所，反映了他们特有的文化品格和精神个性。由此可见，周作人把现代小品散文的精神源头追溯到晚明小品，是有其独到的眼界和识见，它在一定意义上，强化了散文怀疑精神和知性色彩，使这一文体蕴涵极为丰厚的社会文化内涵。

由于受到五四白话文运动的影响，初期的小品散文创作大抵遵循胡适所说的"有什么话，说什么话"。这种审美观念导致了，"一切作品都像是一个玻璃球，晶莹透澈得太厉害了，没有一点儿朦胧，因此也似乎缺少了一种余香与回味"①。多年后，周作人也曾检讨自己早年作文的"无情"："八年三月我在《每周评论》上登过一篇小文，题曰《祖先崇拜》……它只是顽强的主张自己的意见，至多能说得理圆，却没有什么余情，这与浑然先生的那篇正是同等的作品。"② 随着周作人与五四激进主义者的分道扬镳，他将探求现代小品散文的精神源头转向晚明小品上。他说："民国的新文学差不多即是公安派复兴，惟其所吸收的外来影响不止佛教而为现代文明，故其变化较丰富，然其文学之以流丽取胜初无二致，至'其过在轻纤'，盖亦同样地不能免焉。现代的文学悉本于'诗言志'的主张，所谓'信腕信口皆成律度'的标准原是一样，但庸熟之极不能不趋于变，简洁生辣的文章之兴起，正是当然的事。"③ 周作人通过这番比较阐释，赋予晚明公安派以新的价值和意义，并在此基础上提出现代小品散文的审美标准和美学构想：

"有人称他'絮语'过的那种散文上，我想必须有涩味与简单味，这才耐读，所以他的文词还得变化一点。以口语为基本，再加上欧化语，古

27

---

① 周作人：《〈扬鞭集〉序》，《谈龙集》，河北教育出版社 2002 年版，第 41 页。
② 周作人：《〈中国新文学大系·散文一集〉导言》，《现代作家谈散文》，佘树森编，百花文艺出版社 1986 年版，第 240 页。
③ 周作人：《〈枣〉和〈桥〉的序》，《看云集》，河北教育出版社 2002 年版，第 108 页。

文，方言等分子，杂糅调和，适宜地或咨啬地安排起来，有知识与趣味的两重的统制，才可以造出有用雅致的俗语文来。"①

这是由周作人借为俞平伯《燕知草》写跋的机会，阐释他这套小品散文理论观点的。对于周作人来说，创构也是在解构中进行，即他解构了胡适代表的浅显易懂的白话语言观，认为"国语的作用并不限于供给民众以浅近的教训与知识，还要以此为建设文化之用，当然非求完备不可"②。所以，周作人在这里提出现代小品散文语言必须兼容并蓄的观点，认为在"口语"基础上，"杂糅调和"古文、方言和欧化语，从而提高语言的表现力，"造出有雅致的俗语文来"。可见，周作人对"传统"的回归，是出于当时创新的需要。今天，我们应该用这种眼光重新审视周作人对"传统"的回归。林语堂是继周作人之后，最热衷于倡导学习明清小品散文的学者。他通过周作人著述《中国新文学的源流》，他发现了明末公安、竟陵派的小品，完全符合自己心目中提出当"纯以文笔之闲散自在，有闲谈意味"的"个人笔调"的标准。因而，他很快地认同公安、竟陵的文学主张和小品创作。他通过以西方近代文学和表现派理论作为参照物，用崭新的审美眼光肯定和认同周作人一派对晚明小品的精神溯源，认为晚明小品是开启了"近代文的源流"，是"近代散文的正宗"，他们主张的"性灵"论，是西方近代文学的"个人主义"立场，他们"排斥仿古文辞"，也与五四胡适"文学革命所言"如出一辙③。这番见解和看法，与周作人复古后的小品散文理论主张几近一致，看不出有什么差异。

28

周作人、林语堂在 20 世纪 30 年代倡导的小品文理论形态和创作方法，招致了以鲁迅为代表的左翼作家的强烈抨击与抵制。那么，如何全面地认识和把握晚明小品，这是一个很复杂的问题。西方诠释大师伽达默尔指出："一切诠释学条件中最首要的条件总是前理解，……正是这种前理解

---

① 周作人：《〈燕知草〉跋》，《永日集》，河北教育出版社 2002 年版，第 79 页。
② 周作人：《国语改造的意见》，《艺术与生活》，河北教育出版社 2002 年版，第 55 页。
③ 林语堂：《论文》，《大荒集》，上海生活书店 1934 年版，第 197—206 页。

规定了什么可以作为统一的意义被实现，并从而规定了对完全性的先把握的应用。"而所谓的"前理解"，就是"把某某东西作为某某东西加以解释，这在本质上通过先有、先见和把握来起作用的"①。这样，任何解释一开始就必须有一种先入之见，它作为随同解释就已经"被设定了"的东西是先行给定了的，也就是说，是在先有、先见、先把握中先行给定了的。"晚明小品"论争双方之所以会出现分歧意见，问题的症结也是在这里。无论周作人或林语堂都是对英国随笔热心评价在先，晚明小品重新评价在后，他们后来如此推崇晚明小品，原先也本是英国随笔的积极传播者。我这话的意思是指他们在进入晚明小品文本时，所带进的"前理解"或者说"先入之见"，是英国随笔的审美规范和美学特征，如个性化特点、絮语漫谈、闲适风趣等。因而，晚明文人放旷自由、率性而发，追求"适世"的人生态度；"独抒性灵，不拘格套"的文学主张；以及小品中"戏谑嘲笑，间杂俚语"的文体风格。这些都成为周作人、林语堂这一派文人倾心追慕、顶礼膜拜的经典范本。而鲁迅和左翼作家对"晚明小品"的认识和评价，也是受到于"前理解"的制约，不过，他们的"前理解"是出于现实生活和社会人生的思考的需要。鲁迅在《小品文的危机》中，指出在"风沙扑面"、"狼虎成群"的时候，人们需要的不是"小摆设"，而是"耸立于风沙中的大建筑；要坚固而伟大，不必怎样精；即使要满意所要的也是匕首和投枪，要锋利而切实，用不着什么雅"。带着"前理解"，鲁迅对待晚明小品的看法，自然会出现强调某些特性，同时又遮蔽另外一些东西。鲁迅虽然也首肯"抒写性灵"是明清文人创作的一个特色，但他对此不以为然，因为他更感兴趣是那些"身历了危难"的文人，而写出的夹着"感愤"的小品。所以他说："明末的小品虽然比较的颓放，却并非全是吟风弄月，其中有不平，有讽刺，有攻击，有破坏。"②落实到评价具体的历史

29

---

① 伽达默尔语，转引自洪汉鼎译《真理与方法》"译者序言"，上海译文出版社 1999 年版，第 7—8 页。

② 鲁迅：《小品文的危机》，《现代》第 3 卷，第 6 期，1933 年 10 月。

人物时，这种思想观念就会指导和制约着他获取哪些史料、采用什么样的叙述视角和坚守哪一种学术立场等问题。鲁迅在《"招贴即扯"》中说现在"肩出来当作招牌"的袁中郎，已被那些自以为袁中郎徒子徒孙们的手笔"撕破了衣裳"，"画歪了脸孔"。他举了袁中郎万历三十七年，主持陕西乡试时，发出贤者不出，关心世道的感叹，认为袁中郎"正是一个关心世道，佩服'方巾气'人物的人，赞《金瓶梅》，作小品文，并不是他的全部"①。客观地说，袁宏道的文章中"关心世道"和"适世"两者均而有之。他中进士后的十九年间，出仕三次，累计才八年，为官清廉，尽力奉公，做吴县县令，颇有政绩。他关怀朝政得失，关切民间疾苦，写了一些涉及时事政治的文章，对当时的朝政和吏治有一定的看法，字里行间常有不平之气。但另一方面，他毕竟是一介书生，其文章更多的是表现在难于与世浮沉的一面，能做官时便作官，做官遇到困难便叫苦。他在给《与徐汉明》信札说道："弟观世间学道有四种人：有玩世，有出世，有谐世，有适世。……独有适世一种人，其人甚奇，然亦甚可恨。以为禅也，戒行不足；以为儒，口不道尧舜周孔之学，身不行善恶辞让之事。于业不擅一能，于世不堪一务，最天下不紧要人。虽于世无所忤违，而贤人君子则斥之惟恐不远矣。弟最喜此种人，以为自适之极，心窃慕之。"这说明，袁中郎于四种学道之人当中，最喜"适世一种"，而所谓"适世"，按照他信中所言，即是不禅不儒，亦禅亦儒之人。袁中郎一生写了不少的游记，其游记最能反映他追求的"适世"的作品，自由自在，潇洒得很，很有生活情趣②。由此可见，如果把周作人、林语堂描述的袁中郎的性情和鲁迅刻画的袁中郎的个性合并起来看，也许会得出较为全面的袁中郎"画像"。不过，事实上每一个阐释者都很难做到这一点，因为阐释从来就不是对某个先行给定的东西所作的无前提的把握。伽达默尔说："理解是属于被理解东西的存在。"他指出："真正的历史对象根本就不是对象，而是自己和

---

① 鲁迅：《"招贴即扯"》，《鲁迅全集》第 6 卷，人民文学出版社 1981 年版，第 227—228 页。
② 郭预衡：《中国散文史》下册，上海古籍出版社 2000 年版，第 251—254 页。

他者的统一体，或一种关系，在这种关系中同时存在着历史的实在以及历史理解的实在。"①第二个论争的焦点是如何理解小品散文的特性。毫无疑问，鲁迅和左翼文人与周作人、林语堂在关于小品散文文体性质的认知上有较大的差异。法国随笔家蒙田创立的"essai"，曾在英国的流布中发生重大的变异，即英国16、17世纪盛行的从"细小处着笔"的"essay"并不代表蒙田原来"essai"的整个精神面貌。蒙田说："我探询，我无知。"他是一位怀疑论者，对于什么问题都有质问的勇气。所以，史密斯称赞他"哲学的精髓是在于一种愤世嫉俗的常识"②。其实，即便是英国随笔也并不是整齐划一的"闲适"面孔。与兰姆齐名的赫兹列特，他撰写的随笔用他的话说是"用画家的笔写哲学家的思想"③，其文风有爱用排比、气势磅礴的特点。由此可知，随笔本身性质并不只有一味闲适散淡的一路。中国现代随笔应该在成为中华民族为摆脱西方列强蹂躏，实现民族独立，重铸民族灵魂中充当积极的角色。从这个意义上说，鲁迅及其左翼作家把小品文定位在"匕首"和"投枪"。其价值就凸现出来。还有一个交锋点，是对"幽默"艺术的不同看法。鲁迅并不是完全否定幽默，他说："人们谁高兴做'文字狱'中的主角呢，但倘不死绝，肚子里总还有半口闷气，要借着笑的幌子，哈哈的吐他出来。"但是，"'幽默既非国产，中国人也不是长于'幽默'的人民，而现在又实在是难以幽默的时候"④。因此，鲁迅认为即便是幽默，也难免走样。鲁迅的这番话，我以为值得人们深思和警醒。林语堂引进英国国民性格中"幽默感"，使20世纪30年代现代散文中幽默分子增多，这不能不说是一项很大的贡献。但是，如果引进幽默的目的，仅仅在于为幽默而幽默，让人笑笑而已，那就等于做了一件近乎无聊

31

---

① 伽达默尔语，转引自洪汉鼎译《真理与方法》"译者序言"，上海译文出版社1999年版，第7—8页。

② 亚历山大·史密斯：《小品作法论》，《人间世》，1934年第2、4期。

③ 赫兹列特：《论舆论之源》，转引自《赫兹列特散文精选·序言》，潘文国译，人民日报出版社1999年版，第3页。

④ 鲁迅：《从讽刺到幽默》，《鲁迅全集》第5卷，人民文学出版社1981年版，第42—43页。

的事。朱光潜也认为："极上品的幽默和最'高度的严肃'往往携手并行。"① 使幽默含有"建设"的文化内涵，并与"高度的严肃"携手，这对提升幽默的艺术品位，有着不可忽视的价值和作用。

三

"五四"白话文的运动和西方随笔的引入，使中国小品散文重新获得活力和生机。"五四"学人在后来总结这段文学发展史，屡次肯定"散文小品的成功，几乎在小说戏曲和诗歌之上"。但是另一方面，他们的现代散文观念由于不可避免地受到英国随笔理论的影响和制约，而普遍存在着对散文的文学性和艺术价值评价偏低的不平衡现象。所谓"写在纸上的谈话"的散文作品，其选材和表现都可以比较随便些。朱自清说散文"不能算作纯艺术品，与诗、小说、戏剧，有高下之别"②；鲁迅也认为"散文的体裁，其实是大可以随便的，有破绽也不妨"③。在这些观念论述的背后，他们既对不拘形式的家常闲话的随笔的认同和肯定，同时心中又搁置着一把"纯艺术"的标尺，这或许也是一种"扬诗抑文"文类偏见的影响吧。

在中国现代散文史上，徐志摩是第一位从理论主张到创作实践上真正把小品散文当作一门独立的艺术制作。关于这一点，已往的文学史家重视和发掘不够。早在 1923 年，徐志摩在与友人的通信中，就不受英国随笔的影响，提出了"纯粹散文"的理论主张："任何文化内蕴的宽紧性（elasticity）实在是纯粹文学进化的秘密所在（比如 The English Bile［英文《圣经》］Walt Whitman［惠特曼］的诗）。中国文字因为形似单音的缘故，宽

---

① 朱光潜：《论小品文》，《现代作家谈散文》，佘树森编，百花文艺出版社 1986 年版，第 233 页。

② 朱自清：《论中国现代的小品散文》，《文学周报》第 345 期。

③ 鲁迅：《〈自选集〉自序》，《鲁迅全集》第 4 卷，人民文学出版社 1981 年版，第 456 页。

紧性最不发达，所以离纯粹散文的理想也最远，最近赵元任改良汉字内蕴的宽紧性，一是启露各个字音乐的价值——这两层我以为是我们未来文字很重要的问题。"① 所谓"罗马字化"，历史的实践证明了行不通。中华的汉文明源远流长，主要还是依靠一套独特表情达意的象形文字为载体。徐志摩对"语言学"实际是一位门外汉。他指责汉字形似"单音"的缘故，"宽紧性"最不发达，然而事实上汉语有着世界上其他语种无可比拟的音乐美感。汉语自古以来分为"四声"（平、上、去、入），"平声哀而安，上声厉而举，去声清而远，入声直而促"。② 四声中可分为两类，一类不升不降并可延长的平声；一类是或升或降又不可延长的包括上、去、入三声的仄声。因而，平仄就是四声的简化。同时古代文人除了利用汉语的平仄，而且还巧妙利用它独有的双声、叠韵的特点，造成平仄相交，双声、叠韵错杂的抑扬顿挫、声韵和谐之美。刘勰说："凡声有飞沉，响有双叠，双声隔字而每舛，叠韵杂句而必睽。沉则响发而断，飞则声飏不还。并辘轳交往，逆鳞相比，迂其际会，则往蹇来连，其为疾病，亦文家之吃也。"（《文心雕龙·声律第三十三》）刚留学回国的徐志摩，显然因盲从一些学者提出汉字罗马化的主张，而遮蔽了对汉语言的音乐性和伸缩性的认识。因此，所谓"纯粹散文"，只是一种理论构想，而且还相当的幼稚。不过，他后来一直坚守把散文当作纯粹独立的艺术制作，正是从初期这一理论形态中孕育和萌芽的。1928 年，朱自清发表那篇带有对"五四"散文总结性的名文《论现代中国的小品散文》，他提出了我们上文提及的观点，即散文由于"选材"与"表现"的"随便"，而"不能算作纯艺术品"，与诗、小说、戏剧有"高下之别"。但是，徐志摩却在 1929 年发出与此观点截然不同的声音：

33

---

① 徐志摩致孙伏园信，1923 年 7 月 18 日，《徐志摩书信》，晨光辑注，湖南文艺出版社 1986 年版，第 112 页。

② 遍照金刚：《〈文镜秘府〉引》，转引自张长春、张会恩《文心雕龙诠释》，湖南人民出版社 1982 年版，第 207—208 页。

　　这才是文章！文章是要这样写的：完美的字句表达完美的意境。高抑列奇界说诗是 Best words in best order。但那样散文何尝不是 Best word in best order。他们把散文做成一种独立的艺术。他们是魔术家。在他们的笔下，没有一字不是活的。他们能使古奥的字变成新鲜，粗俗的雅训，生硬的灵动。

　　针对朱自清等人不把散文当作"纯艺术品"的主张，徐志摩非常鲜明地亮出要把"散文做成一种独立的艺术"，与诗歌的创作一样，散文也是需要"完美的字句表达完美的意境"，而绝无"高下之别"。应该说，徐志摩这一套散文理论话语带有很强的论争性和前卫性，也是继梁实秋之后，又一位对当时文坛上流行用随笔理论替代整个现代散文理论的做法的合理性提出质疑的学者。

　　但真正对"闲话"体散文构成挑战，并造成冲击波，是 20 世纪 30 年代初以何其芳为代表的新的散文理论话语的出现。何其芳在主张散文作为独立的艺术制作方面比徐志摩思考得更深，也走得更远。刘西渭将他称之为"一位自觉的艺术家"。他对现代小品散文理论的建设，已经跃进到一个全新的层面：

　　我们常常谈论着这种渺小的工作，觉得在中国新文学的部门中，散文的生长不能说很荒芜很孱弱，但除去那些说理的，讽刺的，或者说偏重智慧的之外，抒情的多半流入身边杂事的叙述和感伤的个人遭遇的告白。我愿意以微薄的努力来证明每篇散文应该是一种独立的创作，不是一段未完篇的小说，也不是一首短诗的放大。[①]

　　很显然，何其芳是在拒斥"五四"以来一直占据主导地位的"闲话"体散文，提出了"散文应该是一种独立的创作"，并在此基础上构建他的散文理论话语。为了实现这一理论构想，他身体力行，从 1933 年，经过三年的劳作，终于完成包括代序在内 17 篇短短的小品散文《画梦录》创

34

―――――――――

　　① 何其芳：《〈还乡杂记〉代序》，《何其芳文集》第二卷，人民文学出版社 1982 年版，第125 页。

作。何其芳说："我最大的快乐或酸辛在于一个崭新的文字建筑的完成或失败。"① 将《画梦录》创作，称为"一个寂寞的孩子为他自己制造的一些玩具"②。这种"文字"建筑师或"玩具"情结，呈现了何其芳小品散文制作的独特理念和艺术思维。

针对当时文坛盛行的以"纪实"创作为主要艺术手法，而使散文流入"身边杂事的叙述和感伤的个人遭遇的告白"。何其芳提出了要突破现有的小品散文的文类规范，开拓散文新的书写空间。他关于小品散文的理论思考，同诗歌主张一样，其知识资源选择视角发生了根本性的嬗变。他既摒弃学习西方随笔的理论，同时又不像徐志摩那样承续西方浪漫派的主张，而是以更加贴近的现代观念选择法国象征派和 T. S. 艾略特代表的英美现代派作为自己的学习对象；另一方面，他又努力从传统文化中寻找与西方现代派艺术相呼应的东西，把探寻的眼光凝注在晚唐五代诗词这一块艺术宝地。从而，他找到表现自身繁复的情绪和内在世界的现代感觉方式和传达方式，也找到了艺术审美价值转化的契机。具体表现如下：

（一）象征、暗示手法。这是何其芳通过中西诗艺融合的思考，将之引入到现代散文创造中。何其芳说："我自己的写作也带有这种倾向。我不是一个概念的闪动去寻找它的形体，浮现在我的心灵里的原来就是一些颜色，一些图案。"③ 何其芳这种散文创作，采用的是"诗的暗示能"与"诗的思维术"的方式，来完成散文中意象的营造。对此，刘西渭相当赞赏："这沉默的观察者，生来具有一双艺术家的眼睛，会把无色看成有色，无形看成有形，抽象看成具体。"④ 因而，意象的营造，能以经济表现富裕，以有限传达无限，让人觉得初看是陈述，再看是暗示，暗示而且象征。何其芳创作的《画梦录》，都是一些短文，篇幅最长也不过一千九百

35

---

① 何其芳：《梦中道路》，《文艺阵地》第 4 卷，第 7 期，1940 年 2 月 1 日。

② 何其芳：《一个平常的故事》，《何其芳文集》第二卷，人民文学出版社 1982 年版，第 213 页。

③ 何其芳：《梦中道路》，《文艺阵地》第 4 卷，第 7 期，1940 年 2 月 1 日。

④ 刘西渭（李健吾）：《读〈画梦录〉》，《文学月刊》第 1 卷，第 4 期，1936 年 9 月。

字，可谓"经济"、"简约"，然而却涵容极其丰厚的象征意蕴，实现他所说"以很少的文字制造一种情调"的艺术效果。

（二）讲故事的叙述策略。何其芳谈到自己的创作历程时说："除了写诗，后来我也学习以散文叙述故事。"① 所谓"叙述故事"，在笔者看来，除了以作者生活经历、情感体验作为基础外，也表现了更多的虚构和想象成分。这对于性格内向、情感敏感的何其芳来说，由于从小在孤独、寂寞的环境中长大，"叙述故事"、给自己"制作玩具"，再也没有比这更适合他的口味。《画梦录》的创作就带有这个意味，他运用了精密而富有想象空间的构思，他给自己"制造了一个美丽的、安静的、充满着寂寞的欢欣的小天地"②，反映了他散文叙述模式的革命性变化。

（三）戏剧性的独白或对话。《画梦录》这本薄薄的散文集，简直可以用戏剧性的独白或对话划分成两大类型。一类以《独语》为代表的作品，通过"冗长的铺叙与描写"，呈现出心灵的"独语"；另一类以《扇上风云》为代表的作品，用对话体写成，在对谈中层层揭开文本的深层的象征意蕴。因此，戏剧性独白或对话，显示了无与伦比的艺术魄力，并且能够恰适地传达作家繁复的现代情绪和内心世界。不仅如此，独白或对话的"戏拟"使散文在现实、虚构、想象、意境、结构和叙述视角等领域占有更大的空间。比如，散文作者可以取得更有弹性的叙述视角去经营文本。由于独白或对话的"戏拟"，作者可能出现相分离或者隐退于后，文本成为他手中的一个组装出来的"玩具"而已。这样，就有助于小品散文打破"身边的琐事的叙述和感伤的个人的告白"的局限，进而重新定义小品散文的书写模式及其文类规范。

《画梦录》在1937年获得《大公报》文艺奖金时，评委会曾作出这样的鉴定："在过去，混杂于幽默小品中间，散文一向给我们的印象多是信

---

① 何其芳：《〈刻意集〉序》，《何其芳文集》第二卷，人民文学出版社1982年版，第121页。
② 何其芳：《一个平常的故事》，《何其芳文集》第2卷，人民文学出版社1982年版，第216页。

手拈来的即景文章而已。在市场上虽曾走红运，在文学部门中，却常为人轻视。《画梦录》是一种独立的艺术制作，有它超达深渊的情趣。"① 评委们将何其芳的散文与"五四"以来文坛盛行的"幽默小品"划上一条分水岭，并热情洋溢地充分肯定何其芳的小品散文理论主张和创作实践。因而，何其芳便以成功阻遏现代随笔理论泛滥的先锋姿态，而载入现代散文史中。由此观之，徐志摩、何其芳这一系脉的小品散文理论话语虽在文坛未能占据主导性、支配性的地位，但是他们的反叛性和颠覆性，是其他现代小品散文理论家不可替代的。尤其是他们主张把小品散文当作一种独立的艺术制作，都将给后人留下更多的启迪价值和思考空间。

[作者单位：泉州师范学院文学与传播学院]

37

---

① 《大公报》1937 年 5 月 12 日。

散文理论的春天什么时候到来？

——对散文核心范畴的一种阐释

陈剑晖

　　散文理论的被贬低，散文研究者的被指责已经不是一天两天的事情了。造成这种局面有多种多样的原因：这其中既有文体自身的局限性，也有以往我们疏于建构散文理论体系的惰性，此外还有来自小说和诗歌理论的压力，更有散文研究者自身的不自信甚至是自我贬低和自我放逐。上述种种虽不至于使散文致命却极大影响了散文的发展，更把散文理论和散文研究者逼到了十分尴尬的境地。于是，进入新世纪以后，一些有志于散文理论革命的理论家便纷纷为散文理论诊断，并开出了各种各样的药方。不过在我看来，要使散文理论像小说和诗歌理论那样获得人们的尊重，当务之急是要建构一套既贴近散文本体，又有别于小说和诗歌理论的核心范畴。关于这个问题，笔者曾经在《中国散文理论存在的问题及其跨越》①一文中有所探讨，本文可以说是顺着上文的思路"接着说"。

　　谈到散文核心范畴的建构，笔者以为首先要为散文定位，即弄清楚"什么是散文"，在上面提到的文章中，笔者曾尝试着对散文进行定义：

　　散文是一种融记叙、抒情、议论为一体，集多种文学形式于一炉

---

① 《中国社会科学》2005 年第 1 期。

的文学样式。它以广阔的取材、多样的形式、自由自在的优美散体文句，以及富于形象性、情感性、想象性和趣味性的表达，诗性地表现了人的个体生存状态和人类的文明程度。它是人类精神和心灵的一种实现方式。

以往的散文定义，更多的是从题材类别、技术层面或"载道"、"言志"方面对散文进行定义。而笔者的散文定义，更侧重于散文内容和表达上的"诗性"、散文文体的弹性以及心灵上的自由性。不过现在看来，这个散文定义在内涵上还需作些补充，在表达上还不够简洁，因此需要作些修正。经过修正之后，笔者心目中的新的散文的定义应是：

散文是一种融记叙、抒情、闲谈和幽默为一体，集多种文学元素于一炉的文学样式，它以个人的感觉和体验，开放的结构和自由自在的表达，诗性地表现了人的生存状态和心灵的深度。

这个定义与以前的定义相比，强调了散文的"闲谈性"、"幽默性"与"个人的感觉和体验"，笔者认为这样更能突出散文这一文体的特性，在表述上也更为简洁。明确了"什么是散文"之后，便可进一步寻找散文的核心范畴。在 2004 年出版的《中国现当代散文的诗学建构》① 一书中，笔者提出了"诗性"这一散文核心概念，并由这一中心范畴推衍出"精神诗性"、"生命诗性"、"诗性智慧"、"诗性想象"和"文化诗性"等子范畴。因为这一组散文范畴偏重于散文内容和创作主体方面，加之在书中已经有较为充分的分析和阐述，因此，在这里笔者打算重点构建散文形式和风格层面上的核心范畴。

就散文的形式和风格而言，由于散文的界限比较模糊，体制相当松散，表达上自由随意、无拘无束，这样一来，要创建一些范畴概念对它进行规范便显得十分困难。但难以规范并不等于拒绝任何限制，自由随意并不意味着完全没有秩序，更不意味着散文理论可以长期裹足不前成为小说

39

---

① 《中国现当代散文的诗学建构》，江西高教出版社 2004 年版。

和诗歌理论的仆从。根据我国散文批评中的一些特定术语，并结合五四时期和新时期一些散文研究者的探索，我以为在形式和风格层面，我们可以将"文气"、"笔调"、"氛围"、"味"和"趣"等概念作为散文的核心范畴。

    文气 文气中的"气"原是中国古代哲学的一个范畴，后来引申到文学理论中，并发展成为古典文论中的一个重要概念。如曹丕在《典论·论文》中就提出："文以气为主，气之清浊有体，不可力强而致"。陈善则认为，"文章以气韵为主，气韵不足，虽有辞藻，非佳作也"①。而刘勰在《文心雕龙》中，更将气分为作家的气质才性、作品的气势风格、作品的风致等几类。总体而言，文气在中国的历代文论中都占有十分重要的地位，而对它的阐释更是五花八门，不胜枚举。不过有一点人们很少注意到，中国古代文学理论中所指的文气，很多时候不是指诗而是针对散文而言的。如韩愈就从"言之长短与声之高下"来谈论散文中的气。而桐城派的"因声求气"也是包含在散文的音节字句和篇章结构之中。不仅如此，古人还将文气用之于对散文作家的鉴赏和评价。如"韩如海"、"柳如泉"、"苏如潮"、"欧如澜"等，便是从行文的气势上对这些散文家的艺术风格进行品评。由此可见，文气不仅是我国的古代文论，更是散文中一个重要范畴。正因古代的文论家重视文气之于散文的作用，而散文家在创作散文时也十分注意在作品中灌注进一种文气，这样古代的许多散文也就显得元气弥漫，气势充沛，品之痛快淋漓，诵之朗朗上口。如范仲淹的《醉翁亭记》、苏轼的《前赤壁赋》、欧阳修的《秋声赋》莫不如是。当然，就散文创作来说，文气对于议论散文显得更为重要。比如韩愈的《原道》这样的作品，没有多少形象性和抒情性，但为什么后世的读者将其视为散文的经典？因为读这样的作品，你可以感受到一种气势或气韵的贯通，体会到这一种"阳刚"之美和"有意味的形式"。这

40

---

    ①   陈善：《扪虱新话上集》卷一。

就是"文气"之于散文的作用。可惜的是，五四时期的散文理论家们极少谈论到文气，而以后的散文研究者对文气似乎也没有太大的兴趣，这样文气这一富于东方意蕴的术语也就渐渐淡出散文领域，从而导致现当代的许多散文气势欠旺，文笔不畅，读之断断续续、疙疙瘩瘩。有感于此，笔者认为在新的世纪，当我们在建构散文理论话语时，不仅要充分认识到文气包括"气韵"、"神韵"等对散文的作用，而且要将其视为散文的一个核心范畴。

笔调　在现代散文中，提出"笔调"概念的是林语堂。林氏继承和发扬了我国古代文论中的"文笔"之说，将笔调融入"以自我为中心，以闲适为格调"的散文小品的书写之中。那么，什么是笔调呢？在林语堂看来，笔调既是闲适随意、自由自在的小品文的特指，又是区分文体的一种标准。此外，笔调中也包含着"个人的笔调"的意思。在这里，需要提及的还有梁实秋的"文调"说。"文调"与"笔调"在含义上十分相近。它们都是以性灵为基础，以自我为中心，以闲适为特征，而且特别强调散文的写作要自由自在、率性而为，不为任何形式所拘。略有不同的是，"笔调"涉及散文的体例、体裁和区分文体的标准，而"文调"的范围要小一些。它只限于作者的审美情趣和人格气质，以及散文的语言和表达方式，即"文调"要自然、生动活泼，"文调就是那个人"，有一个人便有一种散文，有一种散文便有一种独特的文调。总之，散文如果有了"文调"，自有一种不可形容的妙处："或如奔涛澎湃，能令人惊心动魄；或是委婉流利，有飘逸之致；或是简练雅洁，如斩钉截铁……"① 而有了"笔调"，则是"笔墨上极轻松，真情易于吐露，或者谈得畅快忘形，出词乖戾，达到如西方所谓'衣不纽扣'之心境"②。可见，笔调和文调确是更能体现出散文本性的理论话语。尽管小说也有笔调与文调，但小说作者在叙述生活时

41

---

① 梁实秋：《论散文》，俞元桂主编《中国现代散文理论》，广西人民出版社1983年版，第36页。

② 林语堂《论小品文笔调》。

往往是以旁观者即"间接性"的身份出现，即便是出现"我"，也不一定是"真我"，所以小说的笔调并不是为了直接表达作者自己的感情，而是为了表达小说中的人物的生活或感情。而散文则是十分注重个人感受和个人体验的文体，它的"直接性"和"真我性"往往使散文的笔调或文调有更大的回旋空间，更能使作家的整个人格在他的叙述笔调中纤毫毕现袒露在读者面前。因此我认为，"笔调"或"文调"作为散文的核心范畴应是名至实归，毋庸置疑的。

氛围 氛围与文气、笔调是相近的一组概念，所以常见有论者将其混为一谈。其实，三者虽然相近但还是有一些差异。"文气"主要指文章的气势、气力和气韵，它既是人的生命力和文章的生命力所在，而且往往与诸如优美、刚健、清峻等文体风格联系在一起；"笔调"则指散文中的文辞与情采，它偏重于创作主体的个性和性灵，是创作主体写作散文时的一种特殊语调；而氛围在《辞海》中的解释是"笼罩着某个特定场合的特殊气氛或情调"。在《汉语大词典》中则是"周围的气氛和情调"。而西方文论则将"氛围"等同于"语境"。如保罗·利科就认为："语境"乃是"一种书面著作展开的氛围"。① 也就是说，所谓氛围，是指作品中所笼罩着、洋溢着的一种特定的氛围与情调。它一方面形成于文本的特定环境和内容，与作者选择的体裁、描述的生活场面，以及独特的象征和意象组合，即"气氛"密不可分；另一方面又是主体的心灵和客观对象相互交感内化而成的一种"情调"或情绪，而后渗透到文本的各个构成部分，最后成为涵盖整个作品的生命气息和精神氤氲。氛围尽管如蓝田日暖，良玉生烟，可以感受，也能意会，却难于把握和言传。尽管如此，氛围仍是文学作品尤其是散文不可或缺的因素。可以这样说，没有氛围的散文一般来说便没有意境，而没有意境的散文特别是抒情散文往往也就缺乏艺术的感染力。因为这样的散文很难给我们一种可感可触、身临其境的切身感受。而散文

42

---

① 保罗·利科：《解释学与人文科学》，河北人民出版社1988年版，第152页。

一旦有了艺术氛围，读者便很容易随着作者进入一种特定的意境中去。所以，在散文创作和散文理论方面造诣颇深的郁达夫在《我承认是失败了》一文中说："历来我持以批评作品的标准是"情调"两字。只教一篇做作品，能够酿出一种'情调'来，使作者受了这'情调'的感染，能够很切实地感着这作品的'氛围气'的时候，那么不管他的文章美不美，前后的意思连续不连续，我就能承认这是一个好作品"。不管作品的内容和文字如何，只要有"情调"即"氛围气"就是好作品，由此可见出郁氏对氛围的重视。只不过后人谈及郁达夫的散文理论时，一般只论及他的关于"个人"的发现，人与大自然的调和以及散文的"心"，而对他的"氛围"理论却视而不见，这不能不说是一个理论上的疏忽。事实上，我们只要看现代散文史上那些优秀的散文，如鲁迅的《野草》，朱自清的《荷塘月色》，何其芳的《画梦录》，沈从文的《湘行》，哪一篇不是以一种说不清道不明的特殊的"气氛"、"情调"即"氛围"吸引着读者，并使他们在阅读时欲罢不能呢？可见，氛围对散文来说不仅仅是一种点缀，而是一种"语境"，它是解读散文的一个新的视角和思路。

味 如果说"文气"、"笔调"、"氛围"是偏重于创作主体的表现方式方面的散文核心范畴，那么"味"更多的是从欣赏者方面着眼。从字面上看，味的本意应是舌头上的感觉，后移之于文学艺术，意即用咀嚼品评的方式去感受文学艺术的味道。较早将"味"用到文学理论上来的陆机。他在《文赋》中说："阙大羹之遗味，同朱弦之清泛。虽一唱而三叹，固既雅而不艳"。这里强调的是文学要有"遗味"。刘勰在《文心雕龙》中也多处论到"味"，如《隐秀》篇有"深文隐蔚，余味曲包"。《体性》篇有"志隐而味深"。《声律》篇有"吟咏滋味，流于字句"，等等。至于钟嵘在《诗品》中提出的"滋味说"，更是在中国美学史上自成一家。为什么古代的文论家那么重视"味"？盖因味和"悟"一样，都典型地体现了东方人特有的审美思维方式。此外，诚如周作人所说："气味是很实在的东西，譬如一个人身上有羊膻气，大蒜气，或者有点油滑气，也都是大家所能辨

43

别出来的"。① 所以周作人在散文中提倡"涩味"与"简单味",认为这样才耐读,才可以造出有雅致的俗语文来。不过,正如氛围"可望而不可置于眉睫之前"(司空图语)一样,味也是难以言喻的,故此由味又引申出"味外味"、"象外象"、"味外之旨"、"韵外之致"等等说法,可见味确乎有点暧昧和神秘。除此之外,还应注意到,味并不是散文的专利品。事实上,小说有小说的味,诗歌有诗歌的味,戏剧有戏剧的味。只不过,与上面几种文类相比,味更贴近散文这种文类,因而对散文来说显得更加重要罢了。那么,是什么因素构成了散文中的味?这也是一个很难说清的问题。大体来说,散文中的味是作家独特的艺术思维和气质作用于散文的结果,它包括选材、描叙的习惯,抒情的方式,尤其是语言的运用最能体现出不同于别人的散文味,而采用"越轨的笔致"(鲁迅语)也较容易产生散文味。总而言之,味一方面源于作家独特的艺术创造;一方面是散文特有的文体气质在欣赏者心中唤起的一种审美体验和感觉。从散文史来看,凡是成熟的、有自己风格的作家都有着别人不可替代的"散文味",比如鲁迅杂文中的苍凉味,周作人散文中的平淡苦涩味,林语堂略带牛油的幽默味,何其芳的枯寂味,汪曾祺的空灵味,贾平凹的憨憨的、暮暮的味,不一而足。正由于有着各自不同的散文味,他们的散文才"志隐而味深",经得起读者反复咀嚼。上述的例子表明:散文的散淡品格,它的自由随意的笔致,的确与味有着一种内在的契合性,因此将味视为散文的一个核心范畴,也就是顺理成章的事情。

44　　　**趣**　趣是与味相对应的一个概念。有时趣与味也合并在一起作为一个概念使用,但我觉得还是将它们分开为好,尽管它们之间互有联系且有相近之处。趣和味一样,在传统文论中也常有涉及。特别是晚明的散文家,他们出于反传统的需要,更重视作品中的"趣"。袁宏道就是趣的坚定拥护者和实践者。他在文章中反复倡导趣:"世人所难得

---

① 周作人:《中国新文学大系·散文一集》导言,俞元桂主编《中国现代散文理论》,广西人民出版社 1983 年版,第 434 页。

唯趣。"① 或"以趣为主，致多则理拙，此亦一反"②。在袁宏道等的倡导下，晚明的小品的确处处体现出一种趣。这些小品在日常生活中表现出闲趣；在观山赏水时充满着野趣；在描绘世态时透出谐趣；即便是写个人的癖好，晚明小品也自有一种雅趣。正是这种无处不在的趣，构成了晚明小品风神摇曳，旨蕴淡远，妙趣横生的美妙散文世界。遗憾的是，散文进入当代以后，除了贾平凹、王小波、流沙河、孙绍振、叶延滨、南帆等少数散文家外，散文变得越来越无趣，这就很大程度上影响了散文的艺术魅力和艺术品格。因此，我以为在 21 世纪这样一个以和平建设，以发展为主题的世纪，我们要大声呼唤散文中趣的归来。提倡散文中的趣有两重意义：一是可以冲淡甚至解构以往散文中那种过于庄严肃穆、过于一本正经的思维习惯和写作方式，打破"道统"对散文的长期束缚；二是从散文的内涵和审美功能来看，散文仅有情和理是远远不够的，散文只有在情和理的基础上再添上一种趣，散文的世界相对来说才较为完美。举例说，贾平凹的散文《月迹》的题材并不新，内涵也不是很丰厚，但他通过一群儿童盼月、等月、寻月、追月等一系列生活细节的描写，真切地表现了儿童单纯透明的内心世界和童真雅趣，再加之丰富的想象力和穿插于行文中的幽默谐趣，这样《月迹》便不仅清纯空灵，而且令人顾笑粲然，洋溢着由慧心灵气营造出来的谐趣。类似这样的例子，在林语堂、梁实秋、丰子恺、汪曾祺等人的散文创作中也随处可见。这就给我们的散文理论提出了一个命题：应将趣提升到与情和理同等的地位。因为有趣，情才真切，理才可爱；同样由于有趣，味才有所依傍，悟才玄妙空灵。有关散文中的趣，要说的话还很多，由于篇幅限制暂且打住。

45

以上是从散文的风格和表达方式方面确立了散文的五个核心范畴，当然在笔者的构想中，这是两组非常重要（"文气"、"氛围"、"笔调"为一

① 袁宏道：《叙陈正甫会心集》。
② 袁宏道：《冯缘庵师》。

组；"味"、"趣"为一组）的散文概念。它们是散文不可或缺的重要元素，也是评判一篇散文是否优劣、是否有艺术魅力的依据。这些范畴虽与小说和诗歌有瓜葛但更属于散文。除此之外，还有一些概念范畴也不能忽视。比如在散文内容方面，还有已经被大多数散文研究者接受的"真情实感"和"性灵"，以及未被大家接受的"心体互补"、"情致合体"，也可作为散文的重要范畴。而在表现形式方面，"形散神不散"也有可取之处，我们不应因其是某个特定时代的产物而一概否定。鉴于上述的概念范畴大多为人们所熟知，在这里不再赘述。

任何一种文学体裁或一门成熟的学科，都有一套相对稳定，且为一般研究者所接受的核心范畴，这是一般的常识。然而十分不幸，在漫长的时间里，散文虽被尊为文学的"正宗"，却一直缺失自己的核心范畴，没有属于自己的理论话语。这真是一个令人哭笑不得的悖论。这个悖论命定了散文理论的贫困和苍白，命定了散文理论不可能与小说和诗歌理论平起平坐，而只能在边缘看着它的邻居同襟风光无限受人拥戴。现在，随着散文创作的兴旺发达，散文已从边缘逐渐向中心位移。在这样的背景下，散文理论有什么理由一路贫困苍白下去？有什么理由自甘边缘的位置呢？进入新的世纪，该是散文理论改变其尴尬地位，有所作为、有所建树的时候了。而建构一套既能体现散文的特性，有丰富的理论内涵和阐释空间，又有一定的可操作性的散文核心范畴，正是改变散文理论的尴尬地位，使散文理论获得尊严的关键性一步。不过，有一点必须十分清醒和明确：建构散文的核心范畴，一方面不能妄自尊大，闭目塞听，固守传统的散文观念；一方面又不能以西方为上，生搬硬套西方的概念术语。较为理想的做法，是在现代视野的观照下，借鉴西方的某些理论和方法，将西方的理性和实证，我国传统文论中的感性和顿悟融会贯通起来，并在这种融汇中创造出一种既包含散文的特性和经验，又具有现代的开放和多元的散文理论形态。上面关于散文核心范畴的创设，就多少体现了这种理论思路。当然，这只是笔者的一些初步的构想，这些核心范畴是否能够确立，是否能为同行和读者接受，能否推动散文理论的进步，这些都需要时间的验证。

19 世纪俄罗斯大批评家杜勃罗留波夫曾有长文"真正的白天什么时候到来？"在展望新世纪散文理论的时候，是否可以套用杜勃罗留波夫的标题来表达我们心中的期待：散文理论的春天什么时候到来？

［作者单位：华南师范大学文学院］

"讲真话":当代散文的一个学术命题

——关于当代散文中"讲真话"的阐释

梁向阳

、在当代散文中,有个颇有意味的话题,就是许多散文作家、评论者、研究者所反复强调的"讲真话"问题。本来这个问题不应该成为问题,但它之所以成为问题,被众多作家、学者所喋喋不休地强调,这其中的意味值得三思。

一 "讲真话":一个被提出的问题

散文这种文体从降生以来就深深打上"真实性"的烙印,某种意义上这也是它的核心特征。在西方的文体界定中,把散文归入"非虚构类文体",借以区别小说、戏剧等"虚构类文体"。我国现代散文自诞生起,就拥有了"现代性"、"真实性"、"自由性"的品格。所谓"现代性"就是一种表现为科学、人道、理性、民主、自由、平等、权利、法制等普遍原则的现代意识精神;"自由性",既是散文写作者心灵的最大自由,也是散文文体的自由,呈现一种开放的态势;而"真实性"就是写真相、表真情、诉真心,散文中所涉及的人和事都必须是真实的,不能虚构和杜撰,这也是散文与小说、戏剧的根本区别。

　　然而新中国成立后，在国家确立的一元抒情机制中，散文的"现代性"、"真实性"遭到了放逐，以至于"十七年时期"形成了"抒情散文"一统天下的格局。这种以"借景抒情"、"托物言志"为主要特征的"抒情散文"，在所谓"诗化"的轨道上运行到十年"文革"期间，几乎变成了美化现实、粉饰生活、掩盖矛盾，并为当权者歌功颂德的工具，成为在"万马齐喑"中高声歌唱的"假嗓子"，自然引起广大读者的不满。粉碎"四人帮"后，整个社会处于"拨乱反正"、"平反昭雪"的历史新时期。"新时期"散文在写真相、诉真情的过程中，必然在内容上提出对于"真实性"的诉求。这既是对人们长期渴望获得的"真情实感"的呼唤，也是对"文革"中盘踞在文学写作中的"假大空"抒情法的反拨。

　　1980 年前后，著名作家巴金先生连续发表了《说真话》、《写真话》、《三论说真话》、《说真话之四》、《未来（说真话之五）》等随笔文章，并在 1982 年把"讲真话"的一组随笔辑成《真话集》①出版。巴金先生反复说"我所谓'讲真话'不过是'把心交给读者'，讲自己心里的话，讲自己相信的话，讲自己思考过的话"②，表现出了一位具有"五四"文化精神的老作家的社会良知。现在有人看"说真话"这个命题似乎很幼稚，其实在没有明确的社会制度保障的前提下"说真话"并不容易，甚至要付出生命的代价，遇罗克与张志新的遭遇最能说明问题。以"新时期"之初的特定社会语境来分析，"说真话"应该成为散文写作的最基本条件。因为能否忠实而冷静地记述"文革"乃至"极左路线"时期的历史现象，能否客观地追述那些已经在"文革"中逝去的人们的历史功过，能否真实地表达作者自己对社会生活的真实理解，这些均不是易事。

　　其实，一些作家早就在"十七年时期"就注意到散文的"讲真话"问题。作家周立波 1962 年在其主编的《散文特写选》（1962 年）序言中这样

49

---

　　① 巴金：《真话集》，香港三联书店 1982 年版，第 506 页。
　　② 巴金：《随想录》，三联书店 1987 年版，第 506 页。

强调："描写真人真事是散文的首要特征。……散文特写绝对不能仰仗虚构。它和小说、戏剧的主要区别就在这里"；秦牧说："文学作品应当宣传真善美，反对假丑恶"，他认为的"真"，就是"要本着现实主义的态度写作，反对弄虚作假，反对粉饰太平，反对掩盖矛盾，反对诓诓骗骗"①。可以看出，散文的"真实性"问题，"十七年时期"就一直被许多作家视为散文不可动摇的基石和不容偏离的写作原则。众多作家对于散文"真实性"原则的强调，主要是捍卫最基本的写作权利。但是，这些清醒的声音被淹没在国家狂欢中，被淹没在不断紧张的阶级斗争中，并没有引起人们的足够重视。

只有在新时期之初"拨乱反正"的形势下，"讲真话"才能真正作为一个问题被提出。巴金先生在《随想录·合订本新记》中这样说："只有在经历了接连不断的大大小小政治运动之后，只有在被剥夺了人权在牛棚里住了十年之后，我才想起自己是一个'人'，我才明白我也应当像人一样用自己的脑子思考。真正用自己的脑子去想任何大小事情，一切事物、一切人在我眼前都改换了面貌，我有一种大梦初醒的感觉。只要静下来，我就想起许多往事，而且用今天的眼光回顾过去，我也很想把自己的思想清理一番。"他这样写道："人只有讲真话，才能够认真地活下去"，"我劝过朋友，要把心交给读者；我责问自己：究竟讲过多少真话！我应当爱惜手边的稿纸和圆珠笔，我已经没有什么可以浪费的了"，"我怀着感激的心向你们告别，同时献上这五本小书，我称它们为'真话的书'。我这一生不知说过多少假话，但是我希望在这里你们会看到我的真诚的心"，"我所谓的真话不是指真理，也不是指正确的话，自己怎么想就怎么说。自己想什么就讲什么，——这就是说真话"。某种意义上，巴金先生对于"说真话"的追求，就是对于知识分子真诚个性的追求。

---

① 秦牧：《三十年代的笔迹和脚印》，《秦牧全集》（2），人民文学出版社 1984 年版，第327 页。

在 1986 年 9 月 2 日《文艺报》为庆贺《随想录》五集完稿而举行的座谈会上，文艺界的众多著名人士都乐观地认为《随想录》的出版，标志着新时期文学告别了夸饰的时代，进入了一个真诚的、敢于说真话的时代。王元化先生称："讲真话是不容易的。在任何时候、任何地方，都勇于秉笔直书，说真话，这就需要有真诚的愿望，坦荡的胸怀，不畏强暴的勇气，不计个人得失的品格；同时，还需要对人对己都具有一种公正的、科学的、严肃的态度。我在读《随想录》的时候，感到巴金既有一颗火热的心，又有一副冷静的头脑。他用热烈的激情感染我们，用清醒的思想启迪我们。"[1] 陈思和也指出："讲真话就是提倡一种凭了个人的独立思考和个性深处体现出来的正义感对世界现象作出判断。它意味着不媚上、不媚俗、不随大流，意味着知识分子不再拥有所谓'真理'的专利，只是凭良心说话，个人做事个人来承担。这是老人经过几十年惨痛教训'悟'出来的一条人生座右铭，知识分子如果能做到'讲真话'，也就是告别了为'圣贤'立言，做权力的传声筒的境地，向大写的'人'开始迈出了第一步。"[2]

可以看出，新时期以来巴金先生的写作始终是围绕"讲真话"来展开的。值得注意的是，巴金先生此时的话语是"随笔"，而不是"抒情散文"。随笔更善于表达知识分子的情感与思考，更善于承担社会批判的责任。"讲真话"虽说是知识分子回归自我心灵的重要方式，但是却与一个时代环境的宽松氛围有关。倘若没有宽松、宽厚的社会氛围，又怎能苛求知识分子的"讲真话"呢？

51

二 "真情实感"：新时期散文体研究中的关键词

如果说"讲真话"是新时期作家们对于散文写作的基本要求的话，那

---

① 王元化等：《随想录·三人谈》，《文汇月报》1986 年第 10 期，第 6 页。
② 陈思和：《随想以后是再想》，《写在子夜》，上海人民出版社 1996 年版，第 212 页。

么，"真情实感"论，则是新时期散文批评中的关键词。

1980 年代后期，散文研究专家林非先生从学术研究的角度提出散文的"真情实感"问题。他指出："散文创作是一种侧重于表达内心体验和抒发内心情感的文学样式，它对于客观的社会生活或自然图景的再现，也往往反射或融合于对主观情感的表现中间，它主要是以内心深处迸发出来的真情实感打动读者。"① 林非这里反复强调"真情实感"对于散文写作的重要性，认为它是散文审美价值观的核心问题。

林非引出的对散文"真情实感"探讨的话题，成为新时期以来散文研究界长期纠缠不清的问题。当代散文研究专家楼肇明先生认为："'真情实感'是一切文学艺术创作的基础，它在扫荡'瞒和骗'的文艺中是立了功劳的"；"其二，'真情实感'论因过于普泛，不可避免地非文学、非艺术的因素也一股脑地全包含了进来"；"其三，真情实感，本身包含着若干层次，又人和人不尽相同，这样就为相对主义留有藏身的洞穴"② 。陈剑晖也认为："'真情实感'是可以作为散文的本体范畴和对散文的文体进行规范的，它的功劳也是别的散文概念所不能代替的"，"问题在于，我们充分肯定这一散文范畴的同时也应看到：首先，散文虽是'表现自我'的'主情性'艺术，但它的情感抒发和小说、诗歌的情感抒发有着较大的区别……"；"其次，感情有文学的因素，也有非文学的因素；有具备很高审美价值的真，也有毫无艺术意义的真"；"再次，还应注意到，感情还有'大'、'小'和'高'、'低'之分，这是就散文的情感质量而言。事实上谈论散文的情感，必然涉及作家的主体人格结构、思想涵养、文化心理等因素"③ 。

那么，"真情实感"是不是散文的内核，是不是散文创作的灵魂？我

① 林非：《散文创作的昨日和明日》，《文学评论》1987 年第 3 期，第 37 页。
② 楼肇明等：《繁华遮蔽下的贫困——九十年代散文之路》，山西教育出版社 1999 年版，第 5 页。
③ 陈剑晖：《中国散文理论存在的问题及其跨越》，《中国社会科学》2005 年第 1 期，第 145 页。

以为应该这样回答："真情实感"仍是文学进入审美需求的最基本的层次，它是一种外在现象，"真情实感"的内核应当是"个性"精神，是社会制度设计的民主与法制，是社会对于全体公民言语权利的充分保障。正如郁达夫所言："散文的解放，第一要写'散文的心'"①，"散文的心"就是散文创作者所释放的"个性精神"，而这种充分与自由的个性精神的释放，必须有足够的社会条件来保障。

探讨散文在技术上可否进行"虚构"的问题，也是新时期对于散文"真情实感"的讨论逻辑必然。1990 年代初，秦晋坚持认为："从接受美学的角度，散文如果描写不是关于实际发生的事情，而是关于可能发生的事情，读者就会出现阅读障碍……如果越来越多的人在散文中像小说一样虚构事实情节，那无疑是'自毁长城'，失去疆界的散文也就失去了散文自身。"② 秦晋对于散文"真实性"的讨论，已经不是简单层面的情感诉求了，而是上升到对于散文特质的探讨了。可是，陈剑晖却认为："从散文的创作规律和散文发展趋势来看，要使散文所描写的内容与作者的'个人经历'完全吻合几乎是不可能的"；"在我看来，只要我们把握好'真实与虚构'的'度'，既不要太'实'又不要过'虚'，则散文的'真实性'这一古老的命题便有可能在新世纪再现它的原有活力"。③

通过上面的分析，我们可以得出这样的结论："讲真话"是对散文生存环境的强烈质疑，是对散文作者自我权利的捍卫；而"真情实感"论，已经上升到对于散文本体特点的探讨上；对于散文"虚构"的讨论，虽说停留在散文写作的技术层面的讨论，但因为涉及散文的本质性内涵方面，仍能吸引人们的关注。

53

---

① 郁达夫：《导言》，《中国新文学大系·散文二集》，上海良友图书出版公司 1936 年版，第 4 页。

② 秦晋：《新散文现象和散文新观念》，《文学评论》1993 年第 1 期，第 133—134 页。

③ 陈剑晖：《中国散文理论存在的问题及其跨越》，《中国社会科学》2005 年第 1 期，第 144 页。

三 "讲真话"的保障机制

有意思的是，散文虽然是一种非虚拟性文体，但在传统的文学理论书籍中，均是以"创作"来表述散文活动的。"创作"这一语词，在本质意义上有种虚拟性的含义。这一带有虚拟性的创作活动，虽然拓宽了思维与想象的空间，然而毋庸讳言，它也带来了诸多的矫情与伪作。而"写作"是平面化和具象化的，既可以是社会现象的写真，也可以是情感真实流淌的记录，更符合散文表现真情实感和理性思考的要求。因此，我以为用"写作"来表达散文的行为方式更符合散文的特质。某种意义上，散文的"写作"就是不说假话，不胡编乱造，遵循其基本的文体特征；而"写作"方式也与"讲真话"、"真情实感"相契合。

那么，怎样才能确保散文能够"讲真话"，能够传达出写作者的"真情实感"？我以为健全的国家民主与法制的机制，是保障绝大多数知识分子正常言说的基本条件。民主与法制是现代国家的基本条件，也是国家制度层面的问题。一个社会制度能保障绝大多数人畅所欲言，自由地表达观点，这个社会制度就是进步的；反之，就是倒退的社会制度。趋利避害是人的本能，在一个民主与法制制度不健全的社会里，沉默也许是大多数人的最好选择。我国曾经有过漫长的封建专制社会的历史，进入 20 世纪以后，革命者通过革命暴力的方式推翻帝制。再经过军阀混战、国共分裂、抗日战争、解放战争时期，到 1949 年建立中华人民共和国。新中国成立后，尤其是新时期以来，我国的民主与法制建设上取得了长足的进展。但是毋庸讳言，我国在制度层面上仍有许多可以完善的地方，民主与法制建设的任务仍很艰巨。散文本身是一种脆弱的文体、敏感的文体，它与写作者的精神状态密切相关，与社会风气密切相关。研究者如果不注意到这个问题，拿着当下的思维与话语一味地指责作者如何如何，这绝对是一种不实事求是的态度。记得在 1990 年代中期，林贤治就给秦牧先生下过危言耸听的判词："对个性的遗弃：秦牧的教师和保姆角色。"他决然认为，秦牧并非文学史所称誉的"散文大家"，而是"一个思想贫乏而语言平庸的作家"①。批评不是作秀，任何脱离作家生活的社会现象而强作家所难的批评方法应该为我们摒弃。事实上，在一个整个民族整体"失语"的社会机制里，即使有个性的作家有将如何？文学批评的目的也不是哗众取宠，而是认真地总结文学的经验与教训，更好地启迪未来。一味地强调写作者的主观能动性，而检讨制度的缺失，这是一种不尊重历史的不负责任的话语。我们也虽对那些在极端专制与残忍的社会制度中讲过真话的人充满敬意，但是更向往全体公民都能充分言说的好制度。

有人认为关于散文的"讲真话"是一个伪命题，不需要讨论。我的理解，即使在当下的语境中，这个问题仍是较为严肃的话题。我们有充分的理由相信，随着我国民主与法制的完善，人人充分享受社会民主与法制，"讲真话"不再成为问题。也许到那时，我们的后人会哑然失笑，怎么连"讲真话"都要讨论？是的，讨论"讲真话"的年代，本身便是中国历史的一部分，与时代一道前行。

［作者单位：延安大学文学研究所］

---

① 林贤治：《对个性的遗弃：秦牧的教师和保姆角色》，《文艺争鸣》1995 年第 3 期，第 56 页。

"丰富"何以成为我们的"痛苦"

——新世纪散文创作与理论态势的一种谱系学分析

李林荣

一

作为"新世纪"的 21 世纪，如今已经延展到了第九个年头，不再显得那么新鲜，但对于这九年来中国社会和中国文化所经历的复杂变化，和由这些变化累积而成的当前中国社会文化的具体态势，我们似乎还看得并不特别分明。这表现在种种有关于此的争议性的现象描述和理论概括中，以所谓"新世纪文学"为聚焦点的时下这波文学评论热潮，就是其中醒目的一例。在文学世界的一隅长期偏安自流的散文，照例没有成为这场"新世纪文学"话语盛宴上的主宾，不过这倒并非像以往那样，是因为散文本身存在和表现得过于木讷、安详，以至被人们无意地加以轻慢、忽略。相反，面对当前的散文，很多试图用理论的标尺和取景框来度量和网罗它的人，都是由于感觉到异乎寻常的缤纷凌乱和喧嚣躁动，而陷入了无可措手的尴尬。

这说明在散文的实际状况和我们依循成习的那些有形或无形的观念套路和理论手法之间，仍然有明显的错位。自 1990 年代初散文的创作快速升温，相应的评论活动也踊跃跟进而转热以来，这种观念与实践、理论与创作不能达成镜像映射式的协调对应关系的局面，一直未曾从根本上改观。之所以如此，与其说症结在散文，不如说是因为散文真实的本相和脉动始终还逃逸在我们的意识视阈之外，换言之，散文近十多年间一向在文学理论批评的诊室里被认定为一位格外难缠的疑难杂症重患，恰好证实坐诊大夫的医术出了不小的问题。就这个意义而言，针对散文的理论批评，较之针对其他文学体裁创作的理论批评，更具有验明理论家、批评家的正身和功底的作用。

同样的一套操作路数，同样的理论观念的背景准备，配上同样的一个批评家，一经从小说、诗歌等领域移步到散文的天地，通常遇到的最大难处和最严重的不适感，就是微观的文本对象和宏观的文体传统一概都缺乏明晰、整饬的规格，继之而来的麻烦，则是无法从风格化约和谱系归类的角度，展开以文本间性和转喻修辞为基础的那种常用来对付小说和诗歌的作品评论。甚至同名、同源的一个流派风格的概念命名，放在小说和诗歌的理论批评当中，是一种能够产生收纳和穿透作家、作品的某类集群的深广度效应的立体化的观念范畴，但到了散文评论，就总不免要彻底移形换位，退化为一个绝缘于作家作品内在的深度和相关度的扁平符号，至多只能用来涵括题材、素材和单纯写作学意义上的某些局部语象特征。

显然，在散文这里，我们的意识受到了某种倾向于将事情尽量简单化、透明化和孤立化的暗示或诱导，它们了然无形，但强劲有力，即便在创作和理论两个层次上，散文本身的状态已然变得相当繁杂，它们也可以轻而易举地把我们裹胁得满目茫然、懵懂不觉。追究这之中的原因，也许首要的一点在于散文状态的繁杂与小说、诗歌等非散文状态的繁杂有着迥异的表现形式：后者渗透、内含于具体的创作方式和作品个案，并通过同一体裁观念范畴的归属而得以协调和聚合；而前者，则直接外露为体裁观念、创作方式和具体作品所组成的整个散文系统景观的分崩离析和自我悖反。

看似只在表现形式上有所差别的这两种类型的文体生态的繁杂模式，实质上的机理和功能几乎是截然相反的。用一个未必十分贴切但可能更便于理解的说法，小说、诗歌领域的繁杂模式，是一种基于个体解放的有限自由和个体权利的有序竞争的繁杂，而散文的繁杂格局，则是以个体与个体、群落与群落的盲目互斥和无序纷争为基础的。前一种繁杂，成之于个体的活力迸放，最后也落实为个体的活力增长，进而带来整体的状态更新；后一种繁杂，只能起于内耗，终于内耗，一通纷繁、杂沓的乱象过后，无分个体整体，一切颓然依旧。事实上，席卷整个 1990 年代的"散文热"，绵延至今的结果，就正是这样。

二

跨入新世纪的这八年多，散文从创作到评论都持续了 1990 年代的活跃而繁杂的态势，伴生自这一态势中的无序内耗之症，也同步持续，并且滋长起了与时俱进的新病象。在揭示这种病象之前，有必要先澄清的是，对于散文整体态势的活跃和沉寂、单纯和繁杂这两种趋于极化的变局，我们到底应该做何评判？设若可以从中自主取舍，我们又该将怎样抉择？抛开纯粹的理论抽象辩难不论，单以中国现当代散文史自身的实际面貌为参照，就很容易看出，在散文的整体存在态势层面上，不管是出现怎样一种性质的活跃和繁杂气象，都要比维持刻板、僵化的沉寂和单纯，好得多。惨痛的历史教训反复表明，文学整体境遇意义上的沉寂和单纯，总是人为的约束机制所致，而构筑这么一种机制的那些人为因素，最终又都会势所难免地酝酿和导引出一幕把整个文学事业往生机灭绝的末路穷途上强行驱遣的闹剧或者悲剧。

就这层道理而言，从 1990 年代一路热闹欢腾到目前的散文，可谓毕竟是幸运的和宏图在望的。关键的问题是如何从正面来转化和利用这种活泛而混杂的态势，使其不但能够密切地协同、交并于文学疆界以内的小说和诗歌的演进，而且能更积极、更主动地发扬自身的体裁优势，度越文学的虚拟边际和审美意境，切入社会文化和社会心理的深层，烛照其中的细节，养护其中的暗创，扶助其中的精神温热。欲达此目的，省察和剖析牵涉散文整体系统的理念迷误，远较树立某些垂直干预具体创作走向的尺度、规范更为迫切。因为唯有如此，长期作祟在散文空间里的沉疴痼疾式的结构性内耗，才能显出底细和原形，露出被连根拔起、全面清除的破绽。

迄今为止，这种与一场颇具喜剧氛围"散文热"顽固纠结、缠绵了近二十年之久的耗散于内而繁杂于外的虚症，好像已经发展到了挂相在外和物极必反的程度。在这点上，一个突出的现象是，现在散文批评界已经出现了大规模的合围堵截和肆意贬黜在散文创作实践领域暂居"弱势"、"边缘"和"少数"地位的创新、试验和向前探索之举的声势和阵势，同时，对于流行成习的那些似新而实旧的假冒伪劣和开历史倒车的散文写作行为，散文批评界却给予了文过饰非式的光鲜簇新的包装和热烈得近乎滥情的高调喝彩。得出这样的判断，并不需要缜密的思辨、费力的论证，因为所有的证据，都明摆在这些毫无内在逻辑和思辨依据的声音和论调的话语表象当中。

整体情形如此不堪，自然有不宜一概而论的各种局部成因相支撑，但这些成因的根本所在，多与当今整个社会文化和文学环境的大气候中由"聚众"转向"分众"、以"形而下"的资源来救济"形而上"的贫弱的通行时尚紧相关联，远远不是单独用吹求、苛责于散文一隅的办法，就能获得全解和谋取改变的。在散文场域之内，有必要细加追索的是，这些在小说、诗歌等非散文体裁的理论批评活动中难以汇聚、累积的明显乖谬的言论情态，为什么偏偏就盛行在了散文这块地盘里？或者换句话来问，在一个小说、诗歌等领域早已崇尚起多元价值取向的时代背景中，散文批评界是如何丧失了抵御文学价值的单边主义和理论话语的"原教旨"修辞的基础免疫力的？

对此，一个至关重要的解释，来自当代散文相对于其他文学体裁更见特殊的历史遭际和文化出身。回望中国当代文学的来路，小说、诗歌、散文和戏剧这"四体并包"而成的总构架，虽然最初都无一遗漏地同样经历了贯穿整个 1940 年代 的"敌后根据地文学"和"解放区文学"以及"新中国文学"的一体化和制度化的"三温暖"式洗礼，而得到了本质一律的品性。但一方面因为这个走向一律的过程，贯彻到四种体裁的节拍、步骤和力度，并不整齐划一，而是次第错落，轻重缓急互有差异，另一方面，也因为在实际承受这一过程各环节上的重组、塑型的外力作用时，不同体裁范围内作为典型个案的作家作品所得的待遇和出路，也有显著区别，所以，最终造成的结果，其实是因体裁而异。散文在这一过程中，不但一开始就被首选首发上场，而且它下场之后的正确去向和归宿，也最先被不容置疑地一语敲定。

后来被"十七年"文坛的理论权威欣喜地认定为当代散文"三大家"的杨、刘、秦所苦心创制三种类型的模式化散文，生动且雄辩地证实：起源于中华民族的文化轴心时代，并且也兴盛和成熟于这一伟大时代，同时更重要的是全方位地承载起了这一时代的丰富文化信息的古老而壮硕的文体样式——散文，在跃入中国当代文学的轨道之际，发生了幅度何等惊人的皱缩、瘦身和矮化的变异。

60

三

对以上所谈到中国当代文学史的开局之后的其余段落的审视和勘查，将使我们进一步更清楚地感觉到，书写在一部字里行间总不免流露出一种轻浅的乐观情绪和一条笔直上扬的演进轨迹的中国当代散文史背面的，是一部接连不断、持续从散文的肌体上和魂魄中剥离活力、抽取生机、减除丰富性和复杂性的历史。

　　这是比一曲欢快高昂的凯歌或婉转跌宕的咏叹调，更近于真实的中国当代散文史的一层实相，但是这实相就其本质而论，是植根在历史的一个偶然片断和社会的意识形态中的，是特定时期特定阶层的特定诉求所支配的一场文化权力游戏的产物，而绝不像一些本身已经被这样的历史所异化和愚弄了的人所坚信的那样，是一种纯客观的、自然而必然的规律或者真理的体现。因为至少和当代散文同路伴行的小说和诗歌，就没有这种越走队伍越稀疏、越走体形越单薄的"客观发展"趋势。

　　与此相关，那种动辄被当作散文理论家的话语垫脚石的所谓散文乃我中华文学甚至世界文学众文体之母的"客观"史实陈述，也亟须搁置和冷藏。这一"客观"陈述，实质上只是一种从历时性视角出发的观照和叙述文学史的主观感受性修辞，而对于目前正蠕动在喜旧厌新、倒看历史的集体意识错乱中的散文来说，沉迷和盘桓于这种紧紧缠绕在历时性维度上的叙事圈套，无疑有盲人骑马、夜临深渊之险。或许这里值得再深究一步的是，即便我们不用通过高声强调渊源同样久远、逻辑同样严整而共时性意味更强的"文体更替"和"多体层累"之说，来刻意地平衡和冲淡那种极力标举"文体分蘖"和"万体同宗"之说的历时性文学史观，对于散文向来并且必将以蒲公英花球似的自然裂解和迎风飘散的方式履行自己历史使命的这类说法本身，我们也有理由从暂且默认其为"真"的起点上，予以追诘和质疑——自散文这株主干上瓜熟蒂落般地分化、脱落出去的那些文体，实际上的下落又究竟如何了呢？

61

　　在中国现代文学时期，这方面一个最可瞩目的显例就是"杂文"，伟岸、孤傲、自信如鲁迅者，也不得不反复因为执著于这类写作，而一再在与此相关的观念战中落到自做表白和申冤辩诬的难堪境地，但纵使有文化旗手如此这般的一番番苦苦陈情和细密论述，也未能改变"杂文"的"现代性"命运。以最乐观的眼光来看，最迟到 1950 年代中期，它事实上也还是终于被逐出了文苑，挤兑进了在艺术含量和文学质地上都大打了折扣的文学正体和文学主流之外的所谓亚文类或边缘文体之列。直至现在，虽历经 1980 年代后半期的倔强复兴，1990 年代后半期的网络化突围，"杂文"已在社会受众中赢得了一块宝贵的根据地，但在文坛，甚至就算在据说是它的母体的散文的话语圈和观念层中，"杂文"也仍停留在可有可无和常常没有的零余、冗赘地位。

如果说失落或者排斥了"杂文"的"散文"显得更"纯"了，那么这种"纯"只能被理解成从原本知、情、意三元健全的散文躯体中抽掉了知性的骨骼和筋脉的一种病残之"纯"。而就一贯被喜形于色的文学史修辞渲染成"蔚然独立"的"杂文"来讲，它的命运其实倒不如干脆说是一种假名于"独立"的结结实实地被弃和被黜。对这样一种贯通散文文体表里的双重病残之变，散文界又有什么理由欢欣鼓舞呢？设若这样一变，使得我们好些散文写作者和评论者得到了某种自感舒适、安稳的快慰，那么这只能从反面证明，我们身上已经有了一种由中国当代散文史的现实内化而来的卑怯、阴暗的"精神奴役的创伤"。

四

惯以执行减法运算为能事的批评家，和痴醉于搬弄自以为崭新的辞藻的器皿，来盛纳陈腐的思想感情内容的散文家，两相配合，协力夹击，一边及时地实现了瞄准每一位胆敢全力推进散文创作的求新试验的先行者发动坚壁清野式的"原教旨"定点清洗战术，一边川流不息地向文坛推出现代高仿性质的中外经典散文的赝品，并用成群结队、锲而不舍的舆论鼓噪，声嘶力竭地从旁为这样的散文赝品流水席壮大声色。这种在新世纪开元以来的八年间愈演愈烈的散文专业大厦里的室内情景剧，不愿放过任何一个可能强化其戏剧性趣味的原材料，即使自啮同类也在所不惜。

曾几何时还荣享众星捧月、高踞华座的超级优待的以余氏领衔的"文化大散文"，在跨进新世纪前后的几年间，在同样这幢散文专业的广厦中，急转直下似地遭遇了始乱终弃一般的理论话语潮的侮弄。其直接效果，是散文又一次地从文体的精神荷载量上减了肥，代之而起作为替补品的，则是挤在似是而非的史料转述语句中扭捏作态的"述史""讲古"散文。这类文思两面都貌似"最新"的类型散文，在写作者主体人格的艺术投射和精神呈现方面，实际上明显退步到了"秋雨"牌文化大散文的背后，很多这一类散文篇章所表露出的文化和历史价值观，都是极其谫陋的善与恶、忠与奸、正与邪、明与暗二元对立和双边斗法的模式，顶多再辅以一重以今为正、以古为负，以民主、自由、人权为正，以专制、独裁、威权为负的所谓现代意识框架，而在对文学写作最为根本的情感倾向和审美评价上，这类散文则又往往在兜来绕去的史料演绎之后，自觉不自觉地坠到那种疏离于人性良知而亲近于现实功利的"成王败寇"的庸俗哲学的烂泥坑里。

相比于"文化大散文"所蒙受的这种冷处理，源于西部高地乡民出身的刘氏之手的"村庄散文"，进驻或者更准确地讲是被悦纳到文坛中心地带的时间，较余氏风格的"文化大散文"差不多整整晚了将近十年，但很可能正得利于此，它在新世纪文学的台面上所遇到的不是冷处理，而是看似与此相反的热追、热捧和疯狂效仿。这种热浪和狂潮，不由分说地催化和加速了原本有望更沉静、更有活力地存留一个较长时段的散文文体样式转向衰败的进程。在"村庄散文"的发端之作隆重亮相之后不过几年的时间里，一片真实的树苗在真实的村庄地垄上还都来不及长不成一片密林，散文世界里一个个被形容得无比荒僻、无比幽静的小村庄里，却已挤满了身心仪容和言谈格调都比照着刘亮程的模样精心扮酷，但却不见怎么干农活、只知一味铺排辞藻、絮絮叨叨的兄弟姐妹们。一个一度清新、旷远、深沉、苍凉的在刘氏笔下被发现、被开辟出来的那么独异、新颖和神完气足的散文艺术的乡村空间，转瞬之间就倾覆在一队接一队面目庄严但态度无比恣肆的大批戏仿者的稠密足迹之下。

然而，新世纪散文流变的册页里色调最悲壮也最冷酷的一篇，也许还

63

得说是在跟"文化大散文"和"村庄散文"等团队形态的散文创作和言论群落拉开很大距离，孤身前行在我们固有的散文理念视野尽头的张锐锋散文那里。若使余秋雨的"文化大散文"道路，可以被看成一种张扬宏阔时空和普适准则的"大叙事"散文，相应地，刘亮程的"村庄散文"就可以被看做是一种凝视有限时空和个人经验的"小叙事"散文，而张锐锋巨轴画卷式的"新散文"，则是一种器度宏大而笔触细小的、大写的小叙事散文。余氏散文凭借脚踏千山万水、神游古今中外的运思范围和遣词口吻之廓大，刘氏散文凭借安然淡定守望一方家园水土和屏息聆听内心律动的灵魂感触和取譬设喻之小巧，而在专攻一个极致的意义上，取得了压倒传统散文笔法的某一局部优势。与此不同，张氏在散文创作和理论上都施行的是决绝的反传统之道。

当第一轮暗暗称奇的理性认同和依样画葫芦式的摹写热流，从文坛一角的部分"70后"散文作者那里悄然淌过之后，交相竞起的各路自动捍卫散文界全套陈规陋习的理论精英，开始对实际上只有主将一人在场的"新散文"，进行或明或暗、不依不饶的冷枪和碎石子并用的压制和狙击。感受到东施效颦之苦的尾随张氏之后的"新散文"兵卒，这时也偷偷变换了立场，把自己受限于个人才具而无法顺利克服的写作的难度和挑战性，转嫁为这种散文创作体例本身的缺陷，甚至还反过来为此归咎和指责苦心孤诣地锤炼出这种散文创作体例的张氏本人。

在文学这一理应成为社会公共场域的空间里，谁也没有资格挥舞起刻板的道德伦理戒尺，来申斥一种现象是多么的不公不义，事实已经告诉我们，越是看上去离奇古怪、不可思议的表面现象，越是有盘根错节的"存在即合理"的现实和历史双重事理逻辑，从社会文化深层的极幽暗处给以强劲支撑。我们确实找不到多少必然的理由，来要求我们眼前的散文一定得完成哪怕至少一次的背离其历史惯性和现实格局的自我克服和自我反对式的质的嬗变。

既如此，在这个旨在探究新世纪散文创作和理论态势的历史与现实逻

64

辑背景的专题讨论中，出现在结尾处的一句话，大概就再没有比一个悬疑的问句来得更合适：

在新世纪文学未来的路途上，我们还将会带着现在这种容许小说多元并行、容许诗歌狂飙突进，却绝不容许散文显现出丝毫实质意义上的丰富性和前卫性的扭曲心态，往前走多久，这样又到底能够往前走多久？

[作者单位：北京第二外国语学院国际传播学院]

从文体自觉到生命沟通
——论现代散文的艺术建构与审美接受

戴冠青

散文文本是用话语体系形态凝聚和定格下来的文学创造样式，是作家生命体验和艺术发现的物化形式，是文学写作成果的标志。而且，文学活动本身就包含了文学创作活动和文学接受活动，因此散文文本的形成不仅是文学写作活动的结束，同时也是文学接受活动的开始。如果散文文本缺乏审美要素，文学接受活动就不会发生，那么文学创作活动的意义和价值就得不到真正实现，作家的创造性劳动也就成了无效劳动。而且散文是一种最有灵性和智慧的文体，特别是随着文化大散文和审智散文的出现，散文以洋洋洒洒的言说，纵横开阖的结构，汪洋恣肆的笔调，深沉厚重的底蕴震动了读者。人们在散文中不仅感受到了作家的性情个性，更收获了作家蕴藉于散文中的思想精华。这种现代散文不仅让人感动，更以一种独特的批判精神让人咀嚼和反思。从这一意义上来说，现代散文在艺术创造上更需要一种审美自觉，由此激发读者的审美接受和生命沟通，从而得到更蕴藉更隽永的审美启迪。

一 精神情感与文化智性

散文艺术创造的审美自觉首先体现在散文情感诉求的精神性和智慧

性。我们知道，散文的艺术创造过程本质上是作家的一种情感活动，在对生活进行感觉、体验、摄取和表现的过程中，没有一个环节不体现出作家对生活的独特情感把握，而这种把握也必然在散文文本上烙下其充满个性化的情感轨迹，从这一意义上说，散文文本实际上是作家的情感形式。但不管这一情感形式是如何独特，作为文学接受活动的客体，其中所积淀的审美情感往往是一种超越个人利害得失而具有人类普遍性的情感，正像瑞士原型批评理论家荣格所说的："我们已不再是个人，而是全体，整个人类的声音在我们心中回响。"① 也正因为这样，为了让人们在接受活动中得到情感的陶冶和精神的提升，获得审美的快乐，散文文本的情感诉求应该是一种"精神的感情"。日本文艺理论家浜田正秀曾经把情感分成四类：生命的感情、感觉的感情、心情的感情、精神的感情。其中精神的感情是在综合前三种感情的基础上升华而成的一种在精神上更加高级、更加纯正的感情，如崇高感、优美感、正义感、责任感、道德感、事业感、终极关怀等，它混合着多层感情，是"一片沉浸人们全部精神活动的培养液"。②

由此可见，这种"精神的感情"，是一种高级的纯正的精神性感情，它是和作家的审美理想、精神把握紧密地融合在一起的。它体现了作家对社会生活的情感态度和价值取向，对于一个严肃的有社会责任感的写作者来说，他的情感态度和价值取向已不仅仅是"真"和"美"，而且还应该是"善"和"智"，是审美和审智的统一。换句话说，文学作为人类的一种精神家园，它和人类的关系不仅是一种诗意情感的关系，而且也是一种智慧审视精神引导的关系。因此散文文本的情感诉求应该是智慧的、深度的、终极关怀的，是一种文化智性，它能使接受者在文学"培养液"潜移默化的浸润中得到情操的陶冶，修养的培植，精神的提升。许多读者读了梁衡

67

---

① 荣格：《论分析心理学与诗的关系》，见《神话—原型批评译文集》，陕西师范大学出版社1987年版，第101、90页。

② 浜田正秀：《文艺学概论》，中国戏剧出版社1985年版，第19—22页。

的散文《把栏杆拍遍》都被作家重新解读辛弃疾的情感表达而打动，因为文本以一种蓬勃向上的激情引领人们重新审视历史。也许昏庸的南宋皇帝把一个本该驰骋于疆场收复失地的大将逼成了内心极度痛苦的杰出词人是文坛的幸事，但却从一个独特的角度激发人们在反思这段沉痛的历史中去把握当下人生。在舒婷的散文集《今夜你有好心情》中，读者看到因工业革命的迅猛发展导致生态环境被破坏、珍稀动物被虐杀给舒婷内心造成的煎熬和痛苦，她为野鸭子而哭泣，为朝露和露珠消失而愧疚：

"是的，野鸭子不曾扮演过主角，模样也不那么抢眼，社会地位稍低（仅是省级保护动物），我们就对成批地戕害它们熟视无睹么？我们曾在'除四害'中制造过'麻雀冤案'，接着就遭到病虫害猖獗的报应。当枪口瞄准野鸭子（我想，得到教训的牟利者不敢再用呋喃丹了），其实是瞄准、封锁、破坏正在恢复的生态环境。"①

"我们可以放弃宫槐、板桥和马蹄声，但损失不起朝露与夜霜，梦想的绿地和传说的原始森林。肉体囚囿灵魂日见干枯的今天，我们怀念露珠的寂静之味，以赎罪的愧疚心情。"②

在这里，"感染上崇高的气氛而心中浮起伟大的沉默"③ 的舒婷以清醒的审美自觉呼唤人们的良知，蕴藉地传达出一种保护生态环境的情感诉求和人文精神，强烈地冲击着读者的灵魂，令读者不能不由此进行自我的反思和审视。

68

二　文本开放与对话沟通

散文艺术创造的审美自觉还体现在生命把握的开放性和对话性。"对

---

① 舒婷：《今夜你有好心情》，花城出版社 2002 年版，第 87 页。
② 同上书，第 92 页。
③ 季米特洛夫：《同法西斯主义斗争的文学》，《季米特洛夫论文学、艺术和科学》，人民文学出版社 1959 年版，第 9 页。

话"理论是德国文艺理论家伽达默尔提出来的。伽达默尔主要是研究艺术作品的存在方式和读者对艺术作品的理解。[①] 他的"对话"理论认为读者与文本之间是一种平等对话的关系，文本也是一个准主体，它向读者提问并回答读者的问题，解释者则必须设想文本之中所蕴涵的答案，解释者只有理解了文本才能回答文本的提问。也就是说，文本所传达的情感并不是强加给读者的，而是向读者开放的，它召唤读者进入其情感轨道之中，并向读者提问，迫使读者必须与文本对话，一起探索文本中的情感问题并试图去解决问题。读者也在与文本的对话行为中调动了自己的审美积极性，与文本产生了情感沟通，获得了审美的愉悦。

文本和读者的对话过程说明文本不再是僵化的物化形态，而是激情澎湃的，充满活力的，它与读者的关系是一种情感互动的关系。这一关系使接受行为显得多么富有生机和魅力。为了达到这一成效，散文文本必须注意生命把握的开放性，从而搭建出一个与读者对话的平台。例如舒婷的散文就常常用语言搭建一座开放的房子，让读者能够舒适地住进去，毫无压力地感受着生活的真谛。在舒婷的笔下，苦难并不沉重，它不压迫读者却让读者智慧。她把沉重化作轻松，用一种平易近人的态度来与读者对话，使其文本具有一种独特的开放性。例如她的散文集《心烟·秋天的情绪》中有这么一段动人的叙写：

"四岁的儿子对我说：'妈妈，葡萄还绿的时候摘它，它很痛，要是红了，它很高兴让我们采。'

我惊讶地问：'你怎么知道的呀？'

'因为我使劲拽，绿葡萄紧紧抓住枝条；熟了的时候，我们要忘了采，它就难过地一颗一颗落在地上。'

我弯腰摸摸孩子的脸，像母树以枝条拂过它的腋芽。

我和儿子有共同的经验。我的校园每年两次剪枝，我经过那些狼藉一

69

---

① 伽达默尔：《真理与方法》上卷，洪汉鼎译，上海译文出版社 1999 年版。

地的茬枝时，仿佛处在大屠杀之中。那四周无声的尖叫使我逃也似地飞跑，直跑到浑身发抖为止。"①

在这段充满情趣而又有些感伤的对话里，她并没有呼唤读者去如何对待生命，但是我们可以感受到这已不仅仅是作家与儿子的对话，她分明是在与读者对话，她在真诚地告诉读者"我和儿子的共同经验"，不知道你读了之后有何感想？在这种轻松平等的对话中，读者心中那一块最柔软的地方被尖锐地触动了，并在这种沟通中得到一种珍惜生命的独特感悟。

三　审美理趣与语言阻拒

散文艺术创造的审美自觉还体现在语言传达的理趣性和阻拒性。文学是语言的艺术，没有语言就没有文学。西方当代很有影响的俄国形式主义批评和英美新批评文艺理论，以非常独特的视角揭示了文学语言在文本解读中的重要意义。他们把文学文本看做是一个独立自足的客体，看做是一个自恰的语言系统，从语音学（声音层面）、语义学（意义层面）、修辞学（意象和隐喻层面）的分析入手，逐步深入到由这个符号系统转换生成的形象世界的把握，最后在总体上揭示了文本的美学价值。虽然形式主义批评抛弃了文本的外部研究，彻底割裂了文学与社会历史文化、与写作者和接受者的联系，具有明显的狭隘性和片面性，但是他们在文本语言上的审慎态度和精细方法，对文学创作的语言运用和文学文本的艺术成就，却是很有意义的。也正因为如此，古今中外的优秀作家都非常重视文本语言的审美传达。而历来被称为"美文"的散文作为一种精致的文学样式，它对语言传达的要求更高。

理趣性可以说是散文文本语言传达的独特审美要求之一。一个优秀的散文作家要善于把无形的心灵感悟化为充满理趣的形象的审美感知，才能

70

① 舒婷：《心烟·秋天的情绪》，河北教育出版社 2006 年版，第 91 页。

激起读者阅读的欲望和审美的积极性。换个角度说，为了激发读者的阅读兴趣，作家必须善于用语词符号把自己所感悟到的生命哲理化为妙趣横生的能够让人审美感知的东西。如余光中散文《催魂铃》有这么几段传达：

"电话，真是现代生活的催魂铃。电话线的天网恢恢，无远弗届，只要一线袅袅相牵，株连所及，我们不但遭人催魂，更往往催人之魂，彼此相催，殆无已时。古典诗人常爱夸张杜鹃的鸣声与猿啼之类，说得能催人老。于今猿鸟去人日远，倒是格凛凛不绝于耳的电话铃声，把现代人给催老了。"

"绝望之余，不禁悠然怀古，想没有电话的时代，这世界多么单纯，家庭生活又多么安静，至少房门一关，外面的世界就闯不进来了，哪像现代人的家里，肘边永远伏着这么一枚不定时的炸弹。那时候，要通消息，写信便是。比起电话来，书信的好处太多了。首先，写信阅信都安安静静，不像电话那么吵人。其次，书信有耐性和长性，收到时不必即拆即读，以后也可以随时展阅，从容观赏，不像电话那样即呼即应，一问一答，咄咄逼人而来。"

"电话动口，书信动手，其实写信更见君子之风。我觉得还是老派的书信既古典又浪漫；古人'呼儿烹鲤鱼，中有尺素书'的优雅形象不用说了，就连现代通信所见的邮差、邮筒、邮票、邮戳之类，也都有情有韵，动人心目。在高人雅士的手里，书信成了绝佳的作品，进则可以辉照一代文坛，退则可以怡悦二三知己，所以中国人说它是'心声之献酬'，西洋人说它是'最温柔的艺术'。"

"不要给我一声铃，给我一封信吧。"①

在这里，余光中熔古今中外在语言于一炉，在充满个性的抒写中透出一种独特的幽默感，其语言风格独有韵味而又妙趣横生，巧妙地传达出自己对优雅生活的怀念和对现代文明的反思，让人在轻松快乐的阅读中去领

71

---

① 余光中：《催魂铃》，《余光中散文》，浙江文艺出版社 1997 年版。

悟作品的真谛和生命的哲思。

　　阻拒性也是散文语言传达的一个重要审美特征。俄国形式主义批评指出，文学创作的根本艺术宗旨不在于审美目的，而在于审美过程。他们认为，陈旧的过分熟悉的"自动化"话语已经激活不了人们的审美兴趣了。因此，文学语言要尽量避免这种语言"自动化"现象，使人们在审美过程中把自动感知变为新鲜的独特的审美感知。要做到这一点，就需要采取"陌生化"手段，创造出新的陌生的文学话语，让读者尽可能延长和强化审美感知的过程，重新去审视和解读原来的事物。散文当然也不例外，作家要把日常的习惯性话语，艺术处理成陌生的、变形的、对人具有阻拒性的话语，将本来熟悉的对象变得生疏起来，使读者在接受过程中享受到一种新鲜的审美经验，得到独异的审美愉悦。孙绍振教授曾经这样评价南帆的散文语言：

　　南帆的散文之所以能够在众多散文家里脱颖而出，就是因为他创造了自己的"专用字汇"，使本来已经熟悉到丧失感觉的词语突然发出陌生的光彩。他在《枪》中光是在描述"枪"这样一个普通的器械，他就让许多被用得像磨光了的铜币一样词语焕发出了新异的棱角。除了他，有谁会这样说："拉动枪栓的咔哒声如同一个漂亮的句号"，"一支枪的扳机在食指轻轻勾动之中击发，一个取缔生命的简洁形式宣告完成"。"躯体与机器（按：指枪）的较量，分出了胜负，这是工业时代的真理。""枪就是如今的神话。"他还非常严肃地将枪和男性的生殖器相类比："两者都隐藏着强烈的侵略性、进攻性……男性的性器官制造了生命……枪的唯一目的是毁灭生活……是对于男性器官的嘲弄。"

　　南帆的关键词语基本上是普通书面语词汇（句号、取缔、真理、神话、快感、嘲弄），并没有复杂修辞手法，但是这些普普通通的词语不但获得了新异的感性生命，而且有了思想的深度。①

---

　　①　孙绍振：《审美形象的创造——文学创作论》，海峡文艺出版社 2000 年版，第 207 页。

由此可见，南帆在他的散文传达中对许多"本来已经熟悉到丧失感觉的词语"进行了阻拒性的艺术处理，因此创造了一种陌生化的独异效果，在给读者提供了一种新奇的审美经验的同时，也让读者把握到了他独特的情感方式和思想深度，让人反复咀嚼回味再三。

总之，散文语言的趣味性和阻拒性使文本的解读充满了乐趣和创造性。读者不再只是一个被动的接受者，麻木地接受现成的套餐。恰恰相反，读者必须参与文本的创造。当读者用自己的生命体验和生活智慧试图去解构文学话语的神奇宫殿的时候，他已经参与了文本的创造，并在这种创造中享受到了生命力被激发的快乐。当然，对语言进行阻拒性的艺术处理还必须巧妙地把握一个尺度。如果文本语言阻拒到晦涩的地步，让读者莫名其妙，完全失去了解读的耐心，彻底拒绝了文本，那么这种阻拒性也就丧失了审美的魅力。

四　情感进程与召唤结构

审美结构的情感性和召唤性也是散文文体自觉的重要审美特征。散文文本的结构是文本中各个成分或单元之间关联的整体形态。它不仅是作家组织生活原象的艺术架构和造型，而且也是作家情感思路的凝聚状态，同时还是文本召唤审美接受的预设空间。它既是文本外部形式的展示，也是文本内在联系的呈现。正像托尔斯泰说的："结构的联系不是放在情节上和人物的关系（相识）上，而是放在内在联系上。"[1]

73

也许正因如此，当代叙事学理论就有表层结构和深层结构之说。叙事学理论把叙事作品看做是一个话语系统，它的内部结构是从两个向度进行的，其一是历时性向度，它揭示文本的故事进程是如何展开的，这就是表层结构；其二是共时性向度，它提示情感思路在故事背后的内在联系，这

---

① 列夫·托尔斯泰：《致谢·阿·拉钦斯基》，见《古典文艺理论译丛》第 1 册，人民文学出版社 1962 年版。

就是深层结构。散文文本同样是表层结构和深层结构的统一体,不过,其表现形式与叙事性文本有所不同。散文文本表层结构的历时性向度展开的不是故事进程,而是情感进程。但是这种情感进程依然是曲径通幽的,引人入胜的,就像苏东坡所说的:"行文如万斛泉涌,随物赋形,常行于所当行,常止于不可不止。"让读者不由自主地随着起伏跌宕的情感流向去寻踪探秘,直至柳暗花明,眼前豁然开朗。例如王英琦的散文《落樱缤纷》,其情感进程是这样展开的:

1. 武大校园的樱花开了,在同窗的劝导下,本想写散文却文思蹇滞的她只好违心地去看樱花。——情感是低沉的

2. 还未走近樱花大道,却发现眼前已是白茫茫一片落樱,她觉得十分壮观,情绪马上被"樱花雪"调动起来。——情感已经上扬

3. 但她随即又为刚开不久就凋落的樱花花期的短暂而伤感,甚至不忍心拂去落在衣襟上的花瓣。——情感又沉落下去

4. 她看到樱花大道上跑来两位朝气蓬勃的女生,一点也不怜惜地踩在落花上,正像开得最盛的花朵。——情感又被激发了

5. 可是自己的青春已过,就像那飘落的樱花,却还要疲不可支地与那些小女生一起应付每一堂课。——情感又低落了

6. 不过樱花谢了,明年还会再开,照样又是一树蓬勃。——情绪又上扬

7. 但是青春逝去了却永远也不会再来。——情感又落下去

8. 但她又想,她正在大学校园里补课,这是不是青春的再生呢?当然,这是另一层意义上的再生了。——情绪又有所起伏

9. 最后是,"落樱缤纷,我的思绪缤纷……"——留给读者不尽的联想和回味

通过上述解析我们可以看到,正是这种起伏跌宕曲径通幽的情感流向把读者带入了她所设定的情感漩涡之中,让你不由自主地心随潮涌,感同身受,去思忖作家青春早逝的感伤和青春再生的渴盼,并在共鸣和感动中

74

受到一次情感的熏陶。就这样，读者随着作家的情感进程收获了沿途的"奇花异草"，并在吸引中被带入文本的深层结构，去领悟作家的价值取向，也得到了审美的愉悦。由此可见，正是这种曲径通幽、跳脱跌宕的情感结构方式，给散文文本带来了一种独特的艺术魅力，因而没有曲折的故事情节的散文才有可能深深地吸引读者。

除此之外，散文文体结构还必须具有召唤性。西方文艺理论家认为好的文学文本并不是一个封闭的固定的构造，相反，它是开放的、不确定的、充满诱惑力的，所以它才能容纳、收摄接受者的生命体验和审美创造力，把"自在"的第一文本变成"自为"的充满创造力的第二文本。从这一意义上说，第二文本是写作者和接受者共同创造的文本。换句话说，越能容纳、收摄接受者的生命体验和审美创造力的文本，其结构就越是开放的、不确定的、充满诱惑力的，用西方文艺理论的话语来表述，就是越具有一种审美召唤结构和期待视野。

德国著名的接受美学的代表理论家伊塞尔主要从"作品"和"文本"的结构分析出发来研究读者的阅读活动，研究文学作品是如何调动读者的能动作用，促使他对文本中所描述的事件进行个性的加工？而文本又是在何种程度上为这样的加工活动提供了预结构？提供了怎样一种预结构？在"文本的召唤结构"理论中，他认为，文学文本应该具有一种召唤读者阅读的结构机制，其中文学作品的空白点本身也是这样一种召唤读者阅读的文本结构机制。这种结构机制促使文学文本不断唤起读者基于既有视阈的阅读期待，但唤起它是为了打破它，使读者获得新的视阈。如此唤起读者填补空白、连接空缺、更新视阈的文本结构，即所谓的"文本的召唤结构"。[①] 例如陈志泽散文《被运载的奶羊》就独特地预设了一个召唤读者阅读并进而去填补空白、连接空缺、更新视阈的文本结构。散文通篇运用象征手法，写一只奶羊，它的奶被卖给人喝，刚生下来的小羊却被卖给酒店

75

---

① 伊瑟尔：《文本的召唤结构》，见瓦尔宁编《接受美学》，慕尼黑威廉·芬克出版社1975年版。

作羊肉煲。[①] 这种让人痛苦的对立和反差使读者看到了一种尖锐的异化现象，羊似乎有了人性，它是那样的无奈和无助；人却充满了兽性，可以随便剥夺另一种生物的哺乳权和生存权。于是受到审美召唤的读者再也不能平静地接受现成的审美创造，他们不得不和"羊"一起思索着，"人是什么玩意儿"？可以说，这种形而上的哲学思考让陈志泽散文具有一种独特的艺术力量，它有力地冲击着读者的心灵，引发读者去想象象征背后的实际指向，去重新审视自己所处的环境和生活，去思考人应该怎么活着，其内涵是深邃和多元的，其审美结构也呈现出一种蕴藉的召唤性。当读者理解了文本的深层意义后，他也因为受到了一种隽永的审美启迪而获得新的视阈。由此可见，作品的召唤结构既为阅读提供了想象的自由和阅读的丰富，又为阅读提供了基本限制。从这一意义上说，能够产生不偏离内在蕴意的自由想象的召唤结构才是具有诱惑力的审美结构。

　　总之，优秀的散文文本都十分注重艺术建构的审美自觉，并以其独特的情感把握和审美召唤尽可能地激发接受者的审美再创造，使文本的审美价值得到最大的丰富、补充和提升。读者的接受则是一种生命沟通，读者通过独具匠心的散文文本走进作家心灵，去把握作家的生命律动和精神取向，达到与作家的交流和沟通，在沟通中揭示生命意义。

［作者单位：泉州师范学院文学与传播学院］

---

① 　陈志泽：《守望》，作家出版社 2001 年版，第 223 页。

走向塔尖

——京派纯散文理论研究

陈 啸

在现代散文理论建设中，以沈从文、何其芳、李广田、废名、梁遇春、萧乾、朱光潜、汪曾祺等为代表的京派散文理论的贡献长久以来一直受到不应有的忽视。其虽属零敲碎打，散漫无章，但却字字珠玑，具有极大的生长性和可阐释空间。京派作家对纯艺术散文的自觉与独立，创作原则，以及散文本体性的审美规范、鉴赏批评论等都提出了极具价值的观点，超越前贤，烛照当下甚至未来。

一 纯艺术散文文体的自觉与独立

在文学的发展史上，散文是一种特殊的母体文类，有着相当的混沌性和宽泛性，原始的诗歌、戏剧、小说无不是以散行文字叙写下来的。它是一切文章或文学的母体。同时，散文在发展的过程中，凸显着两个相伴而生、永远如此的"窄化"和"缩拢"趋势。所谓"窄化"，即随着散文中各种文类自身结构和形式的逐渐成长、成熟以至定型，便脱离散文的家族，自立门户，单独成一文类，比如：小说、诗歌、戏剧等各种文体都是在自身逐渐成熟的过程中分蘖于散文的。并且，在剔除小说、诗歌、戏剧等成熟的文类之后所剩下的"散文",台湾学者郑明俐称之为"残留的文类","仍然不停地扮演母亲的角色,在她的羽翼下,许多文类又逐渐成长,如游记文学、报道文学、传记文学等别具特色的散文体裁若一旦发展成熟,就又会逐渐从散文的统辖下跳脱出来,自成一个文类。"① 散文正是在这不断分娩出新文类的过程中逐渐"窄化"的。所谓"缩拢",即伴随着"窄化",散文也在生长、凝聚着其作为一种独立的文体本身所具有的一些本体性的审美特征,寻求着集中代表散文自身本体性特征的艺术甚至纯艺术散文的独立,换言之,也就是散文作为一种文学性文体的自明性,即文学艺术散文一路。京派散文作家在此方面的贡献可以说是空前的,它在传统意义上的文艺散文的基础上,又化炼与蒸馏出"纯散文"。

在中国,文学艺术散文可谓源远流长。远在春秋、战国的"哲理散文"中就有着颇美的部分小品。至魏晋,文艺散文得以成立,唐代定型。代表性的有汉魏六朝的《桃花源记》、《五柳先生传》、《与子俨等疏》和唐代柳宗元的山水游记等。到了明清,小品取得较大突破,趋于成熟。强调"独抒性灵,不拘格套"。现代散文则继承明清小品脉线,吸收外国随笔之乳汁,强调抒情审美、个人情韵和性灵,达到繁盛。

然而,质言之,古代的艺术散文是不自觉的,它笼统包含在所有其他散文之中,有时甚至无意为之而成佳构。到了现代,艺术散文有了独立的倾向。早在"五四"之初,刘半农"取法于西文,分一切作物为文字 Language 与文学 Literature 二类",以此区分"文字的散文"与"文学的散文",把一切应用文章排除在文学散文之外。态度明确,但尚嫌粗疏,文学的散文里依然包含着与诗歌戏曲相对而言的"小说杂文、历史传记"等。② 在稍后周作人的散文概念里,艺术散文独立出来。1921 年 6 月,他用"子严"的笔名在"晨报副刊"上发表的《美文》所提出的美文概念,

78

---

① 郑明俐:《现代散文类型论》,台北大学出版社 1987 年版,第 22 页。
② 刘半农:《我之文学改良观》,《新青年》1917,3 (3)。

就把那种专事抒情、叙事的记述类的论文称作美文，将之定位于"诗与散文中间的桥"，强调其艺术性。1923 年 6 月王统照在《纯散文》中提出了纯散文的概念以及能使人阅之自产生美感的审美标准。梁实秋也提出过艺术散文的概念，并强调艺术散文的个人性，"散文的艺术便是作者的自觉的选择"[①]，真实表现作者心中的意念。意在文，意在己，有余情。到周作人、郁达夫编选《中国新文学大系》的《散文一集》、《散文二集》时，则对 1917—1927 年间的散文创作做了理论总结。强调散文是个人的、言志的。

至此为止，艺术散文虽渐明晰，但依然没有真正独立，没有完成向文学的真正提升。古代的艺术散文往往只偏重抒情，现代的艺术散文，其实多指的是随笔。记叙、抒情、议论"三体并包"，结构零碎松散。重视现实生活的真实，注重思想，对散文深层的审美价值重视不够。其实，他们仍有意无意地忽视了艺术散文文体的自觉。而趋近完成这一任务的应该是三十年代以何其芳、李广田、沈从文、废名、梁遇春等为代表的京派散文作家。他们非常注重散文的艺术独创性，重视想象的美感。在艺术上刻意求工，有意"为抒情的散文找出一个新的方向"[②]。在何其芳看来，散文应是和诗歌、小说、戏剧处于同等地位的一种独立的创作，"觉得在中国新文学的部门中，散文的生长不能说很荒芜，很孱弱，但除去那些说理的、讽刺的，或者说偏重智慧的之外，抒情的多半身边的杂事的叙述和感伤的个人遭遇的告白"[③]。并试图凭借个人的努力来"证明每篇散文应该是一种独立的创作"[④]。《画梦录》时期何其芳的角色规范就是美文的创作者："我的工作就是在为抒情的散文中发现一个新园地。我企图以很少的文字创造出一种情调：有时叙述着一个可以引起许多想象的小故事，有时是一阵阵

79

---

① 梁实秋：《论散文》，俞元桂主编：《中国现代散文理论》，广西人民出版社 1984 年版。
② 何其芳：《我和散文》，《还乡杂记》，生活书店出版社 1949 年版。
③ 何其芳：《还乡杂记代序》，《何其芳文集》第四卷，人民文学出版社 1984 年版。
④ 何其芳：《我和散文》，《还乡杂记》，生活书店出版社 1949 年版。

伴着深思的情感波动。正如以前我写诗一样入迷。我追求着纯粹的柔和，纯粹的美丽。"① 沈从文也说："我还得在'神'解体的时代，重新给神做一种赞颂，在充满古典庄严的诗歌失去光辉和意义时，来谨谨慎慎写最后一首抒情诗。"② 这些言论都在自觉地将散文看做是"一种纯粹的艺术创作"③，追求艺术散文的精美至纯。

纯艺术散文的自觉与独立使得当时文体的格局实际就演变为：诗歌、小说、戏剧文学、报告文学、史传文学、杂文、艺术散文和纯艺术散文即纯散文等。纯散文内在包含于艺术散文和大散文，它集中体现着散文作为一种文学性文体的本体性审美特征，高居于散文这座金字塔的顶尖。

二　把散文当诗一样来写

散文是文学，散文的创作不仅与小说、诗歌同样重要，有时甚至难于小说、诗歌等文体，因为它必须在短小的篇幅里清楚明白地表情达意。但由于散文本身的包容性和混沌性，使其一直处于文学和非文学的边缘。很多人都不把散文作为艺术文体，这一认识无论中外都屡见不鲜，如朱自清就认为散文"不能算作纯艺术品，与诗，小说，戏剧，有高下之别"④。老舍先生也说"不把散文底子打好，什么也写不成"。"把散文写好，我们便有了写评论、报告、信札、小说、话剧等顺手的工具了。写好散文，作诗也不会吃亏。"⑤ 西方的罗杰、本森、黑格尔等人也都认为散文是低于诗歌等文体的。散文文体个性的模糊化直接影响了人们的创作态度，认为散文是大而化之的，大可随便的写着，"短笛无腔信口吹"，散文就是一切的文

---

① 何其芳：《还乡杂记代序》，《何其芳文集》第四卷，人民文学出版社 1984 年版。
② 沈从文：《沈从文文集》第 11 卷，花城出版社三联书店香港分店 1984 年版，第 324 页。
③ 萧乾：《大公报文艺奖金》，《读书》1979（2）。
④ 朱自清：《论现代中国的小品文》，佘树森编：《现代作家谈散文》，百花文艺出版社 1986 年版。
⑤ 老舍：《散文重要》，《笔谈散文》，百花文艺出版社 1980 年版，第 5 页。

章。创作态度的不端正易于产生散文创作的不纯甚至庸俗丑陋的文字且能都被名之为"散文"。

在散文的创作态度方面，京派作家无疑有着极强的警示性和深远的启示意义。他们重视散文的文体审美个性、强调文学性、推崇艺术性，以一颗虔诚的心基于一种血肉猩红的生命体悟来"捉摸自己的情感和文字"，[①]每一字一句都漫溢着他们精神的抚摩，甚至"一篇两三千字的文章的完成往往耗费两三天的苦心经营"[②] "但求艺术的完整，不赞成把写得不像样的坏文章都推说是'散文'"[③]，他们正是以一颗诗心来精心营构散文的玉宇琼楼。

京派作家对散文文学性的重视，以及对纯散文文体的成功实践，证明了每篇散文都是一种独立的创作，即使在今天仍有着不菲的实际意义。它对于那些散文创作的随便以及文字的丑陋有着积极的纠偏补正、文体影响和文体导向的作用，促进它们增强审美功能，从心所欲，不逾矩，良化创作和散文研究的生态环境。散文创作纯净了，概念清晰了，有利于散文研究形成内在的逻辑体系，也有利于散文的学术研究向纵深发展。

当然，京派作家尽管极力强调散文的文学性和推崇纯散文的创作，但它不"唯我"，这和实际存在的"大散文"创作不是矛盾的。如果将散文创作局限于艺术散文、纯散文创作，无疑就排斥了实际存在的多种多样的散文比如杂感、报告、速写、序跋、谈艺录、读书记等，这不利于散文的繁荣和发展。创作就是自由，特别是散文创作，限制越少越好。"大散文"可以充分发挥其文体创生作用，有着强悍的生命力，能给艺术散文、纯散文提供广袤而深厚的思想土壤，启发艺术散文、纯散文增强一些实用价值、理性思考以及增加一些人类共性的情感波澜，也是散文研究的血脉之源。其实，京派散文本身也不尽是纯散文，纯散文也许是他们永远的追求

81

---

① 李广田：《自己的事情》，《文艺书简》，开明书店 1949 年版。
② 何其芳：《还乡杂记代序》，《何其芳文集》第四卷，人民文学出版社 1984 年版。
③ 卞之琳：《序》，《李广田散文选》，云南人民出版社 1980 年版。

方向，但让我们感动和心仪的恰恰是他们对散文创作的姿态。

三　散文本体性的审美规范

伴随着对纯艺术散文文体的自觉与创作态度的严谨，京派作家思考了散文的本体性特征。散文究竟是什么，一直以来困扰着无数关注散文的人。在古代，散文主要在为传达一些哲学、历史的过程中以一种思辨与纪实的工具发挥"审智"的功能。审美是从属的甚至是不自觉的。五四以后，散文作为一种文学形式从重审智的文章系统中分离出来，审美规范开始在探寻中确立。刘半农、周作人、朱自清、梁实秋等人虽也都提出了不少切中肯綮和具有建设性的散文理论观点，但总起来说，仍不明晰，对艺术散文本身的审美价值重视不够，甚至予以忽视，更鲜有对散文文体本体性特征的探讨。有感于散文创作的不纯以及散文在文学家族中地位的低下，加之他们本身学院派的背景，厚重的中西学养等，京派散文作家在此方面显然留下了超前的探索痕迹，提出了很多颇有价值的观点。他们多从散文与诗歌、小说等成熟文体的区别中思考散文的本质特征并以此为基点规范散文的文体。比如针对散文概念的模糊和创作的混乱，李广田提出"本位的散文"和"非本位的散文"，"其中有近于小说的，有近于诗的，也有近于说理的"①。"好的散文，它的本质是散的，但也须具有诗的圆满，完整如珍珠，也具有小说的严密，紧凑如建筑。"散文虽然本在于"散"，但"散文既然是'文'，它也不能散到漫天遍地的样子，就是一条河，它也还有两岸，还有源头与汇归之处"②。在文体之间的区别上，"以散文与小说相比较……小说或有故事，或无故事，但必有中心人物；散文中或有故事，或无故事，却不必一定有中心人物。……小说以人物行动为主，其人物之思想，情感，性格等，都

①　李广田：《鲁迅的杂文》，《文学枝叶》，益智出版社 1948 年版。
②　李广田：《谈散文》，《文艺书简》，开明书店 1949 年版。

是在行动中表现出来，即使偶然描写一些自然景物，也还是为了人物的行动；散文则不必以人物行动为主，只写一个情节，一段心情，一片风景，也可以成为一篇很好的散文。小说须全作具体描写，即使是议论，是感想，或是一种观念的陈述，也必须纳入具体的描写之中；散文则可以做抽象的言论，如说明一种思想，一种感情，一种论断等。"① 这些认识都是符合散文内在特质的。

具体到散文的审美规范上，京派作家要言不烦，逼近了散文的本质，是本体性的审美规范。所谓本体性的审美规范就是指对散文创作提出的审美要求贴合散文作为一种文体得以与其他诸文体区别开来的要素和特质。此种审美规范是能够区别于其他诸文体的具有散文文体个性的本源性特征。其理论观点的高浓度具有极大的生长性和可阐释性。

（一）散文是"真我"主观性的文体

京派作家强调散文是对"自我"的抒写；散文创作就是书写"自己的心和梦的历史"。② 散文"是由心里来的"，③ "心是怎么想，手里便怎么写"。④ 散文中不能没有自己，散文就是述说自己人格、心情的。它的妙处"也全在于我们能够从一个具有美妙的性格的作者眼睛里去看一看人生"。它们看上去好似漫不经心，信手写来，"可是他们自己奇特的性格会把这些零碎的话儿熔成一气，使他们所写的篇篇小品文都仿佛是在那里对着我们拈花微笑"⑤。李广田说得更明白：散文创作应当"一切从自己真实体验出发，""人不能没有自己，也唯有这样的一个'自己'才是一个完整的个体，从这样的'自己'中创作出来的艺术，也将是最完整的艺术"⑥，李广

83

① 李广田：《谈散文》，《李广田》，人民文学出版社 1984 年版。
② 沈从文：《沈从文文集》第 10 卷，花城出版社 1984 年版，第 273 页。
③ 朱光潜：《朱光潜全集》第一卷，安徽教育出版社 1987 年版，第 8 页。
④ 朱光潜：《论小品文》，佘树森编：《现代作家谈散文》，百花文艺出版社 1986 年版，第 228 页。
⑤ 梁遇春：《小品文选序》，吴福辉编：《梁遇春散文全编》，浙江文艺出版社 1992 年版，第 435 页。
⑥ 李广田：《谈文艺创造》，《李广田研究专集》，云南人民出版社 1985 年版。

田称自己的散文中"就藏着一个整个的'我'"①。他拒绝了"载道文",也拒绝了"厌胜文"②,以全部精力去表现自己生活的"朴野的小天地"。何其芳也认为他的散文只是抄写自己过去的记忆,他说:"我很珍惜着我的梦,并且想把它们细细地描画出来。"③ 我们在阅读京派散文作品的实际感受中,可以鲜明地感觉到"我"的存在,即使那些表面看来没有"我"出现的文字中,也无不渗透着"我"的影子。京派散文这种对"自我"性灵的重视,不同于五四以及明清等的性灵小品,它抒写的是真正"我的"品格,带有自己独自的性格,是真正属于自己的散文,正如吴福辉先生所说:"我国的古典散文每一次挣脱'载道'的束缚而转向'言志',也都讲究抒发个人性灵,但大半是寄情式的,"而京派作家的散文观显然有着自述的"内视"品格,"像这样充分外露心迹的散文,是对我们文学的一个合理的补充。"④ 并且,对散文这种不带面具的"真我"的强调,抓住了散文区别于小说、戏剧等文体的本体性特点,限制了散文"真实"、"本色"、"真诚"与"真挚"的文风。

同时,更为重要的是,强调散文对"真我"的抒写,内宇宙的开拓,也内在决定了散文的世界是一个主观的王国,一个孕育着的、并且保持其孕育状态而不外显的内在的世界。正因为此,李广田说:"小说宜作客观的描写,即使是第一人称的小说,那写法也还是比较客观的,散文则宜于作主观的抒写,即使是写客观的事物,也每带主观的看法。"⑤

对散文文体"真我"主观性的自觉与强调,这在实际上,也就把散文与小说、报告等文体区别开来。因为小说、报告等文体偏重客观的状写,而散文则重主观的宣泄。

① 李广田:《银狐集题记》,柯灵主编:《中国现代文学序跋丛书:散文卷》,海南人民出版社 1988 年版,第 882 页。

② 周作人:《序》,《李广田》,商务印书馆 1936 年版。

③ 何其芳:《画梦录》,花城出版社 1981 年版,第 3 页。

④ 吴福辉:《前言》,《梁遇春散文全编》,第 8 页。

⑤ 李广田:《谈散文》,《李广田》,人民文学出版社 1984 年版。

（二）节制的情感

散文天生是抒情的，但"散文的感情要适当的节制。感情过于洋溢，就像老年人写情书一样，自己有点不好意思"①。正如写悲哀，"越节制悲哀，我们越感到悲哀的分量"②。这种节制的情感抒写，用废名的话说则是散文要"隔"，他说："近人有以'隔'与'不隔'定诗之佳与不佳，此言论大约很有道理，若在散文恐不如此，散文之极致大约便是'隔'，这是一个自然的结果，学不到的……我们总是求把自己的意思说出来，即是求'不隔'，平实生活里的意思却未必是说得出来……"③情感的节制在梁遇春的概念里则表现为"漫话絮语"，他认为散文宜用"轻松的文笔，随随便便地来谈人生，"像是"茶余饭后，炉旁床侧的随便谈话"，不应有冠冕堂皇的神气。④追求散文情感的这种"节制"抑或是"隔"，其妙处即在于易形成"羚羊挂角，无迹可寻"的神韵，有利于保持一种散文的本色和禅意，即"不立文字、以心传心的境界，有如世尊拈花，迦叶微笑"⑤，这也是中国文论中最为推崇的境界。

情感的节制，表现着"本色"之美，"本色"之美规约了自然的文风。文风的自然正是要散文本色为底，自然有致，无矜持，不造作，家常随便，能够"引起忧郁的可喜的亲切之感"⑥。一如李广田在评论玛尔廷时所说的那样："在他的书里，没有什么戏剧的气氛，却只使人意味到淳朴的人生，他的文章也没什么雕琢的辞藻，却有着素朴的诗的静美。"⑦这也是京派散文创作所追求的。

---

① 汪曾祺：《自序》，《汪曾祺自选集》，漓江出版社 1987 年版，第 1 页。
② 李健吾：《画梦录——何其芳先生作》，《李健吾创作评论选集》，人民文学出版社 1984 年版。
③ 废名：《关于派别》，《林语堂经典名著：论述小品》，金兰文化出版社 1986 年版，第 486 页。
④ 梁遇春：《小品文选序》，吴福辉编：《梁遇春散文全编》，浙江文艺出版社 1992 年版。
⑤ 周作人：《志摩纪念》，转引自傅瑛《昨夜星空》，安徽大学出版社 2004 年版，第 20 页。
⑥ 李健吾：《批评文集》，珠海出版社 1998 年版，第 127 页。
⑦ 李广田：《道旁的智慧》，《画廊集》，商务印书馆 1936 年版。

（三）强调散文的"诗质"

所谓散文的"诗质"，即散文要有诗的品质和特性。在传统的散文理论中，对散文的诗性重视是不够的，甚至可以说是缺席的。总以为散文是一种叙事、抒情和议论相结合的文类，鲜有从"诗质"的层面上来研究散文，更别说对散文"诗质"理论的探讨和建构。即使包括五四时期对散文抒情艺术较为重视的刘半农、周作人、朱自清、梁实秋等人，也只多在强调散文的抒情性，且语焉不详，"诗质"无人问津。在此方面，京派散文作家可谓开风气之先。沈从文公开宣称："人生为追求抽象原则，应超越功利得失和贫富等级，去处理生命与生活"，他怀疑"真"，笃信"美"："什么叫作真？我倒不太明白真和不真在文学上的区别，也不能分辨它在感情上的区别。文学艺术只有美与不美。精卫衔石，杜鹃啼血，情真事不真，并不妨事。"① 为了重"美"甚至轻"真"，试图以一个清明合用的脑子，运用自己自由的一支笔表达自己独特的见解和匠心，重视作品美的语言、美的意境、美的情蕴、美的生命与人性……不重视甚至忽略一种直接的现实功利得失，以"我"的内在标准疏离那种国民共通的德性从而塑造一种形上原则。李广田则提出了"诗人的散文"概念②，以诗人的思维和情感方式来打量和思考散文的创作。刘西渭甚至把散文是否具有"诗性"作为衡量散文成败的重要尺度，他说："几乎成功一篇散文首先需要满足的一种内外契合的存在。"它虽没有诗的凝练，没有诗的真淳，但"却能具有诗的境界。"诗歌能够助长散文的美，"一篇散文含有诗意是美丽的。"③

京派作家对散文"诗性"的重视可以说是抓住了散文的本质特征，其实，散文就应该是"诗"的。就作品的内容来说，小说重客观状写，散文偏主观宣泄，这一点离诗最近。另外，在中国文学的发展史上，诗歌和散

---

① 沈从文：《水云》，花城出版社 1984 年版。

② 李广田：《谈散文》，《文艺书简》，开明书店 1949 年版。

③ 刘西渭：《画廊集——李广田先生作》，《李广田》，人民文学出版社 1984 年版。

文如影随形，中国是散文的大国，也是诗的国度。国外也是如此，克劳斯威茨说："散文不过是诗歌以另一种手段的继续而已。"① 散文的本色理应具有诗的品格和汁液，以诗笔为文，述诗之余事余兴余怀，才能够精美醇厚。

在散文"诗性"的写作规范上，朱光潜强调散文要有声音节奏。他强调虚字的运用，以及段落的起伏开合、句的长短、字的平仄、文的骈散等，并把这些都认为与散文的声音有关。而声音是关联着说话的，至于散文的"说话"，"……须把话说的干净些，响亮些，有时要斩截些，有时要委婉些。照那样办，你的文章在声音节奏上就不会有毛病"②。

至于对散文"诗性"创作的其他诸如"意境"、"意象"、"想象"等方面的审美规范，他们语焉不详，这一缺憾则由他们的创作实践做了弥补。京派作家的散文创作，大都以性灵的抒情，迂回的沉思，融会于客观事物，使客观之人、事、景、物显人之生命的冲动与灌注，以达神与形的统一，情与景的统一，物和"我"的统一，做到情思与境像的有机结合，至而产生生香活意的妙境。

应该特别指出的是，从京派散文作家不多的言论和精美的创作中，我们大可知道，京派作家所谓的"诗质"，是一种流荡于内，漫溢于外的纯真的美质。它"如册上之色，水中之味，花中之光，女中之态，虽善说者不能下一语，唯会心者知之"。③ 这显然不同于十七年散文中的那种仅从主体精神之外寻求一种诗的意境式的局部或细节的所谓"诗化"。

（四）散文表在文字的优美

京派作家对散文的语言非常重视。汪曾祺在《蒲桥集》的《自报家

87

---

① 转引自《散文研究》，河北大学出版社 2001 年版，第 400 页。
② 朱光潜：《散文的声音节奏》，俞元桂主编：《中国现代散文理论》。
③ 袁宏道：《叙陈正甫会心集》，转引自杜福磊《散文美学》，河南大学出版 1991 年版，第 122 页。

门》一文中这样写道："我很重视语言，也许过分重视了。我以为语言具有内容性。""语言具有文化性""语言的美不在一个一个句子，而在句与句之间的关系"，"语言像树，枝干内部汁液流转，一枝摇，百枝摇。语言像水，是不能切割的。一篇作品的语言，是一个有机整体"①；"语言和思想是同时存在，不可剥离的。语言不仅是所谓'载体'，它是作品的本体"②。这是汪曾祺从四十年代以来一以贯之的创作主张，也代表了京派散文作家的共同心声。在京派散文的世界里，语言被提高到了本体性的高度，这是符合散文文体实际的。散文一般短小精悍，难以像小说和戏剧那样以情节和复杂的矛盾冲突取胜，它势必要求散文作家必须把主要精力放在语言的锤炼上，散文拒绝败笔和冗笔。而小说、戏剧中的叙述语言，是视角人物的语言。视角人物的经历、接受的教育、经济状况、社会地位等，限制了他的语言能力和表达方式，其讲话也常用日常语，语言过美反显矫揉造作，华而不实。故小说、戏剧对语言的要求并不高，简洁、准确、到位就行了。再者，散文是一种以本色真诚取胜的艺术，艺术性居次，语言就显得尤为重要。诗歌对语言的要求也没有散文那样高，诗歌重意境、意象、音乐节奏等，如只语言平平，尚不失为一首好诗，而散文的语言如果不好，决算不上一篇好散文。可以说，辞章之美是散文重要的本体性特征之一。

另外，他们对散文的语言美规范也是符合散文文体内在要求的，主要为：

88

（1）素朴美，即语言的本色美。李广田说："散文的语言，以清楚、明畅、自然有致为其本来面目。"③ 与诗相比，"诗须简练，用最少的语言，说最多的事物；散文则无妨铺张，在铺张之中，顶多也只能作委曲婉转的叙述。诗的语言以含蓄暗示为主，诗人所言，有时难免恍兮惚兮；散文则

---

① 汪曾祺：《蒲桥集》，作家出版社 2000 年版。
② 汪曾祺：《我的创作生涯》，《写作》1990（7）。
③ 李广田：《谈散文》，《文学枝叶》，上海益智出版社 1948 年版。

常常显豁，一五一十地摆在眼前，令人如闻如见。诗可以借重音乐的节奏，音乐的节奏又是和那内容不可分的；散文则用说话的节奏，偶然也有音乐的节奏，但如有意地运用，或用得太多，反而觉得不对……"①，"诗人可以夸张，夸张了还令人不感到夸张；散文则常常是老实朴素，令人感到日常家用。""写散文很近于自己心里说自己事，或者对着自己人说人家的事情一样，常常是随随便便，并不怎么装模做样。"② 同时，朴素的语言更意味着真实的内涵，"它要求内外一致，而这里的一致，不是人生精湛的提炼，乃是人生全部的赤裸"③。

京派散文作家所谓的素朴美实乃平淡中之绚烂至极。丰约适宜，意韵丰赡，言近旨远，辞浅意深。比如：萧乾散文语言的言简意赅，半文半白，半吞半吐，若即若离；李广田散文语言的质朴、形象、自然、恬淡、日常、潇洒、畅达；沈从文散文语言的质朴中透露着真美，平淡中有丰腴等，都属于稍做雕琢的朴素美。

（2）音乐节奏美，即节奏鲜明、音韵和谐。朱光潜说："领悟文字的音乐节奏，是一件极有趣的事……我读音调铿锵、节奏流畅的文章，周身筋肉仿佛作同样有节奏的运动，紧张或是舒缓，都产生极愉快的感觉。"还说"我自己在作文时，如果碰上兴会，筋肉方面也仿佛在奏乐，在跑马，在荡舟，想停也停不住。如果意兴不佳，思路枯涩，这种内在的节奏就不存在，尽管费力写，写出来的文章，总是咯吱咯吱的，像没有调好的弦子。我因此深信声音节奏对于写文章是第一要事。"④ 朱光潜所强调的散文语言的节奏显然不同于纯音乐的节奏，它是指作者心灵感情的节奏外化。是作者对某一欲表现的事物体会入微时，心灵与客观事物产生和谐的共鸣，有了这种共鸣，那特有的节奏则便在笔下自然流出。我们从朱光潜

89

---

① 李广田：《谈散文》，《李广田》，人民文学出版社 1984 年版。
② 李广田：《谈散文》，《文学枝叶》，上海益智出版社 1948 年版。
③ 刘西渭：《画廊集——李广田先生作》，《李广田》，人民文学出版社 1984 年版。
④ 朱光潜：《散文的声音节奏》，俞元桂主编：《中国现代散文理论》。

的话中可以体会出，感情、至情在散文创作中是非常之重要，一旦有了感情、至情，虽无意去排列、组合字句，然而其感情的自由倾流，也会在纸上留下或长或短或偶或奇的字句。即使在各种句子参差错落的组合上，不免也有作者自觉的加工，但是这种"自觉"，也是受着内心感情节奏所支配。

在京派散文作家中，沈从文散文语言的节奏美是比较明显而突出的。他的《泸溪·浦市·箱子岩》、《白河流域几个码头》、《鸭窠围的夜》等作品，句子或舒或缓，或长或短，或强或若，整饬中有变化，错落中有齐整，恰当使用了一些排比句、对偶句和复迭句，古色古香，显然有着很强的暗示性和内在的节奏性。

（五）自由的文体探险

散文的本性是自由，这是由散文的主观性、真实性所决定的。它反传统、反成规。散文的精神崇尚不平、偏至、鼓动和即时的创造。散文无固定的模式，它是在不太守规矩中保持自己创造的生命性。

京派散文作家深得散文自由之三昧，在他们的观念中，散文不仅是"诗"的，具有着诗的品格（前文已述），而且也应该吸收小说等文体的长处，不拘泥于成法，做文体的探险。如当时的"汉园三诗人""都倾向于写散文不拘一格，不怕混淆了短篇小说、短篇故事、短篇评论以至散文诗之间的界限，不在乎写成'四不像'，但求艺术的完整，不赞成把写得不像样的坏文章都推说是'散文'"①。李广田在提出"诗人的散文"的同时也提出了"小说家的散文"概念，并强调：诗人的散文要力求在"平凡的事物中见出崇高，在朴素文字中见出华美……"而小说家的散文，则"比较客观，刻画，严整，而不流于空洞，散漫，肤浅，絮聒等病"②。

这里显然强调了散文创作的自由同时不忘自身的独立，它"不是一段

---

① 卞之琳：《李广田研究专集》，云南人民出版社 1986 年版，第 16 页。
② 李广田：《谈散文》，《文艺书简》，开明书店 1949 年版。

未完篇的小说，也不是一首短诗的放大"。① 散文的自由是在不抹杀个性的前提下采取百花以酿蜜。"好的散文，它的本质是散的，但也必须具有诗的圆满，完整如珍珠，也具有小说的严密、紧凑如建筑。"② 在散文章法的多样化方面，梁遇春一方面是正统的思想文体统一论者，认为"理想的文体是种由思想内心生出来的，结果和思想成一整个，互位表里，像灵魂同躯壳一样地不能离开"③，同时亦在寻求散文文体以尽可能表现作者情理的奥妙，他引进英国作家本森关于"观察点"的说法，以"观察点"作为散文展开笔意的立足点，它往往是虚构的。梁遇春的散文就有装成痴人、失恋者，假做一封来信和文后加上按语等种种角度。

诚如其言，在京派散文的作品中，既蕴蓄着诗情，洋溢着诗意（前已述兹不赘），亦有着小说的客观、质朴、宁重、开阔。他们把散文这种最主观也最能刺激读者幻想的文学形式融入了小说中的最适宜描摹社会人生的优点并做了较好的融通，在不失散文文体本身特性的基点上追求散文的摇曳多姿。

（六）重视散文的文化寻根

汪曾祺说："'五四'以后的新文学的形式，如新诗、戏剧，是外来的。小说也受了外国的影响。独有散文，却是特产。"④ 事实也确是这样。散文不同于其他文体，它自古有之，并且与中国文化有着特殊的密切关系。这种密切关系不仅体现在散文的实用因子与中国尚实用理性的契合，还体现在两者于人的情感和心灵的共质。中国文化特别是传统文化在很大程度上可以决定中国散文的内容以至形式，正因为此，汪曾祺说："所有的人写散文，都不得不接受中国的传统。事情很糟糕，不接受民族传统，简直就写不好一篇散文。不过话又说回来，既然我们自己的散文传统那么

91

① 何其芳：《还乡杂记代序》，《何其芳文集》第四卷，人民文学出版社 1984 年版。
② 李广田：《谈散文》，《文艺书简》，开明书店 1949 年版。
③ 梁遇春：《兰姆读书杂感译者注》，见吴福辉：《梁遇春散文全编》，第 379 页。
④ 汪曾祺：《自序》，《汪曾祺自选集》，漓江出版社 1987 年版。

深厚，为什么一定要拒绝接受呢？"他甚至认为对传统的重视程度关系着散文的发达与否。①

　　传统是存在于今天的历史因素，它作为一种"历史延传而又持久存在或一再出现"②。希尔斯说："新事物的形式与实质在很大程度上取决于一度存在的事物，并且以这些事物为出发点和方向。"③ 作为一种有着悠久承传历史且与中国文化关系如此密切的散文文体不可能脱离传统，它理应在寻求发展自己前进的路途中把传统作为自己的参照和起点。

四　散文的鉴赏批评论

　　现代散文出现以来，对散文的鉴赏批评论不是很多。就笔者的阅读视野观之，京派散文的鉴赏批评论虽然言之了了却依然有着开启山林之功、普适的客观价值、深远的历史意义。要之为两点：其一，强调阅读也是一种创造。读者和作者之间的关系不应该是各各自封的，要突破域限，读、写相长。汪曾祺说："我始终认为读者读文章，是参与其中的。他一边读着，一边自己也就随时有自己的意见、自己的看法。阅读，是读者和作者在交谈。"④ 李广田甚至认为："……一个最好的欣赏者，应当能够尽量发展他的是非好恶之心，进而为批评，然后可以给作品一个最好的估计。而且，应当与作者共鸣，更进一步超越作者，创造，再创造……"⑤ 这种鉴赏论旨在说明阅读是一种欣赏，一种批评，更是一种创造，有时甚至是超出作者之上的一种创造性阅读，它有利于促进创作、指导创作；其二，重视批评与创作的相通。以刘西渭为笔名写作的李健吾深刻地认识到批评与创作的同构关系，他同意王尔德（Oscar Wilde，1854—1900）的看法：

---

① 汪曾祺：《自序》，《汪曾祺自选集》，漓江出版社 1987 年版。
② ［美］E. 希尔斯：《论传统》，人民文学出版社 1980 年版，第 21 页。
③ 同上书，第 46 页。
④ 汪曾祺：《自序》，《汪曾祺自选集》，漓江出版社 1987 年版。
⑤ 李广田：《谈文艺欣赏》，《李广田》，人民文学出版社 1984 年版。

"没有批评的官能，就没有艺术的创造……所有良好的想象的作品，全是自觉的，经过思虑的……因为创造新鲜形式的，正是这种的官能。"① 在这里，李健吾意在强调：创造要有批评的素质，批评更是一种创造。唯批评，创作才能创新、发展。批评意识无论对于创作者自身还是创作者与批评者之间，都是适宜的，也是必需的。这其中，李健吾用艺术家的标准要求批评家的做法正是印象主义批评的一个特点，即强调批评主体的主体意识和创造性以及情感的投入，内心的体验、个性气质等都溶入创作中去。另外，朱光潜所重视的心理批评也是值得注意的，心理批评以现代心理学的成果来对作家的创作心理及作品人物心理进行分析，从而探求作品的真实意图以获得真实价值。

京派散文的鉴赏批评论说的主要是散文，其所说的创造性的鉴赏批评论是适合所有文学形式的，他们的鉴赏批评论没有也无意于把散文和其他文体区别开来。他们对于作家和读者互动关系的重视以及批评意识的自觉，具有恒久和广泛的普适性，极有利于激发文学的创造性和生命力，有利于形成良好的文学生产与批评的生态环境。

综上所论，京派散文的理论主张不仅深入而且近成体系。其纯散文文体的自觉与独立，在文学艺术上使散文有了质的提升，散文真正回归于文学。京派散文的创作态度、创作原则、审美规范等对散文创作的良化有着极好的影响、引导和规约作用，有利于散文的发展，也有利于散文理论形成自己内在的逻辑体系和纵深化。然而由于现实以及自身的一些原因，京派作家没有继续探讨下去，其散文理论观点也没有得到更好的整理归纳、系统阐发、生长发展，很难说不是一个遗憾。

93

[作者单位：南通大学文学院]

---

① 李健吾：《李健吾批评文集》，珠海出版社 1998 年版，第 303 页。

京派散文批评的文化美学意蕴

邱晓明

京派散文批评是指与 20 年代末、30 年代与京派散文创作相依存的文学批评。由于京派是由松散的作家组成的群体，且大部分作家重视创作而轻视理论，因而京派散文批评以零碎为特征，缺乏整体性，缺乏系统的总结。京派散文批评没有典型的散文批评家，论及散文较多的主要有周作人、沈从文、何其芳等；没有集中的散文批评文章和散文理论建设的分工；没有专门的散文创作的理论总结；有关散文的论述主要散见于个人文集的序、跋、题记以及部分的作家论中，因此在 20 世纪中国散文批评史上，京派散文批评向来不受关注，不被重视，甚至被排斥。但是，由于京派散文批评是建立在独特的文化渊源上，它吸纳了传统的散文理念并借助外来文学理论，确立了京派散文批评的独特文化基础；加之京派散文批评家对散文美学的独特理解和追求又使得京派散文批评显现出与 30 年代主流文学批评不一致的特征，具有独特的文化美学意蕴。

一 浓郁的文化底蕴造成的京派散文批评的独特范式

京派散文的批评主体主要是依托于北方城市，受到北平古都的深厚的地域文化的影响，孕育了独特的审美价值观。从地域文化因素看，京派散文批评家大都活动在北京、天津一带，且大都出自北方名校，如清华大学、北京大学、燕京大学等，这为流派的凝聚与散文的批评、交流提供了较为独特的地理条件，具有了浓郁的地域文化特征。北京更多地保有同中国乡土社会的传统联系，郁达夫曾说它是"具城市之外形，而又富有乡村的景象的田园都市"①，北京的传统文化底蕴不断的滋养着京派文人，"籍贯之都鄙，固不能定本人之功罪，居住的文陋，却也影响于作家的神情"②。当时的北方城市不仅远离社会政治斗争的中心；而且作为"明清帝都"的北京拥有的文化氛围和美学底蕴为京派散文批评在某种程度上超越社会政治态度而保有纯文学的审美态度提供了文化基础。同时京派散文批评家又不排斥外来的批评范式，加以兼收并蓄，融会贯通，与中国传统的直觉感悟的批评形态相结合形成了印象式的批评方式。京派散文批评在高举纯美文学的同时，又不排斥对人生的独特关怀和理解，形成了独具特色的散文批评范式。因此当我们从文化传统与现代精神、社会关怀与美学追求来观照京派散文批评时更能够理解京派散文批评对现代散文建设和散文审美评价的重要意义。

当时的北方城市处于社会政治斗争的中心之外，这使得京派散文批评能够建立在非政治的影响之上，从而保持纯文学的立场，在某种程度上超越了 30 年代社会性批评的散文价值观，呈现出了具有独特的文化美学意蕴的散文批评。他们执著地坚持自己的美学理想，以审美化艺术理论和实践标准去品评散文创作。京派散文批评家不是以政治标准来衡量作品的成功与否，北方城市相对保守的文化环境和相对平静的社会环境促成了京派文人对散文标准的另一种尺度——非功利的审美倾向，"一件艺术品——真正的艺术品——本身便须成一种自足的存在"③，"艺术所摆脱的是日常繁

95

---

① 郁达夫：《住所的话》，《文学》，1935－7－1，(5)。
② 鲁迅：《"京派"与"海派"》，《鲁迅选集》第 4 卷，人民文学出版社 1995 年版，第 160 页。
③ 李健吾：《神·鬼·人》，《咀华集·咀华二集》，复旦大学出版社 2005 年版。

复错杂的实用世界，它所获得的单纯的意象世界"①，京派批评家自觉地把文学的评价标准设置在艺术的坐标上。后期京派批评就是抱定了这样的审美艺术化的标准，去除散文批评中的政治和经济原则，用艺术的眼光去看待、分析散文。如果处在政治斗争的中心，相信京派散文批评的价值观取向很难脱离大的文化环境而独立存在。京派散文批评家大都处在北方文化中心的高等学府，文人心态、自由知识分子的艺术观共同构成了北方文人群体的独特文化状态、文化风貌、精神气质，形成了他们对散文的独特理解和认识。京城文化、学院文化、学者文化的聚合孕育了京派散文，京派散文批评也是架构在这种文化背景下。

京派散文批评家大都是学者型的人物，他们有着深厚的国学基础，对待古今中外的文学能超越具体派别采取宽容的态度，选择他们认为是精华的部分加以融合。京派散文批评兼收中西、融合古今的散文理念，接受西方和中国古代的文艺创作思想，加以应用和改造，形成自己独特的批评思维，显示出与 30 年代的左翼文学的社会性批评迥异的审美情趣。

五四时期，周作人主张文学的平民性、人性得到了许多人的呼应。到了二三十年代，周作人转向以中庸与宽容的态度来创造新文学，通过对传统文学的研究，找到了明末公安、竟陵两派的性灵文学思潮与小品散文相契合的部分，进而主张"中国散文的源流我看是公安派与英国的小品文两者所合成，而现在中国情形又似乎正是明末的样子，手拿不动竹竿的文人只好避难到艺术世界里去"②。周作人对公安派散文"独抒性灵，不拘格套"的风范大加赞赏，"公安派的人能够无视古文的正统，以抒情的态度作一切的文章，虽然后代批评家贬斥他们为浅率空疏，实际却是真实的个性的表现，其价值在竟陵派之上"③。他竭力提倡散文的"言志"重于"载道"之用，把小品文推为"文学之极致"，"小品文则在个人的文学之尖

---

① 朱光潜：《形象的自觉》，《朱光潜全集》，安徽教育出版社 1995 年版。
② 周作人：《燕知草·跋》，《苦雨斋序跋文》，河北教育出版社 2002 年版。
③ 周作人：《知堂序跋》，岳麓书社 1987 年版，第 314 页。

端，是言志的散文，它集合叙事说理抒情的分子，都浸在自己的性情里，用了适宜的手法调理起来，所以是近代文学的一个潮头"①。周作人的散文理论借重了对公安派、竟陵派的认同来强调散文的自我表现，并在早期的京派散文创作中产生重要影响，废名的涩味的小品散文就被周作人认为是和竟陵派相似。

京派散文批评引进西方的纯美文学思想，并付诸批评实践。朱光潜对克罗齐的介绍，使人们看到了艺术活动与其他人类意识活动的根本区别。朱光潜说："诗人和艺术家看世界，常把在我的外射为生物的，结果是死物的生命化，无情事物的有情化"，这样就能够"在凝神观照中物我由两忘而同一，于是我的情趣和物的姿态往复回流。"② 这种纯美的文学思想渗透到京派散文家的创作心态中，表现为以"静穆"为最高境界，以"和谐"作为一种审美意识，具体在散文批评中则要求为散文组织的"均衡"与"完整"；作家主观感情与创作对象的"妥帖"这两个方面，规定艺术技巧的运用必须"恰当"、创作情感的表现必须"节制"。

京派散文批评内取传统文学精神，接受传统文化的影响；外取西方美学理论，吸纳其中精髓为我所用，形成了独具文化美学意蕴的散文批评，对 20 世纪散文批评的建设与发展具有重要的意义。

二　京派散文批评的文化审美特色

京派散文批评家在文化认同、文学理想、文学态度上选择了远离政治，自觉接受古今中外文化的影响，坚守文学的独立品格，由此生成了对散文批评的独特认识，形成了以文化审美批评为特征的散文批评范式。京派散文批评在张扬作家个性中形成了以"自我"为中心的散文批评观，在对小品散文的批评中建构了散文的文化批评方式，在散文批评中凸现了散

---

① 周作人：《知堂序跋》，岳麓书社 1987 年版，第 330 页。
② 朱光潜：《美感经验的分析》（三），《文艺心理学》，复旦大学出版社 2005 年版。

文的文本建设的意识和对散文艺术美的独特追求。

（一）以"自我"为中心的散文批评观：周作人的"自我"与沈从文的"自我"

京派散文家抱定远离现实的态度，经营着自己的散文园地，他们拒绝"把那个社会价值掺加进去，估定我的爱憎"，他们的散文批评的价值取向是要远离社会的干扰，"我用不着你们名叫'社会'而制定的那个东西，我讨厌一般标准，尤其是什么思想家为扭曲蠹蚀人性而定下的乡愿蠢事"①。他们反对海派散文的商品化标准，要在政治和商业之外寻找新的精神支点，那就是以"乡下人"的旗帜来标明的与当时的其他派别不同的散文观。"乡下人"掩盖下的"自我"的张扬是 30 年代京派散文批评的重要特征。

沈从文以"乡下人"为中心的"自我"和周作人等"以自我为中心"的散文观是不谋而合，都重视个性的表达；他们都是游离于阶级对立、政治斗争的旋涡的自由者，以追求精神的梦想家园为终极目标。但是京派散文家的"自我"意识又有着较大的不同。当时在北平聚集的周作人、废名、俞平伯，虽与朱光潜、沈从文、李健吾、李长之等人关系密切，但他们的内在分歧相当大。对于自我表达的认识，京派散文家们都有自己不同的见解。沈从文在谈到他的散文创作时，一再表明"我要写我自己的心和梦的历史"②；朱光潜认为散文"是由心里来的"③，"心里怎样想，手里便怎样写"④。何其芳认为他的散文只是抄写过去的记忆："我很珍惜着我的梦，并且想把它们细细地描画出来"⑤。李广田则自称他的散文中"就藏着一个整个的'我'"⑥，他从忆旧视角出发状写健康的理想

---

① 沈从文：《沈从文选集·习作选集代序》，四川人民出版社 1983 年版，第 229—232 页。

② 沈从文：《沈从文文集》第 10—12 卷，花城出版社、香港三联书店 1984 年版。

③ 朱光潜：《朱光潜全集》第一卷，安徽教育出版社 1995 年版，第 8 页。

④ 朱光潜：《论小品文》，佘树森：《现代作家谈散文》，百花文艺出版社 1986 年版，第 228 页。

⑤ 何其芳：《画梦录》，花城出版社 1981 年版，第 3 页。

⑥ 李广田：《银狐集题记》，柯灵：《中国现代文学序跋丛书·散文卷》，海南人民出版社 1988 年版，第 1058 页。

的人性，艺术触角自然地伸延到超越于现实、政治之外的童年和故土。无论他们是如何诠释自己散文中的"我"，那都是作家个性化的东西。因而，他们在散文批评中很自然地以个性化和自我意识作为衡量的标准。

20世纪20年代，闲适抒情的小品散文的成功促使周作人从散文批评上来寻找自身转变的理论依据。他从明末公安、竟陵派散文中寻找性灵小品的渊源，最终否定散文"载道"之用，转而推崇散文"言志"之说。他认为散文应当是"集合叙事说理抒情的分子，都浸在自己的性情里，用了适宜的手法调理起来"的一类，那些载道的"文学'差不多总是一堆垃圾，读之昏昏欲睡'的东西"①。他强调的是散文的自我化的抒情功能，而非集团化的"文以载道"的教化功能；坚持散文以"自我"为中心，把散文作为"私论"、"私见"的"个人化"的文体；把"言志"作为散文创作的最高境界和终极目标，并以之为散文批评的唯一标准，强调突出个人经验对于散文批评的意义。周作人的散文批评是基于批评家个人文化构成和情趣爱好的审美评价，毫不回避个人的好恶与价值，批评充满情感倾向，富有人情味。

作为自由主义知识分子，沈从文特别重视文学自身的独立性，他反对把文学纳入政治和商业轨道，要求作家应该拥有独立的人格和思想："一切作品都需要个性，都必须渗透作者人格和感情。想达到这个目的，写作时要独断，要彻底地独断。"②他对30年代各种追求文学功利目的的急功近利的创作态度坚决拒斥，想要在风云激荡的社会环境下维持文学的纯正与严肃，"我赞同文艺的自由发展，正因为在目前的中国，它要从政府的裁判和另一种'一尊独占'的趋势里解放出来，它才能向各方面滋长、繁荣，拘束越少，可试验的路越多"③。沈从文自始至终保持文学家的节操和

99

---

①　周作人：《知堂序跋》，岳麓书社1987年版，第14页。
②　沈从文：《沈从文选集·习作选集代序》，四川人民出版社1983年版，第229—232页。
③　沈从文：《一封信》，《大公报·文艺副刊》，1937－2－21。

严肃认真的创作态度，既不文学愿与政治亲近，也不主张把文学沦为金钱的奴隶。沈从文敏锐地觉察到，身处商业活动频频的大都市，如果作家丧失了自己的独立人格，很有可能陷入低级趣味，创作出的"白相文学"，对艺术只能是一种堕落。沈从文主张文学的独立性，使他既对左翼文学和国民党推行的文学运动采取一种否定态度，又对商业化的文学倾向不屑一顾，他的这种不偏不倚的文艺观点构成了中国现代自由主义文艺思想的重要特征。

沈从文对文学独立品格的追求在散文创作中则体现在以"乡下人"的行走掩盖下的超阶级超政治的独立的"自我"中。沈从文屡屡自称"我实在是个乡下人"，"与城市中人截然不同"。他认为乡下人"对一切事照例十分认真，似乎太认真了，这认真处某一时就不免成为'傻头傻脑'"①，而在他眼中的"城市中人"则是"生活太匆忙，太杂乱，耳朵眼睛接触声音光色过分疲劳，加之多睡眠不足，营养不足，虽俨然事事神经异常尖锐敏感，其实除了色欲意识和个人得失以外，别的感觉官能都有点麻木不仁"②。芦焚、李广田也都持类似的观点。沈从文"乡下人"的概念构筑了一个回避现实立场的含糊的"乡"与"城"的相对立的命题，并以此来主宰散文批评的价值取向。他们不愿"把那个社会价值掺加进去，估定我的爱憎"，要把眼睛闭起来，"不想明白道理却永远为现象所倾心"，公开提出"只求效果，不问名义"③，以"乡下人"为面具，扛着"乡下人"的旗子，巧妙地把自我封闭起来，以此从他们生活的城市现实中悄悄地剥离出来，寻找自己独特的艺术表达方式。沈从文散文批评的"自我"意识代表散文文体的自觉，把散文的表达从政治表达中脱离出来，而又不排除对社会人生的表达，只是在沈从文等京派散文家笔下的社会人生更有其独特的意味。他说："一个好的

---

① 沈从文：《沈从文选集·习作选集代序》，四川人民出版社 1983 年版，第 229—232 页。
② 同上。
③ 同上。

文学作品……有一种引人'向善'的力量……读者从作品中接触了另外一种人生，从这种人生景象中有所启示，对'人生'或'生命'能作更深一层的理解。"① 沈从文把自我的情感活动隐约在作品所包含的审美意象的背面，而以审美主体的地位凌驾于自我所造就的艺术世界之上。

京派散文批评家以"乡下人"自居，对把散文作为商品参与社会竞争表示厌恶。他们的散文批评的总原则是"争表现，从一个广泛原则下自由争表现"②。"表现"是他们散文批评的核心。他们的"表现"即"自我"，写"自我"的"心"、"自我"的"梦"、"自我"的心中的"我"。这样就和言志说散文批评倡导的"以自我为中心"重合起来，但又不屑"以闲适为格调"的那一套。他们的差别是：一个以"乡下人"来包装自己，一个"名士"来作为招牌。京派散文批评是言志派散文批评的变异的结果。

（二）对小品文的批判与京派散文审美的转型

对待现实生活的态度造就了京派散文理论批评家的价值取向。30 年代社会处于政治斗争敏感而又复杂的现状中，对现实的不同态度也导致了散文理论批评在这个问题上形成了尖锐的不可调和的两大派：一方以鲁迅为代表主张散文应是"匕首"、"投枪"，是战斗的武器；另一方以周作人、林语堂为代表，提出散文应该"以自我为中心，以闲适为格调"的审美趣味，这就是著名的 30 年代小品文之争。

20 世纪 30 年代，对小品散文的批评使得京派散文批评家对现代散文观念形态有了新的认识，促使京派散文在散文取材、艺术趣味、样式创新、审美特征、社会属性等方面作了进一步的探讨，较完整地表达了京派批评家对散文的认识和见解，显现了京派散文作家的文学审美和情趣。

最初提倡小品散文的"幽默"与"独抒性灵"的是周作人，后来在林

---

① 沈从文：《沈从文文集》第 10—12 卷，花城出版社、香港三联书店 1984 年版。
② 沈从文：《从现实学习》，《天津大公报》，1946 - 11 - 10。

语堂的呼应和大力鼓吹下，小品文运动迅速席卷南北。小品散文的幽默、闲适趣味中带着的消极文学旨趣引起沈从文、朱光潜等京派文人的批评。朱光潜在《论小品文——一封公开信》、沈从文在《论"海派"》、《关于"海派"》等文，都明确表示反对或批判。他们以"卫道"者的姿态挺身而出，决心倡导"严肃"文学以拯救和纠正周作人为代表的早期京派散文的颓势。这种在于创造具有高尚情感和至上追求的文学意志和愿望，清晰地昭示了后来京派散文的观念和创作实践的精神。

沈从文在《论冯文炳》一文委婉地表示对周作人、废名、俞平伯等人的"绅士"的"趣味"不满，"趣味的恶化，作者（废名）方向的转变，或者与作者在北平的长时间生活不无关系。在现时，从北平所谓'北方文坛盟主'周作人，俞平伯等人散文糅杂文言文在文章中，努力使之在此等作品中趣味化，且从而非意识的或意识的感到写作的喜悦，这'趣味的相同'，使冯文炳君以废名笔名发表了他的新作，在我觉得是可惜的。这趣味将使中国散文发展到较新情形中，却离'朴素的美'越远，而同时所谓地方性，因此一来亦完全失去，代替作者过去优美文体显示新型的只是畸形的姿态一事了"，"但在文章方面，冯文炳君作品，所显现的趣味，是周先生的趣味"①。沈从文借评废名之机，对这种趣味主义加以批评。他认为废名创作中所显露的"衰老厌世意识"，"不康健的病的纤细的美"，除了满足"个人写作的择悦，以及二三同好者病的嗜好"②，对于文学工作来说，是一种精力的浪费。李健吾对周作人等提倡的小品文亦有不恭之词："就艺术的成就而论，一篇完美的小品文也许胜过一部俗滥的长篇。然而一部完美的长作大制，岂不胜似一篇完美的小品？"③ 李健吾认为：只劝人去追随袁中郎，这不是"发扬性灵"，而是"销铄性灵"。沈从文在《谈谈上海的刊物》一文中，认为小品文的倡导者"要人

---

① 沈从文：《论冯文炳》，《沈从文文集》第 11 卷，花城出版社 1984 年版。
② 同上。
③ 李健吾：《鱼目集》，《李健吾文学评论选》，宁夏人民出版社 1983 年版。

迷信'性灵',尊重'袁中郎',且承认小品文比任何东西还重要。真是一个幽默的打算"①。朱光潜在《论小品文——一封公开信》中表达自己对于小品文运动的观感,他认为,小品文的泛化造成了一种"制造假古董"的萎靡世风,"滥调的小品文和低级的幽默合在一起"②,阻碍了人们创造和接受严肃、高尚的文学的情趣。沈从文等人对周作人、废名代表的早期京派散文的趣味的批判,纠正了京派散文的消极倾向,促使京派散文得到新发展。

在对待小品文运动的不同态度上,凸现出前、后期京派文学中存在着具有替代性关系的两极,从而把由周作人、废名等所代表的"趣味自由主义"和以沈从文、朱光潜等为代表的审美理想主义(审美乌托邦),在所依托的美学理念和所欲达到的文学(文化)目的上区别开来。对待小品文的不同态度也预示了前期京派散文到后期京派散文的转型,并依据新的文化立场和所遵循的美学原则发生根本性的变化。

后期京派散文的代表们对前期京派散文观的责难一开始就集中在小品文的"趣味主义"上。沈从文一方面肯定周作人散文风格具有独特性,从"平常眼睛所疏忽处看出动静的美";一方面指出了他以"僧侣模样领会世情的人格"代表了他们在文学上的"普遍趣味",否定了这种包含玩世不恭态度的所谓"冷"的美学格调;并指出这种趣味绝非一种健康和"严肃"的文学趣味③。沈从文也曾在《文学者的态度》中对那些"玩票白相"的"文学家"作文无病呻吟、低级趣味的致命弱点给予批评,"一个作家稍稍能够知道一些事情,提起笔来把它写出,却常常自以为稀奇。既以为稀奇,便常常夸大狂放,不只想与一般平常人不同,并且还与一般作家不同。平常人以生活节制产生生活的艺术,他们则以放荡不羁为洒脱;

103

---

① 沈从文:《谈谈上海的刊物》,《沈从文文集》第 12 卷,花城出版社 1984 年版。

② 朱光潜:《论小品文——一封公开信》,《朱光潜全集》第三卷,安徽教育出版社 1987 年版,第 427—429 页。

③ 沈从文:《论冯文炳》,《沈从文文集》第 12 卷,花城出版社 1984 年版。

平常人以游手好闲为罪过，他们则以终日闲谈为高雅；平常作家在作品成绩上努力，他们则在作品宣传上努力。这类人在上海寄生于书店、报馆、官办的杂志，在北京则寄生于大学、中学以及种种教育机关中。这类人虽附庸风雅，实际上却与平庸为缘"，要求作家"在文学方面有所憧憬与信仰"①，试图以"严肃"的文学思想观念来规范自由主义作家的创作。

在对"趣味主义"的批判中，沈从文、朱光潜等的严肃文学的理想取代了个人趣味主义的狭隘的文学观念，自觉把西方现代美学传统与中国新文学实践融合，形成了散文批评中的新文化批评。

三　文本意识的崛起与京派散文文本美学

京派散文批评通过文学创作实践的分析来倡导纯美的文学思想，这样纯美的文学思想以其理论的新鲜吸引人，更是以散文实践中文本创新而引人注目。京派作家不仅仅全身心投入艺术"自足"的建构，而且还努力达到艺术的精美，沉浸于艺术的完美形式和构架的营造。何其芳对散文文本建设的自觉可见一斑。何其芳这样表达自己独立的散文创作意识："我愿意以微薄的努力来证明每篇散文应该是一种独立的创作，不是一段未完篇的小说，也不是一首短诗的散文"②。他不满意"五四"以来散文的状况，认为除了说理、讽刺的作品之外，抒情多半流于身边琐事的叙述和个人遭遇的感伤的告白，散文创作的形式感不强。因而，他要"为抒情的散文发现一个新的园地"。《画梦录》的获奖使他清醒地认识到，创作成功的因素之一在于他在散文"体"式上所作的努力："我企图以很少的文字制造出一种情调：有时叙述着一个可以引起许多想象的小

104

---

① 沈从文：《文学者的态度》，《沈从文文集》第 12 卷，花城出版社 1984 年版。

② 何其芳：《我和散文》，柯灵主编：《中国现代文学序跋丛书·散文卷》，海南人民出版社 1988 年版，第 1171 页。

故事，有时是一阵伴着深思的情感的波动。……我追求着纯粹的柔和，纯粹的美丽。"① 何其芳把散文当诗一样写，创造出了《画梦录》这样充满诗情画意的散文意境。

京派散文批评家充分肯定建立纯文学的必要性。李长之认为艺术的关键在于技巧，"其所以为艺术者，不在内容，而在技巧"②，在谈到批评任务时，他又说批评家要尽自己最大的可能去研究技巧，去了解什么是最高的技巧，什么是某个作家的特有技巧，并体验作家技巧之中的创作甘苦，也表达了同样的思想：尽管文艺可以作为武器，但它是有别于其他武器的，如果文艺不能与公式和大纲划分开来，它就不能实现自己的目的。对技巧的重视也表现在京派散文创作中，他们不是单纯地创造着散文，而是以艺术的实践来进行散文文本的建设。

京派散文批评家对散文的文本建设十分重视，并在创作实践中总结出一套行之有效的创作经验。沈从文把散文当小说一样写，在散文中勾勒一些近似形象近似情节的东西，用"屠格涅夫写《猎人笔记》的方法，糅游记散文和小说故事而为一，使人事凸浮于西南特有明朗天时地理背景之中"③。何其芳、废名的把散文当诗一样写，在散文中创造出一种诗的艺术境界；萧乾的把散文当通讯一样写，追踪新鲜的现实，用美文加以展现。萧乾认为在散文的文本之间还是有着较大的差别，而且美感和艺术性也是不同的，"散文和特写还是应当有所区别：前者艺术性较高，着眼于创造一个完整的意境或形象，后者却比散文更贴近生活，因为它常常是新闻报道的副产品"④。他把"艺术性"和"贴近现实"相对立，这既反映了他对散文体式的艺术性要求的重视，也显示了京派散文批评家对散文文本的自觉。

105

---

① 何其芳：《我和散文》，柯灵主编：《中国现代文学序跋丛书·散文卷》，海南人民出版社1988年版，第1171页。
② 李长之：《我对于文艺批评的要求与主张》，《批评精神》，南方印书馆1942年版。
③ 沈从文：《新废邮存底二三》，《沈从文文集》，花城出版社1984年版，第97页。
④ 萧乾：《一本褪色的相册·未带地图的旅人》，百花文艺出版社1981年版，第92页。

从京派散文批评的文学要求和对文本独立的自觉意识看，京派散文批评代表着散文批评的新思想，试图回归文学本身，开辟了散文审美的新前景。京派散文批评远离现实政治、经济的纷扰，崇尚"纯美"、"自我"的审美视界，以"表现"为美，追求散文的诗化、小说化表达，显现出醇厚蕴蓄的美学特征。

［作者单位：泉州师范学院文学与传播学院］

俞平伯散文理论的古典资源

欧明俊　胡方磊

俞平伯的散文理论独具特色，尤重古典资源的吸纳，惜无专文论述。已有研究论文只是偶尔涉及，如金晶《论俞平伯散文的古典趣味》，集中论述了俞平伯受古典趣味影响的独特文风，重点是分析文本特色。因此，本文拟对俞平伯散文理论的古典资源进行较系统的梳理评述。

一

受老师周作人散文理论的影响，俞平伯明确反对散文"载道"，提倡"言志"。他对沈复的《浮生六记》情有独钟，先后作过三篇序即《重印〈浮生六记〉序》、《重刊〈浮生六记〉序》、《德译本〈浮生六记〉序》。《重印〈浮生六记〉序》云：

记叙体的文章在中国旧文苑里，可真不少，然而竟难找一篇完美的自叙传。中国的所谓文人，不但没有健全的历史观念，而且也没有深厚的历史兴趣。他们的脑神经上，似乎凭了几个荒谬的印象（如偏正、大小等），结成一个名分的谬念。这个谬念，无所不在，无所不包，无所不流传，结果便害苦了中国人，非特文学美术受其害，即历史亦然。他们先把一切的事情分为两族，一正一偏，一大一小……这是"正名"。然后再甄别一下，与正大为缘的是载道之文，名山之业；否则便是逞偏才，入小道，当与倡优同畜了。这是"定分"。

申言之，他们实于文史无所知，只是推阐先人的伦理谬见以去牢笼一切，这当然有损于文史的根芽，这当然不容易发生自传的文学。原来作自传文和他们惯用的"史法"绝不相干，而且截然相反。他们念兹在兹的圣贤、帝王、祖宗……在此用他们不着；倒是他们视为所以前人以为不足道的，我们常发现其间有真的文艺潜伏存在，而《浮生六记》便是小小一例。

批评古人的自叙传，"先人的伦理谬见"根深蒂固，以"正大"为尚，无个人私情，并非真正的自传文学。俞平伯认为真正的自传文学，应抛开"圣贤、帝王、祖宗"，摆脱"史法"为他人立言的约束，言我之情。《浮生六记》所记皆是正统文人眼里"不足道"的"小道"，"作者虽无反抗家庭之意，而其态度行为已处处流露于篇中"，"第一卷自写其夫妇间之恋史，情思笔致极旖旎宛转，而又极真率简易，向来人所不敢昌言者，今竟昌言之"，文辞"洁媚"，趣味"隽永"，与"载道"之文对立。"固绝妙一篇宣传文字也"，潜伏"真的文艺"，"未必即为自传文学中之杰构，但在中国旧文苑中，是很值得注意的一篇著作"①。

"载道"、"言志"概念，是周作人由传统的"文载道"、"诗言志"概念转换而来的，将抒情志感与载道功利对举，很大程度上就是散文功能论。周作人认为古今真正优秀的文学作品都是"言志"文学，否定正宗"载道"文章。受周氏影响，俞平伯明确反对强分"偏正"、"大小"、"高下"的正统观念，认为这是"中国的所谓文人"的"谬念"。他在《〈近代散文钞〉跋》里说："称呼这些短简为小品文虽不算错，如有人就此联想到偏正高下这些观念来却决不算不错。"俞平伯努力改变真文艺的"小道"身份，为其争取应有的地位。

108

---

① 俞平伯：《俞平伯散文杂论编》，上海古籍出版社 1990 年版，第 66—69 页。

俞平伯"言志"之"志"，即"说自己的话，老实地"①。他在《〈近代散文钞〉跋》里称赞明清"诸大家的文字很会自己说话的"②。他在《德译本〈浮生六记〉序》里说："言必由衷谓之真，称意而发谓之自然。"强调表现自我，真诚，自然，不虚伪。晚明文人最重"真"，唐顺之《答茅鹿门知县》谓天地间好文字须有"一段真精神"，下笔时"直抒胸臆，信笔写出"。李贽提出"童心"说，其《童心说》云："夫童心者，绝假纯真，最切一念之本心也。若失却童心，便失却真心；失却真心，便失却真人。人而非真，全不复有初矣。……天下之至文，未有不出于童心焉者也。"追求本初的"真"。公安派与竟陵派也尚"真"，陈子展在《公安竟陵与小品文》中总结说："性灵说者以为自我表现，在一'真'字，即是说在求自我的'真'，不怕露出真面目来。公安竟陵两派都主张一个'真'字，这是他们的共通之点。"③公安派"独抒性灵，不拘格套"的主张，是对"真"很好的诠释。这种"真"，是人真、情真、语真。俞平伯的求"真"，是对晚明文人尚"真"精神的继承。

求"真"，是对"正统"的反叛，俞平伯在《〈近代散文钞〉跋》里说：

既如此，小品文倒霉，岂不是活该。在很古很古的年头早已触犯了天地君亲师这五位大人，现在更加多了，恐怕正有得来呢。正统的种子，那里会断呢。说得漂亮点，岂不可以说倒霉也是侥幸，可以少吃点冷猪肉了；若说正经话，小品文的不幸，无异是中国文坛上的一种不幸，这似乎有点发夸大狂，且大有争夺正统的嫌疑，然而没有故意回避的必要。因为事实总是如此的：把表现自我的作家作物压下去，使它们成为旁岔伏流，同时却把谨遵功令的抬起来，有了它们，身前则身名俱泰，身后则垂范后人，天下才智之士何去何从，还有问题吗！中国文坛上的暗淡空气，多半

---

① 《骆驼草》第 23 期，1930 年 10 月 13 日。

② 俞平伯：《俞平伯散文杂论编》，上海古籍出版社 1990 年版，第 321 页。

③ 陈道望：《小品文与漫画》，生活书店 1935 年版，第 133 页。

是从这里来的。看到集部里头，差不多总是一堆垃圾，读之昏昏欲睡，便是一例。

"正统"散文"谨遵功令"，把"表现自我"的小品文挤压成"旁岔伏流"。俞平伯讥讽"正统"散文是"冷猪肉"，带来文坛的"暗淡空气"，将集部里的文章视为"垃圾"，"读之昏昏欲睡"，对"正统"的批判可谓痛快淋漓。

尚"真"，就是要忠于自己的情感，要"称意而发"，自然而然。俞平伯强调散文的抒情性和真实性。他在《德译本〈浮生六记〉序》里说："今读其文，无端悲喜能移我情，家常言语，反若有胜于宏文巨制者，此无他，真与自然而已。"为沈复的真情实感所打动。古代散文虽不乏抒发情志之佳构，但传统"古文"观念，重议论，轻抒情。现代散文"抒情"观念，主要从西方借鉴而来。俞平伯从《陶庵梦忆》、《浮生六记》等古代哀情散文里挖掘"抒情"，是借古人作品来说明散文"抒情"的合理性，这是一种"追认"。他在《重印〈浮生六记〉序》里评《浮生六记》说："在作者当时或竟是游戏笔墨，在我们时代里，却平添了一重严重的意味。但我相信，我们现今所投射在上面的这种意味的根芽，却为是书所固有，不是我们所臆造出来的。"① 强调"抒情"古已有之，不是"臆造"。这种"追认"还早至六朝，《身后名》一文云："文人无行古已然，虽然不便说于今为甚。有许多名人如起之于九原，总归是讨厌的。阮籍见了人老翻白眼，刘伶更加妙，简直光屁股，倒反责备人家为什么走进他的裤裆里去。这种怪相，我们似乎看不见；我们只看见两个放诞真率的魏晋间人。这是我们所有的，因这是我们所要的。"称阮籍、刘伶的"无行"为"放诞真率"，是至情至性。俞平伯明白"无行"是"怪相"，并非"所要的"，只是"合乎脾胃的更容易记得住，否则反是"，"忆中的人物山河已不是整个儿的原件，只是经过非意识的渗滤，合于我们胃口的一部分，仅仅一小部分的选

110

---

① 俞平伯：《俞平伯散文杂论编》，上海古籍出版社 1990 年版，第 68—69 页。

本"①。换句话说，就是符合"我们胃口"的则作资源吸纳，不符合的则什么都不是。俞平伯对古代散文做倾向性的选择，"六经注我"，为我所用。

俞平伯认为文人做文章有两种，其《〈近代散文钞〉跋》说："一方面做一种文章给自己玩，一方面做另一种文章去应世。"②"应世"即"载道"，是他反对的；"玩"是散文的又一功能，即娱乐消遣。在《国难与娱乐》一文里，俞平伯指责"国难这么严重还有心玩耍吗"？是"道貌岸然的工架"，"有了激烈的感情，必须给它一个出路，给了就平安，不给就闹"。回避娱乐的"国难"，只是"仪式"，"使人容易逃避对于国难及原因的正视，使人容易迷误正当解决的方法"，做文章"给自己玩"，无可指责。他在《〈剑鞘〉序》里提议读者"若离合比较而徐玩之，或可生些微的兴趣"。晚明文人钟情于"清玩"、"雅玩"。毛晋辑有《群芳清玩》十五卷，徐亮序云："乃检点群芳，汇次菊谱、鼎录、诸笺，以为清玩快事。"郑元勋还从理论上阐述文娱、文玩的价值，《媚幽阁文娱·自序》云："吾以为文不足供人爱玩，则六经之外俱可烧。六经者，桑麻菽粟之可衣可食也；文者，奇葩，文翼之怡人耳目，悦人性情也。……人不得衣食不生，不得怡悦则亦槁，故两者衡立而不偏绌。"晚明文人强调以文自娱。李贽《与袁石浦》说："大凡我书，皆是求以快乐自己。"袁中道《答蔡观察元履》声称不为"世法应酬之文"，"惟模写山情水态，以自赏适"。俞平伯的"文玩"论是晚明"文娱"说的自然承继。

俞平伯提倡"闲谈"、"闲言"散文。《闲言》一文说："于是以天地之宽，而一切皆闲境也；林总之盛而一切皆闲情也。蠢其间者曰闲人，闲人说的当曰闲话。——这名字有点王麻子张小泉的风流，不大好。俗曰'闲言闲语'，然孔二夫子有《论语》，其弟子子路亦然，以前还有过《语丝》，这语字排行也不大妥当。况乎'食不语，寝不言'，我说的都是梦话哩，这年头，安得逢人而语，言而已矣。"作者为"闲人"，说"闲话"，言

111

---

① 俞平伯：《俞平伯散文杂论编》，上海古籍出版社 1990 年版，第 286 页。
② 同上书，第 323 页。

"闲情"。他把《论语》之言称作"闲语",说明"闲言"的无可厚非,"凡圣贤典文均认真作闲言读过,则天人欢喜"。《论语》等圣贤经典自古以来,未作"闲言闲语","闲言"的价值是俞平伯"追认"的,"颠覆"了传统,将儒家经典也"小品化",以证明"闲语"散文的合理性。

"闲谈"、"闲言"蕴涵着闲适,俞平伯重视散文的"闲适"特质。晚明小品重"闲适",袁宏道《识伯修遗墨后》云:"世间第一等便宜事,真无过闲适者。"华淑《闲情小品》自序说:"长夏草庐,随兴抽检,得古人佳言韵事,复随意摘录,适意而止,聊以伴我闲日,命曰《闲情》。非经,非史,非子,非集,自成一种闲书而已。"闲暇之时,以闲适的心境,闲笔书写闲情逸致。俞平伯自觉接受晚明小品的"闲适",并付诸创作实践,在一方闲适的天地里自得其乐,雪地里"诗的闲趣"(《陶然亭的雪》),闲居时"玩"月怀友(《眠月》),山阴地五日闲游(《山阴五日记游》)。作者最具"名士风",沉溺于"闲适"中。

俞平伯讲究散文的"趣味"。《重印〈浮生六记〉序》说:"是书未必即为自传文学中之杰构,但在中国旧文苑中,是很值得注意的一篇著作;即就文词之洁媚和趣味之隽永两点而论,亦大可供我们的欣赏。""隽永"的趣味,是俞平伯钟爱《浮生六记》的重要原因。他的散文中亦充满趣味,《城站》里"夜深时踯躅门外,闲看那严肃的黑色墙门和清净的紫泥巷陌",回忆《雪晚归舟》那"最难形容"的"静趣",在《清河坊》"这狭的长街上,不知曾经留下我们多少的踪迹","人对于万有的趣味,都从人间趣味的本身投射出来的。这基本趣味假如消失了,则大地河山及它所有的兰因絮果毕落于渺茫了"。

俞平伯散文极有"风致",周作人在《〈杂拌儿〉跋》中称赞他的散文"自是一种独特的风致","这风致是属于中国文学的,是那样地旧而又这样地新"。[①] 周作人《〈杂拌儿之二〉序》还说:"所谓言与物者何耶,也只

---

① 周作人:《周作人批评文集》,珠海出版社 1998 年版,第 236 页。

是文词与思想罢了，此外似乎还该添上一种气味。气味这个字仿佛有点暧昧而且神秘，其实不然。气味是很实在的东西，譬如一个人身上有羊膻味，大蒜气，或者说是有点油滑气，也都是大家所能辨别出来的。"① 俞平伯散文"旧"而"新"，有"风致"，是其"名士风"的自然流露。他在《〈剑鞘〉序》里说："风格只是文人体性自然的流涌，未及自觉而已分明地表现在文章上的。当他自己行文之顷，尚不觉风格之为何物；到笔稿一成，反复地看了几遍——最好和他人所作文题相类的一气读下——就恍然有所触，而能信风格之为实有了。"② 朱自清在《燕知草·序》中说：

　　近来有人和我论起平伯，说他的性情行径，有些像明朝人。是指明末张岱、王思任等一派名士而言。这一派人的特征，我惭愧还不大弄得清楚；借了现在流行的话，大约可以说是"以趣味为主"吧？他们只要自己好好地受用，什么礼法，什么世故，是满不在乎的。他们的文字，也如其人，有着"洒脱"的气息。……你看《梦游》的跋里，岂不是说有两位先生猜那篇文像明朝人做的？平伯的高兴，从字里行间露出。这是自画的招供，可为铁证。标点《陶庵梦忆》，及在那篇跋里对于张岱的向往，可为旁证。而周启明先生《杂拌儿》序里，将现代人的散文与明朝人的文章，相提并论，也是有力的参考。但我知道平伯不曾着意去模仿那些人，只是性习有些相近，便尔暗合罢了。③

　　俞平伯有着明人般的"性情行径"，散文讲究"趣味"，追求"洒脱"和"雅致"，"向往"张岱，散文不自觉流露出名士的气息。所以，当散文被人当作明人之作，他由衷地"高兴"。这种名士风有着深厚的传统根基，是一种"雅致"，周作人《燕知草·跋》说这是"自然、大方的风度，并不要禁忌什么字句，或者装出乡绅的架子"④，在极力崇尚西方的现代，显

---

① 周作人：《周作人批评文集》，珠海出版社1998年版，第241—242页。
② 俞平伯：《俞平伯散文杂论编》，上海古籍出版社1990年版，第116页。
③ 俞平伯：《俞平伯全集》第2卷，花山文艺出版社1997年版，第123—126页。
④ 周作人：《周作人批评文集》，珠海出版社1998年版，第239页。

得"旧",又显得"新"。

二

俞平伯强调无意为文。《重刊〈浮生六记〉序》云:

文章事业的圆成本有一个通例,就是"求之不必得,不求可自得"。这个通例,于小品文字的创作尤为显明。他们莫妙于学行云流水,莫妙于学春鸟秋虫,固不是有所为,却也未必就是无所为。这两种说法同伤于武断。古人论文每每标"机"字,概念的诠表虽病含混,我却赞赏其谈言微中。陆机《文赋》说:"故徒抚空怀而自惋,吾未识夫开塞之所由。"这是绝妙的文思描写。我们与一切外物相遇,不可著意,著意则滞;不可绝缘,绝缘则离。记得宋周美成的《玉楼春》里,有两句最好,"人如风后入江云,情似雨余黏地絮",这种况味正在不离不著之间。文心之妙亦复如是。

"求之不必得,不求可自得",学"行云流水"、"春鸟秋虫",自然而成"至文"。但无意、自然并非"无所为",亦要有文思,《陈从周〈书带集〉序》说:"文章之道千丝万缕,谈文之书汗牛充栋。言其根源有二:天趣与学力。天趣者会以寸心,学力者通乎一切。所谓'近取诸身,远取诸物'。""天趣"、"学力"是"文思"产生的基础,进而为文无意自然才有可能。因此,俞平伯认为散文创作应"不离不著",从而达到"文心之妙"。《浮生六记》的"不离不著"让俞平伯感叹,"即如这书,说它是信笔写出的固然不像;说它是精心结撰的又何以见得。这总是一半儿做着,一半儿写着的;虽有雕琢一样的完美,却不见一点斧凿痕。犹之佳山佳水明明是天开的图画,然仿佛处处吻合人工的意匠。当此种境界,我们的分析推寻的技巧,原不免有穷时。此《记》所录所载,妙肖不足奇,奇在全不着力而得妙肖;韶秀不足异,异在韶秀以外竟似无物。俨如一块纯美的水晶,只见明莹,不见亲露明莹的颜色;只见精微,不见制作精微的痕迹。""天开"即自然，"人工的意匠"是作者心"真"基础上的技巧，本着"真"的精神，以纯熟的技巧描绘所见所感，便"处处吻合"，无"斧凿痕"。谭元春《诗归序》云："法不前定，以笔所至为法；趣不强括，以诣所安为趣；词不准古，以情所迫为词。是为天地间之至文。"俞平伯追求的是"无法"之"法"，即寓"法"于"无法"中，"法"是基于"真"的技巧，"无法"则自然。因此，他的《重刊〈陶庵梦忆〉跋》称赏张岱"书匠文心两兼之"，"作者家亡国破，披发入山，'遥思往事，忆即书之，持向佛前，一一忏悔'，作书本旨如是而已。而今观之，奇姿壮采，于字里行间俯拾即是，华浓物态，每'练熟还生，以涩勒出之'。"张岱对前尘往事已看淡，本着"忏悔"的"真"心，用纯熟的笔法，自然流露生涩的文风。"生涩"正是俞平伯散文所追求的风格。

俞平伯在《以〈漫画〉初刊与子恺书》中说：

所谓"漫画"，其妙处正在随意挥洒，譬如青天行白云，卷舒自如，不求工巧，而工巧自在。看！只是疏朗朗的几笔，然物类神态毕入彀中了。

强调随意挥洒，如白云舒卷自如，于自然中求"工巧"。他的散文创作随意任性，有时甚至"跑题"，如《清河坊》由题本应写杭州的清河坊，但开篇花了一些笔墨叙作此文的缘由，谈感想说见解，之后才说："离题已远，快回来吧！"并非刻意为文。这种自由随意也不是绝对化的，胡梦华评论道："表面看来虽然平常，精神的考察一下，却有惊人的奇思，苦心雕刻的妙笔。"[①]《清河坊》开篇谈了对"趣味"的理解，之后对清河坊的叙述，基于内心的"真"，围绕"趣味"一词展开。店铺间"瞎跑"，在"繁热的人笑里，闲看湖滨的暮霭与斜阳"，还不忘吟诗；买油酥饺收集花果，描绘留下"我们多少的踪迹"的青石板。最后由说"趣"，发出珍惜已有之物的感慨。所谈颇多，却因作者的"苦心"，我们对本文的主旨了

115

---

① 胡梦华：《絮语散文》，《小说月报》第 17 卷第 3 号，1926 年 3 月 10 日。

然于心。俞平伯对"梦"尤为喜爱,写了不少关于"梦"的文章,如《梦游》、《梦记》,抒发"人生如梦"的感慨,《芝田留梦录》追忆往事似"梦",《清河坊》里的"醉梦"是"千金一刻",十分欣赏张岱的《陶庵梦忆》。"梦"虚无缥缈,恰恰符合了俞平伯随意为文的心理,真实流露了内心的迷茫,他用"苦心"自然重现难绘的"梦"。

在《重印〈浮生六记〉序》里,俞平伯欣赏《浮生六记》文辞的"洁媚"①,即简洁自然和温婉繁丽。其散文亦追求"洁媚"之美,如《桨声灯影里的秦淮河》,化骈入散,简洁而有韵味,色彩的一系列描绘,繁丽却不显堆砌。《山阴五日记游》既有《兰亭集序》的清新之美,又有繁丽之妙。周作人在《〈杂拌儿之二〉序》中,推崇俞平伯为现代"陶渊明、颜之推之徒"。俞平伯对六朝简洁自然、温婉繁丽两种文笔都有所继承,并将两者完美融合,追求"语简意长,以少许胜多许"。②

对于散文的"境界",俞平伯追求"明清厚远"。他说:"文章之境有四焉。何谓四境?明清厚远。明斯清,清斯厚,厚斯远矣。再问,曰辞达谓之明,意纯谓之清,意胜辞曰厚,韵胜意曰远。""辞达"就是"称意而发",使"意"明了,进而意"纯",文"清",意"厚",韵"远"。这是对公安、竟陵文学理论的"扬弃"。公安派强调"独抒性灵,不拘格套",但流于浅率俚俗,对此,竟陵派钟惺在《诗归序》里主张"约为古学,冥心放怀,期在必厚"③,期望通过学古,用深厚蕴藉来矫正公安派的流弊。俞平伯散文中大量引用古诗词,学习古人为文的笔法,使文不至流于浅白,有厚重之感。他还认为散文要有"朦胧"之美,在《身后名》中说:"朦胧是美的修饰,很自然的美的修饰。"《桨声灯影里的秦淮河》也说:"朦胧里胎孕着一个如花的幻笑,和朦胧又互相混融着的;因它本来是淡极了,淡极了这么一个。"因"淡","朦胧"才意味无穷,才有韵味。这

116

---

① 俞平伯:《俞平伯散文杂论编》,上海古籍出版社 1990 年版,第 69 页。
② 同上书,第 523 页。
③ 蔡景康:《明代文论选》,人民文学出版社 1993 年版,第 400 页。

种韵味与张岱的《陶庵梦忆》有异曲同工之妙。"朦胧"则会生"涩",俞平伯喜"涩",他在《重刊〈陶庵梦忆〉跋》里称赞《陶庵梦忆》"以涩勒出之"。周作人《志摩纪念》称赏"平伯、废名一派涩如青果"。他在《燕知草·跋》里还说:

但是在论文——不,或者不如说小品文,不专说理叙事而以抒情分子为主的,有人称他为'絮语'过的那种散文上,我想必须有涩味与简单味,这才耐读,所以他的文辞还得变化一点。以口语为基本,再加上欧化语,古文,方言等分子,杂糅调和,适宜地或各嗇地安排起来,有知识与趣味的两重的统制,才可以造出有雅致的俗语文来。①

指出俞平伯是如何追求"涩"的。"简单味"也是俞平伯求"涩"的方式,他在《坚匏别墅的碧桃与枫树》中说:"试作纯粹的描摹……这真是自讨苦吃。刻画太苦,抒写甚乐,舍乐而就苦,一不堪也。""抒写"即直抒胸臆,是简单事;"刻画"却是苦差事。朱自清《燕知草·序》也说:"平伯有描写的才力,但向不重视描写。……他觉得描写太板滞,太繁缛,太矜持,简直厌倦起来了;他说他要素朴的趣味。"② 俞平伯崇尚"素朴",即"简单味",这种"简单"有时就带来"涩"味,被认为"没有朱自清那样爽脆"。俞平伯散文的"涩"延续了竟陵派的文风。谭元春《诗归序》说:"夫人有孤怀,有孤诣,其名必孤行于古今之间,不肯遍满寥廓。而世有一二赏心之人,独为之咨嗟彷徨者,此诗品也。"③ 钟惺诗文自题为《隐秀轩集》,他们以"隐秀"为旨归,追求"孤怀"、"孤诣",幽深孤峭,文章自有一种"涩"味。"涩"使"意"隐,使文有"韵",达到"远"的境界。因此,"明清厚远"的文章境界,是公安、竟陵两派理论的融会整合。俞平伯崇尚雕琢后的自然,强调"天然"与"人工"的结合,《德译

117

---

① 周作人:《周作人批评文集》,珠海出版社 1998 年版,第 239 页。
② 俞平伯:《俞平伯全集》第 2 卷,花山文艺出版社 1997 年版,第 123—126 页。
③ 蔡景康:《明代文论选》,人民文学出版社 1993 年版,第 355 页。

本〈浮生六记〉序》说："文章之妙出诸天然，现于人心。"① 天成从雕琢中来，从而达到最高"境界"。

俞平伯在《〈北河沿畔〉跋》里说："大凡行文固贵沉着，亦要空灵。以杜工部之推李太白，犹以'清新俊逸'许之。可见此境非易，而少年之作尤宜具此朝气。"认为少年宜作"清新俊逸"之作，所以，《北河沿畔》"大体颇可观，清新俊逸之气亦往往流露而不可掩。审其题材以写景抒情为多，论其风格则犹一翩翩浊世之佳公子也"。"沉着"、"空灵"、"清新俊逸"，俞平伯强调散文多样化风格，从唐诗中吸收理论养料。

俞平伯的散文形式多样，包括古代散文的正宗文体序、跋、记、书、论等。还把语录体用于散文创作，《古槐梦遇》大部分章节常由一两个句子组成，《演连珠》则用六朝作家成组写作的连珠体。他有意承继传统散文体式。

三

从某种程度上说，现代散文是一种思想者文体，是表现思想的最佳工具。思想是散文的灵魂，有深刻思想的散文才是最优秀的散文。张汝钊《袁中郎的佛学思想》一文说："文章为思想的代表，思想是从性灵中流出；若无性灵，即无思想，无思想，即无文章。"强调文章"思想"的重要性。俞平伯也十分重视散文的思想内质，其散文理论的资源不仅仅来自古代散文作品及理论，更来自非主流思想文化。

周作人在《怎样研究中国文学》中说："承继古人所遗留下来的遗产，是应该怎样的？要抱有主观的合于自己的兴趣的，那才对于自己有莫大的利益。……承继古人的遗产便是用自己的心思来挑自己所高兴穿的衣服。"② 俞平伯根据自己的思想倾向，在散文理论上重视吸纳非主流思想文

118

---

① 俞平伯：《俞平伯散文杂论编》，上海古籍出版社 1990 年版，第 531 页。
② 周作人：《周作人批评文集》，珠海出版社 1998 年版，第 220 页。

化，表现为"言志"、"反抗"、"叛逆"、"旁门左道"思想。他排斥"载道"之文，提倡"言志"之文，要求"说自己的话"，这是对正统的"反抗"与"叛逆"。他的《打破中国神怪思想的一种主张——严禁阴历》认为，阴历这一传统文化，是"中国妖魔鬼怪的策源地"。他批判封建礼法对人性的束缚，"放浪形骸之风本与家庭间之名分礼法相枘凿，何况在于女子，更何况在于爱恋之夫妻，即此一端足致冲突；重以经济之缪辖，小人之拨弄，即有孝子顺孙亦将不能得堂上之欢心矣。"因此，其《重印〈浮生六记〉序》认为《浮生六记》"固是韶美风华之小品文字，亦复间有凄凉惨恻语。大凡家庭之变，一方是个人才性的伸展，一方是习俗威权的紧迫，哀张生于绝弦，固不得作片面观也"。[①]从《浮生六记》里读出了"习俗威权"对人性的压迫。俞平伯的"反抗"还表现在对圣贤经典的重新解读，如《闲言》一文，评儒家经典《论语》为"闲语"，甚至大胆地提议："凡圣贤典文均认真作闲言读过，则天人欢喜。"这和晚明李贽的讥讽先贤一脉相承。

俞平伯推崇"旁门左道"即异端思想，这是相对"正统"思想而言的。他在《〈近代散文钞〉跋》里称小品是"旁行斜出文字"，充分肯定这类作品。他将古代"不足道"的哀情散文"挖掘"出来，给予很高评价。他多次为《浮生六记》作序，只因沈复是个商人，不是"什么斯文举子"，"偶然写几句诗文，也无所存心，上不为名山之业，下不为富贵的敲门砖，意兴所到，便濡毫伸纸，不必妆点，不知避忌"[②]，有的就是"道学"之外的"旁门左道"思想，无"道学语"的"酸"、"赘"。

俞平伯继承传统非主流思想文化，《〈近代散文钞〉跋》说：

古人是否有些矛盾和可笑，暂且不问，我们一定受到相当的损失。没有确实自信的见解和定力的，也不容易有勇猛精进的气魄，即使无意中旁行斜出，走了不多远就此打住了。这果然一半为时代所限，不容易有比较

119

---

① 俞平伯：《俞平伯散文杂论编》，上海古籍出版社 1990 年版，第 67 页。
② 同上书，第 77—78 页。

观照的机会，然而自信不坚，壁垒不稳也是一个大毛病。他们自命为正道，以我们为旁斜是可以的，而我们自居于旁于斜则不可；即退了一步，我们自命为旁斜也未始不可，而因此就不敢勇猛精进地走，怕走得离正轨太远了，要摔跤，跌断脊梁骨，则断断乎不可。所以称呼这些短简为小品文虽不算错，如有人就此联想到偏正高下这些观念来却绝不算不错。我们虽不断断于争那道统，可是当仁不让的决心，绝对不可没有的。——莫须有先生对我盖言之矣。

崇尚"旁斜"，反对"正道"、"道统"，且有"当仁不让的决心"，为小品文争取应有的地位。鲁迅在《〈中国新文学大系〉小说二集序》中说："那时觉醒起来的智识青年的心情，是大抵热烈，然而悲凉的。即使寻到一点光明，'径一周三'，却更分明的看见了周围的无涯际的黑暗。"① 现实的黑暗冷却了俞平伯的热情，内心苦闷不堪，《我想》一文说："不论我把握得如何的坚牢，醒了终究没有着落的，何苦呢！"② 他在佛道的世界里找到了心灵的慰藉。"世事无常"、"诸受皆苦"，是佛学教义。这种苦空观迎合了俞平伯的悲凉心境，他常常对人生现实感到迷茫，《中年》说："我也是关怀生死颇切的人，直到近年方才渐渐淡漠起来，看看从前的文章，有些觉得已颇渺茫，有隔世之感。"与其说残酷的现实让他淡漠"生死"，觉得"渺茫"，倒不如说现实于他已成"空"。所以，他在自己描绘的一个个梦境里寻找寄托。《金刚经》云："一切有为法，如梦幻泡影，如露亦如电。"现实如梦幻泡影，俞平伯沉溺于自己构筑的"梦"中，躲进"象牙塔"，做他的名士梦。周作人《〈燕知草〉跋》说："明朝的名士的文艺诚然是多有隐遁色彩，但根本却是反抗的，有些人终于做了忠臣，如王谑庵到覆马士英的时候便有'会稽乃报仇雪耻之乡，非藏垢纳污之地'的话，大多数的真正文人的反礼教的态度也很显然，这个统系我相信到了李笠翁、袁才子还没有全绝，虽然他们已都变成了清客了。"明朝的名士亦作

120

---

① 鲁迅：《鲁迅全集》第 6 卷，人民文学出版社 1981 年版，第 243 页。
② 俞平伯：《俞平伯散文杂论编》，上海古籍出版社 1990 年版，第 183 页。

抗争，俞平伯后来则根本不要反抗。

俞平伯不反抗的消极心态，还与道家思想有着密切的联系。庄子哲学讲究"命"，如《庄子·达生》云："不知吾所以然而然，命也。"《大宗师》亦云："求其为之者而不得也，然而至此极者，命也夫。"认为只有随遇而安，才能摆脱困境与苦闷，"知其不可奈何而安之若命"（《德符充》）。俞平伯对现实感到无奈，他看到了魏晋名士放达的姿态时，看到陶潜、张岱归隐时找到的某一种面对尘俗的方式时，他也陶醉在这样隐匿的状态中，从而放弃了抗争，回归到自我的天地中，寻找心灵的静谧。

俞平伯所继承的这些非主流思想文化，也是一种传统文化。不能因他反对"正统"思想，就说他完全反传统，否定他对传统文化的吸纳。对"传统"的理解，一是把传统理解为正统，传统思想、传统观念即正统思想、正统观念，特别是儒家元典思想和宋明理学思想，排斥其他思想；二是把传统理解为封建糟粕，传统思想、传统观念等同于落后、陈腐、反动的思想观念。我们把传统理解为一切过去的思想观念，一切物质文化和精神文化，不管正统与非正统，不管所谓精华还是糟粕。传统是可资现在借鉴和利用的过去的一切文化。传统首先是时间概念，指过去；其次是文化概念，是指过去的文化。传统有积极的正面价值，也有消极的负面价值。继承传统，可能是精华，也可能是糟粕。因此，反传统，可能是进步，也可能是倒退，不应笼统地否定传统，肯定反传统。我们早已习惯于肯定反传统，这种思维惯性有偏差，需要改变。俞平伯反对传统中的"正统"，而继承传统中的异端，具有历史的积极意义，也有恒久价值。但"正统"中的不少有益成分也被抛弃，矫枉而过正，同时也造成现代散文理论的营养不良。

俞平伯散文理论借鉴了古典文学和古代思想文化的资源，或是"挖掘"出古人"不足道"的作品与思想，对符合自己观念的进行"追认"，视为源头；或是消解经典，对经典进行"误读"；或是直接吸收。这些都是为自己的散文理论寻找"合理化"依据。俞平伯散文理论的古典资源，

121

主要来自六朝和晚明文学，受其影响极深。但他晚年却否认自己散文有明人的风格，吴小如先生在《〈俞平伯美文精粹〉序》中记叙道："1984 年，我应天津文研所孙玉蓉君之邀，并征得先师俞平伯先生的同意，为三联书店出版的《俞平伯序跋集》撰写序言。文章脱稿，先请平伯师过目。拙文中涉及先生散文的渊源和特点，窃以为先生的文风笔意有受晚明小品影响的地方。先生阅罢，对此深表异议，并坚嘱我把这一论点删去。为这件事，先生曾同我长谈半日，详细描述了他平生读书写文章的经历。先生说，儿时读《四书》、五经，比较喜欢《论语》与《左传》，且背诵很熟。稍长则治《昭明文选》，对写骈文下过一定功夫。后来做文章，大多得力于六朝文。如果说自己的文章受这方面影响还比较沾边儿。至于晚明和清人小品，尽管自己整理过《陶庵梦忆》和《浮生六记》，兴趣却并不尽于此。不少人认为自己写文章有明人风致，那是由于周作人是自己的老师，他喜欢晚明小品，于是便以为我也同他一样了（以上是谈话大意）。"① 俞平伯承认散文创作得力于六朝文学，对散文有明人风致则极力否认，与早年的态度有矛盾。这和俞平伯晚年时"小品热"早已消退有关。俞平伯重视传统，在西方理论畅行的强势语境中，他的散文理论既"旧"又"新"，具有独特个性和价值，对现代散文理论建设作出了突出贡献。

［作者单位：福建师范大学文学院］

122

① 《俞平伯美文精粹》，作家出版社 1992 年版，第 2 页。

朱自清和俞平伯:京派散文的两极

周仁政

一

朱自清是朱光潜在白马湖相知最深的朋友之一。朱光潜说:"在文艺界的朋友中,我认识最早而且得益也最多的要算佩弦先生。"[①] 1948 年朱自清逝世之后,《文学杂志》出版了"纪念专号"以示哀悼。从个人因缘上看,朱自清实可隶属于京派,但作为诗人和散文家,朱自清却长期游离于京派的艺术情趣之外。就作为学者和作家的气质和禀赋看,朱自清无疑是一位地道的京派文人;但就对文学的认识和实践看,则与京派文学的文化特质殊有差距。在中国现代文学史上,作为与京派文人们相知相识的同道或盟友,明了朱自清的文学认知和实践与京派文学的联系和差别,对于更清晰地认识京派文学的文化品质不无助益。在散文创作领域,本文拟通过朱自清与俞平伯的比较,认识这种差异性及其根源。

在文学实践中,作为前、后期京派的分水岭,对小品文的热衷与对小品文的排斥是一大关捩,1937 年《大公报》"文艺奖金"的颁发时把"散文奖"授予了何其芳的《画梦录》,既有奖掖后进的意思,更有其特殊的

---

① 朱光潜:《敬悼朱佩弦先生》,《朱光潜全集》第九卷,安徽教育出版社 1993 年版,第 487 页。

用意，即如该项颁奖评语中所说："在过去，混迹于幽默小品中间，散文一向给我们的印象多是顺手拈来的即景文章而已。在市场上虽曾走过红运，在文学部门中，却常为人轻视。《画梦录》是一种独立的艺术制作，有它超达深渊的情趣。"① 所以，以朱光潜等为代表，后期京派作家们对散文常有较为苛责的眼光，目的在拒斥小品文趣味。从沈从文到萧乾，《大公报·文艺》副刊的编辑方针之一就是"尽量不登杂文"。在实践于"严肃"的文学旨趣及"经典化"的文学目标中，他们所看重的文学实践领域是诗、小说、戏剧。在纪念朱自清的文章中，尽管朱光潜对朱自清有诸多褒扬，但对其为时人所称颂的散文创作却不置一词，看重的只是他的人品和学术研究。就创作而言，在朱光潜眼中，朱自清或许仅是一个有杰出贡献的"语体文作家"，他能作到"简洁典雅"的语体文，是"向一般写语体文的人们揭示了一个极好的模范"，以此"和语体文运动史共垂久远"。② 但作为散文家，若从中寻索"超达深渊的情趣"，就难免令人失望。

这从一个侧面也说明，朱自清的散文创作其实是与他长期的"语体文"教学实践分不开的。他不是一个文学上的个人主义者或趣味主义者，也并非审美理想主义的文学实践者。这可以从他在 1920 年代既已发生的个人世界观的转变和艺术态度的变化上见出端倪。在"白马湖时代"朱自清即与朱光潜相知相识，但与他相知相识最早的还要数俞平伯。1923年俞平伯在《读〈毁灭〉》一文中披露，长诗《毁灭》写作前后在与他的来往书信中，朱自清曾再三申说他的"刹那主义"人生哲学（不久即印证于朱自清《刹那》一文）。③ 俞平伯说，所谓"刹那主义"，朱自清自己又解释为"日常生活的中和主义"。通过印证于《毁灭》一诗俞平伯阐说

---

① 萧乾：《鱼饵·论坛·阵地——记 1935—1939 年〈大公报·文艺〉》，《萧乾选集》第 3 卷，四川人民出版社 1984 年版，第 429 页。

② 朱光潜：《敬悼朱佩弦先生》，《朱光潜全集》第九卷，安徽教育出版社 1993 年版，第490—491 页。

③ 俞平伯的《读〈毁灭〉》一文发表于 1923 年 8 月《小说月报》14 卷 8 号，朱自清《刹那》一文发表于 1924 年 6 月《春晖》第 30 期。

道："他把一切的葛藤都斩断了，把宇宙人生之谜不了了之。他把那些殊途同归的人生哲学都给调和了。他不求高远只爱平实，也不贵空想，只重行为；他承认无论怎样的伟大都只是在一言一语一饮一食下工夫。现代的英雄是平凡的，不是超越的；现代的哲学是实行的，不是专去推理和空想的。他这种意想，是把颓废主义与实际主义合拢来，形成一种有积极意味的刹那主义。他那观察人生和颓废者有一般的透彻；可是在行为上，意味却迥不相同。"① 这且表明，如此似不至于感弱朱、俞之间的相知相识，却显然会降低朱自清以周作人或俞平伯为样板，写作诸如《女人》、《谈抽烟》、《看花》、《说扬州》之类文章的兴趣。顺此推论，我们很便利地在朱自清早年几篇谈文艺的文章中找到了他对自己文艺观的说明。在《文学的美》一文中朱自清认为，语言文字的艺术不同于视听的艺术。如果说视听的艺术本于直觉，不求乎外在的"意义"，那么，语言文字的艺术则本质在"互喻"。言语文字作为"表出我们心的经验的工具"，"它只是'意义'的艺术，'人的经验'的艺术。"而"意义原是行动的关捩"。图画等借助于线、形、色彩"相融为一种迷人的力，便是美了。这里美的是一种力，使人从眼里受迷惑，以渐达于'圆满的刹那'。至于文学，则有'一切的思想，一切的热情，一切的欢喜'作材料，以融成它的迷人的力。文学里的美也是一种力，用了'人生的语言'，使人从心眼里受迷惑，以达到那'圆满的刹那'"。正如俞平伯的解释，"刹那主义"是一种行为主义或实际主义，不是人生的逃避或超脱。所以，朱自清在文学中所要求的便是："文字的艺术，材料便是'人生'。""凡字句章节之所以佳胜，全因它们能表达情思，委曲以赴之，无微不至。""凡用文词，若能尽意，使人如接触其所指示之实在，便是对的，便是美的。指示简单感觉的字，容易尽意，如说'红'花，'白'水，使我们有浑然的'红'感，'白'感，便是尽意了。""思想是文学的实质"，亦即文学之所以"佳胜"，不只是"尽意"，

125

---

① 俞平伯：《读〈毁灭〉》，《俞平伯全集》第3卷，花山文艺出版社1997年版，第571—572页。

还在于表现"复杂的心态",使文字"带有'暗示之端绪'"。但在朱自清看来,这又并非须含什么曲折隐晦之志,而是如光影之随形,能使人更增愉悦,更生憧憬。他说:"文字好比月亮,暗示的端绪——即种种暗示之意——好比月亮的晕;晕比月大,暗示也比文字的本义大。"如"江南"一词,本意只是"一带地方",见此二字,令人想起"草长莺飞"、"落花时节"的江南,"或不胜其愉悦,或不胜其怅惘"①。从而可见,他要求于文学的"思想"也不外"暗示"、寓意、引申而已,绝非指含有何种"曲折"的"形而上"的理想。

或愉悦,或惆怅。朱自清的全部散文大约也就包含于这两种情绪(意境)之中。若此似乎再找不出更多个人化的趣味,没有周作人称赞俞平伯散文的"涩味"和"简单味"。不是志在"隐逸",而是志在表达自己的现实之思,汇声色之"美"于"同情的感应"和普遍的"暗示"(寓意)之中。沉于刹那的欣悦,安于永久的平凡。

在文学内涵上,朱自清表同情于胡适"明白清楚"的定义。他认为文学中之有"真实"和"美妙","真实"并非实有,"美妙"全在情感的表达能"引人同情"。即如胡适所说的,"明白性及逼人性"便是"文学的美"。他肯定"文学是人的灵魂之唯一的历史",但所表现者不在"大事"的轮廓,而是具体的"琐屑的节目"。表现的方法全在"传染情感于人"。是"自己"的表现,用"暗示"的方法表达出"永久的"情思。——"要使读者看一件事物,和自己'一样'明晰,'一样'饱满,'一样'有力,'一样'美丽。""使人不舍,使人不厌,使人不忘。"欲"为百世所共喻"尚需做到"老妪都解"。——在这样的要求下,再谈论"表现自己"或"个人风格"就显得是一种累赘。②

126

---

① 朱自清:《文学的美——读 Puffer〈美之心理学〉》,《朱自清全集》第 4 卷,江苏教育出版社 1996 年版,第 159—165 页。

② 朱自清:《文学的一个界说》,《朱自清全集》第 4 卷,江苏教育出版社 1996 年版,第 166—176 页。

朱光潜认为，在朱自清身上，就整个性格来说，"属于古典型的多，属于浪漫型的少；得诸孔颜的多，得诸老庄的少。"因为重视普遍性的"意义"，他的散文大多只能理智地写，不会个人化或"感性"地写。他的文学观始终还在古典与现代之间徘徊。他虽然也看重"个性"，肯定文学的批判性，但"个性"在他的解释中实则只是"风格"的另一种说法，他所谓文学中的批判（"抗议"或"人生的批评"），其实只是某种"暗示"着的倾向——表达对不合理的现实的憎或指示一种人性向善的方向，而与审美理想主义艺术所要求的否定性或对立于现实的态度无涉。正由于对审美主义艺术品质缺乏体认，朱自清在为朱光潜《文艺心理学》和《谈美》两书所作的"序言"中，就显示出一种忽视其体系性的理论意义竭力缓解其理论冲击力的良苦用心。如对于其中朱光潜依据克罗齐美学的理论逻辑，明白地把审美（艺术）与科学—哲学和道德（政治）在不同认知体系及价值属性（美、真、善）上作出的区分，朱自清在其"序"中则通过强调"美育"的现实功能极力抹杀这一区分的理论意义，常引征书中某些带折中性语义的句子，执意把"真善美"的"三位一体"说成其理论的归宿。其所担心的是："这种寻根究底的追求已入理知境界，不独不能增进'美'的欣赏，怕还要打消情意的力量，使人索然兴尽。"① 正是这种忧惧于艺术之功能性而不独得的强烈愿望，使他晚年执意站在周作人的对立面阐释自己的文学理想和艺术志趣。这样，也使他在文学实践观上和俞平伯的距离越拉越远。

在《文学的标准与尺度》、《论严肃》，及学术论著《诗言志辩》等之中，朱自清认为，照周作人等的看法，"现时"中"载道"与"言志"或许对立，但在传统上，"'言志'的本义原跟'载道'差不多。"② 在古代，"载道是严肃"，"不载道"（"玩物丧志"）却是消遣，即不严肃。事实上，"言志"派并非"不载道"，而是载个人之"道"，所以仍是严肃的。现代

① 朱自清：《文艺心理学·序》，《朱光潜全集》第1卷，安徽教育出版社1987年版，第523页。
② 朱自清：《诗言志辨·序》，《朱自清全集》第6卷，江苏教育出版社1996年版，第130页。

文学"一方面攻击'文以载道',一方面自己也在载另一种道,这正是相反相成"。但在"浪漫的感伤的"风气下,个人主义的知识分子(实指周作人等)"讲究生活的趣味,讲究个人的好恶,讲究身边琐事,文坛上就出现了'言志派',其实是玩世派。更进一步讲究幽默,为幽默而幽默,无意义的幽默。幽默代替了严肃,文坛上一片空虚"。由此他否定了周作人一派的文学追求。同时,在朱自清看来,固然周作人式的"言志派"是"玩世派",就是后起主张"严肃"的作家也还没有丢掉逃避现实的态度,因为"单是态度的严肃,艺术的严肃不成,得配合工作,现实的工作"①。这且表明,朱自清与后期京派的差距也在加深。这除了强调于行为主义立场,还在于他日益看重文学的"人民性",欲以对人民(民众)的态度来判定知识分子的立场。这便是他在旧有文学"标准"之外寻找到的新的文学的"尺度"。

在朱自清看来,就传统而言,"载道或言志的文学以'儒雅'为标准,缘情与隐逸的文学以'风流'为标准"。"儒雅"的文学"熔经铸史"、"温柔敦厚";"风流"的文学"怨而不怒"、"含英咀华",深得"妙赏"、"深情"和"玄心"。"儒雅风流"本是传统"载道或言志"的文学共有的标准,其中并无优劣之别。只是在历史发展中,中间寓有无穷变化,各趋极端时就产生了不同的差异,形成了各自的"尺度"。"复古"的文学多依"儒雅"的标准,"标新"的文学多依"风流"的标准。这是就文学自身而言。但朱自清认为,文学的标准并非仅是依据知识分子("士")的标准而定。一种新的"标准"或"尺度"的奠立常取决于民众的参与。新文学之完成了"语体文学"的革命,也说明是"人民参加着"订定了"文学的尺度"。——这仿佛又是他在胡适《白话文学史》一书中寻索到的理论线索。由此他认为,"汉以来的社会"的基本趋势不是"士民对立",而是"士民流通"。知识分子在今

①　朱自清:《论严肃》,《朱自清全集》第3卷,江苏教育出版社1996年版,第140—141页。

128

天的使命应该是继承这一传统,"跟民众联合起来","使这新尺度成为文学的新标准"。①

在此基础上,朱自清欲以文学的走势判明现代知识分子的地位问题,但着眼点在传统状况,其所论定的知识分子地位就只能是"游离"而非"独立"。在他看来,五四以来知识分子大多与官僚集团取了对立姿态,但未能和民众联合所以仍然是"游离"着。他并未看到,现代社会中,既然知识分子的主体性得自于人的知识化,而"民"实指那些尚未知识化的个体或群体,传统社会中的"士民对立"就不可能消除而只能加深。在启蒙运动中鲁迅对民众"哀其不幸,怒其不争"的立场则已表明,现代知识分子对民众所显示的全部"同情"都来源于自身"民众"身份的怯除,以及在这一过程中所获得的不言而喻的优越感或"精英意识"。由此则上述立场决然不应看成是认同立场而必然是对立立场(启蒙立场)。现代知识分子因自身的"知识化"过程对未知识化的民众在自我意识上总是排斥的。如果说传统知识分子获得"士"的身份并非在于自我的"知识化",而仅为取得政治上的晋身之阶,他们和民众的对立是政治性的,也是必然的;那么,现代知识分子的"知识化"即是获得自我意识和实现于自我价值的体现,他们与民众的对立不是政治性的而是文化性的,即如"哀其不幸,怒其不争"的立场。从文化上讲这就不可能是"大众化",而是"化大众"。他们能替民众说话却不应代民众重新承受被压迫的地位。在自我立场上,知识分子不可能真正还原自己的民众身份,也无须以获得政治身份为目的,重新凌驾于民众之上。通过自我的"知识化"(理性化),知识分子为民众提供一条自我拯救和实现的新途径。如果说这也是一种"士民流通",那么也是民众的知识化而非知识分子的民众化。相反,传统意义上的"士民流通"大多只是一部分政治上未能得志的知识分子("士")为着满足自己的政治图谋,以民众为工具,用"造反"或"革命"的方式重新

129

---

① 朱自清:《文学的标准与尺度》,《朱自清全集》第3卷,江苏教育出版社1996年版,第130—137页。

陷民于水火，从而渔翁得利而已。

二

在文学观上，朱自清的目的显然是为着表明，不能像周作人那样，既否认了自己的文学志趣是"载道"，却又以为自己的文学是"言志"的。一种能"言"自己之"志"的文学不能如周作人所说的只是"无用"的（消遣或隐逸的）趣味主义的表现。于此则必须对"言志"之义重新标举。简言之，"诗言志辨"是朱自清为自己之辨，也是对周作人、俞平伯之辩。

朱光潜认为，朱自清在《诗言志辨》中把"言志"与"缘情"对举，以为"志"是"怀抱"，不为私淑之情。在他看来，"'言志'也好，'缘情'也好，都是我们近代人所谓'表现'"①。其实，在朱自清、周作人、朱光潜那里，对于"言志"一词寓有三种理解，显示出不同的文学志趣：很明显，朱自清的"言志"是"怀抱"，是明志言事，有经国济世之用；周作人的"言志"是"独抒性灵"，未免于隐逸之趣与闲情逸致；朱光潜则以为"言志"就是抒情，这是诗三百篇就已留下的传统，抒情就是自我表现，就是创造于艺术。

就散文创作上看，把朱自清和俞平伯放在京派散文的两极来考察有其重要意义。一方面我们可以看到，一种普及性的"语体文"借助于现代"纯文学"之力得以获得历史的广泛认可，它虽然并非依存于审美理想主义自我化的高雅艺术志趣，但却建构于审美主义艺术实践的体系中。由此，趣味主义、审美理想主义和淑世主义（民本主义）的文学精神，在现代知识分子文化场中业已构成一种共存共荣的生态。另一方面，在朱自清和俞平伯身上，平民化的文化人格和贵族心态的知识分子情趣是使二者具有较多文化差异的内在原因，"载道""言志"的语体散文与趣味化的"小

130

---

① 朱光潜：《朱佩弦先生的〈诗言志辨〉》，《朱光潜全集》第九卷，安徽教育出版社 1993 年版，第 497 页。

品文"虽本于不同的志趣却有着相同的归属——知识分子的社会理想和自主表达。但在文化内质上,趣味主义的小品文与淑世主义的"语体文"之间确乎寓有一条不可逾越的界限。

仅以现在中学语文课本中常选录的朱自清的散文如《背影》、《春》、《荷塘月色》以及《匆匆》、《绿》、《给亡妇》等"名篇"为例,我们除了可以明白朱自清散文中有描写自然景象与抒发至爱亲情这两种基本分类外,还恰可看到,作为一种"寓教于情"的现代语体文,它除了肩有树立"语体文"写作规范的义务,即胡适所谓"彻底打破那'美文不能用白话'的迷信",还负有依托现代"美育"观念净化人的情感意识和培养少年人的"博爱"精神的使命。因此,它尽管不足以被称为"纯文学",也应称为"纯文章"。它所载之"道"或已确非传统之"道"而属现代文化之"道"。在现代社会环境中,教育的使命亦是知识分子文化使命的重要一翼,教育的方式也必然地不再依托政治而是依托文化,即依托知识分子自身的理性觉悟所提供的文化(文学)营养,"美育"即其一翼。

在朱自清的散文中,《春》和《绿》是最纯粹的写景文章。这两篇散文的特色都是细密地观察,动情地抒发。因此,它们在情感上的装饰性和写作上的技巧性是显而易见的。《春》中,我们透过朱自清笔下"热闹"的春确乎看到了一个万物复苏的季节,看到了这季节里嬉戏欢乐的人群。如果我们想像这读者只是一个孩子——他(她)不仅读下了而且背下了这样的"美文",一边高声朗诵着,举着风筝在田野或河边奔跑,在大人们眼中那将是一幅多么惬意的景象!——这样的想望过后我们再去捉摸作者写作的用心,或许就不会求全责备了。读过《绿》,我们可能在第一遍惊讶于作者动情地描画,用心地比拟,但在第二遍,或许使你有点稍不耐烦——恍若受了作者的骗,把一处或许并非美妙的景致说得天花乱坠,仿佛一个巧舌如簧的评论家用过量的飞沫去"装点"一幅并非精妙的画。

《荷塘月色》不经意地映出了作者忧郁的影子——不管这忧郁的是人

131

情还是世故，但作者并未写自己是为"忧郁"而去，却是为"荷塘"而去。所谓"独处的妙处"终为一首《采莲曲》而梦回江南了——忧郁杳无踪影，合于"京派之道"的审美乌托邦的景象于不经意中凸现出来。

不仅如此，在那些抒写至爱亲情的作品中，人情世故几乎全被作者刻意美化了——多读之后令人不太相信其中全是真的。《冬天》开场写父子围着"小洋锅"吃清水煮豆腐，一种贫寒生活境况竟写得热气腾腾。移到《背影》中，父亲佝偻的身影便不现委琐，爬月台的动作也不现笨拙——对父亲背影作壁上观的儿子似乎只是为着日后写一篇起名"背影"的传世名文。《给亡妇》是作者在前妻去世三年后写成，从作者的回忆与赞美看，"亡妇"不仅是典型的贤妻良母，还是传统型女性中最能忍辱负重者。在《冬天》中作者写道："亡妇"在时，"外边虽老是冬天，家里却老是春天。有一回我上街去，回来的时候，楼下厨房的大方窗开着，并排地挨着他们母子三个；三张脸都带着天真微笑地向着我。似乎台州空空的，只有我们四人；天地空空的，也只有我们四人"。作者回味这些，"心上总是温暖"，但在老实的读者看来，眼前却活生生一幅凄凉图：本质无爱的包办婚姻确也孕育出如此这般的人间亲情，那么，两情相悦的自由情爱意欲何为？——透过这层内蕴的真情，我们确乎看到了一个"煽情主义"的作者的影子。不经意中确已表明，作者表现于家庭生活的至爱亲情都是传统型的——虽属"温暖"，何来现代气息？这就不免令人生疑，这样的"道德至文"无论如何完美，用于现代教育是否"总相宜"？

作为一个热情地贡献于教育和社会事务者，朱自清在现代文化史上留下了美名。作为一名现代知识分子，他品德纯朴、宽容、固守自我（尽管传统）。不仅在创作中，在现实中朱自清也似乎葆有一种化愁苦为快乐的"本能"。这使他与朱湘有些相似，但朱湘的诗婉约而深沉，朱自清的散文却难免于矫饰和飘浮。长此以往，以他内向而又严于律己的心胸，不啻郁积了难于释放的极重的心灵负累——这或许成为他早逝的原因之一。因

此，曾被俞平伯征引过的他在早年批评"颓废派"的一段话，幸许恰好能
应用到他的身上：

颓废的生活，我是可以了解的；他们也正是求他们的舒服，但他们的
舒服实在是强颜欢笑；欢笑愈甚，愈觉不舒服，因而便愈寻欢笑以弭之；
而不舒服必愈甚。因为强颜的欢笑愈甚与实有的悲怀对比起来，便愈显悲
哀之为悲哀，所以如此。①

反倒是自甘于"颓废"的俞平伯终于死心塌地归属于周作人旄下，
成就了自己的现代"隐士"风范。因此，在京派作家中，除周作人之
外，把散文有意写得隐晦沉重，不甚明白晓畅的，或许就要数俞平伯
了——就表现方法看，朱自清的文学理想在"雅俗共赏"，俞平伯正相
反，他与周作人等一样，合于京派文学的审美趣味，其理想在"曲高
和寡"。

三

周作人在为《燕知草》所写的"跋"中对"纯粹语体文"与"雅致的
俗语文"（"语体文"与"小品文"）曾有过区分，也恰似把朱自清与俞平
伯散文的"两极"性，在文体特征上标举了出来，他说道：

我也看见有些纯粹口语体的文章，在受过新式中学教育的学生手里
写得很是细腻流丽，觉得有造成新文体的可能，使小说戏剧有一种新发
展，但是在论文——不，或者不如说小品文，不专说理叙事而以抒情分
子为主的，有人称他为"絮语"过的那种散文上，我想必须有涩味与简
单味，这才耐读，所以他（引按：俞平伯）的文词还得变化一点。以口
语为基本，再加上欧化语、古文、方言等分子，杂糅调和，适宜地或
吝啬地安排起来，有知识与趣味的两重统制，才可以造出有雅致的俗

133

① 俞平伯：《读〈毁灭〉》，《俞平伯全集》第 3 卷，花山文艺出版社 1997 年版，第 572 页。

语文来。①

他赞扬俞平伯的散文"近于明朝人","有隐遁的色彩"。他认为,"隐遁"并非逃避,"根本却是反抗",因为时势"又似乎正是明季的样子"。朱自清的《燕知草·序》也说俞平伯的"性情行径,有些像明朝人",性习相近,便尔"暗合"。"以趣味为主",文如其人,有"洒脱"气息。"只要自己好好地受用,什么礼法,什么世故,是满不在乎的。"——在《燕知草》中,朱"序"和周"跋"看似相得益彰,实乃大异其趣。但对俞平伯而言,相知于友或相识于师,犹可各得其所。

朱自清在"序"中分析了俞平伯散文的两种特征,这其实也就陈明了他们之间的区别。

朱自清说,俞平伯写杭州是在"睡梦里惦着","大洋里想着",因此才能写出"那样惆怅的文字来",乍看起来有些使人"不可思议"似的。俞平伯也在《燕知草·自序》里承认,自己仿佛"逢人说梦之辈,自愧阅世未深而童心就泯"。他写杭州,确乎是"醉翁之意不在酒",才"与众不同地那样黏着地惦着"。——可爱的不在风景而在人:"若得几个情投意合的人,相与徜徉其间,那才真有味。"朱自清则说:"我在杭州也待了不少时日,和平伯差不多同时,他去过的地方,我大半也去过;现在就只有淡淡的影像,没有他那迷劲儿。这自然有许多因由,但最重要的,怕还是同在的人的不同吧?这种人并不在多,也不会多。你看,这书里所写的,几乎只是和平伯有着几重亲的 H 君的一家人——平伯夫人也在内;就这几个人,给他一种温暖浓郁的氛围气。他依恋杭州的根源在此,他写这本书的感兴,其实也在此。"由此亦可见,对于"游"或写"游",朱自清喜欢的是单独的"游"——与家人同游也实其"单独游"的一种,如"温州的踪迹"、月下的荷塘;认真地看,尽情(忘我)地想,细细地描。——似乎这"游"也是一种工作。俞平伯喜欢的是结伴游(怡情之游),走马观花

① 周作人:《燕知草·跋》,《俞平伯全集》第 2 卷,花山文艺出版社 1997 年版,第 221 页。

地看，"胡思乱想"地想，过后再"以梦作真"地写——于此不由得你不"相对如梦寐"了。另则朱自清的散文多是即兴式，看（或"游"）了就写，并不须弥久之酝酿；俞平伯的散文或许常相反——或者说，朱自清之文常在"劝"，俞平伯之文总在"忆"。

朱自清说，俞平伯的散文中寓有一种"古怪的综合"，诗、谣、曲等融为一体，"五光十色"。"平伯有描写的才力，但向不重视描写。……他觉得描写太板滞，太繁缛，太矜持，简直厌倦起来了；他说他要素朴的趣味。《雪晚归船》一类东西便是以这种意态写下来的。这种'夹叙夹议'的体制，却并没有堕入理障中去；因为说得干脆，说得亲切，既不'隔靴搔痒'，又非'悬空八只脚'。这种说理，实也是抒情的一法；我们知道，'抽象'、'具体'的标准，有时是不够用的。至于我的欢喜，倒颇难确说。用杭州的事打个比方罢：书中前一类文字，好像昭贤寺的玉佛，雕琢工细，光润洁白；后一类呢，想我拟于不伦，像吴山四景园驰名的油酥饼——那饼是入口即化，不留渣滓的，而那茶店，据说是'明朝'就有的。"① 这后者即所谓"趣味"之文，只可"感"（或"悟"），确乎不可"解"。证于朱自清自己，长于描写故其一技，但"太板滞，太繁缛，太矜持"的，却往往得名其篇。

至《古槐梦遇》，俞平伯的散文风格更其自我化，文体更是诡谲多变。朱、俞二人散文的差别犹是南辕北辙——其实这种差别也早寓于当年那两篇同题的《桨声灯影里的秦淮河》了。

1923 年夏天，朱、俞同游南京秦淮河，相约同题作文，在现代文坛传为佳话。但同题所记，情态各异。朱文娓娓道来，铺陈之远犹入十里画廊；俞文单刀直入，扑面而来是六朝粉黛的"销金窟"。朱文繁缛、矜持，俞文简略且直率。请看下面两段：

当船泊灯海中，人入烦嚣之境时——

① 朱自清：《燕知草·序》，《俞平伯全集》第 2 卷，花山文艺出版社 1997 年版，第 123—126 页。

135

朱文：

那时河里闹热极了；船大半泊着，小半在水上穿梭似的来往。停泊着的都在近市的那一边，我们的船自然也夹在其中。因为这边略略的挤，便觉得那边十分的疏了。在每一只船从那边过去时，我们能画出它的轻轻的影和曲曲的波。在我们的心上；这显着是空，且显着是静了。那时处处都是歌声和凄厉的胡琴声，圆润的喉咙，确乎是很少的。但那生涩的，尖脆的调子能使人有少年的，粗率不拘的感觉，也正可快我们的意。……因为我们的心枯涩久了，变为脆弱；故偶然润泽一下，便疯狂似的不能自主了。……岸上另有几株不知名的老树，光光的立着；在月光里照起来，却又俨然是精神矍铄的老人。远处——快到天际线了，才有一两片白云，亮得现出异彩，像是美丽的贝壳一般。……这一段光景，和河中的风味大异了。但灯与月竟能并存着，交融着，使月成了缠绵的月，灯射着渺渺的灵辉，这正是天之所以厚秦淮河，也正是天之所以厚我们了。

俞文：

茉莉的香，白兰花的香，脂粉的香，纱衣裳的香……微波泛滥出甜的暗香，随着她们那些船儿荡，随着我们这船儿荡，随着大大小小一切的船儿荡。……谁都是这样急忙忙的打着桨，谁都是这样向灯影的密流里冲着撞；又何况久沉沦的她们，又何况漂泊惯的我们俩。当时浅浅的醉，今朝空空的惆怅；老实说，咱们萍泛的绮思不过如此而已，至多也不过如此而已。你且别讲，你且别想！这无非是梦中的电光，这无非是无明的幻象，这无非是以零星的火种微炎在大欲的根苗上。扮戏的咱们，散了场一个样，然而，上场锣，下场锣，天天忙，人人忙。

不说一个显矜持之态，顾左右而言他；一个现"心旌"之摇，绮思中已得"浅浅的醉"；如其繁缛和率直，且如周作人所说，即已是习于"语体文"和习于小品文作家之别了。

概括地说，朱自清的散文是一杯清亮的水，用一句俗话讲："水至清则无鱼"；俞平伯的散文是一杯混浊的老酒，使人感到辣味、苦涩味，过后却有甘洌味。朱自清和俞平伯作为京派散文史上具有"两极性"的代表者，一个是处在外围的盟友地位的现实主义者，一个是隶属于前期京派周作人式的趣味主义者。借用朱光潜的理论来解释，在京派作家中，如果说周作人、俞平伯等是体现"酒神"意志的"颓废"派或玩世主义者，朱光潜、沈从文等是具有"日神"精神的超世派或豁达主义者——玩世者洒脱，豁达者超脱，那么，介于二者之间，撇开自我执著于道德理想的"刹那主义"者朱自清却难获"解脱"，以其烛火之躯薪烬于时代风雨中。

[作者单位：湖南师范大学文学院]

论鲁迅散文与司马迁《史记》

姚春树　　汪文顶

冯雪峰在《关于鲁迅在文学上的地位——一九三六年七月给捷克译者写的几句话》一文中指出：鲁迅的"文学事业"，"有着明显深刻的中国特色，特别是他的散文的形式与气质"。鲁迅作为中国现代散文的一个奠基人，作为中国现代散文的屈指可数的世界级大师，其散文理论主张和创作实践，同中国古代散文有着极为深刻的的内在联系。诸如，他同先秦两汉散文（见其《汉文学史纲要》）的关系，他对"魏晋文章"（见其《魏晋风度及文章与药及酒之关系》）的心仪，他同"三晚"（即晚唐、晚明、晚清）散文小品（见其《小品文的危机》诸文）的关系，几乎涉及了两千多年的中国古代散文史。要说清楚鲁迅同中国古代散文史的关系，即鲁迅对中国古代散文的研究和评论，鲁迅对中国古代散文优秀传统的继承和发展，是一本专书才能胜任的任务。本文仅就鲁迅散文和司马迁《史记》的关系，以及鲁迅散文创作对司马迁《史记》的继承和发展谈些粗浅看法。

鲁迅论司马迁及其《史记》

鲁迅论及司马迁及其《史记》的，有如下这些篇什：《热风·人心很古》、《汉文学史纲要·第十篇司马相如与司马迁》、《三闲集·流氓的变迁》，以及演讲《流氓与文学》①、《伪自由书·两种不通》、《且介亭杂文二集·杂谈小品文》，其中最主要的是《汉文学史纲要·第十篇司马相如与司马迁》。鲁迅的《汉文学史纲要》，是他当年在厦门大学国学院讲课时的讲义，带有讲义的特点。就以其中的《第十篇司马相如与司马迁》中的司马迁部分，鲁迅评价司马迁的生平、思想和创作，特别是其《史记》的材料，来自司马迁自己的《报任安书》、班固的《汉书·司马迁传》、范晔的《后汉书·班彪传》，以及明代茅坤的《与蔡白石太守论文书》。主体是鲁迅根据以上材料的组织编排，而他自己的评价则惜墨如金，只有寥寥几句。即便如此，鲁迅对司马迁及其《史记》的评述，内涵极其丰富多彩，见解极其精辟超卓，特别是鲁迅所说的《史记》是"史家之绝唱，无韵之《离骚》"，更是现代以来所有研究《史记》的人都会引用的经典性结论。这显示了鲁迅作为卓越的文学史家的本色。概括地说，鲁迅对司马迁及其《史记》的评述，包含了四个方面的内容。

（一）鲁迅对司马迁的"发愤著书"的生命哲学美学的赞赏。司马迁的"发愤著书"理论分别见于司马迁的《太史公自序》和《报任安书》，相较之下，后者的表述更完整。在李陵事件中，司马迁在无意中冒犯了汉武帝，被处以宫刑，身心遭受了极大的伤害和羞辱，司马迁多次感喟"人固有一死，死或重于泰山，或轻于鸿毛，用之所趣异也"，陷入对自己的生命价值作哲学层次的类似哈姆雷特式的"生存还是死亡"的思考，不过，为了完成写作《史记》的不朽事业，他终于还是坚强地隐忍苟活下来，他这不是为了润色鸿业而是以"舒愤懑"。鲁迅摘引了《报任安书》里最著名的那段话：

> ……所以隐忍苟活，函粪土之中而不辞者，恨私心有所不尽，鄙

① 鲁迅：《流氓与文学》，1931 年 4 月 17 日在上海东亚同文书院讲，崛川川默记录，未经鲁迅校订，《鲁迅研究月刊》1992 年第 3 期刊载。

没世而文采不表于后世。古者富贵而名摩灭不可胜记，惟俶傥非常之人称焉。盖西伯拘而演《周易》；仲尼厄而作《春秋》；屈原放逐，乃赋《离骚》；左丘失明，厥有《国语》；孙子膑脚，兵法修列。……《诗》三百篇，大抵贤圣发愤之所为作也。此人皆意有所郁结，不得通其道，故述往事，思来者。及如左丘无目，孙子断足，终不可用，退论书策，以舒其愤，思垂空文以自见。仆窃不逊，近自托于无能之辞，网罗天下放失旧闻，考之行事，稽其成败兴衰之理，凡百三十篇。亦欲以究天人之际，通古今之变，成一家之言。草创未就，适会此祸，惜其不成，是以就极刑而无愠色。仆诚已著此书，藏之名山，传之其人，通都大邑，则仆偿前辱之责，虽万被辱，岂有悔哉？此可为智者道，难为俗人言也！……①

司马迁的"发愤著书"说，源于自我的人生悲剧，显然也受到屈原的"发愤抒情"说的启发和影响。屈原《九章·惜诵》："惜诵以致愍兮，发愤以抒情。"朱熹《楚辞集注》："惜"，"爱而有所思之意"。"诵"即赋诗。"愍"，王逸注："病也"。王注又释"致愍"云："至于自身以疲病"。反映屈原倾心致力于作诵而鞠躬尽瘁。诗人把遭遇人生坎坷而生的生命痛苦，及其心中怨愤不平，借助文字抒发出来，此即"发愤抒情"。清代章学诚在《文史通义·知难》中指出："人知《离骚》为词赋之祖矣，司马迁读之而悲其志，是贤人之悲贤人也。夫不具司马迁之志而知屈原之志……则几乎罔矣。"已指明司马迁的"发愤著书"和屈原的"发愤抒情"之间的渊源关系。司马迁的"发愤著书"说不仅继承了屈原的"发愤抒情"说，而且将其内涵大大拓展了。首先，屈原的"发愤抒情"说，基本上是从他个人的坎坷遭遇和创作实践出发，司马迁在论证其"发愤著书"说时，则从西伯演《周易》到韩非著《说难》、《孤愤》等大历史跨度中提取著名典

---

① 司马迁的《报任安书》（又称《报任少卿书》）有两个版本，一个出自《文选》，一个见于《汉书·司马迁传》，鲁迅这里引用的是《汉书·司马迁传》的版本——笔者

型事例，从而使其论证带有历史的普遍性和逻辑说服力；其次，从情感基调看，屈原《惜诵》的"发愤抒情"说有着一片孤忠不被理解的孤独感和凄凉感，司马迁的"发愤著书"说里，从《周易》到《韩非子》这些著名经典著作主体的生命力和创造力，无不遭遇严峻的挑战和考验，他们无不坚忍不拔战胜了种种的挑战和考验，他们的生命无不创造奇迹，大放异彩，实现了最大的价值。同屈原"发愤抒情"的孤独和凄凉比较，司马迁的"发愤著书"则更有一种"壮怀激烈"的悲壮。章学诚在《文史通义·史德》中说："夫《骚》与《史》，千古之至文也。"从屈原的"发愤抒情"到司马迁的"发愤著书"，将文学和作家自我的生命和热情融为一体，构成中国文学中一条不断拓展深化、纵贯古今的文学传统，这个传统突破了儒家的"怨而不怒"、"温柔敦厚"诗教的局限，高扬了文学家的主体精神、文学的批判性和创造性、文学对理想和未来的执著追求，开创了中国文学创作和中国文学批评的一个重要优秀传统。受到鲁迅《汉文学史纲要》启发和影响，李泽厚和刘纲纪在其主编的《中国美学史》第一卷《绪论》里说："中国美学虽然在表现形态上看极为纷繁复杂，但基本上可以划分为四大思潮：儒家美学，道家美学，以屈原为代表的楚骚美学和禅宗美学。"又说："司马迁继承和大大发扬了屈原的美学思想，突破了儒家的怨而不怒的传统，表现了一种强烈的反抗性，批判性和来自人民（主要是两汉时期发展起来的城市中较下层的自由民）的古代浪漫主义的英雄气概。"近似的观点，我们还可以在王运熙、顾易生主编的《中国文学批评通史》第一卷《先秦两汉卷》，以及近年出版的"中国美学史"论著中见到。司马迁正是由于有了"发愤著书"的生命哲学美学，他才有了被誉为"史家之绝唱"的《史记》，他才同"发愤抒情"的屈原同属一个谱系，《史记》才是"无韵之《离骚》"。古罗马诗人尤维利斯的"愤怒出诗人"论，同屈原的"发愤抒情"说，司马迁的"发愤著书"论，似有异曲同工之妙，恩格斯在《反杜林论》里曾引用过尤维利斯的"愤怒出诗人"，马克思在其著作中也曾五次引用过这一名句，足见马恩对这名言的肯定，这

141

是颇耐玩味的。

（二）鲁迅肯定司马迁《史记》对儒家正统思想的突破和超越。司马迁写作《史记》的年代，中国思想界正发生由"黄、老之学"向"独尊儒术"的重大转变。司马迁父亲司马谈是崇尚"黄老之学"的，他在《论六家要旨》中，给"黄老之学"较之其他学派以更崇高评价。司马迁继承了他父亲的观点，但又不为其局限。他的思想视野要更广阔开放得多。孔子并非王侯，司马迁却为他写了《孔子世家》，他在《老庄申韩列传》里，只把老子、庄子、申不害、韩非合在一个列传里。司马迁对孔、老等"六家"取兼容并包态度，但又不为其所局限，他还反映了下层人民的某些意志和愿望。从而《史记》较之孔子、老子等"六家"以及前此诸多史学著作有更多的人民性、批判性、反抗性和创造性，它是耸立于当时思想界的一座无可匹敌的思想高峰。由于《史记》对儒学正统的突破和超越，备受正统派文人批评，其中班彪和班固父子的批评就很有代表性。鲁迅引了"班彪"的一段话：

班彪不满，以为"采经摭传，分散数家之事，甚多疏略或有抵牾。亦其涉略者广博，贯穿经传，驰骋古今上下数千载间，斯以勤矣。又其是非，颇缪于圣人，论大道则先黄老而后六经，序游侠则退处士而进奸雄，述货殖则崇势利而羞贫贱，此其所蔽也。"①

为了解更完整意思，鲁迅未引的几句话，似乎还应补上："然自刘向、扬雄博极群书，皆称迁有良史之材，服其善序事理，辨而不华，质而不俚，其文直，其事核，不虚美，不隐恶，故谓之实录。"

章学诚在《文史通义·文德》中说："夫史有三长，才、学、识也。"又在《文史通义·史德》中加了个"史德"。从史"才"、史"学"、史"识"、史"德"这史家诸要素看司马迁《史记》，班彪、班固父子对司马迁的史"才"和史"学"虽也有所批评，但基本上还是赞扬的，他们同意

---

① 班固《汉书·司马迁传》里的这些话的意思确是出于班彪，两者意思差不多，但具体表述，还是略有差异，班彪的原话，以后见于范晔《后汉书·班彪传》（下）——笔者。

博学的刘向和杨雄的评价，认为司马迁有"良史之材"，《史记》是极为难得的"实录"。而在史"识"和史"德"方面，他们对司马迁突破和超越儒学正统就很不理解了，他们批评司马迁《史记》"是非颇缪于圣人"的那几点，恰恰正是《史记》区别于其后的正统派史学的独创性和超前性之所在，也正是《史记》跃上中国史学最高峰，成为"史家之绝唱"的一个原因所在。

（三）"史家之绝唱，无韵之《离骚》。"这是鲁迅从史学和文学两方面对《史记》的最精粹和最深刻的经典性的概括，鲁迅指出司马迁在写作《史记》时，"发愤著书，意旨自激。……（他）恨为弄臣，寄心楮墨。感身世之戮辱，传畸人于千秋，虽背《春秋》之义，固不失为史家之绝唱，无韵之《离骚》矣"。这里鲁迅是从《史记》与《春秋》和《离骚》的关系来估定《史记》的价值。从司马迁《史记》和孔子的《春秋》关系看，带有矛盾的双重性。一方面司马迁"自谓其书所以继《春秋》也"；另一方面，司马迁又有"背《春秋》之义"即突破和超越《春秋》的义理和笔法。鲁迅更侧重强调的是后一方面。孔子《春秋》以时为序，以行事寓大意，以一字寓褒贬，但以 16572 字概括 242 年史事，严格说，它虽被列为"经"，但也只是编年的大事记。司马迁的《史记》则是叙述从黄帝至汉武帝三千多年的通史，是一部 52 万多字、写了近 4000 位人物，其中有 120 多人有典型性格的历史人物的纪传体通史，是一部空前的煌煌巨著。同《春秋》比，除了规模和体例不同之外，还有孔子的"三讳"即"为亲者讳"、"为尊者讳"和"为贤者讳"同司马迁"不虚美、不隐恶、故谓之实录"的差别；上述班彪、班固父子批评司马迁《史记》"是非颇缪于圣人"的那几条，不仅不是什么"敝"，反而是其光彩夺目之处。司马迁"论大道则先黄老而后六经"，是肯定汉文帝等实施"黄老之治"与民休养生息、社会升平而否定汉武帝的多欲所造成的衰败；述货殖，是为商人立传，是肯定商人促进社会生产发展，对社会经济繁荣所作的贡献；颂游侠，是肯定这类人能牺牲自己、扶危济困的品德。司马迁通过这些表达他对开明政治的向往，对人民求利反强暴的肯定。这体现《史记》褒贬人物和历史事实的尺度不受统治阶级正统思想的约束，而在一定程度上从被压迫人民利益立论的。司马迁开创的由本纪、表、书、世家，列传构成的五体形式，得到历代史家的认同。因此，"百代而下，史官不能易其法，学者不能舍其书"①，"自此例一定，历代作史者，遂不能出其范围，信史家之极则也"②。但是，司马迁之后的廿四史都是"官书"，这些史官，都不可能像司马迁那样"究天人之际，通古今之变，成一家之言"，也都不可能像在专制暴政淫威的死亡威胁下挣扎出来的司马迁，用他那样的眼睛来观察历史，用他那样的心灵感受历史，用他那双经常抚摸肉体疤痕和精神疤痕的手写他的《史记》。因而《史记》也成了史学之林中"绝唱高踪，久无嗣响"（《宋书·谢灵运传论》）了。

在鲁迅之前，已有不少人将《史记》与《离骚》联系比较，明代茅坤在《〈史记评林〉序》中说《史记》是"风骚之极也"，清代刘熙载在《艺概》中说："学《离骚》得其情者为太史公。"刘鹗在《〈老残游记〉序》中说："《离骚》为屈大夫之哭泣，《史记》为太史公之哭泣。"愤激的悲情是《离骚》和《史记》的生命和本质。《离骚》是屈原代表作，是带有自传性质的一首长篇抒情诗，全诗共三百七十多句，近二千五百字，杨义在《楚辞诗学》里说它是屈原的"心灵史诗"。《离骚》的诗情是屈原以直抒胸臆方式表达。《史记》是中国传记文学的鼻祖，也是中国传记文学的高峰。《史记》一百三十篇，五十二万多字。如鲁迅所说，司马迁写作《史记》时，是"发愤著书，意旨自激"，整部《史记》浸透司马迁豪迈郁勃的诗情，但《史记》是以"传畸人于千秋"的方式来抒发诗情的。"畸人"最早见于《庄子·大宗师》："子贡曰：'敢问畸人。'子曰：'畸人者，畸于人而侔于天。'"畸人即奇异的人，指不合于世俗而又等同于自然的人。"传畸人于千秋"，即司马迁为个性特异并有相当典型概括意义的历史人物

144

---

① 郑樵：《通志·总序》。
② 赵翼：《二十二史札记》卷一《各史例目异同》。

特别是悲剧性人物树碑立传、使其名扬后世，千秋不朽。据韩兆琦在《史记通论》里的计算，《史记》全书写了四千个人物。其中悲剧性英雄人物有一百二十个之多。因此，《史记》中借悲剧性英雄人物画廊的创造，来抒发司马迁的豪迈郁勃的诗情，它是一部散体不押韵的"无韵之《离骚》"。如果说，《离骚》是屈原的独抒胸臆的"心灵史诗"，那么，《史记》则是司马迁指挥众多悲剧英雄人物大合唱的"心灵史诗"。

（四）鲁迅揭示《史记》传记人物何以具有震撼力和感召力的艺术奥秘。如前所述，《史记》是纪传体通史，人物创造是《史记》写作的核心任务和成败关键。《史记》实践证明，司马迁在人物创造上，获得了极大成功，他创造了一大批千古传诵、令人难忘的人物形象，这些人物形象如茅坤在《与蔡白石太守论文书》所说，有着震撼力和感召力。《史记》人物创造上取得成功的艺术奥秘何在？这就是鲁迅改造茅坤的话，说司马迁是"发于情肆于心而为文"的。我们发现经鲁迅改造了的茅坤的话常被一些研究者作"望文生义"的理解，为了说明问题，我们不得不花些篇幅，把鲁迅改造了的茅坤的话，同茅坤的原话都引在下面，作一比较。

（司马迁写作《史记》时）惟不拘史法，不囿于字句，发于情肆于心而为文，故能如茅坤所言：读《游侠传》即欲轻生，读《屈原贾谊传》即欲流涕，读《庄周鲁仲连传》即欲遗世；读《李广传》即欲立斗，读《石建传》即欲俯射，读《信陵君平原君传》即欲养士也。（鲁迅：《汉文学史纲要》）

145

……大略琴瑟枅梧，调各不同，而其中律一也。律者，即仆曩所谓万物之情各有其至者也。……今仆不暇博举，姑取司马子长之大者论之。今人读《游侠传》，即欲舍生；读《屈原贾谊传》，即欲流涕；读《庄周鲁仲连传》，即欲遗世；读《李广传》，即欲力斗；读《石建传》，即欲俯躬；读《信陵君平原君传》，即欲好士。若此者，何哉？盖各得其物之情而肆于心故也。而固非区区句字之激射者。……学者苟各得其至，合之于大道，而迎之于中，出而肆焉，则物无逆于心，心无不解于物，而譬释氏之说佛法，种种色色，愈玄愈化矣。[①]（茅坤：《上蔡白石太守论文书》）

我们把经鲁迅改造了茅坤的话，同茅坤的原文对照，鲁迅所说的"发于情"和茅坤所说的"各得其物之情"的"情"，是一个意思。它不是我们通常所说的感情的情，而是实情、真情、真相、真实、实质等的意思，如《庄子·人间世》中的"吾未至乎事之情"的"情"。联系到上述鲁迅说的"发于情肆于心而为文"，茅坤说的"各得其物之情肆于心故也"的意思，是说司马迁创造传记人物时，准确把握人物性格的特质、精魂，作者和描写对象的心物之间融合不隔，写作时自由挥洒，他就能写出活灵活现形神毕肖的人物，他就能写出汪洋恣肆激动人心的文章，从而使作品有震撼和感召的艺术效果。

鲁迅散文对《史记》的继承和发展

司马迁是伟大的史学家、文学家和思想家，鲁迅是伟大的文学家、思想家和文学史家，他们之间联系和可比之处较多。以创作论，鲁迅某些小说抒情化和诗化特点，《故事新编》的《采薇》、《理水》、《出关》的某些素材，来自《史记》的《伯夷叔齐列传》、《夏本纪》、《孔子世家》、《老庄申韩列传》，鲁迅杂文和散文同司马迁及《史记》的关系，那就更广泛更密切了，至于文学史家的鲁迅同史学家的司马迁的关系，也是有迹可寻的。这里，我们着重考察鲁迅杂文和传记散文同司马迁及其《史记》的关系。我们先看杂文。

一、鲁迅杂文和司马迁《史记》
鲁迅杂文是以议论和批评为主的杂体文学散文，以广泛的社会批评和文明批评为主要内容，一般以对假恶丑的揭露和批判来肯定和赞美真善

---

① 茅坤：《茅坤集·与蔡白石太守论文书》。

美；鲁迅杂文格式丰富多样，短小灵活，艺术上追求议论和批评的抒情性、形象性和理趣性，有较鲜明的讽刺和幽默特点。

议论和批评的抒情性，是鲁迅杂文区别于一般的议论文和说明文的重要审美特点之一。瞿秋白早在《〈鲁迅杂感选集〉序言》里就敏锐揭示鲁迅杂文抒情性的特点，他反复指出鲁迅杂文里，有"他的热烈的对于民众斗争的同情"，"他的神圣的憎恶和讽刺的锋芒，都集中在军阀官僚和他们的叭儿狗"，"他的讽刺和幽默，是最热烈最严正的对于人生的态度"，"善于读他杂感的人，都可感觉到他的燃烧着的猛烈的火焰在扫射着猥劣腐烂的黑暗世界"。正是着眼于这一点，冯雪峰在《鲁迅与中国民族及文学上的鲁迅主义》诸文中，一再强调："鲁迅先生独创了将诗和政论凝结一起的'杂感'这尖锐的政论性的文艺形式。这是匕首，这是投枪，然而又是独特形式的诗：这形式，是鲁迅先生所独创的，是诗人和战士一致的产物。"鲁迅杂文的这一突出的抒情性审美特征，主要源于鲁迅那种敢憎敢爱的"诗人和战士"个性，源于他自觉积极参与社会变革斗争的热忱，也同司马迁"发愤著书"的启发和影响有一定关系。

（一）司马迁《史记》的"发愤著书"说和鲁迅杂文的"释愤抒情"论。司马迁《史记》的"发愤著书"说，已如上述，这里，着重看看鲁迅同司马迁相呼应的关于杂文的"释愤抒情"论的独特表述：

> 我知道伟大的人物能洞见三世，观照一切，历大苦恼，尝大欢喜，发大慈悲。但我又知道这必须深入山林，坐古树下，静观默想，得天眼通，离人间愈远遥，而知人间也愈深愈广；于是凡有言说，也愈高愈大；于是而为天人师。我幼时虽曾梦想飞空，但至今还在地上，救小尚且来不及，那有余暇使心开意豁，立论都公正妥洽，平正通达，像"正人君子"一般；正如沾水小蜂，只在泥土上爬来爬去，万不敢比附洋楼中的通人，但也自有悲苦愤激，决非洋楼中的通人所能领会。
>
> ……
>
> 也有人劝我不要做这样的短评。那好意，我是很感激的，而且也并非

147

不知道创作之可贵。然而要做这样的东西的时候，恐怕也还要作这样的东西，我以为如果艺术之宫里有这么麻烦的禁令，倒不如不进去；还是站在沙漠上，看飞沙走石，乐则大笑，悲则大叫，愤则大骂，即使被沙砾打得遍身粗糙，头破血流，而时时抚摩自己的凝血，觉得若有花纹，也未必不及跟着中国文士们去陪莎士比亚吃黄油面包之有趣。《华盖集·题记》

这里面所讲的仍然并没有宇宙的奥义，人生的真谛。不过是，我所遇到所想到的，所要说的，一任它怎样浅薄，怎样偏激，有时便都用笔写了下来。说得自夸一点，就如同悲喜时节的歌哭一般，那时无非借此来释愤抒情，更不想和谁去抢夺所谓公理或正义。你要那样，我偏要这样是有的；偏不遵命，偏不磕头是有的；偏要在庄严高尚的假面上拨它一拨也是有的，此外却毫无什么大举，名副其实，"杂感"而已。《华盖集续编·小引》

世上如果还有真要活下去的人们，就先该敢说、敢笑、敢哭、敢骂、敢打，在这可诅咒的地方，击退这可诅咒的时代。《华盖集·忽然想到》（五）

无论爱什么，——饭、异性、国、民族、人类等，——只有纠缠如毒蛇，执著如怨鬼，二六时中，没有已时者有望。《华盖集·杂感》

至于文人，则不但要以热烈的憎，向"异己者"进攻，还得以热烈的憎，向"死的说教者"抗战。在现在这"可怜"的时代，能杀才能生，能憎才能爱，能生与爱，才能文。《且介亭杂文二集·七论文人相轻——两伤》

这是东方的微光，是林中的响箭，是冬末的萌芽，是进军的第一步，是对于前驱者的爱的大纛，也是对于摧残者憎的丰碑。《且介亭杂文末编·白莽作〈孩儿塔〉序》

假如有人要颂革命功德，以"舒愤懑"，那么，我首先要说的就是剪辫子。《且介亭杂文·病后杂谈之余》

上述引文中，鲁迅说他的杂文中有他的"悲苦愤激"，他的杂文是他

"悲苦时的歌哭",是他的"释愤抒情",以"舒愤懑",这几乎是司马迁的"发愤著书","以舒愤懑"的翻版。自然,由于时代的不同,鲁迅对他包括杂文在内的爱憎感情,以"爱的大纛"和"憎的丰碑"来概括,更全面更科学更形象,鲁迅关于作者写作为文时,"就先该敢说、敢笑,敢哭、敢骂、敢打,在这可诅咒的地方,击退可诅咒的时代","在现在这可怜的时代,能杀才能生,能憎才能爱,能生与爱,才能文"的表述更毫无顾忌,大胆彻底,其中有些话,是司马迁不敢说,也说不出的。

(二)司马迁的"究天人之际,通古今之变,成一家之言"和鲁迅杂文议论和批评中的精辟超卓的见解。司马迁《史记》的"究天人之际,通古今之变,成一家之言",对鲁迅杂文创作有深刻启发和影响。鲁迅早年受到严复《天演论》影响,他会背诵其中的若干篇章,进化论曾经是当时鲁迅世界观的一个组成部分。鲁迅在某些杂文中用生物进化论观点进行社会批评和文明批评,取得一定效果,但局限也是显而易见的。这是由于自然和社会各自有其矛盾特殊性,有互不雷同的特殊规律。鲁迅特别重视在"通古今之变"基础上写作历史文化杂文。按照黑格尔《历史哲学》的说法,中国是世界文明古国中最重视历史、史学遗产最丰富的国家。[①] 历史文化杂文在中国历史上历史悠久而且大量存在。刘勰《文心雕龙·论说》篇称中国古代论说文有四大类,即"陈政"、"释经"、"辨史"、"诠文",其中的"辨史"一类,刘勰说是"则与赞评齐行",意思是说:"辨论历史的,便同史赞史评一样"(用周振甫译文——笔者),中国古代的"史赞史评""史论",即近似于历史文化杂文。写作历史文化杂文的前提是"读史",所以鲁迅非常强调"读史"。鲁迅在《华盖集·忽然想到》(四)中说:"历史上都写着中国的灵魂,指示着将来的命运,只因为涂饰太厚,废话太多,所以很不容易察出底细来。……但如看野史和杂记,可更容易了然了,因为他们究竟不必太摆史官的架子。"在《华盖集·这个与那个》

149

---

① 黑格尔:《历史哲学》,三联书店1956年版。

里，鲁迅又说："读史，尤其是宋朝、明朝史，而且尤须是野史，或者看杂说。""总之：读史，就愈可以觉悟中国改革之不可缓了。虽是国民性，要改革也得改革。"鲁迅在"通古今之变"基础上，写出了一批有广阔历史视野、内蕴丰富深邃、充满理趣的历史文化杂文。这些历史文化杂文，几乎都以从容舒展、娓娓道来的"含笑谈真理"的议论随笔笔调写出。这类历史文化杂文，有历史的广度、理论的深度、知识的密度、趣味的浓度和批判的力度，是鲁迅杂文中引人入胜、发人深省、脍炙人口、最受欢迎的优秀篇章。这如收在《坟》里的《我之节烈观》、《看镜有感》、《春末闲谈》、《灯下漫笔》、《论睁了眼看》、《论"费厄泼赖"应该缓行》，收在《且介亭杂文集》里的《隔膜》、《买〈小学大全〉》、《病后杂谈》、《病后杂谈之余》，等等。这其中如《我之节烈观》批评的是宋儒的残害女性的节烈观，鲁迅将其概括为"无主名无意识的杀人团"。《灯下漫笔》说的是中国人从未取得过人的资格，从古到今都是奴隶，鲁迅概括为生活在"做奴隶而不得的时代"和"做稳了奴隶的时代"，中国封建社会是摆满吃人筵席的吃人社会。在这些历史文化杂文名篇中，鲁迅议论和批评的都是历史和现实中重大的社会、思想、文化问题，鲁迅对它们都有真理性的发现和极为精彩的概括，给人以深刻启示和审美享受。

二、鲁迅的传记散文和司马迁《史记》的异同

赵白生在《传记文学理论》中指出："非虚构作品的主力军是传记文学。它有一个庞大的家族谱系，包括传记、自传、日记、书信、忏悔录、回忆录、谈话录、人物剪影、人物随笔、墓志铭等。"范围相当广泛。我们这里要评论的鲁迅传记散文主要指《朝花夕拾》和所有杂文集里非虚构的写真人的写人散文。鲁迅这些写人的传记散文有极高的思想和艺术造诣，其中有些篇章是脍炙人口、传诵不衰的传记散文名篇。诸如《朝花夕拾》里的《阿长和山海经》、《范爱农》、《藤野先生》，《华盖集续编》里的《纪念刘和珍君》，《南腔北调集》里的《为了忘却的纪念》，《且介亭杂文》里的《忆韦素园君》、《忆刘半农君》、《阿金》，《且介亭杂文末编》里的

《关于太炎先生二三事》，《且介亭杂文末编附集》里的《我的第一个师父》。上述每一篇，放到中国现代散文史上都是出类拔萃的，所写的每一个主人公，都是有鲜明个性和相当典型概括意义的典型人物，都是人们读后再不会忘记的"这一个"。

司马迁是奉行英雄史观的。《史记》里的人物传记主体是叱咤风云、在历史舞台上举足轻重的王侯将相、历史名人，是众多的政治家、谋略家、军事家、思想家。司马迁在《陈涉世家》、《刺客列传》、《游侠列传》、《滑稽列传》、《扁鹊仓公列传》、《日者列传》、《龟策列传》里，虽也写了农民起义领袖，出身市井游民的游侠、刺客、医士、卜者等，他们有一定代表性，但毕竟为数不多。仅占总量的百分之几，不过这在当时是已属石破天惊的大胆破格之举了。《史记》在几千年的历史背景上，表现国与国之间、民族与民族之间、政治利益集团之间连续不断的政治、军事鏖战的大冲突和大场面。充满着风云激荡、慷慨悲歌的浪漫英雄传奇色彩。

鲁迅在《写在〈坟〉后面》里认为："世界却正由愚人造成，聪明人决不能支持世界，尤其是中国的聪明人。"鲁迅反对贵族文学，支持平民文学。他传记散文中主人公多数是没有贵族血统、并非党国要员的普通人。其中名气较大、地位较高的是章太炎、刘半农，他们也只是名教授、名学者而已，至于阿长不过是个保姆、龙师父是民间在俗和尚，范爱农是乡镇失意教员，藤野是普通大学教员，韦素园是普通编辑，刘和珍是女大学生，柔石、殷夫是左翼作家。就传记散文主人公身份看，司马迁和鲁迅的确不同，这反映了时代的差别。不过鲁迅笔下的传记主人公在平凡中也自有其不平凡之处。诸如，在20世纪初的革命派和改良派大论战中，章太炎撰写的那一批"所向披靡，令人神往"的大文，章氏"以大勋章作扇坠，临大总统之门，大诟袁世凯的包藏祸心者，并世无第二人；七被追捕，三入牢狱，而革命之志，终不屈挠者，并世无第二人"（《关于太炎先生二三事》）；刘半农在"五四"新文化运动中，是"《新青年》里的一个战士。他活泼、勇敢、很打了几次大仗。譬如答王敬轩的双簧信，'她'

字和'它'字的创造"（《忆刘半农君》）；阿长以她辛辛苦苦积攒的微薄工钱为"迅哥儿"买了他日思夜想的"三哼经"，让他深为震撼、终生感激（《阿长与〈山海经〉》）；藤野超越日本人对中国留学生的歧视，对鲁迅真诚关怀和精心指导，希望他学成回国推广医学科学，显示了崇高的人格力量，鲁迅终生视之为道德楷模（《藤野先生》）；韦素园以咯血不止的病弱之躯，奋不顾身，独揽未名社的繁重编务，不幸英年早逝，鲁迅痛惜不已，寄托了不尽哀思（《忆韦素园》）；刘和珍热爱祖国，为了祖国的民主和自由，她献出自己的宝贵的生命。柔石、殷夫等左联五烈士为了民主自由，人民幸福，被反动派秘密杀害，他们浩气长存、永垂不朽（《为了忘却的纪念》）。总之，鲁迅写了他传记散文主人公身上不平凡的那一面，他同司马迁一样，他也"传畸人于千秋"了。正是这些传记散文，鲁迅让它的主人公不朽了。

鲁迅的传记散文，也同《史记》一样，写得情深意长，韵味无穷，有着散文化和诗化的审美特点。这首先是抒情因素贯穿在有关情节或细节的叙述、评论和对人物形的描绘之中，整篇散文像是一首抒情诗。像《纪念刘和珍君》，《为了忘却的纪念》和《忆韦素园君》，都是悼念鲁迅最心爱的学生和战友，全文从头到尾笼罩着长歌当哭、一唱三叹的浓郁抒情气氛。其次是这些传记散文经常穿插着饱含诗情和哲理的评价传主的精彩段落或警句，如上面引过的《关于太炎先生二三事》里鲁迅评价太炎先生功绩的那些文字，如《忆韦素园君》里的这段文字："是的，但素园却并非天才，也非豪杰，当然更不是高楼的尖顶，或名园的美花，然而他是楼下的一块石材，园中的一撮泥土，在中国第一要它多。他不入观赏者的眼中，只有建筑者和栽植者，决不会将他置之度外。"这类文字自然会让人联想到《史记》里那近似于哲理性散文诗的美不胜收的"太史公曰"。再次是在《范爱农》里穿插自撰悼亡诗《哀范君三章》、在《为了忘却的纪念》里引述自撰悼亡诗《惯于长夜过春时》，这些旧体诗的出现把文章情感推向高潮，又留下不尽的思索空间。同是传记散文，司马迁《史记》里主人公，大多是叱咤风云的王侯将相，他们在广阔的历史舞台上上演大冲突大场面的历史壮剧，这类传记散文有股逼人的英气、壮阔的波澜，鲁迅传记散文主人公，其中有些人也干出一番不平凡事业，但他们活动的舞台、面临的冲突和场面，格局要小，加上鲁迅写这类散文时，也受到英国随笔的启发和影响，这些传记散文自然赶不上《史记》的雄伟气势、逼人英气和壮阔波澜，却多了《史记》欠缺的雍容幽默、从容舒展，多了《史记》所没有的"现代性"。

　　本文仅就鲁迅散文和司马迁及其《史记》之关系，发表一些粗浅的看法。其实鲁迅和司马迁的关系，是一个迄今学术界并未完全打开的相当丰富复杂的有趣论题。譬如，鲁迅小说《铸剑》，鲁迅杂文《流氓的变迁》，演讲《流氓与文学》，鲁迅的学术讲义《中国小说史略》，学术演讲《中国小说的历史变迁》，都同司马迁《史记》中的《游侠列传》有着复杂微妙的深刻联系，又如，司马迁父亲司马谈是道家，司马迁是不是如鲁迅所说的也是道家呢？司马迁《史记》究竟是对孔子《春秋》义法的继承和发展，还是如鲁迅所说的"有背《春秋》之义"的背叛，是一种如美国耶鲁学派解构主义者保罗·德曼所津津乐道的"创造性的误读"？所有这些都值得深入研究。限于篇幅，我们将另外撰文研究这些问题。

[作者单位：福建师范大学文学院]

鲁迅杂文及其文体考辨

陈方竞　　杨新天

研究者一般把鲁迅的小说、散文诗、回忆性散文之外的文章，统称为杂文，鲁迅一生无疑是以这样一种文体创作为主的。显而易见，我们的"文学史"观念和框架与这些被称为杂文的作品之间，尚存在着一种"难以调和、相互排斥"的关系①，即使在我们对鲁迅的小说、散文诗与杂文之间差异的认识上，亦是如此，我们的散文观念也明显对这种杂文有"排斥性"。实际上，对鲁迅不写"小说"而以"非驴非马"的"杂文"创作为主的"责难"之声，几乎贯穿了中国现代文学 30 年②，时至今日，有甚于前。十年前，王得后、钱理群先生在这些杂文中筛选出《记念刘和珍君》、《女吊》等文学性更强一些的，结集为《鲁迅散文集》，把余下的归于杂文③，显然，这仍然不能改变人们对鲁迅杂文认识上的"偏见"，但这种对杂文细分的思路，是可以给我们以启示的。

---

　① 李林荣在《鲁迅杂文与中国现当代文学史》（载《鲁迅研究月刊》2002 年第 6 期）一文中，最早尖锐地提出了这个问题。
　② "例如自称'诗人'邵洵美，前'第三种人'施蛰存和杜衡即苏汶，还不到一知半解程度的大学生林希隽之流，就都和杂文有切骨之仇，给了种种罪状的。"见《且介亭杂文·序言》，《鲁迅全集》第 6 卷，第 3 页。
　③ 2005 年人民文学出版社出版的 18 卷本《鲁迅全集》，在《鲁迅生平著译简表》中，对鲁迅的小说、回忆性散文、散文诗之外历来被称为杂文的文章，也作了细分，分成散文、评论（文艺评论）、论文和杂文的不同，但很多文章，编者也无法作出分类。

　　鲁迅说"我是散文式的人"①，这既是针对中国文学散文与诗这两大文类的差异提出的，更接近西方文学意义上与"诗"相对应的"散文"。西方文学中"散文"与"诗"经历了漫长的发展过程，各自包含了多种文体。鲁迅所说"散文"也是这样，所编文集就包括小说、散文诗、回忆性散文和杂文，他的杂文较之其他文体的散文，显然更具有切合他艺术个性②的"散文"特征。具体就他的杂文而言，也需要在文体上进一步细分，他自身就有"短评"、"杂感"、"杂文"三种不同的命名，我们既要重视三者之间的统一，又要认识三者之间的差异。如果从此出发，可以看到，鲁迅近20年的杂文创作，是在"短评"基础上产生"杂感"，又是在"杂感"基础上产生"杂文"。对他的这一创作发展过程和表现的梳理与考辨，以及在这一过程中，"短评"、"杂感"和"杂文"与他的其他"散文"文体之间关系的分析，显然可以为我们提供重新认识他的"杂文"的一条思路。

一

　　鲁迅之介入"五四"，在创作上取两种形态和性质迥然有别的文体。首先是发表于《新青年》"随感录"栏目上的短文，他后来把这些短文结集为《热风》，称之为"短评"，说：

　　……所评论的多是小问题……除几条泛论之外，有的是对于扶乩，静

---

　　① 《书信·350117·致山本初枝》，《鲁迅全集》第13卷，第612页。
　　② "鲁迅的才能属于那种较为敛抑的类型。没有人不赞叹鲁迅作品的精炼。在把握着精炼的同时，他自然也就缺了些丰赡，缺了些开阔，缺了些赫奕。……鲁迅曾谈到他从'中国旧戏'及'花纸'所获得的美学启示，当这种启示化作自觉的艺术追求，鲁迅冒了损失艺术表现力与艺术感染力的风险。如果不是使用了过于简括的笔墨，鲁迅小说本可能展现出更舒展、更丰富、更有色彩的风格。有人为鲁迅未曾写出计划中的长篇而遗憾，我却觉得，幸亏他没写长篇，他的过于敛抑的才能并不适合规模宏大的著作。因而，当鲁迅选择了散文诗这种比小说更要求凝练的形式时，他那种偏于敛抑的才智得到了更激扬的发挥。"见刘纳：《五四产生了什么样的文学人物》，《从五四走来》，福建教育出版社2000年版，第51页。

坐，打拳而发的；有的是对于所谓"保存国粹"而发的；有的是对于那时旧官僚的以经验自豪而发的；有的是对于上海《时报》的讽刺画而发的。记得当时的《新青年》，是正在四面受敌之中，我所对付的不过一小部分；其他大事，则本志具在，无须我多言。①

可见，鲁迅十分看重这些"短评"与《新青年》同人在"随感录"上的短文相一致的倾向，即批评时弊，包括政治、经济、思想、文化，言辞激烈，嬉笑怒骂皆成文章。与"短评"在文体性质上一致而有着文字长短上的差异的，是同样载于《新青年》上的长篇文章，这些文章主要着眼于"思想革命"展开，进一步表现出与《新青年》同人言论的呼应关系，如《我之节烈观》响应周作人翻译的《贞操论》和胡适的《贞操问题》引发的讨论而发，《我们现在怎样做父亲》是从新文化倡导者相一致信奉的进化论出发，对家庭伦理关系的立论。显而易见，鲁迅与《新青年》的契合，更主要体现在他发表在《新青年》上的小说上，他介绍自己是这样接受《新青年》的邀稿的："是的，我虽然自有我的确信，然而说到希望，却是不能抹杀的，因为希望是在于将来，决不能以我之必无的证明，来折服了他（笔者按：指钱玄同）之所谓可有，于是我终于答应他也做文章了，这便是最初的一篇《狂人日记》。从此以后，便一发而不可收，每写些小说模样的文章，以敷衍朋友们的嘱托，积久了就有了十余篇。"② 显然，就分量而言，鲁迅更主要是通过小说这种文体介入"五四"的。

156 这就是说，鲁迅介入"五四"，无论"短评"还是小说，更是从与"《新青年》团体"的协同出发，在创作中对这两种不同文体各自不同的审美特征和功能，并没有更严格的区分，如研究者很早就指出的，直接指涉现实的"短评"笔法和用语在"小说"中大量出现，这"或许能增强小说的现实针对性，却必然会破坏它的艺术和谐性"，是"启蒙意识肆意冲撞

① 《热风·题记》，《鲁迅全集》第1卷，人民文学出版社1981年版，第291—292页。
② 《呐喊·自序》，《鲁迅全集》第1卷，第419页。

抒情动机"的表现①。对此，鲁迅自己也有明确指认，1919 年在给傅斯年的复信中说"《狂人日记》很幼稚，而且太逼促，照艺术上说，是不应该的"②，这篇小说多少有些生硬地以"'仁义道德''吃人'"、"救救孩子"一类"随感录"话语说破意旨；他也说过"《药》一类的作品"写得不"从容"，自己并不喜欢③。所以，他 1922 年为《呐喊》作"序"就说："既然是呐喊，则当然须听将令的了，……那时的主将是不主张消极的。至于自己，却也并不愿将自以为苦的寂寞，再来传染给也如我那年青时候似的正做着好梦的青年。这样说来，我的小说和艺术的距离之远，也就可想而知了。"④ 到 1932 年，他更进一步说："我的作品在《新青年》上，步调是和大家大概一致的"，也可以说是"遵命文学"，"不过我所遵奉的，是那时革命的前驱者的命令，也是我自己所愿意遵奉的命令，决不是皇上的圣旨，也不是金元和真的指挥刀"⑤。

但是，鲁迅继《新青年》之后，发表的小说并没有延续这样的方式，

---

① 如王晓明所说："在《呐喊》集里的大部分小说中，我却都能看到这种直指现实的杂文笔法。其中的一类，就是鲁迅自己所说的'曲笔'，因为怕小说的基调过于阴暗，便有意制造一个光亮的象征，如《药》里的花环；或者不说破那残酷的人生真相，如《明天》的结尾。从表面看，这些'曲笔'并不像'救救孩子'的呼吁那样显得赤裸裸的杂文模样，你甚至会觉得它们正是小说叙事的一个部分。可实际上，它们却是鲁迅那直接的功利思考的产物，是他抱着杂文家的心情来给小说煞尾的结果，正应该归入杂文的范围。另一类则是明显的杂文笔法了，譬如《阿 Q 正传》的第一章，突然扯出'胡适之先生'，顺手讥讽他一句；到了第四章的开头，又是一大段'随感录'式的议论，借题发挥，完全是抒遣对于现实处境的感慨。至于《风波》中那几句对'文豪'的调侃，就更是来得突然，与上下文颇不协调。类似这样的文字还有许多，它们与各自所属的小说的基本叙述语调，都明显地不大和谐，作者却坦然地将它们写了出来，似乎并不觉得其中有什么不妥。"王晓明：《鲁迅：双驾马车的倾覆》，《潜流与漩涡》，中国社会科学出版社 1991 年版，第 34 页。
② 《集外集拾遗·对于〈新潮〉一部分的意见》，《鲁迅全集》第 7 卷，第 226 页。
③ 孙伏园在《〈孔乙己〉》中说："《呐喊》中有一篇《药》……我们读完以后，觉得社会所犯的是弥天大罪，个人所得的却是无限的同情。自然，有的题材，非如此不能达到文艺的使命；但鲁迅先生自己，并不喜欢如此。他常用四个绍兴字来形容《药》一类的作品，这四个绍兴字我不知道该怎样写法，姑且写作'气急飑隤'，意思是'从容不迫'的反面，音读近于'气急海颓'。"见《鲁迅先生二三事》，湖南人民出版社 1980 年版，第 18 页。
④ 《呐喊·自序》，《鲁迅全集》第 1 卷，第 419—420 页。
⑤ 《南腔北调集·〈自选集〉自序》，《鲁迅全集》第 4 卷，第 455—456 页。

对此，他是这样解释的："后来《新青年》的团体散掉了，有的高升，有的退隐，有的前进，我又经验了一回同一战阵中的伙伴还是会这么变化，并且落得一个'作家'的头衔，依然在沙漠中走来走去……有了小感触，就写些短文，夸大点说，就是散文诗，以后印成一本，谓之《野草》。得到较整齐的材料，则还是做短篇小说，只因为成了游勇，布不成阵了，所以技术虽然比先前好一些，思路也似乎较无拘束，而战斗的意气却冷得不少。……于是集印了这时期的十一篇作品，谓之《彷徨》。"①《彷徨》较之《呐喊》在"技术"上发生的明显不同的变化，表现之一，就是小说文体不再掺杂"短评"话语，我认为，这种变化不能仅仅归因于鲁迅境遇和心境的改变，同时，"彷徨"期的"短评"在文体上较之"呐喊"期也发生了明显变化，而后者，对于这两部小说集"技术"上的不同，起到了不可忽视的作用。

"彷徨"期的鲁迅，仍然采用几种性质有别的散文文体，但重心似乎有所转移。如果说"呐喊"期的创作更是以小说为主，那么"彷徨"期他的"短评"一类文章急遽增加，诸如围绕"女师大事件"、"三一八惨案"与现代评论派的论战，对在社会上给青年开列"必读书目"的批评，以及与甲寅派的"文白之争"，这些文章收入《华盖集》、《华盖集续编》中，这一时期他无疑是以这一文体创作为主的，对此他也有明确申说："我想，现在的办法，首先还得用那几年以前《新青年》上已经说过的'思想革命'。"②"然而只恨我的眼界小，单是中国，这一年的大事件也可以算是很多的了，我竟往往没有论及，似乎无所感触。我早就很希望中国的青年站出来，对于中国的社会，文明，都毫无忌惮地加以批评，因此曾编印《莽原周刊》，作为发言之地，可惜来说话的竟很少。在别的刊物上，倒大抵是对于反抗者的打击，这实在是使我怕敢想下

①《南腔北调集·〈自选集〉自序》，《鲁迅全集》第4卷，第456页。
②《华盖集·通讯》，《鲁迅全集》第3卷，第22页。

去的。"① 对这类适于"文明批评"和"社会批评"而为鲁迅更为重视的文体，他有了新的命名：1925 年 11 月他编定《热风》，在"题记"中称所收文章为"短评"，一个月后编出《华盖集》，在所写"题记"中则把其中文章的文体改称为"杂感"②。那么，"杂感"与"短评"是否是同义反复、可以互相取代？如果不是，二者究竟是怎样的一种关系呢？

首先，就"文明批评"和"社会批评"而言，鲁迅的"杂感"是对"短评"的直接续续与发展，收入《华盖集》、《华盖集续编》中的文章作为"交'华盖运'"的产物，较之《热风》中"泛论"的"短评"，目标指向更为集中，具有着针锋相对的论战性质，在言辞上也更为锋利，更具有"攻击性"，如他在《华盖集·题记》中所说：

也有人劝我不要做这样的短评。那好意，我是很感激的，而且也并非不知道创作之可贵。然而要做这样的东西的时候，恐怕也还要做这样的东西，我以为如果艺术之宫里有这么麻烦的禁令，倒不如不进去；还是站在沙漠上，看看飞沙走石，乐则大笑，悲则大叫，愤则大骂，即使被沙砾打得遍身粗糙，头破血流，而时时抚摩自己的凝血，觉得若有花纹，也未必不及跟着中国的文士们去陪莎士比亚吃黄油面包之有趣。③

鲁迅对有着种种"麻烦的禁令"的所谓"艺术之宫"，一再明确表示拒绝④，值得我们重视。这是对中国新文学发生的独立特征的表述，是鲁

---

① 《华盖集·题记》，《鲁迅全集》第 3 卷，第 4 页。鲁迅 1925 年在编辑《莽原》周刊过程中，更明显提倡这类文体的文章："中国现今文坛（？）的状况，实在不佳，但究竟做诗及小说者尚有人。最缺少的是'文明批评'和'社会批评'，我之以'莽原'起哄，大半也就为了想由此引起新的这一种批评者来，虽在割去敝舌之后，也还有人说话，继续撕去旧社会的假面。可惜所收的至今为止的稿子，也还是小说多。"见《鲁迅全集》第 11 卷，第 63 页。

② 鲁迅在《华盖集·题记》中说："在一年的尽头的深夜中，整理了这一年所写的杂感，竟比收在《热风》里的整四年中所写的还要多。"见《鲁迅全集》第 3 卷，第 3 页。在《华盖集续编·小引》中说："还不满一整年，所写的杂感的分量，已有去年一年的那么多了。"见《鲁迅全集》第 3 卷，第 183 页。

③ 《华盖集·题记》，《鲁迅全集》第 3 卷，第 4 页。

④ "前三四年有一派思潮，毁了事情颇不少。学者多劝人踱进研究室，文人说最好是搬入艺术之宫，直到现在都还不大出来，不知道他们在那里面情形怎样。这虽然是自己愿意，但一大半也因新思想而仍中了'老法子'的计。"见《华盖集·通讯》，《鲁迅全集》第 3 卷，第 25 页。

迅"文体意识"自觉的表现，即中国新文学体式不可能以中西文学业已获得成功的作品为规范以确立，只能通过"文明批评"与"社会批评"得到发生与发展的可能，他的"短评"即是这一特征的集中体现（同时也是"短评"话语在其他文体中"过度"参与的原因），这是他要求"杂感"与"短评"直接承续的根本原因。所以，"《新青年》团体"分化后，他更加执意以"杂感"创作为主，并作为其他散文文体创作的根基，他1924—1926年更立足于"自我"创作的小说、散文诗、回忆性散文，正是因为有了这些"杂感"的映照，使我们更为突出地感受到其直面社会现实人生的特征，更为清晰地辨析出其与所谓"艺术之宫"中日见其盛的小说和散文的差异。

其次，鲁迅的"杂感"较之"短评"又发生了明显变化。如果说《热风》的"短评"以政论为中心，"议政"而兼及思想文化①，那么《华盖集》、《华盖集续编》中的"杂感"则主要针对文坛现象而发，虽涉及政治、社会历史、道德、审美等方方面面，但文艺批评的功能和作用明显得到强化，构成鲁迅结合"社会批评"和"文明批评"展开文学批评的一种文体②。如果说《热风》中的"短评"，在艺术审美表现形态上与《新青年》同人的"随感录"的差异还不甚鲜明，那么，在他的"杂感"中，这种差异就明显表现出来了，或者说，"彷徨"期他自认为"散文式的人"的艺术审美个性，更是通过"杂感"表现出来的，如他在《华盖集续编·小引》中所说：

这里面所讲的仍然并没有宇宙的奥义和人生的真谛。不过是，将我所遇到的，所想到的，所要说的，一任它怎样浅薄，怎样偏激，有时便都用笔写了下来。说得自夸一点，就如悲喜时节的歌哭一般，那时无非借此来

---

① "有的是对于扶乩，静坐，打拳而发的；有的是对于所谓'保存国粹'而发的；有的是对于那时旧官僚的以经验自豪而发的；有的是对于上海《时报》的讽刺画而发的"。见《热风·题记》，《鲁迅全集》第1卷，第291页。

② 参见陈方竞《中国现代文学批评发展中的左翼理论资源》，《新国学研究》第5辑，人民文学出版社2006年版，第157—158页。

释愤抒情……你要那样，我偏要这样是有的；偏不遵命，偏不磕头是有的；偏要在庄严高尚的假面上拨它一拨也是有的，此外却毫无什么大举。名副其实，"杂感"而已。①

不能轻看这些言辞，所说"所遇到的，所想到的，所要说的"的文字表达，有如"悲喜时节的歌哭"，具有的"释愤抒情"性质，实际上是"杂感"这一文体的审美形态的表现，是批评和论战中"激愤"情绪的审美表现。"激愤"情绪的审美冲动和审美欲望得到有效释放，不仅直接体现了"杂感"在鲁迅全部创作中的独立作用和意义，而且也带来他的全部创作的变化，间接推动了他的其他散文文体创作的发展。

首先，"杂感"的形成，使鲁迅"交'华盖运'"期间直接面对的社会文化具体问题的感触和认识，获得了具有独立审美形态的文体形式的表达，而遏止了它"过度"掺杂于其他文体的创作，诸如在《华盖集》、《华盖集续编》与《彷徨》中的小说之间，"呐喊"期那种"短评"话语在"小说"中的直接套用现象渐少，二者之间更是通过各自具有独立性的审美意识和审美感受相呼应的，这种审美呼应方式，无疑拉大了《彷徨》中小说与《华盖集》、《华盖集续编》论争的社会具体问题的距离，而使鲁迅在社会文化的具体问题论战中的感触和认识，在小说中通过小说特有的审美形式得到形而上的升华。对此，可以《彷徨》中的《肥皂》和《离婚》为例，读这两篇小说，可以使人隐隐感到与"女师大事件"引起的鲁迅与现代评论派及章士钊的论战的联系，如"'公理'的把戏"，"'多数'的把戏"，"丑态而蒙着公正的皮"②，如"道德家"的"善于变化，毫无特操，是什么也不信从的，但总要摆出和内心两样的架子来"③，但这种联系经过"杂感"的剥离，实现了对非小说审美因素的滤除，而使之在小说中不着痕迹得到表现，是通过融合作者更为深广的社会人生体验和感受表现出来

161

---

① 见《鲁迅全集》第 3 卷，第 183 页。
② 《华盖集·答 KS 君》，《鲁迅全集》第 3 卷，第 111 页。
③ 《华盖集续编·马上之日记》，《鲁迅全集》第 3 卷，第 327—328 页。

的，蕴涵了更为丰富的社会人生寓意，而且表现得是那么从容，是通过戏谑化的笔法，俯瞰社会人生的悲喜剧，——鲁迅1935年编选的《中国新文学大系·小说二集》，仅选择了《彷徨》中这两篇小说，认为这较之《呐喊》中的小说"技巧稍为圆熟，刻画也稍加深切"①，可见，他少有的自我满意，而以之示范。

其次，"杂感"作为具有独立审美形态的文体的出现，"彷徨"期作者与社会问题之间排拒的紧张关系被限定在一个独立的空间中得到充分表现，这不仅可以使与之相呼应的《彷徨》创作中非小说审美因素得到滤除，同时也有助于小说所展示的具体时空中的感触和认识得到审美表现上的升华，由此而形成的是散文诗《野草》这种更具有独立性的文体形式，是一种不需要读者（听众）的"自言自语"即"独语"的表现形式，使鲁迅能够在《野草》中"径直逼视自己灵魂的最深处，捕捉自我微妙的难以言传的感觉（包括直觉）、情绪、心理、意识（包括潜意识），进行更高、更深层次的哲理的思考"——这是一个对"读者"而言的"陌生的世界"，是一个"与现实世界对立的、自我心灵升华的别一世界"，是"最大限度地发挥创造者的艺术形象力，借助于联想、象征、变形……，以及神话、传说、传统意象……，创造出的一个全新的艺术世界"，是"心灵的炼狱中熔铸的鲁迅诗，是从'孤独个体'的存在体验中升华出来的鲁迅哲学"②。

更重要的是，鲁迅在"杂感"创作的基础上孕育了他的"杂文"。

二

鲁迅第一次把自己的文章称为"杂文"，始于《坟》。1926年末，他为已经编定的《坟》这部文集写出"题记"，开篇就说，是"将这些体式上

---

① 鲁迅：《中国新文学大系·小说二集导言》。见《鲁迅全集》第6卷，第239页。
② 钱理群等：《中国现代文学三十年》，北京大学出版社1998年版，第52—54页。

截然不同的东西，集合了做成一本书"①，《坟》收入了他留日时期和"五四"时写的一些长篇文章，同时收入了他编《华盖集》、《华盖集续编》有意排除的类似"杂感"的文章②，写出"题记"的十天后，即《坟》"已经印成一半"时，他着手写《写在〈坟〉后面》，把收入其中的有别于论文的文章，明确称为"杂文"③。显然，这绝非"突发奇想"而为之，在鲁迅的"散文"创作中酝酿已久，是在宣告他的一种有别于"杂感"的新的"文体"的出现。

首先，"彷徨"期的"杂文"是在"杂感"基础上升华出来的，较之"杂感"在篇幅上少得多，但在每一篇的文字数量上却数倍于"杂感"，在表现形式上与"杂感"之间更有明显差异。认识"杂文"之与"杂感"在表现形式上的差异，需要结合鲁迅1924年初至1925年末完成的对厨川白村著作的翻译和介绍④。鲁迅的"杂文"显然更接近厨川《出了象牙之塔》的"随笔"，这不仅体现在二者相一致的"文明批评"和"社会批评"上，更主要的是，二者在文体形式上也更为接近，而有别于"杂感"，对此，日本学者中井政喜通过细致地比对与考证，作出这样的说明：

鲁迅从1918年至1922年的作品中，不论是杂感（《热风》中的随感录），还是评论（《坟》中的《我之节烈观》等），都没有厨川所谈的那种带有英国"随笔"式的"随随便便地把和好友任心闲话照样地移到纸上"的气氛的作品。而收入《坟》的1924年的评论，如《论雷峰塔的倒掉》（10月28日）、《说胡须》（10月30日）、《论照相之类》（11月11日）等文都与所描写的对象有一定的距离，文中也包含着幽默和感愤。我认为鲁迅仅仅采用了"想到什么就纵谈什么而托于即兴之笔的文章"的体裁，而

163

---

① 《〈坟〉题记》，《鲁迅全集》第1卷，第3页。
② 所以说"有意"，是指鲁迅几乎同时编定《华盖集续编》和《坟》，在为《坟》写"题记"的同月十六天前，写出《华盖集续编·小引》。
③ 鲁迅在《写在〈坟〉后面》中开篇就说："在听到我的杂文已经印成一半的消息的时候，我曾经写了几行题记，寄往北京去。"见《鲁迅全集》第1卷，第282页。
④ 对此，可参见陈方竞《〈苦闷的象征〉与中国新文学关系考辨》，《中山大学学报》2008年第5期。

内容中都各自带有鲁迅以往生活经历的浓厚影子。从这个含义上，可以说鲁迅的这些作品都与厨川所谈的"随笔"相符合。①

中井政喜对照厨川的"随笔"，对鲁迅的"杂感"与"杂文"所作区分，可以给我们以启示。如果说"杂感"更是因"所遇"而"所感"，针对的更是一些具体的社会问题，更是论战中的"激愤"情绪的表现②，所表述的内容更具有共时性，那么"杂文"则不仅是共时性的感应，更具有历时性，融会了作者漫长岁月中的社会人生体验，内容的表述延伸到古今中外更为广阔的时空中。对此深一步思考，《坟》中的"杂文"与《出了象牙之塔》的"随笔"在创作心态和文体风格上的契合，在厨川那里有更为切近的说明：

以观照享乐为根底的艺术生活，是要感得一切，赏味一切的生活。是要在自己和对象之间，始终看出纯真的生命的共感来，……将自己本身移进对境之中，同时又将对镜这东西消融在自己里。这就是指绝去了彼我之域，真是浑融冥和了的心境而言。以这样的态度来观物的时候，则虽是自然界的一草一木，报纸上的社会新闻，也都可以看做暗示无限，宣示人生的奥秘的有意义的实在。借了诗人勃来克（W. Blake）的话来说，则"一粒沙中见世界，一朵野花里见天，握住无限在你的手掌中，而永劫则在一

---

① 中井政喜：《厨川白村与 1924 年的鲁迅》（高鹏译），中国社会科学院文学研究所编：《国外中国文学研究论丛》，中国文联出版公司 1985 年版，第 179 页。中井政喜在对这段文字的注释中，引用了鲁迅在《小品文的危机》中所说"到五四运动的时候，才又来了一个展开，散文小品的成功，几乎在小说戏曲和诗歌之上。这之中，自然含着挣扎和战斗，但因为常常取法于英国的随笔，所以也带一点幽默和雍容"，他说："我认为鲁迅带有幽默和雍容的文章是从 1924 年的评论文开始的，而收入《坟》中的评论，如《看镜有感》和《春末闲谈》所表现的，虽然具有幽默和雍容，但挣扎和战斗色彩更为浓厚些。"见中国社会科学院文学研究所编《国外中国文学研究论丛》，第 182 页。

② 如王晓明所说："极度的激愤，正意味着抬高那使你激愤的对象，你会不知不觉地丧失冷静地透视对象的心境，丧失居高临下的气势，甚至自己也变得视野窄小，性情狭隘。激愤固然给人勇气和激情，却也容易败坏人的幽默感，使人丧失体味人生的整体感和深邃感。我甚至相信，这是严酷的生活给人造成的一种深刻的精神创伤，因为它正是来自于绝望，而且和疯狂、和丧失理性相距不远。一个激愤的人，固然能成为指斥黑暗的不妥协的斗士，但他最终还是会被黑暗吞没。"《鲁迅传》，上海文艺出版社 1993 年版，第 241 页。

瞬"云者，就是这艺术生活。

我本很愿意将这论做下去，来讲一切文艺，都是广义的象征主义。但……过着近日那样匆忙繁剧的日常生活的人们，单是在事物的表面滑过去。这就因为已没有足以宁静地来思索赏味的生命力的余裕了的缘故。①

这是有助于我们感受和认识鲁迅"杂文"的，同时亦可见鲁迅的"杂文"与"杂感"的差异：如前所述，后者更为敛抑、集中、紧张，有十分具体的针对，更是通过"我还不能'带住'"在"点"上深化，"使麒麟皮下露出马脚"②，前者如《说胡须》、《看镜有感》、《春末闲谈》、《灯下漫笔》、《杂忆》……题目就可见，并没有具体的针对，笔触纵横，驰骋于古今中外，是"竦身一摇"，将一切"摆脱"，"给自己轻松一下"③，而颇显"余裕"的写法，如中井所说，都带有作者以往生活的经历、体验和感受，主观色彩更为浓厚，——这是在"面"上的蒸腾，在与读者的"生命的共感"中的"广义的象征主义"的表现，而处处可见"有限中的无限"："宣示人生的奥秘"④。

同时，从厨川著述又可见，"杂文"较之"杂感"更近于"魏晋文

---

① 厨川白村：《出了象牙之塔·观照享乐的生活·艺术生活》，《苦闷的象征 出了象牙之塔》（鲁迅译），人民文学出版社 1988 年版，第 174—175 页。

② "我正因为生在东方，而且生在中国，所以'中庸''稳妥'的余毒，还沦肌浃髓，比起法国的勃罗亚——他简直称大报的记者为'蛆虫'——来，真是'小巫见大巫'，使我自惭究竟不及白人之毒辣勇猛。""我自己也知道，在中国，我的笔要算较为尖刻的，说话有时也不留情面。但我又知道人们怎样地用了公理正义的美名，正人君子的徽号，温良敦厚的假脸，流言公论的武器，吞吐曲折的文字，行私利己，使无刀无笔的弱者不得喘息。倘使我没有这笔，也就是被欺侮到赴诉无门的一个；我觉悟了，所以要常用，尤其是用于使麒麟皮下露出马脚。万一那些虚伪者居然觉得一点痛苦，有些省悟，知道伎俩也有穷时，少装些假面目，则用了陈源教授的话来说，就是一个'教训'。只要谁露出真价值来，即使只值半文，我决不敢轻薄半句。但是，想用了串戏的方法来哄骗，那是不行的；我知道的，不和你们来敷衍。"见《华盖集续编·我还不能"带住"》，《鲁迅全集》第 3 卷，第 243—244 页。

③ 《南腔北调集·为了忘却的记念》，《鲁迅全集》第 4 卷，第 479 页。

④ "认真说，我有时候也为鲁迅的激愤感到惋惜。别的且不论，单在文字上，他就常常因这激愤而减损了议论的魅力，锋利有余而蕴蓄不足。他的杂文当中，最有分量的并非那些实有所指的激烈的抨击，而是像《春末闲谈》、《灯下漫笔》那样寓意深广，态度也更为从容的'闲谈'。"王晓明：《鲁迅传》，第 241 页。

章"。"生命力受了压抑而生的苦闷懊恼乃是文艺的根底，而其表现法乃是广义的象征主义"①，这恰是对为鲁迅认同的"魏晋文章"的最好表述②。鲁迅辑校《嵇康集》自1913年始，长达二十三年，其中最重要的一次，就是他购阅《苦闷的象征》并准备着手翻译之时，即1924年6月，他持续十余天综考多种版本对《嵇康集》进行集中、深入、全面的校勘，基本完成这一工程，为之作序，并写出"逸文考"、"著录考"等文章。这一期间，正是他着手"杂文"这一文体的创造时期。1927年7月他又有《魏晋风度及文章与药及酒之关系》的演讲。"嵇阮之放荡，皆有所为而为，或罹患祸，或为愤世嫉俗。其放达并非为放达而放达，亦不想得放达之高名；晋之名士，则全异其趣，而流弊多矣。"③ 鲁迅即从"魏晋风度及文章"中，看出他们的"本心"与"态度"、"意识"与"行为"的正相悖反，是"有疾而然"，那种"玄学"方式的表现浸透着"拆散时代的怀疑与绝望"④，这是更切合鲁迅自身个性的"广义的象征主义"之表现，而使时人把他的"杂文"称为"魏晋文章"⑤，这是可以对应他后来所说"其实'杂文'也不是现在的新货色，是'古已有之'"⑥ 的。

"杂文"较之"杂感"，是鲁迅更具有文体意识的自觉创造，这是与他的小说、回忆性散文、散文诗可以在整体上相并列的一种文体。如《坟》中的"杂文"较之《华盖集》、《华盖集续编》中的"杂感"，更具有与《彷徨》中的小说的整体对应性，同时又更具有各自的独立性，如《娜拉走后怎样》与《伤逝》之间，《论睁了眼看》、《论"费厄泼赖"应该缓行》

① 厨川白村：《苦闷的象征·创作论·精神分析学》，《苦闷的象征 出了象牙之塔》（鲁迅译）第21页。

② 参见陈方竞《鲁迅小说的"魏晋情结"：从"魏晋参照"到"魏晋感受"》，《文艺研究》2004年第5期。

③ 汤用彤：《嵇康、阮籍之学》，《中国文化》1990年第2期。

④ 陈方竞：《鲁迅与浙东文化》，吉林大学出版社1999年版，第289—290页。

⑤ 孙伏园说："刘半农先生赠给鲁迅一副联语，是'托尼学说，魏晋文章'。当时的朋友都认为这幅联语很恰当，鲁迅先生自己也不加反对。"见孙伏园：《鲁迅先生逝世五周年杂感二则》，孙伏园著《鲁迅先生二三事》，湖南人民出版社1980年版，第46页。

⑥ 《且介亭杂文·序言》，《鲁迅全集》第6卷，第3页。

与《在酒楼上》、《孤独者》、《铸剑》之间，《寡妇主义》、《坚壁清野主义》与《肥皂》、《高老夫子》、《离婚》之间。此外，《杂忆》与《朝花夕拾》之间也同样具有这种整体上的对应性。

更能体现鲁迅"杂文"是一种与小说具有同样功能的文体创造的[①]，是"杂文"在"个体"中提取"类型"方法的运用，这与他的小说的"典型化"手法运用[②]具有对应性，当然，这种手法在他后期杂文中得到更多表现，如他后期总结所说：

然而我的坏处，是在论时事不留面子，砭痼弊常取类型，而后者尤与时宜不合。盖写类型者，于坏处，恰如病理学上的图，假如是疮疽，则这图便是一切某疮某疽的标本，或和某甲的疮有些相像，或和某乙的疽有点相同。而见者不察，以为所画的只是他某甲的疮，无端侮辱，于是就必欲制你画者的死命了。例如我先前的论叭儿狗，原也泛无实指，都是自觉其有叭儿性的人们自来承认的。这要制死命的方法……这种战术，是陈源教授的"鲁迅即教育部佥事周树人"开其端……[③]

鲁迅将他笔下"类型"又称作"名号"，"像一般的'诨名'一样"，说："果戈理夸俄国人之善于给别人起名号——或者也是自夸——说是名号一出，就是你跑到天涯海角，它也要跟着你走，怎么摆也摆不脱"，原因在于：

这正如传神的写意画，并不细画须眉，并不写上名字，不过寥寥几笔，而神情毕肖，只要见过被画者的人，一看就知道这是谁；夸张了这人的特长——不论优点或弱点，便更知道这是谁。……

167

---

① 鲁迅曾对冯雪峰说："就是我的小说，也是论文（杂文）；我不过采用了短篇小说的体裁罢了。"见冯雪峰：《鲁迅先生计划而未完成的著作》，《雪峰文集》第 4 卷，人民文学出版社 1985 年版，第 18 页。

② "所写的事迹，大抵有一点见过或听到过的缘由，但决不全用这事实，只是采取一端，加以改造，或生发开去，到足以几乎完全发表我的意思为止。人物的模特儿也一样，没有专用过一个人，往往嘴在浙江，脸在北京，衣服在山西，是一个拼凑起来的脚色。"《南腔北调集·我怎样做起小说来》，《鲁迅全集》第 4 卷，第 513 页。

③ 《伪自由书·前记》，《鲁迅全集》第 5 卷，第 4 页。

　　……批评一个人，得到结论，加以简括的名称，虽只寥寥数字，却很要明确的判断力和表现的才能的。必须贴切，这才和被批判者不相离，这才会跟了他跑到天涯海角。①

　　诸如他笔下的"叭儿狗"、"丧家犬"、"革命小贩"、"西崽"、"革命工头"、"奴隶总管"、"洋场恶少"等"类型"（"名号"），较之他小说中的阿Q、四铭、高老夫子、爱姑，毫不逊色，在他的创作中更有生命力，在中国文化中更具有"与时俱进"的"典型性"，对中国社会的影响也更为深远。他说：

　　创作难，就是给人起一个称号或诨名也不易。假使有谁能起颠扑不破的诨名的罢，那么，他如作评论，一定也是严肃正确的批评家，倘弄创作，一定也是深刻博大的作者。②

<h2 style="text-align:center">三</h2>

　　鲁迅后期对前期的承续，至 1935 年年终，完成生前经他之手编定的最后一部文集《且介亭杂文二集》，在所写"后记"中说：

　　今天我自己查勘了一下：我从在《新青年》上写《随感录》起，到写这集子里的最末一篇止，共历十八年，单是杂感，约有八十万字。后九年中的所写，比前九年多两倍；而这后九年中，近三年所写的字数，等于前六年……③

　　数量上的惊人变化，是这一文体更切合鲁迅"艺术天才的发展要求"④

---

　　① 《且介亭杂文二集·五论"文人相轻"——明术》，《鲁迅全集》第 6 卷，第 382—383 页。
　　② 同上书，第 384 页。
　　③ 《且介亭杂文二集·后记》，《鲁迅全集》第 6 卷，第 451 页。鲁迅在该文后注明："一九三五年十二月三十一日夜半至一月一日晨，写讫。"
　　④ 冯雪峰在《回忆鲁迅》中说："我还觉得他的艺术的天才也好像向着杂文方面发展更为适合些似的。……杂文也就成为他的艺术天才的创造的表现了，它不仅是他的丰富思想的堆栈，并且也是艺术光辉的积体，而表现他的全部性格的也莫如他的杂文了。"《雪峰文集》第 4 卷，第 162—163 页。

的表现，可以说明"杂感"以至"杂文"已经成为他创作的主要文体。值得注意的是，鲁迅对他后期杂文文集的文体性质的说明，除了1933年在"短评"、"杂感"、"杂文"三者之间有意模糊化（这有其原因，值得我们重视，后文有述），其他大致是有所区分的。对此，可以通过他的文集特有的编辑方式来认识，如他所说：

……凡有文章，倘若分类，都有类可归，如果编年，那就只按作成的年月，不管文体，各类都夹在一处，于是成了"杂"。分类有益于揣摩文章，编年有利于明白时势，倘要知人论世，是非看编年的文集不可的……①

鲁迅所编文集，在总体上说，是按照写作或发表时间的先后编排的，大致一年或两年的文章编为一集，所以各文集中把"杂感"和"杂文"编在同一文集中的现象是存在的，可以看出二者之间有着难以截然区分的一面。但他这些依照"编年"以"知人论世"所编辑的文集，与前期把同时期所写文章分别收入《坟》与《华盖集》、《华盖集续编》的编辑方式一样，仍然贯穿着"分类有益于揣摩文章"，以示"杂文"与"杂感"之不同。

就此而言，最明显的是《而已集》与《三闲集》。比如，鲁迅在《而已集·题辞》及"校讫记"中，明确把收入该集这些写于1927年的文章称作"杂感"，并且说："连'杂感'也被'放进了应该去的地方'时，我于是只有'而已'而已！"② 这与他目睹了1927年那场信誓旦旦的"革命"，转瞬之间变成"血的杀戮"，使他"经验"了"从来没有经验过"的"恐怖"相关，感到纸和笔的无用："我先前的攻击社会，其实也是无聊"，"如一箭之入大海……几条杂感，就可以送命的。民众的罚恶之心，并不

169

---

① 《且介亭杂文·序言》，《鲁迅全集》第6卷，第3页。

② 见《鲁迅全集》第3卷，第407页。鲁迅在《而已集·题辞》中说："这半年我又看见了许多血和许多泪，然而我只有杂感而已。"（同上）在《而已集》"校讫记"中说："编完那年那时为止的杂感集后，写在末尾的，现在便取来作为一九二七年的杂感集的题辞。"（同上）

下于学者和军阀"——"我觉得我也许从此不再有什么话要说……但我也在救助我自己，还是老法子：一是麻痹，二是忘却。一面挣扎着，还想从以后淡下去的'淡淡的血痕中'看见一点东西，誊在纸片上。"① 但鲁迅并没有把1927年所写文章全部收入《而已集》，其中就包括《夜记》两篇②，这是为什么呢？他后来说是"原想另成一书"③，直到1932年写《做古文和做好人的秘诀》（未完稿）一文，在文后补记，说："这是'夜记'之五的小半篇。'夜记'这东西，是我于一九二七年起，想将偶然的感想，在灯下记出，留为一集的，那年就发表了两篇。到得上海，有感于屠戮之凶，又做了一篇半，题为《虐杀》，先讲些日本幕府的磔杀耶教徒，俄国皇帝的酷待革命党之类的事。但不久就遇到了大骂人道主义的风潮，我也就借此偷懒，不再写下去，现在连稿子也不见了。"④《夜记》在写法上明显有别于收入《而已集》的"杂感"，类似于《坟》中《看镜有感》、《春末闲谈》、《灯下漫笔》一类文章，如"夜记之一"《怎么写》开篇说："我沉静下去了。寂静浓到如酒，令人微醺。望后窗外骨立的乱山中许多白点，是丛冢；一粒深黄色火，是南普陀寺的琉璃灯。前面则海天微茫，黑絮一般的夜色简直似乎要扑到心坎里。我靠了石栏远眺，听得自己的心音，四面还仿佛有无量悲哀，苦恼，零落，死灭，都杂入这寂静中，使它变成药酒，加色，加味，加香。这时，我曾经想要写，但是不能写，无从写。这也就是我所谓'当我沉默着的时候，我觉得充实，我将开口，同时感到空虚'。"⑤ 那么，"怎么写"呢？从蚊虫的叮咬而写不出那"钢针似的

170

---

① 《而已集·答有恒先生》，《鲁迅全集》第3卷，第453—458页。鲁迅在一次与友人谈话中，针对这场革命说："中国革命的历史，自古以来，只不过是向外族学习他们的残酷性。这次的革命活动，也只是在三民主义——国民革命等言辞的掩护下，肆无忌惮地实行超过军阀的残酷行为而告终。"见山上正义：《谈鲁迅》，《鲁迅生平资料汇编》（第四辑），天津人民出版社1983年版，第296页。

② 这两篇是《怎么写——夜记之一》（载《莽原》半月刊第18、19期合刊）和《在钟楼上——夜记之二》（载上海《语丝》周刊第4卷第1期）。

③ 《三闲集·序言》，《鲁迅全集》第4卷，第5页。

④ 见《鲁迅全集》第4卷，第271页。

⑤ 《三闲集·怎么写》，《鲁迅全集》第4卷，第18—19页。

一刺"的感受，转到"尼采爱看血写的书"，虽然"文章总是墨写的，血写的倒不过是血迹。它比文章自然更惊心动魄，更直截分明"，"但真的血写的书，当然不在此例"，这就引出主编《做什么》的毕磊，这个"瘦小精干的湖南的青年"就是刚刚被虐杀的，可见"墨写的"文章在"血写的"现实中的黯然失色，再从与《做什么》对着来的期刊《这样做》报道郁达夫的近况，想到他的作品"多少总带点自叙传的色彩"，常常招致误解，写自己的不同看法，举出"查不出大观园的遗迹，而不满于《红楼梦》"的例子，提及纪晓岚的攻击《聊斋志异》，所以他的《阅微草堂笔记》"竭力只写事状，而避去心思和密语"，又转到自己年幼时就看过的"变戏法"，由此说出自己为什么"宁看《红楼梦》，却不愿看新出的《林黛玉日记》"的原因，即如"近来已极风行"的《越缦堂日记》，"我觉得从中看不见李慈铭的心，却时时看到一些做作，仿佛受了欺骗"①……写法上真是"动起笔来，总是离题有千里之远。即如现在，何尝不想写得切题一些呢，然而还是胡思乱想，像样点的好意思总像断线风筝似的收不回来"②（这恰是写"夜记之一"的1927年另一篇未收入《而已集》的文章中所说），——《怎么写》俯瞰大千世界在瞬息之间呈现的林林总总的物象，从现实追溯到历史，从人事延伸到文事，是在说明"一般的幻灭的悲哀……不在假，而在以假为真"，而我们实际常常遇到的"幻灭之来"，其实"多不在假中见真，而在真中见假"③。对比《而已集》中的"杂感"，那种"从此不再有什么话要说"的心态，这是"竦身一摇"，将一切"摆脱"，"给自己轻松一下"，而颇显"余裕"的写法，由此而升华出社会人生的种种富于哲理性的启悟，这是可以看出"杂文"创作之不同于"杂感"的心态的。同样是在1927年。鲁迅在另一篇《夜记》中说："文化之兴，须有余裕，据我在钟楼上的经验，大致是真的罢"，"有余裕，未必能创作；而要创作，是必须

171

---

① 见《鲁迅全集》第4卷，第19—24页。
② 《集外集拾遗补编·庆祝沪宁克复的那一边》，《鲁迅全集》第8卷，第161页。
③ 《三闲集·怎么写》《鲁迅全集》第4卷，第23—24页。

有余裕的"①。其实，这样一种在"余裕"心态中写出的文章，在他后期并不少见，他明显更偏爱这样的写法，偶有机缘，信笔写来，不拘一格，如《病后杂谈》、《病后杂谈之余——关于"舒愤懑"》、《"题未定"草》，等等。我以为，把鲁迅文集中的这类文章编辑起来，与被他称为如"锋利而切实"的"匕首和投枪"一类短文相对照，差异是明显的。

鲁迅把《怎么写——夜记之一》收入 1932 年 4 月 24 日编定的《三闲集》，该集在整体面貌上与他称为"杂感"的《而已集》明显不同，而近于他同时编定的《二心集》（该文集编定的时间是 1932 年 4 月 30 日）②，两者在他设题爱作对子的"积习"③ 中，也有相对构成一组的意图。《三闲集·序言》所说"杂感"以及"'不满于现状'的'杂感家'"的"恶谥"，针对的是该集所收 1928 年与创造社、太阳社的论争文章，这与《二心集》也收入了与新月社理论家的论争文章具有对应性，同时这些论争文章也一样不构成文集的整体面貌。《二心集·序言》则把该文集称为"杂文的结集"，说："自从一九三一年二月起，我写了较上年更多的文章，但因为揭载的刊物有些不同，文字必得和它们相称，就很少做《热风》那样简短的东西了；而且看看对于我的批评文字，得了一种经验，好像评论做得太简括，是极容易招得无意的误解，或有意的曲解似的。"④

1933 年鲁迅把所写文章按照写作或发表时间依次编进三部文集，第三部《南腔北调集》与前两部《伪自由书》、《准风月谈》明显具有对应性，前两部发表在《申报·自由谈》上，他为 1933 年前半年的文章结集《伪自由书》所写"前记"中，明确把它们称为"杂感"⑤，又说："这些短评，

---

① 《三闲集·在钟楼上》，《鲁迅全集》第 4 卷，第 35 页。

② 《三闲集》和《二心集》的编定时间，见《鲁迅全集》第 4 卷，第 6、192 页。

③ "我在私塾里读书时，对过对，这积习至今没有洗干净，题目上有时就玩些什么《偶成》，《漫与》，《作文秘诀》，《捣鬼心传》，这回却闹到书名上来了。"见《南腔北调集·题记》，《鲁迅全集》第 4 卷，第 417—418 页。

④ 见《鲁迅全集》第 4 卷，第 189、191 页。

⑤ "这一本小书里的，是从本年一月底起至五月中旬为止的寄给《申报》上的《自由谈》的杂感。"见《伪自由书·前记》，《鲁迅全集》第 5 卷，第 3 页。

有的由于个人的感触，有的则出于时事的刺激，但意思都极平常，说话也往往很晦涩，我知道《自由谈》并非同人杂志，'自由'更当然不过是一句反话，我决不想在这上面去驰骋的。"① 与此相近，他为后半年的文章结集《准风月谈》所写"前记"说："这不过是一些拉杂的文章，为'文学家'所不屑道。"② 在这一年的最后一天夜里，他编完《南腔北调集》（收文章五十一篇，其中除 1932 年的十篇，都写于 1933 年），在为该文集所写"题记"中说："两年来所作的杂文，除登在《自由谈》上者外，几乎都在这里面……曾经登载这些的刊物，是《十字街头》，《文学月报》，《北斗》，《现代》，《涛声》，《论语》，《申报月刊》，《文学》等。"③

1935 年 12 月的最后三天，鲁迅依次编定《花边文学》、《且介亭杂文》、《且介亭杂文二集》，且依次写出"序言"。前两部收入的均是 1934 年的文章，末一本是 1935 年的文章的结集。他临终前亲手同时编定的这最后三部文集，在取编年体的同时，仍然重视"分类有益于揣摩文章"，并在文集序言中给读者必要的提醒。《花边文学》的"序言"，开篇说："我的常常写些短评，确是从投稿于《申报》的《自由谈》上开头的；集 1933 年之所作，就有了《伪自由书》和《准风月谈》两本"，本集中的文章所载报刊不过"扩大了范围"，仍是"同样的文字。"④《且介亭杂文》则不仅"集名"而且"序言"，都在说明所收文章属于"杂文"⑤；《且介亭杂文二集·序言》更明确地说："昨天编完了去年的文字，取发表于日报的短论以外者，谓之《且介亭杂文》；今天再来编今年的……没有多写短文，便都收录在这里面，算是《二集》"，"倘不是想到了已经年终，我的两年以来的杂文，也许还不会集成"⑥。

173

---

① 《伪自由书·前记》，《鲁迅全集》第 5 卷，第 4 页。

② 见《鲁迅全集》第 5 卷，第 190 页。

③ 《南腔北调集·题记》，《鲁迅全集》第 4 卷，第 418 页。

④ 《花边文学·序言》，《鲁迅全集》第 5 卷，第 417 页。

⑤ 《且介亭杂文·序言》开篇说："近几年来，所谓'杂文'的产生，比先前多，也比先前更受着攻击。"见《鲁迅全集》第 6 卷，第 3 页。

⑥ 见《鲁迅全集》第 6 卷，第 217 页。

四

按照鲁迅自身的说法，我们把他的杂文在文体上相区分，分出"短评"—"杂感"—"杂文"之不同，说明这三者的差异，以见他之称为"杂文"的这类文体的形成过程，及其为"短评"和"杂感"所不具备的一些特征。但是，这种情况更主要体现在他的前期创作中，他后期对此虽有所延续，但又有与此不同之处，在他对所编文集的说明中，就存在着意将"短评"、"杂感"、"杂文"的差异模糊化的一面，反映了这三种不同文体各自的特色在他后期杂文中始终存在，常常是融为一体得到表现的，同时，基于不同情况和要求，某一文体的特色又突出显现出来，这是他之把后期杂文仍然区分为"短评"、"杂感"、"杂文"的主要原因。这种情况，更主要反映在 1933 年的《伪自由书》和《准风月谈》中。

我们十年前应浙江人民出版社之邀，注释《伪自由书》和《准风月谈》，在细读鲁迅全部杂文的过程中，深深感到，不论在他的前期还是后期，1933 年都不能不是一个特例，这是他杂文创作最勤奋、所写杂文最多的一年，收入文集的就有 148 篇之多，常常一日一作，有时一天二文，编出文集竟有近三部。

那么，这种现象是怎样产生的呢？

鲁迅杂文后期较之前期，愈加表现出"挣扎和战斗"的特色，如他一再所说："好像华盖运还没有交完"，"我的文章，不是涌出，乃是挤出来的"[①]，因为"还不是披沥真实的心的时光"[②]，不得不"改些作法，换些笔名"[③]，

---

① 《且介亭杂文二集·"题未定"草》（一），《鲁迅全集》第 6 卷，第 351 页。鲁迅曾在《华盖集·并非闲话》（三）中说："至于已经印过的那些，那是被挤出来的。这'挤'字是挤牛乳之'挤'；这'挤牛乳'是专来说明'挤'字的，并非故意将我的作品比作牛乳，希冀装在玻璃瓶里，送进什么'艺术之宫'。"见《鲁迅全集》第 3 卷，第 148 页。

② 《且介亭杂文末编·我要骗人》，《鲁迅全集》第 6 卷，第 488 页。

③ 《花边文学·序言》，《鲁迅全集》第 5 卷，第 417 页。

"说话也往往很晦涩"①，"是戴着枷锁的跳舞"，"凡是发表的，自然是含胡的居多"②，——因此自认，于此类文章的写作"已经懒散得多了"③。但1932年末，刚刚从法国回来的黎烈文取代周瘦鹃，担任了《申报·自由谈》的主编，力主革新，扩大作者群，向鲁迅、茅盾等左翼作家约稿。首先需要看到《申报》在报刊出版领域非同一般的位置和影响。在最早萌生中国现代报刊出版业的上海，《申报》是历史最长、影响最大的一份报纸，1872年由英国商人美查创办，创办四个月后改"隔日报"为"日报"（唯周日停刊），首开聘用华人担任主笔并主持编务之先，注重切合华人阅读口味，以开拓华人阅读市场，添置石印设备后，又创办了极有影响的《点石斋画报》，并在征稿启事中提出每幅画酬资两元，这是上海报刊界最早的投稿有润的创举，吸引了各类有专长的作者提供稿件，极大提升了该报的影响④。1912年史量才买下《申报》全部产权，更新印刷技术，从最初每小时印全张报纸两千份，1916年发展到每小时可同时印刷十二张一份的报纸一万份，1932年超过十五万份，覆盖了中国内陆广泛区域的读者群⑤。副刊《自由谈》1911年创办，与《申报》发展相辅相成，是文人墨客争相涉足之地，时至30年代，上海成为又一个新文化中心，《自由谈》作为一份较之左翼、右翼报刊都更有影响，且有着广泛读者群的报纸副刊，成为折射中国文化的一道重要窗口。这是鲁迅应邀撰文的一个主要原因，自认这是在冲破"官方检查员"的"文网密布"和"报馆总编辑"的重重设障，"给寂寞者以呐喊"⑥，在一年多的时间里，是可以看出那种"一发而不可收"的创作状态的，而有1933年的杂文作品之多。

175

但是，鲁迅又为什么把收入《伪自由书》中的文章明确称为"短评"

---

① 《伪自由书·前记》，《鲁迅全集》第5卷，第4页。
② 《且介亭杂文二集·后记》，《鲁迅全集》第6卷，第464页。
③ 《伪自由书·前记》，《鲁迅全集》第5卷，第4页。
④ 参见叶再生《中国近代现代出版通史》第一卷，华文出版社2002年版，第212—219页。
⑤ 参见马光仁主编《上海新闻史》，复旦大学出版社1996年版，第58—60页。
⑥ 《伪自由书·前记》，《鲁迅全集》第5卷，第4页。

和"杂感"呢？首先，如前所述，他前期"杂感"写作，即表现出对有着种种"麻烦的禁令"的"艺术之宫"之不屑，对有人"不要做这样的短评"的"好意"的拒绝，后期杂文则遭遇了较之前期更大的"围剿"，如他所说："'杂感'之于我，有些人固然看作'死症'"，"每当意在奚落我的时候，就往往称我为'杂感家'，以显出在高等文人的眼中的鄙视"①；"作短文的较多了，就又有人来削'杂文'，说这是作者的堕落的表现，因为既非诗歌小说，又非戏剧，所以不入文艺之林，他还一片婆心，劝人学学托尔斯泰，做《战争与和平》似的伟大的创作去"，这些"攻击杂文的文字虽然也只能说是杂文，但他又决不是杂文作家，因为他不相信自己也相率而堕落"②；"中国为什么没有伟大的文学产生"？这在"林希隽先生的大作《杂文和杂文家》"里，"只以为……是因为最近——虽然'早便生存着的'——流行着一种'容易下笔'，容易成名的'杂文'，所以倘不是'作家之甘自菲薄而放弃其任务，即便是作家毁掉了自己以投机取巧的手腕来替代一个文艺作者的严肃的工作'了"③。鲁迅针锋相对，执意与"艺术之宫"种种"规范"相对立，突出杂文创作的非艺术"正统性"，甚至主张"具象的实写"④，他把这些文章径称为"短评"。其次，鲁迅说："看报，是有益的，虽然有时也沉闷。……然而我还是看"⑤，"耳闻目睹的不算，单是看看报章，也就可以知道社会上有多少不平，人们有多少冤抑"⑥；1933 年这一年，"只要一看就知道，在我的发表短评时中，攻击得最烈的是《大晚报》。这也并非和我前生有仇，是因为我引用了它的文字。但我也并非和它前生有仇，是因为我所看的只有《申报》和《大晚报》两种，而后者的文字往往颇觉新奇，值得引用，以消愁释闷"⑦。加之，《曲

176

---

① 《三闲集·序言》，《鲁迅全集》第 4 卷，第 3 页。
② 《且介亭杂文二集·徐懋庸作〈打杂集〉序》，《鲁迅全集》第 6 卷，第 290—291 页。
③ 《集外集拾遗补编·做"杂文"也不易》，《鲁迅全集》第 8 卷，第 375 页。
④ 《且介亭杂文末编·立此存照'》（六），《鲁迅全集》第 6 卷，第 632 页。
⑤ 《准风月谈·礼》，《鲁迅全集》第 5 卷，第 304 页。
⑥ 《南腔北调集·世故三昧》，《鲁迅全集》第 4 卷，第 591 页。
⑦ 《伪自由书·后记》，《鲁迅全集》第 5 卷，第 152 页。

的解放》和《序的解放》"碰着"了曾今可，《文学上的折扣》"冲撞"了张若谷，《豪语的折扣》"触怒"了张资平，《各种捐班》和《登龙术拾遗》"惹恼"了诗人邵洵美，《感旧》"冒犯"了提倡《庄子》和《文选》的施蛰存，还有"和杂文有切骨之仇，给了种种罪状的"林希隽①的无端"指责"……而使他发表在《自由谈》上的一些文章，包括《伪自由书》《准风月谈》"后记"，具体针对性和论辩性骤然增强，可以称之为具有"短评"特征的"杂感"。第三，鲁迅前期虽然先后在《晨报》、《京报》副刊上发过文章，却不具有系统性和连续性，其时他更愿意在《语丝》、《莽原》等期刊上发文，1933 年是他一生创作中几乎唯一的一次集中给一家报纸的副刊写稿。"因为揭载的刊物有些不同，文字必得和它们相称"。这就有了文体上适应报纸副刊版面和文字的要求，对于长期在期刊上发表文章的他，不能不改换构思和笔法，这些短文长的五六百字，短至二百多字（如《赌咒》），谋篇布局乃至文字风格，从最初显得生涩，到逐渐运用自如，是一个必然的过程，这恐怕也是他把开始发表在《自由谈》上的文章，称为"短评"或"杂感"的原因之一。

但是，收入《伪自由书》中的这些文章，在文体上又与鲁迅前期的"短评"和"杂感"明显不同。鲁迅选择在《申报·自由谈》上连续撰文，实际上是在进行一种与现代传媒有着更紧密联系的报章文体的创造，这同时又为他提供了一个可以激发文体创造欲望的空间，这个空间调动了他曾经创作"短评"、"杂感"、"杂文"积累下的可资运用的经验和资源，他的思考方法、艺术才华特别是编辑能力在这里也得到了更大发挥。这不仅表现在，因其短，如"匕首和投枪"，朝作夕发，与现实的社会生活更具有"共时性"与"互动性"，更能体现"对于有害的事物，立刻给以反响或抗争，是感应的神经，是攻守的手足"②；更主要的是，当这些发表在《自由谈》上的短文编进文集时，鲁迅开始尝试性地运用对报章林立的言论环境

177

---

① 《且介亭杂文·序言》，《鲁迅全集》第 6 卷，第 3 页。
② 同上。

的"多声部"组合，这主要体现在他编辑完成的《伪自由书》中（《准风月谈》里因《感旧》①引起的与施蛰存"关于《庄子》与《文选》"的争论文章，也运用了这种编辑方法），如《不通两种》、《战略关系》、《颂萧》、《止哭文学》等不少篇什，在文后附以所针对的文章以及相关文章，或作为"备考"，或在所附文章前加以"因此引起的通论"、"硬要用辣椒止哭"、"跳踉"等画龙点睛的提示，他把这称为"剪贴"②，有的在"剪贴"后再附上一段"案语"，或自己更深一层的评述（这是只能见于所编文集，而不可能在《自由谈》上刊发的），他同时又将在《自由谈》上发表时"被删改的文字"复原，"旁加黑点"③，使之显目，在《伪自由书·后记》中进一步对所评述的现象进行"剪贴"，并扩大范围，围绕"《自由谈》的改革"在文坛上引起的种种言论包括造谣、中伤，进行"剪贴"和评述，——这样一种文体，就使1933年上半年上海文坛这些引人注目的现象鲜活起来，具有了时空立体感，而且，是对历史的具有透视力的"复原"，可以成为一个时代的忠实的记录。

如果说《伪自由书》文体上的这些变化，使文章更具有了客观性，那

----

① 收入文集时，该题为《重三感旧——一九三三年忆光绪朝末》。

② 在《朝花夕拾·后记》的写作中，鲁迅第一次运用"剪贴"，说："我本来并不准备做什么后记，只想寻几张旧画像来做插图，不料目的不达，便变成一面比较，剪贴，一面乱发议论了。那一点本文或作或辍地几乎做了一年，这一点后记也或作或辍地几乎做了两个月。"见《鲁迅全集》第2卷，第335页。但面对30年代上海文坛，鲁迅也曾指出："'文坛'上的丑事，这两年来真也揭发得不少了：剪贴，瞎抄，贩卖，假冒。不过不可究诘的事情还有，只因为我们看惯了，不再留心它。"见《花边文学·大小骗》，《鲁迅全集》第5卷，第444页。这是两种不同的"剪贴"，鲁迅的"剪贴"与他的"比较"和"议论"紧紧地联系在一起。所以，鲁迅在《伪自由书》特别是《伪自由书》、《准风月谈》"后记"中对"剪贴"的运用，不仅复原了他认识中的现象形态，同时也增强了"攻击性"，"使麒麟皮下露出马脚"，让"那些虚伪者居然觉得一点痛苦，有些省悟，知道伎俩也有穷时，少装些假面目"。见《华盖集续编·我还不能"带住"》，《鲁迅全集》第3卷，第244页。

③ "还有一点和先前的编法不同的，是将刊登时被删改的文字大概补上去了，而且旁加黑点，以清眉目。这删改，是出于编辑或总编辑，还是出于官派的检查员的呢，现在已经无从辨别，但推想起来，改点句子，去些讳忌，文章却还能接连的处所，大约是出于编辑的，而胡乱删削，不管文气的接不接，语意的完不完的，便是钦定的文章。"见《准风月谈·前记》，《鲁迅全集》第5卷，第190页。

么，《准风月谈》则借"谈风月"（1933 年 5 月 25 日《自由谈》编者刊出"吁请海内文豪，从兹多谈风月"的启事）表达置身上海对种种社会文化现象的感受，更具有主观性。《准风月谈·后记》把收入其中的六十多篇文章明确称为"杂文"①。《伪自由书》第一次总结出的"砭痼弊常取类型"这种杂文所操之法，恰恰是在《准风月谈》数百字的短文中大量运用，运用自如，如"倚靠的是权门，凌蔑的是百姓"，"又并不常常如此的，大抵一面又回过脸来，向台下的看客指出他公子的缺点，摇着头装起鬼脸"的"二丑"②，文坛上与"兽类不收"、"鸟类不纳"而"作为骑墙的象征的蝙蝠"一样的"绅士淑女"③，以及"'商定'文豪"、"洋场恶少"……还有对为人不易察觉的社会和文坛现象的揭示和剖析，如"登龙而乘龙，又由乘龙而更登龙"的"文坛登龙术"④，"自己替别人来给自己的东西作序"的"序的解放"⑤，"自说'我是坐不改名，行不改姓的人'"，"却身子一扭，土行孙似的不见了"的"豪语的折扣"⑥，充斥于洋场社会的"踢"、"推"、"爬和撞"……以及《男人的进化》、《中国的奇想》对男权社会培育出的"男人"心理现象的解剖。这些现象与他笔下的"类型"一样，在中国社会、中国文化和中国文学中也同样具有"与时俱进"的"典型性"。由此而有助于我们理解，鲁迅在《准风月谈·后记》中对所结集文章意义的如下说明："时光，是一天天的过去了，大大小小的事情，也跟着过去，不久就在我们的记忆上消亡；而且都是分散的，就我自己而论，没有感到和没有知道的事情真不知有多少。但即此写了下来的几十篇，加以排比，又用《后记》来补叙些因此而生的纠纷，同时也照见了时事，格局虽小， 179

---

① "这六十多篇杂文，是受了压迫之后，从去年六月起，另用各种的笔名，障住了编辑先生和检查老爷的眼睛，陆续在《自由谈》上发表的。"见《鲁迅全集》第 6 卷，第 382 页。
② 《准风月谈·二丑艺术》，《鲁迅全集》第 5 卷，第 197 页。
③ 《准风月谈·谈蝙蝠》，《鲁迅全集》第 5 卷，第 202—203 页。
④ 《准风月谈·登龙术拾遗》，《鲁迅全集》第 5 卷，第 274—275 页。
⑤ 《准风月谈·序的解放》，《鲁迅全集》第 5 卷，第 219 页。
⑥ 《准风月谈·豪语的折扣》，《鲁迅全集》第 5 卷，第 243 页。

不也描出了或一形象了么?"① "我的杂文,所写的常是一鼻,一嘴,一毛,但合起来,已几乎是或一形象的全体,不加什么原也过得去的了。但画上一条尾巴,却见得更加完全。所以我的要写后记……只在要这一本书里所画的形象,更成为完全的一个具象"② ——"这的确令人讨厌的,但因此也更见其要紧,因为'中国的大众的灵魂',现在是反映在我的杂文里了"③。显然,这更是立足于贯穿他一生的杂文创作提出的。

我们在注释这两部文集的过程中,还感到一些篇什较之被鲁迅称为"短评"和"杂感"的文章,要更加深沉,厚重,感人,可以称作他笔下最精粹的短文,而禁不住随手写下"即小见大"、"浮想联翩"、"文思婉曲"、"妙语传神"、"意境高远"、"内含悲凉"等为题的感怀,又觉得这些用语的失当,无以涵盖自己的感受,认为他因日报副刊版面限制所写的这些精粹的短文,艺术魅力以及意蕴之丰富,并不在他的"夜记"一类长文之下,有些是可以与《野草》中的篇什相媲美的。让我们截取其中的一两段吧,先看《夜颂》的开篇一段:

爱夜的人,也不但是孤独者,有闲者,不能战斗者,怕光明者。

人的言行,在白天和在深夜,在日下和在灯前,常常显得两样。夜是造化所织的幽玄的天衣,普覆一切人,使他们温暖,安心,不知不觉的自己渐渐脱去人造的面具和衣裳,赤条条地裹在这无边际的黑絮似的大块里。

虽然是夜,但也有明暗。有微明,有昏暗,有伸手不见掌,有漆黑一团糟。爱夜的人要有听夜的耳朵和看夜的眼睛,自在暗中,看一切暗。君子们从电灯下走入暗室中,伸开了他的懒腰;爱侣们从月光下走进树阴里,突变了他的眼色。夜的降临,抹杀了一切文人学士们。当光天化日之下,写在耀眼的白纸上的超然,混然,恍然,勃然,粲然的文章,只剩下乞怜,讨好,撒谎,骗人,吹牛,捣鬼的夜气,形成一个灿烂的金色的光

---

① 见《鲁迅全集》第5卷,第410—411页。
② 同上书,第382—383页。
③ 同上书,第403页。

圈，像见于佛画上面似的，笼罩在学识不凡的头脑上。

爱夜的人于是领受了夜所给予的光明。①

再读读《秋夜纪游》中的片段：

危险？危险令人紧张，紧张令人觉到自己生命的力。在危险中漫游，是很好的。

……

我生长农村中，爱听狗子叫，深夜远吠，闻之神怡，古人之所谓"犬声如豹"者就是。倘或偶经生疏的村外，一声狂嗥，巨獒跃出，也给人一种紧张，如临战斗，非常有趣的。

但可惜在这里听到的是叭儿狗。它躲躲闪闪，叫得很脆：汪汪！

我不爱听这一种叫。②

这些文字并非"挤"出来的，而是"奔涌"而出的，是对《伪自由书》中的"短评"的凝缩，可以在具体的篇什以及"剪贴"中找到针对性，但又是这种针对的升华，涵盖了更为深广的社会生活和自我人生体验，显得精致，强劲，余裕，博大。

由于《自由谈》的主编易人，鲁迅不再投稿，且时事和境遇的迁移，他的杂文又有了新的变化，而使《伪自由书》这种"形式"，以及《准风月谈》的这些精粹的短文，几乎成为他的全部创作中不可重复的"绝唱"。

五

181

30 年代是杂文创作最为活跃的时期，也是杂文这种文体在中国现代文学中确立自身位置的时期。在这方面，瞿秋白起到了至关重要的作用。

具有政治家和文学家双重身份的瞿秋白，作为文学家，他也是 30 年代文坛上产量颇丰的杂文作者，《伪自由书》就收入他以鲁迅的笔名在《自

---

① 《准风月谈·夜颂》，《鲁迅全集》第 5 卷，第 193—194 页。
② 《准风月谈·秋夜纪游》，《鲁迅全集》第 5 卷，第 251—252 页。

由谈》上发表的九篇杂文,这使他对鲁迅杂文有更深的感悟和认识,1933年编选出《鲁迅杂感选集》,并写下著名的《〈鲁迅杂感选集〉序言》,——这篇文章不仅对鲁迅思想和创作作出了前所未有的高度评价,而且,"杂感"这种文体形式在他的阐释中第一次得到了具有研究性质的说明,他认为这是一种具有"文艺性"的"社会论文",是"战斗的'阜利通'(feuilleton)":

鲁迅的杂感其实是一种"社会论文"——战斗的"阜利通"(feuilleton)。谁要是想一想这将近二十年的情形,他就可以懂得这种文体发生的原因。急遽的剧烈的社会斗争,使作家不能够从容的把他的思想和情感熔铸到创作里去,表现在具体的形象和典型里;同时,残酷的强暴的压力,又不容许作家的言论采取通常的形式。作家的幽默才能,就帮助他用艺术的形式来表现他的政治立场,他的深刻的对于社会的观察,他的热烈的对于民众斗争的同情。不但这样,这里反映着五四以来中国的思想斗争的历史。杂感这种文体,将要因为鲁迅而变成文艺性的论文(阜利通——feuilleton)的代名词。①

显然,瞿秋白的如上评价,立足于中国共产党人主导的革命文化对五四以来中国社会历史和现实的理解和阐释之上,是从"鲁迅从进化论进到阶级论,从绅士阶级的逆子贰臣进到无产阶级和劳动群众的真正的友人,以至于战士"② 出发,去分析和认识鲁迅思想和创作的,他充分肯定的是鲁迅 30 年代加入左联后的杂文创作,在我们对鲁迅从"短评"到"杂感"再到"杂文"这样一个文体发展过程的分析中,他肯定的更是鲁迅后期具有"短评"性质的"杂感",而难以真正深入到对鲁迅"杂文"的认识中,更难以看到这一文体"萌芽"于五四,如前所述,这对于我们认识杂文这

---

① 李宗英、张梦阳编:《六十年来鲁迅研究论文选》上册,中国社会科学出版社 1982 年版,第 105 页。

② 《〈鲁迅杂感选集〉序言》,李宗英、张梦阳编:《六十年来鲁迅研究论文选》上册,第 122 页。

一文体的形成，是有致命缺欠的。鲁迅 1933 年谈"小品文的生存"，也强调"挣扎和战斗"，却恰恰追溯到五四展开的：

> ……五四运动的时候，……散文小品的成功，几乎在小说戏曲和诗歌之上。这之中，自然含着挣扎和战斗，但因为常常取法于英国的随笔（Essay），所以也带一点幽默和雍容；写法也有漂亮和缜密的，这是为了对于旧文学的示威，在表示旧文学之自以为特长者，白话文学也并非做不到。以后的路，本来明明是更分明的挣扎和战斗，因为这原是萌芽于"文学革命"以至"思想革命"的。①

其二，瞿秋白与鲁迅相一致，是在与 30 年代文坛上的"为艺术而艺术"对抗中致力于杂文创作的，他强调"杂感"的"战斗性"，又将这一文体与"创作"相剥离，认为"杂感"是"作家不能够从容的把他的思想和情感熔铸到创作里去，表现在具体的形象和典型里"而创造的一种文体，"自然，这不能够代替创作，然而它的特点是更直接的更迅速的反应社会上的日常事变"②。这也是鲁迅杂文认识中的一个颠覆性认识误区，在 30 年代文坛尤其如此。如前所述，鲁迅杂文的存在之于自由主义文人，如鲠在喉，本能地畏惧又憎恶，搅起一次又一次"围剿杂文"的风潮，如说"目下中国杂感家之多，远胜于惜，大概此亦鲁迅先生一人之功也。……他的师爷笔法，冷辣辣的……一天到晚只是讽刺，只是冷嘲，只是不负责任的发一点杂感"③，又如提出为什么不"去发奋多写几部比《阿 Q 正传》更伟大的著作"，而要写杂文，"养成现在文坛上种种浮器、下流、粗暴等

183

---

① 《南腔北调集·小品文的危机》，《鲁迅全集》第 4 卷，第 576 页。

② 《〈鲁迅杂感选集〉序言》，李宗英、张梦阳编：《六十年来鲁迅研究论文选》上册，第 105 页。

③ 洲：《杂感》，1933 年 10 月 31 日《中央日报》副刊《中央公园》。该文说："我们村上有个老女人，丑而多怪。一天到晚专门爱说人家的短处，到了东村头摇了一下头，跑到了西村头叹了一口气。好像一切总不合她的胃。但是，你真的问她到底要怎样呢，她又说不出。我觉得她倒有些像鲁迅先生，一天到晚只是讽刺，只是冷嘲，只是不负责任的发一点杂感。当真你要问他究竟的主张，他又从来不给我们一个鲜明的回答。"转引自《准风月谈·后记》，《鲁迅全集》第 5 卷，第 408—409 页。

等的坏习气"①，——如鲁迅所说："一位比我为老丑的女人，一位愿我有'伟大的著作'，说法不同，目的却一致的，就是讨厌我'对于这样又有感想，对于那样又有感想'，于是而时时有'杂文'。"②

因此，鲁迅30年代着力培养青年作家致力于杂文创作，他为徐懋庸的杂文集作序，所陈述的就是"杂文"之于中国文学特有的价值和意义。这首先要回答什么是"文学"? 要破欧美文学"正宗"论：

我们试去查一通美国的"文学概论"或中国什么大学的讲义，的确，总不能发现一种叫作Tsa-wen的东西。这真要使有志于成为伟大的文学家的青年，见杂文而心灰意懒：原来这并不是爬进高尚的文学楼台去的梯子。托尔斯泰将要动笔时，是否查了美国的"文学概论"或中国什么大学的讲义之后，明白了小说是文学的正宗，这才决心来做《战争与和平》似的伟大的创作的呢? 我不知道。但我知道中国的这几年的杂文作者，他的作文，却没有一个想到"文学概论"的规定，或者希图文学史上的位置的，他以为非这样写不可，他就这样写，因为他只知道这样的写起来，于大家有益。……如果他只想着成什么所谓气候，他就先进大学，再出外洋，三做教授或大官，四变居士或隐逸去了……

……杂文这东西，我却恐怕要侵入高尚的文学楼台去的。小说和戏曲，中国向来是看做邪宗的，但一经西洋的"文学概论"引为正宗，我们也就奉之为宝贝，《红楼梦》《西厢记》之类，在文学史上竟和《诗经》《离骚》并列了。杂文中之一体的随笔，因为有人说它近于英国的Essay，

---

① 鸣春：《文坛与擂台》，1933年11月16日《中央日报》副刊《中央公园》。该文说："我记得一个精通中文的俄国文人B. A. Vassiliev对鲁迅先生的《阿Q传》曾经下过这样的批评：'鲁迅是反映中国大众的灵魂的作家，其幽默的风格，是使人流泪，故鲁迅不独为中国的作家，同时亦为世界的一员。'鲁迅先生，你现在亦垂垂老矣，你念起往日的光荣，当你现在阅历最多，观察最深，生活经验最丰富的时候，更应当如何去发奋多写几部比《阿Q传》更伟大的著作? 伟大的著作，虽不能传之千年不朽，但是笔战的文章，一星期后也许人就要遗忘。青年人佩服一个伟大的文学家，实在更胜于佩服一个擂台上的霸主。我们读的是莎士比亚，托尔斯泰，哥德，这般人的文章，而并没有看到他们的'骂人文选'。"转引自《准风月谈·后记》，《鲁迅全集》第5卷，第402—403页。

② 《准风月谈·后记》，《鲁迅全集》第5卷，第403页。

有些人也就顿首再拜，不敢轻薄。寓言和演说，好像是卑微的东西，但伊索和契开罗，不是坐在希腊罗马文学史上吗？杂文发展起来，倘不赶紧削，大约也未必没有扰乱文苑的危险。①

"近一两年来，杂文集的出版，数量并不及诗歌，更其赶不上小说，慨叹于杂文的泛滥，还是一种胡说八道。只是作杂文的人比先前多几个，却是真的，虽然多几个，在四万万人口里面，算得什么，却就要谁来疾首蹙额？""文学概论"或"中国什么大学的讲义"里推举的诗和小说"和我们不相干，那里能够及得这些杂文的和现在切贴，而且生动，泼剌，有益，而且也能移人情"——"能移人情，对不起得很，就不免要搅乱你们的文苑，至少，是将不是东西之流的唾向杂文的许多唾沫，一脚就踏得无踪无影了，只剩下一张满是油汗兼雪花膏的嘴脸"②。

我是爱读杂文的一个人，而且知道爱读杂文还不只我一个，因为它"言之有物"。我还更乐观于杂文的开展，日见其斑斓。第一是使中国的著作界热闹，活泼；第二是使不是东西之流缩头；第三是使所谓"为艺术而艺术"的作品，在相形之下，立刻显出不死不活相。③

鲁迅 30 年代为"杂文"正名，针对的又是其时京、海派联手在文坛上掀起的"小品热"，以及相伴而生的明清散文小品出版热。1932 年 9 月林语堂在上海创办《论语》半月刊，提倡写"幽默"小品，周作人、俞平伯是主要撰稿人；1934 年 4 月创刊于上海的《人间世》（半月刊），林语堂主编，首期《发刊词》后即是"知堂先生近影"，而后是周作人的《五秩自寿诗》，沈尹默、刘半农加之蔡元培等"'五四'老人"都写来和诗，该刊提倡"以自我为中心，以闲适为格调"的"小品文"（《发刊词》）；1935 年 2 月创刊于上海的《文饭小品》（月刊），康嗣群主编，施蛰存发行，也抬出周作人以壮势，——"自从'小品文'这一个名目流行以来，看看书店

185

---

① 《且介亭杂文二集·徐懋庸作〈打杂集〉序》，《鲁迅全集》第 6 卷，第 291—292 页。
② 同上书，第 292—293 页。
③ 同上书，第 293 页。

广告，连信札，论文，都排在小品文里了，这自然只是生意经，不足为据"，"为了这小品文的盛行……又有翻印所谓'珍本'的事"①——这是指明清散文小品出版热，首当其冲者即1933年推荐《庄子》与《文选》"为青年文学修养之助"的施蛰存，1935年在上海出版他主编的《晚明二十家小品》，书的封面印有周作人的题签，同年，他又主编出版了《中国文学珍本丛书》。显然，这些都是与周作人及其1932年出版的《中国新文学的源流》的影响直接相关的②。

《中国新文学的源流》从"言志"说出发，将新文学溯源于与"六朝文学"相承续的"明末文学运动"，而与"载道"的"唐宋文"尤其是"桐城文"相对立，提出文学发展的"历史循环"论。显然，"言志"与"载道"二元对立循环的解析框架，很难涵盖新文学发生的多元背景与取向，即如胡适所说他从"宋诗"中感悟到"作诗如作文"而构成他发动文学革命的潜在参照③，就不可能在这一框架中得到准确说明，鲁迅杂文在周作人以"言志"小品为正宗的"中国新文学的源流"中，是找不到与传统的渊源关系及其位置的。《中国新文学的源流》的编者"平白"，选择周作人1930年发表在《骆驼草》上的《论八股文》和沈启无编的《近代散文钞篇目》作为"附录"收入该书出版，该书又有了值得提出的另一种面目。周作人的《论八股文》提出汉字具有做"对子"、"对联"、"灯谜"、"诗钟"等语言功能，赋予中国文学以某种特色④，他进一步着眼于汉字构成源于"六书"形成这些语言功能，提出"从这里，必然地生出好些文章

---

① 《且介亭杂文二集·杂谈小品文》，《鲁迅全集》第6卷，第417—418页。

② 参见陈方竞《"断裂"与"承续"：对"五四"语体变革的再认识》，《陈方竞自选集》下卷，汕头大学出版社2005年版，第123—127页。

③ 胡适在《逼上梁山》一文中说："我认定了中国诗史上的趋势，由唐诗变到宋诗，无甚玄妙，只是作诗更近于作文！更近于说话。近世诗人欢喜做宋诗，其实他们不曾明白宋诗的长处在那儿。宋朝的大诗人的绝大的贡献，只在打破了六朝以来的声律的束缚，努力造成一种近于说话的诗体。我那时的主张颇受了读宋诗的影响，所以说'要须作诗如作文'，又反对'琢镂粉饰'的诗。"见《中国新文学大系·理论建设集》，上海文艺出版社1981年影印本，第8页。

④ 周作人：《论八股文》，载《骆驼草》周刊第2期（1930年5月19日），署名岂明。

上的把戏"，并从中发现并概括出汉字的"游戏性、装饰性与享乐性"①。这自然要在《中国新文学的源流》一书中得到表现，如他在书中用了相当大的篇幅来分析"八股文"，并且颇费脑筋地画出一张使读者似走入"迷宫"的图②，但用意很清楚，是在揭示"白话文"与"八股文"之间通过"骈文"和"古文"在"内容"与"形式"两方面具有的环环相扣而难以剥离的趣味性因缘关系。编者"平白"敏锐抓住了"书"与"文"之间的这一对应点③，以此为根据，附上"以明季公安竟陵两派为中心，自万历以至清之乾隆"的"冰雪小品"（沈启无所编《近代散文钞》原名）篇目，称之为"'文学革命'散文方面之新文学，蒐罗几备矣"④——这适应了同时也影响了30年代文坛"小品热"以及明清散文小品出版热，对文学趣味性、游戏性、装饰性、享乐性追求的趋向。

鲁迅并不否认杂文可归于小品文，相继写出《小品文的危机》、《"论语一年"》、《从讽刺到幽默》、《小品文的生机》、《"寻开心"》、《杂谈小品文》等文章，明言"其实'杂文'也不是现在的新货色，是'古已有之'的"⑤，追溯其"源流"，与中国古代小品的联系，"会觉得我们中国的作者里面，也曾经有过很有些骨气的人"⑥，强调"小品文的生存，也只仗着挣扎和战斗"——

晋朝的清言，早和它的朝代一同消歇了。唐末诗风衰落，而小品放了光辉。但罗隐的《谗书》，几乎全部是抗争和愤激之谈；皮日休和陆龟蒙自以为隐士，别人也称之为隐士，而看他们在《皮子文薮》和《笠泽丛

---

① 参见钱理群《周作人传》（北京十月文艺出版社 1990 年版）对《论八股文》所做分析，第 368 页。

② 见《中国新文学的源流》，北平人文书店 1932 年版，第 59 页。

③ 编者"平白"在《中国新文学的源流·附录一·论八股文》"附记"中说："此文原刊一九三〇年五月十九日《骆驼草》，得周先生同意附载于此"。

④ 见"平白"在《中国新文学的源流》一书编定后的附记，他并且说："周先生讲演集，提示吾人以精澈之理论，而沈先生散文钞，则供给吾人以可贵之材料，不可不兼读也。"

⑤ 《且介亭杂文·序言》，《鲁迅全集》第 6 卷，第 3 页。

⑥ 《且介亭杂文·病后杂谈之余》，《鲁迅全集》第 6 卷，第 182 页。

书》中的小品文，并没有忘记天下，正是一塌湖涂的泥塘里的光彩和锋芒。明末的小品虽然比较的颓放，却并非全是吟风弄月，其中有不平，有讽刺，有攻击，有破坏。这种作风，也触着了满洲君臣的心病，费去了许多助虐的武将的刀锋，帮闲的文臣的笔锋，直到乾隆年间，这才压制下去了。①

认为"篇幅短并不是小品文的特征……像佛经的小乘似的，先看内容，然后讲篇幅。讲小道理，或没道理，而又不是长篇的，才可谓之小品。至于有骨力的文章，恐不如谓之'短文'，短当然不及长，寥寥几句，也说不尽森罗万象，然而它并不'小'"——

《史记》里的《伯夷列传》和《屈原贾谊列传》除去了引用的骚赋，其实也不过是小品，只因为他是"太史公"之作，又常见，所以没有人来选出，翻印。由晋至唐，也很有几个作家；宋文我不知道，但"江湖派"诗，却确是我所谓的小品。现在大家所提倡的，是明清，据说"抒写性灵"是它的特色。那时有一些人，确也只能够抒写性灵的，风气和环境，加上作者的出身和生活，也只能有这样的意思，写这样的文章。虽说抒写性灵，其实后来仍落了窠臼，不过是"赋得性灵"，照例写出那么一套来。当然也有人预感到危难，后来是身历了危难的，所以小品文中，有时也夹着感愤，但在文字狱时，都被销毁，劈板了，于是我们所见，就只剩了"天马行空"似的超然的性灵。

这经过清朝检选的"性灵"，到得现在，却刚刚相宜，有明末的洒脱，无清初的所谓"悖谬"，有国时是高人，没国时还不失为逸士。逸士也得有资格，首先即在"超然"，"士"所以超庸奴，"逸"所以超责任：现在的特重明清小品，其实是大有理由，毫不足怪的。②

所以，鲁迅在一封通信中愤言："专读《论语》或《人世间》一两年，而欲不变为废料，亦殊不可得也。"③ 在他看来，复活明清的所谓"冰雪小

188

---

① 《南腔北调集·小品文的危机》，《鲁迅全集》第 6 卷，第 575—576 页。
② 《且介亭杂文二集·杂谈小品文》，《鲁迅全集》第 6 卷，第 417—418 页。
③ 鲁迅 1935 年 1 月 8 日写给郑振铎的信。见《鲁迅全集》第 13 卷，第 11 页。

品"，提倡"以自我为中心，以闲适为格调"的"小品文"，不过是更多了一些"供雅人的摩挲"的"小摆设"，"就是在所谓'太平盛世'罢，这'小摆设'原也不是什么重要的物品"，"何况在风沙扑面，狼虎成群的时候"，只能是用"低诉或微吟，将粗犷的人心，磨得渐渐的平滑"①；为什么时兴"幽默"？"在有些'文学家'明明暗暗的成了'王之爪牙'的时代"，"人们谁高兴做'文字狱'中的主角呢，但倘不死绝，肚子里总还有半口闷气，要借着笑的幌子，哈哈的吐他出来。笑笑既不至于得罪别人，现在的法律上也尚无国民必须哭丧着脸的规定，并非'非法'……这便是……文字上流行了'幽默'的原因"——"我不爱'幽默'，并且以为这是只有爱开圆桌会议的国民才闹得出来的玩意儿，在中国，却连意译也办不到。我们有唐伯虎，有徐文长；还有最有名的金圣叹，'杀头，至痛也，而圣叹以无意得之，大奇！'……是将屠户的凶残，使大家化为一笑，收场大吉。我们只有这样的东西，和'幽默'是并无什么瓜葛的"②；"'幽默'既非国产，中国人也不是长于'幽默'的人民，而现在又实在是难以幽默的时候。于是虽幽默也就免不了改变样子了……即堕入传统的'说笑话'和'讨便宜'"③。

生存的小品文，必须是匕首，是投枪，能和读者一同杀出一条生存的血路的东西；但自然，它也能给人愉快和休息，然而这并不是"小摆设"，更不是抚慰和麻痹，它给人的愉快和休息是休养，是劳作和战斗之前的准备。④

189

六

鲁迅愈到后期，他的杂文与《故事新编》的联系愈加深刻，这种情况

---

① 《南腔北调集·小品文的危机》，《鲁迅全集》第 4 卷，第 575 页。
② 《南腔北调集·"论语一年"》，《鲁迅全集》第 4 卷，第 567 页。
③ 《伪自由书·从讽刺到幽默》，《鲁迅全集》第 5 卷，第 43 页。
④ 《南腔北调集·小品文的危机》，《鲁迅全集》第 4 卷，第 576—577 页。

在我们对鲁迅杂文及其文体的认识中，也是需要给予重视的①。

早在半个世纪前，就有研究者主要着眼于《故事新编》后五篇小说，提出这是"以故事形式写出来的杂文"②。这主要缘于小说题材及其处理上的"古今杂糅"，即被鲁迅称为"油滑"手法的运用。1956年上海的《文艺月报》发表了《故事新编》研究不同观点的一些文章，以引起争鸣，其中的一个争论焦点，就是怎样认识"油滑"。吴颖在将《故事新编》归于"历史小说"的前提下，认为"油滑之处"是"羼杂在典型化的方法中的偶一为之的杂文手法"，这"是特定的历史环境所造成的"，"是这部作品的客观上确实存在的缺点"，带来作品"细节上"的不真实③，伊凡和李桑牧则相一致地把《故事新编》定位于"讽刺作品"，肯定"油滑"的运用所起到的现实战斗作用，刘季林也认为"'油滑'是使《故事新编》获得成功的重要原因"④。值得注意的是，论争双方都不否认"油滑"与"鲁迅的杂文"的密切联系。1987年出版的《中国现代文学三十年》延续了这一认识，认为虽然《故事新编》在整体上"保持着小说的基本特质"，但其中"穿插"的"喜剧人物"以及"大量现代语言，情节和细节"，体现的是"杂文的功能和特色"，因此，这部小说集可以说是"杂文化的小说"⑤。历时半个多世纪持续存在的这种认识，可以反映鲁迅杂文与《故事新编》之间的不解之缘。

---

① 类似的还有1927年鲁迅完成的回忆性散文集《朝花夕拾》（对此，我想在另一篇文章说明）。如果说写于1927年前的《故事新编》的小说，这种联系还是一种无意识的表现，那么，1927年后就有了更加明确的主体意识的自觉。

② 伊凡：《鲁迅先生的〈故事新编〉》，载《文艺报》1953年第14号。转引自王瑶《鲁迅作品论集》，人民文学出版社1984年版，第177页。

③ 吴颖：《如何理解〈故事新编〉的思想意义》，载《文艺月报》1956年第9期。转引自孟广来、韩日新编《〈故事新编〉研究资料》，山东文艺出版社1984年版，第197—198页。还可参见吴颖：《再论如何理解〈故事新编〉的思想意义》，见孟广来、韩日新编：《〈故事新编〉研究资料》。

④ 刘季林：《也谈〈故事新编〉及其"油滑之处"》，见孟广来、韩日新编《〈故事新编〉研究资料》，第237页。

⑤ 钱理群等：《中国现代文学三十年》，上海文艺出版社1987年版，第370—373页。

　　王瑶先生在《〈故事新编〉散论》中提出，《故事新编》的"油滑"，受到民间"戏曲的启示"①，这是很有见地的。据周作人介绍，在绍兴，"每到夏天，城坊乡村醵资演戏，以敬鬼神，禳灾厉，并以自娱乐"，"自傍晚做起，直到次日天明，虽然夏夜很短，也有八九小时"，"末后一种为纯民众的，所演只有一出戏，即'目连救母'"，但"除首尾以外，其中十分七八，却是演一场场的滑稽事情，算是目连一路的所见，看众所最感兴味者恐怕也是这一部分"，他称之为"民众的滑稽趣味"②。鲁迅也曾谈到，目连戏"是用目连巡行为线索，来描写世故人情"③。这"看众所最感兴味"的"描写世故人情"的部分，实际上是目连戏中穿插进去的许多"讽喻性的小故事"，"这本与目连戏本事毫无干系，但编者借一点缘由，使之与目连戏本事挂上钩"④。鲁迅并不认为乡民们这种喧宾夺主的创造，破坏了目连戏的艺术效果，相反，他感兴趣的正是"目连的巡行"中的"穿插"，特别是顺其自然穿插进去的一个个"故事"和"人物"，及其特有的"滑稽趣味"，离开故乡十多年后，不仅在《朝花夕拾》中追忆，1934 年在一篇谈文字改革的文章中说，目连戏里"勾摄生魂的使者"无常，因为"同情一个鬼魂，暂放还阳半日，不料被阎罗责罚，从此不再宽纵"，爆发出的反抗之声，是"何等有人情，又何等知过，何等守法，又何等果决"，

----

　　① 王瑶：《鲁迅作品论集》，人民文学出版社 1984 年版，第 196 页。王瑶认为："所谓'油滑'，即指它具有类似戏剧中丑角那样的插科打诨性质，也即具有喜剧性"，"《故事新编》中关于穿插性的喜剧人物的写法，就是鲁迅吸取了戏曲的历史经验而作出的一种新的尝试和创造。它除了能对现实发生讽刺和批判的作用以外，并没有使小说整体蒙受损害，反而使作者所要着重写出的主要人物和故事更'活'了。"《鲁迅作品论集》，第 184、201 页。

　　② 《周作人早期散文选》，上海文艺出版社 1984 年版，第 299—301 页。鲁迅说："目连戏的热闹，张岱在《陶庵梦忆》上也曾夸张过，说是要连演两三天。在我幼小时候可已经不然了，也如大戏一样，始于黄昏，到次日的天明便完结。"《朝花夕拾·无常》，《鲁迅全集》第 2 卷，第 270 页。

　　③ 《书信·351204·致徐訏》，《鲁迅全集》第 13 卷，第 265 页。

　　④ 裘士雄、黄中海、张观达：《鲁迅笔下的绍兴风情》，浙江教育出版社 1985 年版，第 42 页。该书在介绍"目连戏本事及其穿插"时，又说："鲁迅所称赞的是目连戏中的穿插戏。据老艺人说，因目连戏是出'劝善戏'，所以戏班中有人外出时，常把耳闻目睹的'恶事'记录下来，编进目连戏中去。这样，久而久之目连戏的内容便越来越庞杂，全剧共有一百二三十折之多。"见该书第 41 页。

又谈到穿插戏《武松打虎》，说"比起希腊的伊索，俄国的梭罗古勃的寓言来，这是毫无逊色的"①。1936年，当他听说"其中的《小尼姑下山》、《张蛮打爹》两段，已被绍兴的正人君子禁止"，十分愤慨，说"这种戏文……用语极奇警，翻成普通话，就减色。似乎没有底本，除了夏天到戏台下自己去速记之外，没有别的办法"，"我想在夏天回去抄录，已有多年"②，流露出割舍不开的眷念之情，——可见，绍兴民间戏曲他影响之深。

如果把为鲁迅赞赏的绍兴民众戏剧目连戏的表现特色，简括为一种"穿插"③（当然，这种"简括"又有失其丰富性），那么，鲁迅创作中与此直接相关的艺术表现方式，则是相当丰富的，是立足于一种现代文体发生升华的审美表现，显然，这更直接体现在他的杂文创作中。

钱理群在认识"鲁迅世界"特有的思维方式时，即提出：他的杂文"能够把在外观形式上离异，似乎不可能有任何联系的人和事联结，正是因为他敏锐地抓住了二者之间内在相通的'神似'。'形'的离心力与'神'的向心力，形成具有强力反差的张力场，作家的想象力驰骋其间，显得悠裕自如"④ ——即如所列举的《匪笔三篇》：

……七月末就收到了一封所谓"学者"的信，说我的文字得罪了他，"拟于九月中回粤后提起诉讼，听候法律解决"。且叫我"暂勿离粤，以俟

---

① 《且介亭杂文·门外文谈》，《鲁迅全集》第6卷，第100页。鲁迅说"无常"，"在庙里泥塑的，在书上磨印的模样上，是看不出他那可爱来的。最好是去看戏。但看普通的戏也不行，必须看'大戏'或者'目连戏'。……全本里一定有一个恶人，次日的将近天明便是这恶人的收场的时候，'恶贯满盈'，阎王出票来勾摄了，于是乎这活的活无常便在戏台上出现"。见《朝花夕拾·无常》，《鲁迅全集》第2卷，第270—271页。又说"武松打虎之类的目连戏，曾查刊本《目连救母记》，完全不同。这种戏文，好像只有绍兴有"。见《书信·351204·致徐訏》，《鲁迅全集》第13卷，第265页。

② 《书信·351204·致徐訏》，《鲁迅全集》第13卷，第265—266页。

③ "鲁迅特别欣赏这些穿插戏的幽默诙谐的艺术特色。郁达夫在《回忆鲁迅》一文中说，鲁迅对目连戏有'特别的嗜好'，鲁迅对他说过：'这戏里的穿插，实在有许许多多的幽默味。'"见裴士雄、黄中海、张观达：《鲁迅笔下的绍兴风情》，第43页。郁达夫的回忆具体可见陈子善、王自立编注：《郁达夫忆鲁迅》，花城出版社1982年版，第29页。

④ 钱理群：《心灵的探寻》，上海文艺出版社1988年版，第89页。

开审"。命令被告枵腹恭候于异地，以俟自己雍容布置，慢慢开审，真是霸道得可观。第二天偶在报纸上看见飞天虎寄亚妙信，有"提防剑仔"的话，不知怎的忽而欣然独笑，还想到别的两篇东西，要执绍介之劳了。这种拉扯牵连，若即若离的思想，自己也觉得近乎刻薄……①

如钱理群所分析："学者的书札，与土匪的撕票报告、骗子相命家的'致信女某书'、流氓的恫吓信之间，本不可能有任何牵连……但只要细细一想，就会发现：学者的杀机暗含的霸道与自以为得计的愚蠢，和土匪、骗子、流氓的行径，又何其'神似'！这外在身份、地位的'若离'与内在本质的'若即'，是不能不令人'欣然独笑'的。"② 而在鲁迅的杂文中，这类"'拉扯牵连，若即若离'的深刻的荒诞的联想，几乎是俯拾即皆是的"③。

鲁迅杂文中"拉扯牵连，若即若离"的"联想"，可以说就是一种"穿插"，这种方法在他的后期杂文中得到更自觉的运用，如前所论及的，他在杂文文体上的创造，即他在《自由谈》上发表的短文编入《伪自由书》发生的变化，短文后附以所针对的文章以及相关文章，或作为"备考"，或通过所附文章前画龙点睛的提示，或一段"案语"以及更深一层的评述，使短文与所附文章在所揭示的问题上不可拆分，有了更加内在的联系，如他所说：

我先前的论叭儿狗，原也泛无实指，都是自觉其有叭儿性的人们自来承认的。这要制死命的方法，是不论文章的是非，而先问作者是哪一个；也就是别的不管，只要向作者施行人身攻击了。自然，其中也并不全是含愤的病人，有的倒是代打不平的侠客。总之，这种战术，是陈源教授的"鲁迅即教育部佥事周树人"开其端，事隔十年，大家早已经忘却了，这回是王平陵先生告发于前，周木斋先生揭露于后，都是做着关于作者本身

---

① 《三闲集·匪笔三篇》，《鲁迅全集》第 4 卷，第 42 页。
② 钱理群：《心灵的探寻》，第 90 页。
③ 同上。

的文章，或则牵连而至于左翼文学者。此外为我所看见的还有好几篇，也都附在我的本文之后，以见上海有些所谓文学家的笔战，是怎样的东西，和我的短评本身，有什么关系。但另有几篇，是因为我的感想由此而起，特地并存以便读者的参考的。①

——这种"剪贴"即是一种"穿插"，鲁迅不仅在《伪自由书》、《准风月谈》一万五六千字的"后记"中放开使用，而且1936年又以"立此存照"的方式创造出更短小而有力的杂文，针对其中的"剪贴"，说："我情愿做一回'文剪公'，因为事情和文章都有意思，太删节了怕会索然无味。"②

如果前述"拉扯牵连，若即若离"的"联想"或"剪贴"，体现的还是一种同一时空中的"穿插"，那么，在鲁迅杂文中"拉扯牵连，若即若离"的"联想"，又表现在时间和空间极不相同的"人"和"事"之间，在这方面，他更多地是将"历史"与"现实"相联系。这种方法的形成，一方面仍然与他的乡邦文化"史学"传统的影响③相关，如他所说"一治史学，就可以知道许多'古已有之'的事"④，"所以我想，无论是学文学的，学科学的，他应该先看一部关于历史的简明而可靠的书"⑤。

历史上都写着中国的灵魂，指示着将来的命运，只因为涂饰太厚，废话太多，所以很不容易察出底细来。正如通过密叶投射在莓苔上面的月光，只看见点点的碎影。但如看野史和杂记，可更容易了然了，因为他们究竟不必太摆史官的架子。⑥

194　　——鲁迅一生倡导"治学要先治史"，这种倡导在中国现代史学研究中起到"扭转一代学风的作用"⑦；更主要的是，这根源于他对中国社会的

① 《伪自由书·前记》，《鲁迅全集》第5卷，第5页。
② 《且介亭杂文末编·"立此存照（三）"》，《鲁迅全集》第6卷，第622页。
③ 参见陈方竞著《鲁迅与浙东文化》"中篇"中的"鲁迅与浙东经史文化"部分。
④ 《集外集拾遗·又是"古已有之"》，《鲁迅全集》第7卷，第229页。
⑤ 《且介亭杂文·随便翻翻》，《鲁迅全集》第6卷，第138—139页。
⑥ 《华盖集·忽然想到》，《鲁迅全集》第3卷，第17页。
⑦ 郭豫衡：《关于鲁迅治学方法的探讨》，《北京师范大学学报》1979年第1期。

直接感受和体验，他直面现实触发的是极其强烈的社会历史"停滞"乃至"倒退"感——

中国社会上的状态，简直是将几十世纪缩在一时：自油松片以至电灯，自独轮车以至飞机，自镖枪以至机关枪，自不许"妄谈法理"以至护法，自"食肉寝皮"的吃人思想以至人道主义，自迎尸拜蛇以至美育代宗教，都摩肩挨背的存在。这许多事物挤在一处，正如我辈约了燧人氏以前的古人，拼开饭店一般，即使竭力调和，也只能煮个半熟……①

认为："仿佛时间的流逝，独与我们中国无关"——"试将记五代，南宋，明末的事情的，和现今的状况一比较，就当惊心动魄于何其相似之甚……现在的中华民国也还是五代，是宋末，是明季"，"以明末例现在，则中国的情形还可以更腐败，更破烂，更凶酷，更残虐，现在还不算达到极点"②。正是因为"知道许多'古已有之'的事"，而"国性还保存着，所以'今尚有之'，而且因为我是不甚相信历史的进化的，所以还怕未免'后仍有之'"③。

因此，从"古"看"今"、谈"今"论"古"、"古"与"今"对照，由此形成"挖祖坟"、"翻老账"的历史比较方法，鲁迅在《随便翻翻》一文中对此有十分具体的说明，不妨尽量引述：

这里只说我消闲的看书——有些正经人是反对的，以为这么一来，就"杂"！"杂"，现在又算是很坏的形容词。但我以为也有好处。譬如我们看一家的陈年账簿，每天写着"豆腐三文，青菜十文，鱼五十文，酱油一文"，就知先前这几个钱就可买一天的小菜，吃够一家；看一本旧历本，写着"不宜出行，不宜沐浴，不宜上梁"，就知道先前是有这么多的禁忌。看见了宋人笔记里的"食菜事魔"，明人笔记里的"十彪五虎"，就知道"哦呵，原来'古已有之'"。但看完一部书，都是些那时的名人轶事，某

195

---

① 《热风·随感录·五十四》，《鲁迅全集》第 1 卷，第 344 页。
② 《华盖集·忽然想到》，《鲁迅全集》第 3 卷，第 17 页。
③ 《集外集拾遗·又是"古已有之"》，《鲁迅全集》第 7 卷，第 229—230 页。

将军每餐要吃三十八碗饭，某先生体重一百七十五斤半；或是奇闻怪事，某村雷劈蜈蚣精，某妇产生人面蛇，毫无益处的也有。这时可得自己有主意了……倘不小心，被他诱过去，那就坠入陷阱……

讲扶乩的书，讲婊子的书，倘有机会遇见，不要皱起眉头，显示憎厌之状，也可以翻一翻；明知道和自己意见相反的书，已经过时的书，也用一样的办法。杨光先的《不得已》是清初的著作，但看起来，他的思想是活着的，现在意见和他相近的人们正多得很。这也有一点危险，也就是怕被它诱过去。治法是多翻，翻来翻去，一多翻，就有比较，比较是医治受骗的好方子。

……我看现在青年的常在问人该读什么书，就是要看一看真金……但这样的好东西，在中国现有的书里，却不容易得到。我回忆自己的得到一点知识，真是苦得可怜。幼小时候，我知道中国在"盘古氏开辟天地"之后，有三皇五帝……宋朝，元朝，明朝，"我大清"。到二十岁，又听说"我们"的成吉思汗征服欧洲，是"我们"最阔气的时代。到二十五岁，才知道所谓这"我们"最阔气的时代，其实是蒙古人征服了中国，我们做了奴才。直到今年八月里，因为要查一点故事，翻了三部蒙古史，这才明白蒙古人的征服"斡罗思"，侵入匈奥，还在征服全中国之前，那时的成吉思还不是我们的汗，倒是俄人被奴的资格比我们老，应该他们说"我们的成吉思汗征服中国，是我们最阔气的时代"的。①

杂文中"挖祖坟"、"翻老账"方法的运用，也是一种"穿插"，这在鲁迅杂文中随处可见②。如1933年针对以"安内而不必攘外"、"不如迎外以安内"、"外就是内，本无可攘"为题花样翻新的文章，鲁迅在杂文中顺势宕开，以"古"印"今"：

---

① 《且介亭杂文·随便翻翻》，《鲁迅全集》第6卷，第136—137页。
② "挖祖坟"、"翻老账"，仅着眼于杂文题目，就可以列出如下文章：《唐朝的钉梢》、《捣鬼心传》、《"学匪派"考古学之一》、《王道诗化》、《算账》、《查旧账》、《从盛宣怀说到有理的压迫》、《重三感旧》、《双十怀古》、《在现代中国的孔夫子》、《又是"古已有之"》，等等。

这三种意思，做起文章来，虽然实在稀奇，但事实却有的，而且不必远征晋宋，只要看看明朝就够。满洲人早在窥伺了，国内却是草菅民命，杀戮清流，做了第一种。李自成进北京了，阔人们不甘给奴子做皇帝，索性请"大清兵"来打掉他，做了第二种。至于第三种，我没有看过《清史》，不得而知，但据老例，则应说是爱新觉罗氏之先，原是轩辕黄帝第几子之苗裔，遁于朔方，厚泽深仁，遂有天下，总而言之，咱们原是一家子云。①

失势的党国元老"九一八"后一年多，突然冒出几句"抗战"的言论，信手插入清代野史杂记中的宫女泄欲余下"药渣"的一则"寓言"以对照②；谈"中国的奇想"，从"我们古人……是靠了'御女'，反可以成仙"说起③；把"新月社诸君子"谈人权"对于党国有了一点微词"，与"言论颇不自由"的"贾府"，"焦大以奴才的身份，仗着酒醉，从主子骂起，直到别的一切奴才"，给"塞了一嘴马粪"相比较，以见这些文人学士因为有"辨明心迹的'离骚经'"，而与焦大的"境遇"有了不同，可以"吐出马粪，换塞甜头"④。这种"穿插"仍然带有绍兴民众戏剧目连戏的"滑稽趣味"，鲁迅称之为"讽刺"："所写的事情是公然的，也是常见的，平时是谁都不以为奇的，而且自然是谁都毫不注意的。不过这事情在那时却已经是不合理，可笑，可鄙，甚而至于可恶。但这么行下来了，习惯了，虽在大庭广众之间，谁也不觉得奇怪；现在给它特别一提，就动人。"⑤

这种打破时空界限，熔"古"、"今"于一炉的表现方式，在钱理群的研究中作出了这样的概括：

既是"时间"的开拓，又是"空间"的开拓，这是对处于不同时间与

197

---

① 《伪自由书·文章与题目》，《鲁迅全集》第 5 卷，第 121—122 页。

② 《伪自由书·新药》，《鲁迅全集》第 5 卷，第 124 页。

③ 《准风月谈·中国的奇想》，《鲁迅全集》第 5 卷，第 239 页。

④ 《伪自由书·言论自由的界限》，《鲁迅全集》第 5 卷，第 115—116 页。

⑤ 《且介亭杂文二集·什么是"讽刺"?》，《鲁迅全集》第 6 卷，第 328 页。

空间下的极不相同的事务的内在广泛联系的一种发现，是作家观照范围的空前拓广。更重要的是，它显示了一种新的时空观……"人"与"生活"都打破了局限在狭小的时间和空间范围的封闭状态，而是既和过去，也与未来相联结的历史环节……同时又是处于与无限广阔的世界、宇宙相联结的开放状态之中……①

这是可以看出，《故事新编》的"古今杂糅"与杂文的联系的，但这种联系，与本文第一部分论及的，鲁迅在《新青年》上发表的小说与"短评"的联系方式不同，近于《彷徨》与"杂感"、"杂文"的联系，是"杂文"与鲁迅逐步完成的具有独立创造性的一种"小说"在表现形式上联系的表现，或者说，是两种各自具有独立性的文体在艺术表现方式上相互渗透和影响的表现。

对于《故事小编》的文体性质，至今仍然有争议。如果我们看到文学史上"超前"出现的作品，"都具有一定的'突然性'（在它之前往往找不出历史的'伏线'）和'偶然性'、'个别性'（完全是作家个人的天才创造），并且对于同时代的作家又具有某种'无可效仿（重复）性'，往往要'中断'相当长的时间，才会在某个（某些）后代作家那里得到历史的回应，有的甚至成为'千古绝唱'"，就可以认识到，这类作品的"出现与存在，都不具有'合规律性'，'必然性'"②，都不可能套用"文学概论"之"文体"概念所能判断和说明的，——鲁迅的杂文即是这样，本文论及的仅仅是其文体特征及其表现方式的几个方面，还无力作出更全面的分析和认识，《故事新编》的出现，同样具有"突然性"、"偶然性"、"个别性"和"无可仿效（重复）性"，其文体特征及其表现方式至今同样难以作出更准确的分析和概括。显而易见，在鲁迅的全部小说中，《故事新编》与他的杂文之间有着更紧密的联系，这更是表现方式上的，即在古代神话传

---

① 钱理群：《心灵的探寻》，第85页。
② 钱理群、吴晓东：《"分离"与"回归"——绘图本〈中国文学史〉（20世纪）的写作构想》，《文艺理论研究》1995年第1期。

说题材中置入现实生活题材的"油滑"之笔，即"古今杂糅"，与杂文的"拉扯牵连，若即若离"，特别是"挖祖坟"、"翻老账"等古今联系、比较的运用一样，都可以追溯到绍兴民众戏剧目连戏的启示。但在我们看来，《故事新编》的这种艺术表现方式，更是在杂文对此的成熟运用基础上依照"小说方式"发展起来的，与鲁迅后期杂文有更直接的联系，而在后五篇小说中有着更为突出的表现。

首先看《故事新编》的蕴思过程。"第一篇《补天》——原先题作《不周山》——还是一九二二年的冬天写成的。那时的意见，是想从古代和现代都采取题材，来做短篇小说。"① 真正"萌发"把《故事新编》作为一种具有独创性的小说类型写作，是1926年鲁迅南下厦门，孕育《铸剑》、《奔月》之时：

直到一九二六年的秋天，一个人住在厦门的石屋里，对着大海，翻着古书，四近无生人气，心里空空洞洞。……这时我不愿意想到目前……仍旧拾取古代的传说之类，预备足成八则《故事新编》。

但是，这个设想很快就中断了。直至1934年11月，写出《非攻》后，他在给友人的一封书信中，透漏出续写《故事新编》的信息："一个人处在沉闷的时代，是容易喜欢看古书的，作为研究，看看也不要紧，不过深入之后，就容易受其浸润，和现代离开。"② 1935年10月，他在又一封通信中说：

近来文字的压迫更严，短文也几乎无处发表了。看看去年所作的东西，又有了短评和杂论各一本，想在今年内印它出来，而新的文章，就不再做，这几年真也够吃力了。近几时我想看看古书，再来做点什么书，把那些坏种的祖坟刨一下。③

继之，他在不到一个月的时间里，完成了《理水》、《采薇》、《出关》、

199

---

① 《故事新编·序言》，《鲁迅全集》第2卷，第341页。
② 《书信·341128·致刘炜明》，《鲁迅全集》第12卷，第576页。
③ 《书信·350104·致萧军、萧红》，《鲁迅全集》第13卷，第4页。

《起死》的写作，并编定《故事新编》①。

——请注意，这一过程中的"翻着古书"、"看看古书"，与杂文的"挖祖坟"、"翻老账"方法的形成，有着几乎相一致的"思路"②，这显然在鲁迅后期创作中有着更为突出的表现。

还可以进一步看，《故事新编》之"油滑"的形成和表现。1922 年的《补天》写得"很认真"，因为中途停笔去看日报，"止不住有一个古衣冠的小丈夫，在女娲的两腿之间出现"③。1926 年 10 月写《铸剑》，如鲁迅所说"确是写得较为认真"④，对"出典"，"只给铺排，没有改动"⑤。写于同年 12 月的《奔月》，也仅仅是逢蒙这个片段性出现的实有所"典"的形象，以及"去年就有四十五岁了"、"若以老人自居，是思想的堕落"等语，含有高长虹的影子，鲁迅说"和他开了一些小玩笑"⑥。而时隔近八年，到1934 年 8 月写《非攻》，鲁迅似乎全然放开了"油滑"写法，《非攻》以及其后几乎一气呵成完成的作品中，诸如"大学"、"养老堂"、"幼稚园"、"图书馆"、"时装表演"、"募捐救国队"，人物如"巡警"、"帐房"、"阿

---

① 《理水》写于 1935 年 11 月，同年 12 月 25 日前，鲁迅相继写出《采薇》、《出关》、《起死》，1935 年 12 月 26 日编定《故事新编》，写出《序言》。

② 可参见陈方竞著《鲁迅与浙东文化》"下篇"中的"潜心文化典籍的不懈追寻"部分。

③ 《故事新编·序言》，《鲁迅全集》第 2 卷，第 341 页。

④ "《故事新编》中的《铸剑》，确是写得较为认真。但是出处忘记了，因为是取材于幼时读过的书，我想也许是在《吴越春秋》或《越绝书》里面。"见《书信·360328·致（日）增田涉》，《鲁迅全集》第 13 卷，第 659 页。

⑤ "《铸剑》的出典，现在完全忘记了，只记得原文大约二三百字，我是只给铺排，没有改动的。也许是见于唐宋类书或地理志上（那里的"三王冢"条下），不过简直没法查。"见《书信·360328·致徐懋庸》，《鲁迅全集》第 13 卷，第 312 页。"《故事新编》真是'塞责'的东西，除《铸剑》外，都不免油滑，然而有些文人学士，却又不免头痛，此真所谓'有一利必有一弊'，而又'有一弊必有一利'也。"见《书信·360201·致黎烈文》，《鲁迅全集》第 13 卷，第 299 页。

⑥ "那流言，是直到去年十一月，从韦漱园的信里才知道的。他说，由沈钟社里听来，长虹的拼命攻击我是为了一个女性，《狂飙》上有一首诗，太阳是自比，我是夜，月是她。他还问我这事可是真的，要知道一点详细。我这才明白长虹原来在害'单相思病'，以及川流不息的到我这里来的原因，他并不是为《莽原》，却在等月亮。但对我竟毫不表示一些敌对的态度，直待我到了厦门，才从背后骂得我一个莫名其妙，真是卑怯得可以。我是夜，则当然要有月亮的，还要做什么诗，也低能得很。那时就做了一篇小说，和他开了一些小玩笑，寄到未名社去了。"见《两地书·一一二》，《鲁迅全集》第 11 卷，第 275 页。

金"、"小姐"、"太太",以及人物口中的"莎士比亚"、"OK"、"饮料"、"为艺术而艺术"、"优待老作家"等,几乎信手拈来,比比皆是,妙趣横生。尤其是《理水》,把属于"故事"的大禹治水过程推至幕后,而置于前景主要位置并占去作品主要篇幅的,是现实生活中"文化山"上的"学者"、"考察水利"的"大员"以及"头上打出疙瘩"的"下民代表"的喜剧性表演。

从《故事新编》之"油滑"的形成和表现,可以进一步看出,鲁迅后期主要倾心的是杂文文体的富于变化、不受体式束缚的"自由"、积累起来的艺术创造活力的丰富与强劲,向社会同时也向他自己的其他文体的创作传递进而渗透着更具有现代性的审美感受和审美表现经验。

[作者单位:汕头大学　北华大学]

鲁迅的转变与"小品文的危机"

蔡江珍

　　20 世纪 30 年代初开始的小品文论争，是现代散文理论的关键时期。它以鲁迅发表针对林语堂等人的《论语一年》和《小品文的危机》为开端，背景是 1930 年左翼作家联盟的成立，"左联"为进一步推动无产阶级文学的理论主张，不仅激烈批判国民党右翼文学，更对不支持无产阶级文学取向的、持超越党争立场的"自由人"和"第三种人"进行严厉批判；以林语堂、周作人为代表的"论语派"，因其执著于散文现代性追寻而疏离于"左联"倡议的文学政治化观念，同样遭受了来自"左联"作家的批评，由此展开了关于小品文的论争。所谓"论语派"的习称缘起于《论语》杂志，林语堂于 1932 年 9 月创办《论语》半月刊，1934 年 4 月主持《人间世》半月刊出刊，1935 年 4 月与陶亢德主编《宇宙风》半月刊。而此前，1930 年 5 月周作人、俞平伯等人已创办了《骆驼草》，《发刊词》中明确表示"不谈国事"、"不为无益之事"；钱理群认为"这里首先表现了一种强烈的自由主义的独立倾向"。同样的倾向表现在林语堂主办的刊物中，《人间世》第 2 期《投稿规约》中也有："本刊园地公开。文字华而不实者不登。涉及党派政治者不登。"并在《编辑室语》中表示"凡一种刊物，都应反映一时代人的思感。小品文意虽闲适，却时时含有对时代与人生的批评。"第 22 期的《我们的希望》（编者的话）中谈到："至于内容，除不谈政治之外，并无限制。"他们都有意地把"政治"置于"小品文"（文学）的对立面，而突出文学与政治的距离，如果说政治是以纯然整合的组织方式实现的，文学与它的矛盾则不只在这里，其不同除了手段和技巧，还延伸到目的本身；这有意的对立就是要表明不趋附政治的独立姿态，并维护文学的自由，因此招致左翼作家的批评便是不可避免的了。

左翼文学对不同倾向文学的批判最早可追溯到 1928 年的批判五四文学，当时却是曾为中国文学的现代性诉求极力呐喊的鲁迅首当其冲地成为被攻击的对象，钱杏邨曾将"死去的阿Q时代"连同《阿Q正传》的作者一起推进历史的深渊，鲁迅先后发表了《文艺与政治的歧途》、《"醉眼"中的朦胧》和《文艺与革命》等回应创造社等人的批评，对革命文学的"文艺是宣传"和"武器的艺术"等均不无嘲讽。鲁迅在 1927 年发表的《革命时代的文学》中，就提出："在这革命地方的文学家，恐怕总喜欢说文学和革命是大有关系的，例如可以用来宣传、鼓吹，煽动，促进革命和完成革命。不过我想，这样的文章是无力的，因为好的文艺作品，向来多是不受别人的命令，不顾利害，自然而然地从心中流露的东西"；"自然也有人以为文学于革命是有伟力的，但我个人总觉得怀疑，文学总是一种余裕的产物，可以表示一民族的文化，倒是真的"①。这文学"不受别人的命令"和"余裕的产物"，与周作人、林语堂的"文学既不能令又不受命"、只是以"生命的余情"祈想人生的观点并无二致，表明文学现代性诉求中对主体价值和文学自性的共同确证。这样的观点也让人联想到厨川白村的《出了象牙之塔》，鲁迅所译介的《出了象牙之塔》和《苦闷的象征》对于中国文学产生的深远影响，尤其表现在散文现代性理论的发展中。而这时的《怎么写》也是鲁迅留给散文理论的一篇不可或缺之作，他先是对文学"写什么"表示并无限定，甚至说"能不写自然更快活，倘非写不可，我

203

---

① 《鲁迅全集》第 3 卷，人民文学出版社 1973 年版，第 410 页。

想，就是随便写写罢，横竖也只能如此。这些都应该和时光一同消逝，假使会比血迹永远鲜活，也只足证明文人是侥幸者……"①他之有意淡化文学的价值，疏离于以宣传为职志的革命文学的态度跃然纸上；对于散文"怎么写"，他说"散文的体裁，其实是大可以随便的，有破绽也不妨。做作的写信和日记，恐怕也还不免有破绽，而一有破绽，便破灭到不可收拾了。与其防破绽，不如忘破绽"②。散文既是个人的写作，只在真切自然的流露，任何主体刻意的造作和其他外在的需求的加入，即使"起先模样装得真"，也仍要露出破绽，破坏散文真诚的个性，故"幻灭之来，多不在假中见真，而在真中见假"③。这淡然、随和的文风及其自如、真诚、个人化的散文观，对现代散文理论的意义至今依然为人记取。也可以说，散文理论的现代性设计到"革命文学"蔚成风气之前，并未出现截然对立的理论分歧，这和中国新文学的现代性建构过程是一致的。这时期鲁迅和周作人、林语堂等人在文化而文学主张上的区别，体现出中国文化而文学现代性共同目标下的多元取向，对于鲁迅而言，他更强调的是文学家要做精神界的战士，要坚持不渝地抗争，要直面淋漓的鲜血，他所倡导的文学主体性因此充满存在主义情怀；而周、林则执意引导文学疏离政治现实，他们认为作为精神形式的文学对文化与人生的精神祈想才是文学自身的方式，始终采取蒙田那种以内在性角度认识世界的方式，鲁迅式激烈抗争和周作人式独自抵抗的具体文学方式，体现出基于文学现代性基本精神之上的文学多元向度，这基本精神就是胡适所总结的充满怀疑、批评、反抗的五四精神，这两种取向共同构成五四文学现代性的丰富内质。但这两种方式在中国文学现代性发展过程中，却都抵挡不住政治意识形态和文化体制等对文学而言均是外在力量的侵袭，都未能引导中国文学真正完成现代性事业，不能不说这是值得深思的问题。

---

① 《鲁迅全集》第4卷，人民文学出版社1973年版，第31页。
② 同上书，第38页。
③ 同上书，第37页。

　　鲁迅反对文学的功利化和工具化，但同样反对脱离人生现实的所谓象牙塔里的文学，他认为"完全超出于人间世的（文学），也是没有的。既然是超出于世，则当然连诗文也没有。诗文也是人事，既有诗，就可以知道于世事未能忘情"①。这超离与否的问题正是鲁迅与自由主义文人反复论争的焦点之一，鲁迅后来的亲近"左联"也与他自身的文学观念不无关涉。可以肯定的是，"左联"所提倡的对国民党文艺高压政策的抵抗，对充满抗争精神的文学知识分子具有强大的号召力。这时的社会现实也促使着那些要扛起沉重的闸门的知识分子更加倾向无产阶级革命运动，因为这革命的本意就是与黑暗的现实抗争，期使中国获得新生。而且，革命文学日渐明显的主流化趋势，使文学家的"革命认同"同时体现为身份认同，1930 年中国左翼作家联盟的成立，在使文学运动组织化的同时其实加剧了这种认同的迫切和必要，那么，鲁迅在"荷戟独彷徨"的同时是否也滋生了进入中心话语的念头，就是值得继续探究的问题。鲁迅应邀成为"左联"常委之后，摆脱了与太阳、创造社的论争，共同为革命文学的发展出力。在"左联"成立大会上，鲁迅作了《对于左翼作家联盟的意见》的讲话，虽然不忘表示对两社曾经向自己进攻的不满，但更积极地提出了无产阶级革命文学的发展问题。鲁迅并遵照指示写了《中国无产阶级革命文学和前驱的血》、《黑暗中国的文艺界的现状》等文，为无产阶级革命文学助威，称"现在，在中国，无产阶级的革命的文艺运动，其实就是唯一的文艺运动。因为这乃是荒野中的萌芽，除此之外，中国已经毫无其他文艺。……来和左翼作家对立的，也只有流氓，侦探，走狗，刽子手了"②。鉴于鲁迅对中国现代文学的巨大影响，如何理解鲁迅这时期的转变，一直是文学研究的一个难题。他所流露出的复杂的心理情感，并不是一句思想观念的改变就能够简单归结的，王晓明在《无法直面的人生·鲁迅传》中认为鲁迅晚年体现出一种精神危机，"他不甘心被人视为落伍，

205

---

　　① 《鲁迅全集》第 3 卷，人民文学出版社 1973 年版，第 506 页。
　　② 《鲁迅全集》第 4 卷，人民文学出版社 1973 年版，第 270 页。

不甘心被新兴的潮流摒诸河岸，几乎从踏进上海的那一天起，他就自觉不自觉地想要跟上新的思潮，要重返文学和社会的中心，要找回那已经失去的社会战士和思想先驱的自信，要摆脱那局外人的沮丧和孤独"①。"为了能有个理想来支撑他与官方的对抗"，鲁迅不惜修正自己的思想，他阅读、翻译和应用马克思主义，同时，面对现实中的强敌，"他总希望两边有支援，背后有接应"，所以他参加"左联"，和共产党人亲密来往，除了相同的对抗国民党专制统治的奋争之外，多少也有寻求盟友的心情在内。王晓明这里的论述也指明了严酷的生存现实常常左右和改变着作家的文学立场。应该说，救亡与启蒙的相纠结从一开始就使中国的现代性问题显得极为复杂。此时，以国家兴亡的重大前提要求文学应和政治需要而悬置本身的追求，就似乎是顺理成章的了，而文学和政治的关系从此将成为中国文学的一个心结，周作人、林语堂、梁实秋等人企图使文学自身的发展要求成为独立于政治的问题，正是他们被目为反动的首要原因。那么，鲁迅的介入文学观是否比之周作人、林语堂的文学内在性观念更易于使作家倾向革命而使文学偏离自身轨道？

1933年10月鲁迅发表《小品文的危机》②，这篇短文对散文理论的发展产生的影响大约作者自己都难以预料。他说"小品文的生存，也只仰仗着挣扎和战斗的"。这自然是延续了他"呐喊"着抗争的精神。但引起关注的是，鲁迅这时的抗争由于他表明了对左翼文学的支持而增加了"新"的内容，这里的对文学要离开象牙之塔、直面时代现实的呼吁，也包容了应和革命文学运动的激情宣告，事实上也正是在这一向度上，阿英高度评价《小品文的危机》"不仅是十数年来关于小品文论文的最发展的一篇，也是在小品文运动上最重要，最有价值，最有意义的一篇；因为在一九二三年后半，小品文确实是走向一个危机，这论文的发表，给予了很大的挽救"③。鲁迅强调

---

① 王晓明：《无法直面的人生·鲁迅传》，上海文艺出版社1993年版，第164页。

② 《鲁迅全集》第6卷，人民文学出版社1973年版，第170—173页。

③ 阿英：《鲁迅小品文序》，《阿英文集》，三联书店1981年版，第147页。

这样的时代所要的是"锋利而切实,用不着什么雅"的"匕首和投枪",是"能和读者一同杀出一条生存的血路的东西",鲁迅在《小品文的危机》全文中虽然始终未曾使用任何关于革命文学运动的字眼,但这"匕首和投枪"的"杀出"立刻使人将散文和"武器的艺术"联系起来,而"生存的小品文……也能给人愉快和休息,然而这并不是'小摆设',更不是抚慰和麻痹,它给人的愉快和休息是休养,是劳作和战斗之前的准备"。这随时待命准备投入战场的状态的描述,都被后来的散文理论论述视为是对于文学的革命作用的热切期待。而鲁迅对于散文源流的上溯,也明显针对着周作人、林语堂的散文源流论,他将历史的和当时的散文都分为"小摆设"与"匕首"、"投枪"两类;所谓"小摆设"直指周作人、林语堂等人的闲适小品文,所以说"现在的趋势,却在特别提倡那和旧文章相合之点,雍容,漂亮,缜密,就是要它成为'小摆设',供雅人的摩挲,并且想青年摩挲了这'小摆设',由粗暴而变为风雅了"。这无视"风沙扑面"的时代之小品文"就这样的走到了危机"。由于周、林等人的理论主张始终延续着他们认定的人性化和人道主义诉求而坚决背离革命文学的政治取向,鲁迅的这一批判自然被认为做出了立场定位。其后左翼文坛将对散文现代性理论展开的更持久和全方位的攻击,即小品文的论争中,都以鲁迅的这一论述为理论倚赖,而鲁迅的"只仰仗着挣扎和战斗"的散文介入美学中,包含着的个人精神追求上的不妥协不沉沦的一面几被忽略,功用的倾向被极力肯定和强化。

207

如果说由于周作人和林语堂等人的一再提倡,散文形成了一些基本被认可的现代性观念,诸如散文是人性和人生的文学,是自我人格的表现,是"宇宙之大,苍蝇之微,皆可入文",因而革命文学呼声日盛之时,对它的零星攻击也似乎不太成气候,但鲁迅此时的批判将散文的问题推到了前台,此后有阿英的《小品文谈》、许杰的《周作人论》、胡风的《林语堂论》,论述上都采用了鲁迅的对比方式,更极端地目之以腐朽、堕落、反动;而陈望道主编的《太白》半月刊,邀约多位作家、评论家谈小品文，并结集出版《小品文与漫画》，除几位立场中立作家之外，大都以"消闲的小品文"、"名士气"、"落后于时代"来批判周作人和林语堂。这也表明，不论《小品文的危机》写作初衷是否如所周知的那么明确，它实际上起到了钱杏邨所称颂的作用。可以说，鲁迅这时的转变不论是时代的需要还是个人的需要，都可以看做是中国现代文学的一个强烈隐喻。

［作者单位：闽江学院中文系］

解放区杂文类型论

江震龙

解放区杂文的特质风貌问题，目前尚未被较为完整和清晰地"还原"与"呈现"出来。本文愿在这方面作些努力，既就教于方家，又诚望以来哲。依照解放区杂文的取材特点、言说方式的实际状况，我将解放区杂文大致分为："新气息"杂文①、"鲁迅式"杂文、"民间化"杂文三种类型。

一　"新气息"杂文

解放区的新生活、新人物、新问题，促使反映解放区现实生活的杂文出现新内容、新特质、新风貌：迎击敌人进攻的杂文，揭露批判、冷嘲热骂；刻画现实生活的杂文，讴歌工农兵、礼赞新生活；针对内部问题的杂文，善意批评、态度诚恳；进行思想改造的杂文，总结经验、介绍方法，自我批评、清算别人。

（一）迎击敌人进攻的杂文，揭露批判、冷嘲热讽，同时贯穿着对理想的追求和对光明的礼赞

谢觉哉的《土匪与反革命》、《谨防窃贼》指出，必须逮捕和消灭苏区

---

① "新气息"杂文是由金灿然在《论杂文》（《解放日报》1942 年 7 月 25 日）中提出的。

里被日寇、汉奸勾引的土匪、地主、豪绅。殷白的《狂欢与警惕》既要求重庆、北平当局严惩毁法乱纪的特务暴徒，又希望人民在庆祝伟大胜利的狂欢之后，应该更加警惕地保卫和平。丁玲的《自掘坟墓》则抨击、讥刺了国民党的特务政策与纵容特务为非作歹、压制人民，坚决要求立即解散特务组织，切实保障人权！

焕南的《想到"血洗"》愤怒地诅咒日本帝国主义和国民党某将军残暴屠杀、实行"三光政策"的罪恶，满怀信心地预言光明、和平的人类历史即将来临；《默鼠盗浆》则警告日本帝国主义强盗不要学习老鼠，总想把人家美丽的瓶子打碎。

彦修的《重庆的喜剧》无情地揭露了国民党政府中，变节者、嗜血者、城狐社鼠运用所掌握的权力，大搞独裁的可笑喜剧；《"聪明的"卖国和"笨伯的"卖国》讽刺国民党的卖国高明无比，在"卖国学"方面的"发明"和"贡献"是世界上首屈一指的。丁玲的《阎日合流种种》披露阎锡山部队上上下下亲日反共、投敌叛国的丑态，坚信我们一定要算清他们出卖民族利益的血账。《窃国者诛》以晋察冀边区人民政府处决战犯和重庆国民党当局庇护战争首犯的事实，揭露、鞭挞了国民党反动政府卖国求荣、反对人民的无耻罪行。

田家英的《奴才见解》一针见血地指出：使得天下更加大乱的常常是那些谋筹划策、唯唯诺诺、或者喊喊喳喳的奴才们。何其芳的《文学无用论》揭露了国民党当局者制造文学无用论的居心，提出主张文学为大多数被压迫者所用，为唤起民众而用；《尽信书，不如无书》则暗示人们切莫听信国民党那些说假话的书的反动言论，认为防止上当受骗主要还是靠我们读书时有一种思索的批评态度。《解题·"父兄"论》，针对邵力子为蒋介石不肯释放张学良、杨虎城进行辩护的虚伪言论，揭露"父兄"论掩盖了蒋介石的"阴狠，毒辣"。

（二）刻画解放区现实生活的杂文，讴歌工农兵、礼赞新生活、反映边区建设

《穷骨头与硬骨头》歌颂工人骨头硬、有志气、富血性，心眼光明正大、不被威胁利诱。草明的《垫脚石》讴歌无数为民族革命事业努力工作、光荣牺牲的战士们，是实现民族解放事业胜利和光明的"垫脚石"。艾思奇的《光明》指出虽然延安目前也有冲突、扎砾、痛苦，但她仍然是中国社会的最光明的世界。何其芳的《延安的小孩子》则称颂延安生活中的新的人际关系，歌颂了延安的富饶景象、路不拾遗、民主作风、老人勤奋为革命工作和为大我而舍小我等新人新事。孙犁的《随感》刻画原先吃苦受罪、挨骂遭打、胆小怕事、老实"无能"的老蔫，经过几次翻身动员会的鼓励，不仅逐渐变得活泼、聪明、勇敢起来，而且说出富有实际意义、异常珍贵的话语。《新生的天津》反映天津刚刚解放，革命的秩序刚开始建立，工人就已经开始新的工作了，每个劳动人民都自然地、愉快地思考着如何为建设新生的、光辉的天津奉献自己的力量和智慧。

（三）针对内部问题的杂文，善意批评、态度诚恳，动之以情、晓之以理

针对解放区内部存在的问题，善意地、辩证地批评缺点错误和提出方法建议，循循诱导、温存敷熨。焕南的《"差不多"——"一部分"》批评某些同志工作不作调查研究、心中无数，要求人们应当在工作的"辞典"上删去"差不多"、"一部分"；《要有问题》则针对有人在接受工作任务和完成任务进行总结时，问他有什么意见与困难，他都是回答"没有问题"！指出"没有问题"有可能是自以为是或者盲干、乱闯，因此在工作的自始至终都应该要有问题意识，才能有研究讨论和有所进步；《把颈骨硬起来》针对延安一些公务人员不遵纪守法的现象，指出问题的关键在于市政府除了耐心的工作以外，还必须做到应罚的罚，该拘的拘，不屈服任何人的威胁，不理任何大头子的说情，提倡坚持党性原则，不畏强暴，发扬硬骨头的革命精神。《为什么搬？搬哪里去》由得知边区各县居民流动现象严重，指出这是由于一些地区的农民负担过重的原因造成的，为了使农村生活安定，必须尽快调查土地资源和制定农业累进税法；《怎样做县长（一）至

（五）》具体而又全面地分析了对县长的思想认识、工作态度和工作方法等问题。丁玲的《老婆疙瘩》针对延安难民纺织厂生产中存在有人因不耐烦而随意接上断线形成的大疙瘩问题，平心静气、循循善诱地指出其危害及要求讲革命良心。

（四）进行思想改造的杂文，既有总结经验、介绍方法，又有批评与自我批评

总结思想改造的经验和方法的杂文有焕南的《应该"熟读"而又"深思"》指出对于毛泽东的许多著作和党中央的许多文件，应该一读、二想、三记、四讨论，做到熟读而又深思；《拂拭与蒸煮》揭示自己不承认有小资产阶级个人主义表现的灰尘是很危险的，要想改造自己不仅必须紧火煮来慢火蒸，而且还得长时期的熬炼。《感性与理性》提倡理论联系实际、反对生搬硬套，否则离题越远，错误越多；《读宣传手册和〈反对党八股〉随记》提出给老百姓讲话，要把马克思的道理和党的决议变为广大农民联系自己生活就能了解的东西，他们才会愿意听。彭真的《怎样学习二十二个文件》总结要真正领会整风文件的精神与实质，唯一的办法是反复地深思熟虑地精读、深入地研究与热烈地讨论。何其芳的《研究文件的时候怎样作笔记》详细、认真地介绍了自己学习中央文件时作笔记的方法，表现出积极、热诚、认真地投身于改造思想的整风运动之中。舒群的《必须改造自己》总结出必须下乡去改造自己，才能够改造好小资产阶级作家的思想、生活、语言，才能使新文艺发展得好。默涵的《说真话》强调在检查个人的思想时，最重要的事便是既要对别人又要对自己说真话。

在文艺整风中进行自我批评的杂文有续范亭的《漫谈》既运用整风文件检查了自己思想上犯的主观主义错误，又指出整风文件不仅纠正共产党内的主观主义错误，而且纠正了中国几千年来的唯心论错误。区梦觉的《改造我们的思想意识》总结出小资产阶级出身的知识分子女党员、女干部思想意识上的弱点，号召女党员、女干部在整风运动中要改造成为立场明确、原则坚定的党员，才不辜负党员的光荣称号。吴玉章的《共产党改

造了我的思想》称颂共产党发扬了他旧的好思想，洗掉了他旧的坏思想。何其芳的《论文学教育》自我忏悔了在创作实践上理论主张的错误，从而认定文学在阶级社会里是阶级斗争、民族斗争的武器之一。《杂记三则》中，他自我批评是一个害欧化病很深的人；《改造自己，改造艺术》里，他谴责自己是个旧我未死、心多杂念、骄傲自大、自信自负的人。立波的《后悔与前瞻》反省自己还拖着小资产阶级的尾巴、成为资产阶级文学的俘虏。

在思想领域斗争中有陈伯达的《关于王实味》严厉清算王实味思想包含的"托洛茨基主义"，灵魂的肮脏、卑鄙、丑陋，甚至称其像条蚂蟥或是一种小虫。丁玲的《文艺界对王实味应有的态度及反省》指责王实味为人卑劣、小气、反复无常、复杂而阴暗，是破坏革命的流氓，并且沉痛地检讨了自己的耻辱和罪恶、表示了自己改正错误的勇气与恒心。艾青的《现实不容歪曲》全面深入地批判、揭露了王实味是"灵魂的贩卖者"，他的行为是反革命的、最肮脏、污蔑、黑暗、酗恶、卑鄙无心的，绝无一丝一毫的"理性和良心"。草明的《鲁迅的旗帜》、沈轲的《萧军所倡导的"真实"是什么?》与《一定要写得"热烈火炽"》、闻奇的《糖衣包着的毒粉》、洛寒的《评最初几期"文化报"》与《伟大与渺小》、塞上的《"来而不往非礼也"的作者剖白》，通过割裂词句、加以曲解的方式对萧军的思想、言行、创作罗织了许多莫须有的罪名：挑拨中苏友谊、诬蔑苏联、反对解放战争、反对土地改革、跟党中央的统战政策唱对台戏、发展资本主义方向、迁就小资产阶级、发展个人英雄主义、毒害青年。

二 "鲁迅式"杂文

进入解放区的一批高举鲁迅"文明批评"与"社会批评"旗帜的左翼作家，以忧时救世的主人翁态度，张扬鲁迅自我解剖的精神，自我暴露解放区现实丑恶和独立批评政治痼疾，为解放区杂文创作提供了新的风格类型。

（一）倡导学习和发扬鲁迅杂文的自我批判精神，对解放区现实社会存在的问题、缺点进行暴露和讽刺①

丁玲的《大度、宽容与〈文艺月报〉》呼吁要把握斗争的原则性，展开深刻、泼辣的自我批评，毫不宽容地指斥应该克服还没有克服，或者借辞延迟克服的现象。《我们需要杂文》倡导写杂文的目的是要学习鲁迅先生为真理而敢说，不怕一切的精神；号召人们使用"鲁迅式"杂文这一武器。罗烽的《还是杂文的时代》认为在光明的边区，还是容易找到经年阴湿的角落与垃圾，即使是在延安，如果单凭穿华丽的衣裳而懒于洗澡，那么迟早衣裳也要肮脏起来的；因此强调还是杂文的时代。萧军的《杂文还废不得说》则提出"杂文还废不得说"，是因为"鲁迅式"杂文是思想战斗中最犀利的武器，能够既斩击敌人又割离自己的疮瘤，并且具有很强的灵活性、实用性与战斗性。

"鲁迅式"杂文讽刺、批评某些老干部摆老资格、搞特殊化和生活作风问题：李锐的《想当年》讽刺挖苦萧三等某些老干部在延安没有新的建树，只能在言谈中常常以"想当年我……如何如何"来摆老资格；萧平的《龙生龙，凤生凤》，讽刺了当时延安因牛奶极少而除了供应给高级干部外，便只供给高级干部在幼儿园的孩子们喝的现象；一位少数民族艺术家的《论离婚》暴露、批评了某些领导人在婚姻问题上的喜新厌旧、频繁换偶。王实味的《野百合花》暴露了当生病的同志喝不到一口面汤，青年学生一天只喝两餐稀粥时，有些颇为健康的"大人物"却非常不必要、不合理地享受着干部服、小厨房待遇。

呼吁、强调政治家应该了解作家的工作性质和尊重作家的正当权益。

---

① 笔者认为毛泽东的宣传动员整风文章中的杂文笔法，无论是在揭示解放区现实社会存在的问题、缺点的严重性和对其进行讽刺批判的尖锐性方面，都是首屈一指、无与伦比的，并且它们对于"鲁迅式"杂文在批判指向、情感传达和用语方式等方面都起了典型示范与推波助澜的作用。参见拙著《解放区散文研究》，上海三联书店 2005 年版，第 74—76 页。

林昭的《关于中国小资产阶级作家的估计问题》充分肯定小资产阶级作家是中国新民主主义文艺革命运动中的主要力量，在中国新文学史上留下了不可磨灭的印迹。艾青的《了解作家，尊重作家》提出忠实于作家的主体意识与独立精神，要求政治家了解和尊重作家并且给予写作自由；希望政治家从最高的情操上学习古代人爱作家的精神。萧军的《作家面前的"坑"》认为每个作家在创作时都面临着"怎样写"的艺术问题的"坑"，但是因为在他面前摆着政客们设定的一眼望不到边际的那么多的"坑"，所以造成他的作品全是失败的。《目前东北文艺运动我见》强调古今中外伟大的文学艺术家，也是伟大的政治家。

提醒和要求政治家应该关心革命队伍中的弱势群体，甚至对于因特殊原因而违反了组织纪律性或偶尔犯了一点错误的同志也应当给予理解、关心、信任与尊重。丁玲的《三八节有感》以女性代言人的身份，愤慨于解放区的男子们、尤其是某些政治家们在对待妇女结婚、离婚与育儿问题上留存着封建式的非议、责难的不平等现象；而且引用诗人们的话，表明艺术家与政治家之间在择偶上的不平等；文章最后还自我解嘲地表现了女艺术家与政治家在话语权上的不平等。萧军的《论"终身大事"》、《续论"终身大事"》针对当时一位女同志声明结婚的条件是只要有馍吃就够了，后来真的与一个有馍吃的人结了婚；一对夫妇离婚的理由，是女方认为男方的性能太低了；认为这两件事是标志着女性真正的大大进步的值得高兴的事情，提出男子们应该自觉地完全消灭掉自己身上的种种封建思想残余，绝对站在人与人平等的关系上携同女子一齐向"同志"社会迈进。《纪念鲁迅：要用真正的业绩》提醒政治家更应该关心那些没有父母在前的保育院里的"小小鬼"和关心、解决作勤务的"大小鬼"的正式入学教育问题及其应该享有的革命权利问题；还有小言论《要多多帮助"小鬼"》（一），也提出了类似的问题。《论同志之"爱"与"耐"》中提出了政治家如何爱护革命同志和如何处理曾违反纪律的革命同志问题，针对延安"同志之爱"越来越稀薄了的不正常状况，要求政治家在革命同志之间应该提

215

倡理解、友爱、真诚、温暖。《目前文化界统一战线谈》针对某些人把沦陷区的文化人统称为"汉奸文人"而加以歧视、排斥和打击的不正确做法，指出对于反对蒋介石匪帮和美帝国主义凶犯的文化工作者，应当以战友相待并寄以真诚的尊敬。

高扬艺术家在对于政客及其阴暗面斗争中的伟大作用与勇气。罗烽的《还是杂文的时代》指出在光明的边区有两类政客，艺术家要使自己手里的杂文变成一把使政客战栗，同时也使人民喜悦的短剑。萧军的《作家面前的"坑"》认为，面对政客设定的"怎样写"的"坑"，真正的艺术家不是恐惧和逃脱，而是敢于登净土、堕地狱，敢于面对这"坑"而走下去。王实味的《政治家・艺术家》[①] 较为系统、辩证而又有所强调地从侧重探究艺术家偏重于改造人的灵魂的特殊使命入手，强调文学独特的审美功能和艺术家改造灵魂的伟大任务；呼吁艺术家首先针对着自己和我们的阵营进行工作，因为特别在中国改造人们的灵魂不仅决定革命成功的迟速，而且关系着革命事业的成败。《零感两则》号召艺术家们决不能让邪气更大的人得势，要更积极地睁大眼睛来辨正邪，到处扶持正气，打击邪气；在与歪风邪气的斗争中需要首先检查自己的骨头是否有毛病？必须有至大至刚的硬骨头精神！

讽刺、暴露、批评了艺术家（知识分子）们自身存在的问题。韦君宜的《论师道》，批评"泽东青年干部学校"中某些教师的教学水平实在不能令学生们满意；许立群的杂文则带头讽刺萧军的"老子天下第一"和动不动就以"鲁迅弟子"自居的可笑做派，等等。丁玲的《干部衣服》批评革命队伍的某些同志为了少受许多气，而不惜欠账去缝制干部衣服，及其某些人为了改变别人对自己的观感而巴望获得骑马代步和赚取马列学院的学历头衔等等不良风习和虚荣心态。

（二）继承和弘扬鲁迅杂文的战斗精神，以"鲁迅式"杂文对国民党

---

① 关于《政治家・艺术家》写作、发表时间问题的考证，参见拙著《解放区散文研究》，上海三联书店 2005 年版，第 267—274 页。

反动派发起猛烈的攻击

　　萧军的《旧事重提》通过上海4000名学生因为欢迎马歇尔将军而遭到特务毒打的事件，抨击国民党政府镇压学生的暴行，揭露国民党当局的外强中干。《闻"让"有感》批评邵力子要求政协会议代表"互让"的糊涂言论，一针见血地指出，统治阶级虽然对诸家"友邦"礼让了100多年，但是却从来礼不下庶人、让不及百姓，国民党政府口头上的"让"，也必定会转变为实际上的"攘"。《闲话"东北问题"》把国民党"要人"在"九·一八事变"与东北解放后的前后矛盾讲话并举，巧妙地揭示出国民党反动派断送祖国河山而又寡廉鲜耻的丑态，同时辛辣地讽刺了蒋介石军队在东北解放之后，才到那里进行"艰苦奋斗"的奇闻。《君道章》揭示反动统治者为了扩大、发展自己和亲族的生存、温饱、发展的权力，就像一只狼似的来剥夺人民应得的生存、温饱、发展的权利。《春夜抄（二则）》揭露抗战期间国民党公然在各中学里贴起"黑榜"'来，不仅对左翼作家进行不知羞耻的诬蔑和围剿，同时还要放出"实际解决"的风声。《政、教泛谈》从古今中外历史的考察中，得出中外反动统治者们崇权、持威、极刑、苛法的结果是越要统一则越分裂，越想长久却越半途夭折的结论。

　　（三）提倡学习发扬鲁迅的美好思想品质、继承实践鲁迅的现实主义品格

　　丁玲的《"开会"之于鲁迅》写鲁迅出席左翼文坛一些会议时从不迟到、态度平和、精神集中，从来没有摆出一副指导者的架子或用教训的口吻来说话，既侧面展现了鲁迅的美好思想品质，又暗中针砭了某些比较有文化理论的人，在参加比他程度低、了解慢的群众会议时的某些不良倾向；《真》则针对创作中只注意如何找主题、如何找典型，但却脱离了现实的现象指出：不真的东西，不是人们心中所有的东西，是不会为人们所喜爱的；粉饰和欺骗只会令人反感，决定艺术本质之提高，非在形式而正是看其是否正确地反映了现实。草明的《不朽的鲁迅》、《向鲁迅学习》，

提出革命文艺工作者为了赢得文化战线上更多、更光辉的成绩，则要虚心地认真学习鲁迅的思想品质、反抗精神、坚韧作风和战斗经验。

三 "民间化"杂文

杂文内容指向乡村老百姓，在言说方式上侧重于可"听"性，追求民间性口语、民族化形式，遵循毛泽东《在延安文艺座谈会上的讲话》指出："真正站在人民的立场上，用保护人民、教育人民的满腔热情来说话。"以赵树理为代表的解放区本土作家，他们对解放区民间生活的深厚积累，对工农兵喜闻乐见的艺术表现形式的烂熟于心和对乡土、农民的真挚热爱，天然地顺应了毛泽东《在延安文艺座谈会上的讲话》所确立的解放区文学创作规范，写作"民间化"杂文。其他解放区作家，在延安文艺界整风之后也开始践行力所能及的"民间化"杂文写作。

以赵树理为代表的"民间化"杂文主要体现如下几方面的内容：

（一）揭示敌人的凶残与愚民政策及其悲剧下场

赵树理的《说"驯道"》喻示人们：汉奸的道德律就是要求老百姓，对敌人忍耐、谦逊、老实和本分。《人民已看漏了的把戏》、《认清敌人》，告诫人们：帝国主义玩弄的把戏，无非是奴役国内劳苦大众和抢夺殖民地、半殖民地来榨取与倾销物品；敌占区的中国人和家里东西，没有被杀与被抢，那只是暂时的。《天狗与太阳》指出汪精卫用"和平反共"、何应钦以"军纪法令"等花衣欺骗中国老百姓，但是他们的狗相已经暴露，人民会剥掉他们的狗皮。《亲日派久被注定的命运》则推测出亲日派早就被注定的命运便是：完蛋大吉！《火山上跳舞》警告伪军不要在中华民族抗日烈焰的火山上跳舞，否则将被抗战烈火烧死。《说"死"》通过汉奸吴念中自己对沦陷区各种死相的描绘，指出做汉奸想不死就得彻底清醒。未署名作者的杂文《人民的幽默》在极其简洁、通俗的叙事与对话中，再现了东家的贪婪、愚蠢和长工的气愤、机智。

（二）宣讲坚持持久战、抗战必胜的道理

赵树理的《漫谈持久战》宣讲坚持持久战必胜、不抗日必死，运用通俗的比喻向老百姓宣讲毛泽东《论持久战》的道理，说明敌人靠飞机大炮灭不了人多、兵多、地大物博的中国，而中国的持久战却能熬死日本帝国主义。《活路》表现鬼子、汉奸威逼利诱各村成立"维持会"后，同胞们才彻底清楚"维持"了也不能活，只有反抗才是唯一的活路。

（三）赞颂根据地的民主自由与政府为国为民

赵树理的《世道》称颂根据地的村选举，是真正的选举；《比一比看》赞扬陕甘宁边区的施政纲领，是真正为国为民的纲领。《家当问题》指出由于根据地政府普遍保障所有人民的财产、土地所有权，因而近几年逃亡到沦陷区去的地主、富商因家当被日寇糟蹋之后，打听清楚抗日政府的法令后又都搬回来了。李又然的《树叶》盛赞边区是即使有天灾也没有灾民的；对于外来的灾民则安顿、抚慰他们：给予窑洞、粮食、土地、农具、耕牛、种子，免缴公粮三年，小孩进学校，生病的和将生产的免费住医院。北群的《二流子要寻保人》总结出促进二流子转变很有效力的经验是：除了发动群众在会议上斗争二流子与帮助二流子订出生产计划外，还要叫二流子寻保人来保证他切实地完成生产计划。

（四）表现解放区存在的人民内部问题

提出正确处理个人与集体的关系问题，赵树理的《"私人意见"》提出正确处理私人意见的方法：私人有意见最好谈出来让大家集体处理，而不应该私存在自己的脑里；这种方法不仅不会妨碍思想自由，而且能够维护思想自由的权利。《谈兴趣》则提出正确处理个人兴趣与革命需要的关系：一方面分配革命工作时尽可能要使工作和工作者个人的兴趣一致，另一方面接受革命工作的同志们应把革命需要放在第一位，个人的兴趣应该服从于革命工作的利益；兴趣绝不是天生的，需要不断地在工作与学习中培养。《"三"字到"万"字》认为解放区中也存在四种人：不知道自己没有知识的人，不知道知识领域广大的人，为面子而不屑于读中级读物的人，认为"不正确"的知识没学头的人；他们会犯主观主义、经验主义、教条主义和没耐心的毛病。《"应对如流"》提出解放区的知识分子对于分歧复杂的世界要有个起码的正确的系统概念，如果只做到见什么人说什么话，那只能算个文化市侩。《我们执行土地法，不许地主富农管》认为农民提出某人多占了果实和某干部应该撤换，属于民主，应该称赞；而地主富农提出来就属于挑拨，应送人民法庭审判。《中农不要外气》提醒中农：《土地法》补充办法第四条乙项中规定，不得动富裕中农的浮财及房屋；不要因听信地主、富农的谣言或者自己瞎操心，而砍树木、卖牲口、大吃大喝、自找苦吃。《穷苦人要学当家》告诉穷苦人要依靠法令与贫农团体，倾听群众意见并且自己拿定主意才能当得好家。《干部有错要老实》针对村干部在填平补齐工作中犯了错误，指出只要老老实实地按照《土地法》的办法改正就没事，如果想搞什么鬼来抵抗那就是犯罪！由《解放日报》记者莫艾代农民康文德执笔写的《我没土地种》，既反映了农民与公家之间因为土地征用问题而产生的矛盾，又由党报替农民喊出了心里的呼声："我没有土地种呵！"

上文描述的"新气息"杂文、"鲁迅式"杂文、"民间化"杂文三种类型，是由解放区的革命工作者写作与革命文艺家创作的。它们总体上演变轮廓、发展轨迹是：从 1936—1939 年的以"新气息"杂文为主，经 1940—1942 年的"鲁迅式"杂文为主、"新气息"杂文为辅，到 1943—1949 年的以"新气息"杂文为主、"民间化"杂文为辅。

220

［作者单位：福建师范大学文学院］

《青色魇》

——沈从文 40 年代对佛经故事的重说

许君毅

1945 年抗战胜利，大量知识分子北归。次年，沈从文拒绝了巴金、李健吾等同往上海的邀请，仍然回到了北平，《青色魇》一文正是写于此时。它讲述了佛经典籍《法苑珠林》中驹那罗王子的故事。重写佛经故事，沈从文并不是第一次，早在三十年代，为了"研究记载故事的各种方法"[①]，沈从文就曾在《月下小景》大篇幅的重说典籍《法苑珠林》中的佛经故事："这些故事照当时估计，应当写一百个，因此写它前后都留下一个关节，预备到后来把它连缀起来，如《天方夜谭》或《十日谈》形式。但我的时间精力不许我那么办……"[②] 尽管文集没有最后完成，但《月下小景》还是用"听——说"故事场的形式串联了一个个佛经故事，构成了独特的框架式的小说集。同样是重说佛经故事，很明显，《青色魇》并没有延续《月下小景》故事的重说方式，同《七色魇》其他文章一样呈现出难解的文风，"议论与叙事，写景错综，像杂感，又非杂感；是散文，又通篇是充满哲理的思辨。"[③] 如《青色魇》在收入《沈从文文集》时是称作小说的，而在《沈从文全集》中却收入了散文卷，由此可以看到它文意的难解和文

---

① 沈从文：《沈从文全集（第 9 卷）·月下小景·题记》，北岳文艺出版社 2002 年版。
② 同上。
③ 凌宇：《从边城走向世界》，岳麓书社 2006 年版。

体的模糊。但《青色魇》不复《绿魇》、《白魇》、《黑魇》的跳跃散乱，沈从文开始重说完整的故事。如果认真寻找，《青色魇》隐约还保留着说故事的形态：文章起始，因为孩子的争夺玩具的苦恼，"我"开始给孩子讲了一个女孩子流泪的故事，而在故事中，一个骑着白马的探险者又述说了这个故事，似乎形成了《月下小景》一样的超叙事。但讲述故事的叙述者"我"和听故事的"孩子"、骑白马的探险者就此消失，并未像《月下小景》一样形成一种叙述者与听众互动的'场'，"在互相对话、驳诘中凸显故事的真正意义。"① 却在故事之外多了一些似乎与题无关的抽象难解的思辨，使文本显得"内容深刻，却又造成文意的朦胧，确实有点：'令人眼目缭乱'，难于把捉其'主题意义'所在。"② 那么，同样是重说佛经故事，《青色魇》为什么会形成与《月下小景》完全不同的文风？佛经故事在沈从文 40 年代的创作中是如何中生存的？

　　上文说过《青色魇》既是小说但又被称作抽象散文，这是否因为佛经故事在重说中发生了变形？在谈及沈从文 40 年代这些抽象散文时，评论者多用"抽象的抒情"来形容这种文风，那么这"抽象的抒情"如何定义？如果一味以抽象来描述沈从文 40 年代本就带有形而上思考的文本，只会让文本更加"抽象"。我认为在此文中"抽象的抒情"可分为三层：（1）文意表现出的抽象难解；（2）抒情氛围的融入；（3）抽象原则的追求。下文就从佛经故事的内容重说和重说方式同《月下小景》进行比较，来看故事发生了哪些变形，而这些变形的深层原因是什么，又如何形成了这种抽象抒情的文风？沈从文说过写《月下小景》是为了重新安排一次人生，那么，为什么在这个时候沈从文选择重说驹那罗王子的佛经故事？而这个驹那罗的故事也不只一次的在《七色魇》中出现，沈从文说过："另有白、赤、青、橙等等。拟作七篇即在抗战完结五年中，在昆明到北京，从生活

① 凌宇：《从边城走向世界》，岳麓书社 2006 年版。
② 同上。

中发现社会的分解变化的噩梦意思。"① 那么，在当时梦魇似的语境中，选择重说驹那罗的故事是否隐含了作者的另一层的意指？

一

《青色魇》呈现出一个很明显的结构，即颜色成为作者重说佛经故事的一个重要方式。文本被颜色的小标题分割，"白、黄、金、紫"几节构成了佛经故事的主体，而青、黑两节是作者似乎有些游离的抽象思辨，文章的标题也以颜色名为《青色魇》。这种方式在《七色魇》中惯用，如《绿魇》原名即为《绿·黑·灰》。沈从文曾经致信给熊佛西（《当代文艺》编者）说道："寄上一文名《绿魇》，你看看，方法似乎还新……第一页题为'绿'，八页九行有个子题为'黑'，二十一页有个子题为'灰'，排时比本文大一号字体，好看些。"② 可以知道，沈从文是有意用这种新方法的。那么，这些颜色有何含义，同佛经故事又有何关联，为什么采用这种结构？在《青色魇》发表前不久，沈从文曾写过一篇《虹桥》，小说写了云南西部驿路上，四个年轻人在旅途中偶遇一道彩虹，想把这美丽的瞬间画下。面对这神奇的景象，各人费尽心思构图，却似乎都不尽如人意。最后，大家一致认为李兰的"一幅全用水墨涂抹，只在那条虹上点染了一缕淡红那张小景为最成功。"③ 如周作人所说："我相信写得出的文章大抵都是可有可无的，真的深切的感情只有声音，颜色，姿势，或者可以表出十分之一二，到了言语便有点可疑，何况又到了文字。"④ 《虹桥》用画作喻隐含出一种文字的言不可及意。那么，这种颜色的结构是否也有这层含义？如果说文章标题用《青色魇》是仿《诗经》取首字为题目的方法，那

223

① 沈从文：《沈从文全集（第14卷）·艺文题识录》，北岳文艺出版社2002年版。
② 沈从文：《沈从文全集（第17卷）·作家生活自述》，北岳文艺出版社2002年版。
③ 沈从文：《沈从文全集（第10卷）·虹桥》，北岳文艺出版社2002年版。
④ 周作人：《周作人自编文集·看云集·志摩纪念》，河北教育出版社2002年版。

么小节的题目也似乎都是取意点染而成,如"白"一节可能取故事中的白马之意,"金"取真金夫人全身紫金之意,但如果深一层看,如在"黑"一节中,"眼前一片黑,天已垂暮。天末有一片紫云在燃烧。一切都近于象征。"这黑、紫是否有象征之意,黑是否暗指当时的时局?"想象的紫火在燃烧中,在有信仰的生命继续燃烧中。"这紫火是否暗指佛经故事中那个用信仰聚泪拯救一切的紫金钵盂?而这紫火在有信仰的生命里继续燃烧是否暗示了什么?是信仰的熄灭还是拯救?又如在"青"一节中,"青"是否指向那只引起两个孩子战争的翠绿色小青蛙——一件小玩具,而文章取此意为标题《青色魇》又是否在讽喻什么?这种写法与李兰的"全用水墨涂抹,只在那条虹上点染了一缕淡红"的画法相似,没有如工笔画一样模拟实景,但却将虹那飘忽不定的神韵传达出来,用一种朦胧的印象指向故事的深意。《虹桥》中,最后四个年轻人望着那变换的素色虹霓发出慨叹,认为世上无人能绘出这自然的奇景。正是这种难以言说,不知道如何表达出那深邃却不定的思维所想,使沈从文用了这种水墨画"颜(言)有尽而意无穷"的方法,画虹而不见七彩,留下一种空白。《青色魇》中颜色的结构也是如此,这种印象式的写法让读者自己去感知,在想象中使文本生发出无限层的含义,但另一方面也形成了一种朦胧难解。

在《青色魇》中,"白、黄、金、紫"构成了佛经故事主体,与《法苑珠林》中的佛经故事相比,文中沈从文对故事做了一些改动,但情节基本一致,大概讲述了阿育国国王的驹那罗王子有一双驹那罗鸟般的眼睛,因为大夫人的嫉妒而假传国王齿印被挖去双眼,最终因为众人的一钵眼泪洗净而复明的故事,大概将文言文做了信达雅的翻译。与《月下小景》一些故事大篇幅改动主题人物不同的是,《青色魇》多添加改动的却在故事之外:对眼法无常相的阐释;驹那罗失眼后对生命的感悟;国王为求得众人以泪洗眼的演说……作者抽取了原佛经教训意味的说理,而添加了自己模仿偈语形式对故事的评语。我们可以看到,在《月下小景》中,"由次故事叙述者——故事——听众三方共同形成的'说——听'故事场……各自观点有差异甚至截然相对，形成了一种众声喧哗的局面。"① 但在《青色魇》中，我们却找不到这样的听众和评论者，文章开始的听故事者"孩子们"和故事的说者"骑白马的探险者"在故事叙述过程中完全消失。但又非延续佛经故事中"叙述者（佛）直接出面评议故事的传统做法"②，"我"在叙说故事过程中也不再出现。而"说——听——评"全部指向了一个主体——隐含作者，即沈从文的自说自评，形成了一种独语。独语是"指作者排除了与他人的交流，将视野转向主体心灵深处依照自己的内心去说话"，③ 那么当作者从"听——说"故事场的喧闹向内转入悟彻人生的"静"的独语时，必然浸入了自己主观的情感，使故事流动着一种沈从文式的抒情氛围。沈从文在联大一次演讲时曾说过"梦幻的抒情""抽象原则学说"④ 都是小说的重要元素，而诗的抒情又是放在第一位的，那么他是如何抽除佛经的教训意味，融入抒情气氛的？

《月下小景》中用"听——说"故事场重新安排佛经故事，通过讲述人之间的互听互评来串联引出每个佛经故事，而在《青色魇》中，沈从文则是通过另一种方式来引出驹那罗王子的故事——探寻式。在"白"一节中，怀着"命运所需要的勇敢，和寄托于这只船上所应有的荒谬希望"，探险的人出发了，船在大海中遇到风暴偶然冲上了小岛，探险者骑着一只毛色纯白、骨骼雄踞的白马，白马带着他走到了个犹如仙境的城市，这就是驹那罗王子的故乡——阿育王城，这时探险者耳闻目睹了这个驹那罗王子的故事。《七色魇》中的《橙魇》、《赤魇》也用了同样的手法：《橙魇》通过"年轻人"走入了老绅士过去的回忆，探寻那在镇筸发生的一切，《赤魇》用主人公"我"在高枧的所见所闻，慢慢引出了巧秀的故事。这

225

① 凌宇：《从边城走向世界》，岳麓书社 2006 年版。
② 同上。
③ 马金虎：《试论"独语体"与"闲话体"的不同心态》，《内蒙古社会科学》2002 年第 6 期。
④ 沈从文：《沈从文全集（第 16 卷）·短篇小说》，北岳文艺出版社 2002 年版。

种曲径通幽的手法引人入胜，将读者带入一个新奇的世界，为沈从文所惯用。但是，在文章开始，作者通过我对孩子讲女孩子流眼泪的故事，即可直接从"黄"一节开始叙述驹那罗的故事，为什么要添加"白"一节探险者发现了阿育王城？以他的视角来再次讲述这个故事？

在文中，当航海者到达阿育王城时，沈从文用了大量的笔墨来描述这座城市："城在平原正中，用半透明玉石砌成，五色琉璃做绿饰，俊杰壁立，秀拔出群，犹如一座经过削琢的冰山。城既在平原上，因之从远处望去时，又仿佛一阵镶有彩饰的白云，凭空从地面涌起……"让人想起《月下小景·寻觅》中所写的"无法律、无私产、无怨憎"① 的白玉丹渊国。在传说中，驹那罗鸟的出现是天降福瑞，每当国泰民安百姓安居乐业的天下大治之际就现世，好人在它的眼光中看到吉祥快乐，恶人看到它也立刻消了心中邪念。由此可见，驹那罗眼睛在文中象征一种消弭罪恶，美的永恒。而探险者恰好是在"传说中最动人的一天"——城中女子用她们信仰的眼泪为驹那罗王子复明的一天到达了这个最美丽的城市，一切似乎都达到了完美。沈从文在以一种世外桃源乌托邦的景象人事在铺垫构筑这驹那罗王子的故事，而作者用了二度叙事手法的原因也在此，他不愿意如同道听途说般讲这个故事，而以冒险者流落海外，骑着一匹'如阿耨达池中的白莲花'似的白马走进了一个乌托邦式的城市，目睹了"传说中最动人的一天"——一个美丽的传说式的开头将这个拥有一双驹那罗鸟眼睛的王子的故事如空中楼阁般建构起来。可以看出，沈从文在不断精心的构筑着一个美的故事。

刘西渭在评《边城》时说："自然越是平静，自然人越显得悲哀……灵魂微微一颤，好像水面粼粼一动……成为一团无间隔的谐和。"② 我们看到，这种"哀伤的谐和"的抒情氛围一直贯穿着沈从文的创作，《三三》

---

① 沈从文：《沈从文全集（第9卷）·月下小景》，北岳文艺出版社2002年版。
② 刘洪涛、杨瑞仁：《沈从文研究资料（上）·〈边城〉与〈八骏图〉》，天津人民出版社2006年版。

那平静生活中白脸先生的突然死去，《夜渔》中平静的捕鱼夜隐含的仇意和感伤，《看虹录》温暖回忆中失去不可挽回的"青凤"，直到 40 年代的《水云》，作者还不断反复说道："美不能在风光中静止，生命不能在风光中静止，值得留心！"① 《青色魇》佛经故事的重说也是如此，他希望能"重新使用这支笔把佛经小故事放大翻新，注入我生命中属于情绪散步的种种纤细感觉和荒唐想象。"② 在作者这样精心建构的美的故事中依然浸透着这种美学风格，但与三十年代通过大量景物风俗描写，意境营造来抒情不同的是，内在深邃的思索使四十年代作品的抒情往往表现出抽象哲理化。那么，沈从文如何抽取佛经的教训意味，在这重说的三处抽象的偈语中融入这独特的抒情气氛？

（一）阿育王妇莲华夫人产下一子，目似驹那罗眼，所以取名驹那罗，神庙的先知看到此眼后，认为其眼必带来命运多舛，因说"法眼无常相"，而沈从文在《青色魇》中具体解释了"法眼无常相"："凡美好的都不容易长远存在，具体的且比抽象的还更脆弱。美丽的笑容和动人的歌声反不如星光虹影持久，这两者又不如某种素朴观念信仰持久。英雄的武功和美人的明艳，欲长远存在，必与诗和宗教情感结合，方有希望。但能否结合，却又是出于一种偶然，因人间随时随处都有异常美好的生命或事物消失，大多数即无从保存。"③ 这里的"英雄""美人"指的是驹那罗王子和真金夫人。对于真金夫人这个人物，沈从文在重说故事时将其角色作了小小的改动。真金夫人在《法苑珠林》原文中的行为角色是阿育王的大夫人帝失罗叉，在《青色魇》中则因为其浑身紫金选上了阿育王的第一万个妃子，而在成为妃子之前与其他城中女子一样，深爱着驹那罗那双眼睛。两个"夫人"虽然最后都被判处以火刑，但这个角色的转换却将故事的情感基调完全转变过来：在佛经故事中，帝失罗叉作为国王的大夫人，对驹那罗

227

---

① 沈从文：《沈从文全集（第 12 卷）·水云 》，北岳文艺出版社 2002 年版。
② 同上。
③ （唐）释道世撰：《法苑珠林》，中华书局 2003 年版。

"见眼端正，染心逼之"，为自保而处心积虑的挖了驹那罗的眼睛，最后遭紫胶火极刑。这里，宣扬的是佛教对"恶""淫"的训诫，希望通过故事来劝人行善，以帝失罗叉的报应来警醒世人。但在《青色魇》中则完全不同，虽然真金夫人相似的行为同样造成了整个故事的悲剧，但给人的却是"偶然""错失"的悲伤，她由始至终的所为都是因为"爱"，对驹那罗眼的爱"因爱而成，逢妒而毁"，在这个故事中没有罪人，有的只是命运无可奈何的"偶然"造成的对"美"的错失而导致的悲剧，如偈语所说："凡美好的都不容易长远存在…… 但能否结合，却又是出于一种偶然，因人间随时随处都有异常美好的生命或事物消失，大多数即无从保存。"处处显现出对生命的不可把握。就这样，沈从文通过真金夫人角色的置换抽除了佛经中原有的"教训意味"，而变为在追求美中因生命的"偶然"不可捉摸产生的动人悲剧。

（二）驹那罗失眼后，其妻号哭雨泪，惊泣而来，而驹那罗平静的说："昔吾为恶业，今日自还受，一切世间苦，恩爱会别离，汝当谛思惟，何应大啼哭。"而《青色魇》则改之为："美不常住，物有成毁，失别五色，即得清净；得丧之际，因明本性。破甑不顾，事达人情，拭去热泪，各营本生！"在驹那罗失去眼睛这最美的拥有后，佛经宣扬的是前世因，今生报，之所以今日受苦失眼，是因为昔吾为恶业，即是有因必得果，极是自然，所以无需啼哭。在这里，佛经用"忍"完成了对其追求圆满的谐和。"美不常住，物有成毁"，沈从文的改动依然贯穿这他对生命的恐惧和不可捉摸。但故事的后部分，沈从文又改动了一个小小的情节，在佛经故事中，国王的解药是因试药人被大夫人帝失罗叉杀死后才研得的，而在《青色魇》中，国王的解药却是因为这个人的解毒拯救而找寻到的，这本是一个很小的细节，但沈从文将杀人而救人转为救人而救人。由此可见，尽管故事有挥之不去的"偶然"情结，但沈从文依然在追求这生命的圆满，依然以其美学风格来重说这个故事。

在失去美后，佛经用忍受完成了对追求的圆满，而沈从文则用了另一种方式，他承认了生命缺憾的悲剧，美不常住，物有成毁。但因此而得到清净，获得了生命的本真状态："得丧之际，因明本性。破甄不顾，事达人情，拭去热泪，各营本生！"如同朱光潜在《生命》中所说："在那一顷刻，生命在那些人们中动荡，他们领受了生命而心满意足了，谁又有权利鄙视他们，甚至于怜悯他们？"[①] 美不常在，在失去美后，沈从文即是在这"悲哀"成为"一个永久的原则"[②] 时在本真中领受生命，找到了谐和。

（三）为使驹那罗复明，国王登上坛台，向众人宣示："眼无常相，先知早知，因爱而成，逢妒而毁，由忧生信，从信生缘。我儿驹那罗双眼已瞎，人天共见。今我将用这一钵出自国中最纯洁女子为同情与爱而流的纯洁眼泪，来一洗驹那罗盲眼。若信仰二字犹有意义，我儿驹那罗双眼必重睹光明，亦重放光明，若信仰二字，早已失去其应有意义，则盲者自盲，佛之钵盂，正同瓦缶，恰合给我儿驹那罗作叫花子乞讨之用！"国王希望以信仰的眼泪来洗净驹那罗之眼，而佛经原文是："驹那罗往昔波罗奈国作一猎师。于山窟中得五百鹿。若都杀者。肉则臭烂，挑其眼出。日食一鹿。从是已来。五百身中常被挑眼……王死之后有一恶王，名曰不信。坏塔取宝，唯留土木。驹那罗时为长者子。还以七宝修治此塔，复造大像共佛齐等。发誓愿言，使我来世如似此佛得胜解脱……向所说法，其理若当，愿以众泪洗王子目，令得复明。理若不当，盲目如故。"[③] 虽然同样是以泪洗眼，但佛经之理是因为驹那罗王子前世挑了五百只鹿的眼睛所以今世失明，而又因为修塔重造佛像而得以用众人之泪复明，宣扬的仍是因果报应。

而《青色魇》中以泪洗眼与原佛经相比又作了另一个改动，佛经中以

229

---

① 朱光潜：《朱光潜全集》第九卷，安徽教育出版社 1993 年版。

② 刘洪涛、杨瑞仁：《沈从文研究资料（上）·〈边城〉与〈八骏图〉》，天津人民出版社 2006 年版。

③ （唐）释道世撰：《法苑珠林》，中华书局 2003 年版。

众人之泪挽救驹那罗眼，宣扬的是众生的力量，在《青色魇》中则改为"年轻女子信仰的眼泪"。驹那罗眼象征着沈从文追求的"美"，而拯救这"美"的唯一方法正是女子信仰的眼泪，为什么沈从文要作这样的改动呢？贾宝玉说，"女儿是水做的骨肉，男子是泥作的骨肉。我见了女儿便清爽，见了男子便觉浊臭逼人。"沈从文也是一样，如《边城》的翠翠，《长河》的夭夭："沈从文正是把自己对生命的理解，对人生的独特感悟浸染在这些女性形象之中，以此揭示出人性之美和生命之美……"①他用女子的这种对美与爱的信仰复明了驹那罗眼，但是，拯救的方法却是"眼泪"这个对外界感到悲悯的产物，所以，从这个意象的改动我们可以看出，沈从文依然在以"哀伤的谐和"来诠释这个佛经故事。

就这样，沈从文通过三处按语的添加改动，在佛经故事融入了自己独特的抒情气氛，将充满教训意味的故事重说为优美的抒情哲理文章。

二

从"白"的发现故事到"黄、金、紫"的叙述故事，已是一篇完整的文章，故事的传奇动人似乎又回到了30年代的抒情小说。但文本却多余出了"青""黑"两节，这两节的内容与佛经故事似乎有些游离，使得文本显得抽象难解，是否如有的评论所说，这只是沈从文40年代思维混乱的呓语呢？沈从文曾经说过，当初写《月下小景》时是为了能够用这支笔重新安排一次人生，那么在1946年抗战结束，沈从文昆明重回北平的语境下重说的佛经故事《青色魇》又是为了什么？为什么在这个时候选择这样重说驹那罗的的故事？

驹那罗的故事在《七色魇》中不只一次出现，在《黑魇》中沈从文就曾简单地给孩子讲过这个故事。为什么这样反复出现着驹那罗这个意象，

230

---

① 刘文良：《生态意识观照下的女性叙事——沈从文小说新探》，《贵州社会科学》2007年第3期。

是否有什么深层的含义指向作者的思索？上文说过，驹那罗象征一种消弭罪恶后的美的永恒。而驹那罗眼还有另一种含义，它的神奇之处在于它的眼睛比世上任何一双眼睛都澄澈清明，而且深邃明锐，眼光可直照入人的心底。任何人的心事念头都在它的眼光中被一览无余，不能有任何的隐瞒与欺诈，看透世事的真相。而在《黑魇》中，沈从文对孩子说："从前故事上说，王子眼睛被恶人弄瞎后，要用美貌女孩子纯洁眼泪来洗，方可重建光明。现在的人呢，要从勇敢正直的眼光中得救。"① 同在《青色魇》中，驹那罗王子失去的驹那罗眼正是在这女子信仰的眼泪中拯救的，如果我们将驹那罗意象的多层指向：美——信仰拯救——真相，结合同时期沈从文所作杂文呈现的语境，就可以看到在《青色魇》抽象难解语意模糊的文字下作者所思的脉络。

我们从游离的两段开始，这两节抽象难解的思考似乎让人难于捉摸其主题意义所在。鲁迅在写《野草》序时说："因为那时难于直说，所以有时措辞就很含糊了。"② 这种"言不及义"的现象同样也出现在沈从文身上，他曾慨叹："一种新式纵横之术，正为二三子所采用，在我物质精神生活同感困难时，对我所加的政治袭击。另一方面，我们作品一部分，又被这个愚而无知的检查制度所摧毁。"他意识到"谈人事如今正是个多忌讳的时代".③ 在这种左右夹击的语境压制下，必然造成作家的难于直说，而通过讽刺、暗示、互文等言说手段来消除言、意之间的矛盾，由此造成了文字的抽象难解。

"青"一节写了两个孩子因一场游戏的争执，使沈从文为他们讲了下面的佛经故事，那么这节文字仅是佛经故事的引子？沈从文为什么写了一场孩子的游戏，只是思维的游走而已？我们把文本放到当时所作文的语境中，可以发现同时期的杂文不断出现着相同的意象："使新的中层负责者再

231

① 沈从文：《沈从文全集（第 12 卷）·黑魇》，北岳文艺出版社 2002 年版。
② 鲁迅：《鲁迅全集（第 9 卷）·二心集·野草英文译本序》，安徽教育出版社 1993 年版。
③ 沈从文：《沈从文全集（第 13 卷）·从现实学习》，北岳文艺出版社 2002 年版。

不至于想到调整社会矛盾还用得着战争，儿童玩火的情绪，也绝不至于延长到一个人二十岁之后。"① "国家既落在一群富有童心的伟大玩火情形中，大烧小烧都在意料之中。"② "返老还童因之还有顽童玩火事常常发生，玩火者可能把地面一切全都烧光的。"③ 如本文中所讲："是的，你们因为如此或如彼，就当真战争起来了，很兴奋、认真，都以为自己和真理同在。正犹如世界上另外一处发生的事。这世界，一切原只是一种象征！"通过这些互文可以知道，沈从文用"儿童"来讽刺那些引发战争的"政治家"，认为这些自以为正义的争斗不过只是一场游戏，以此讽刺战争的荒谬性，他如驹那罗眼一样看透了世事的真相。沈从文接着提到了真正的童心："童心在人类生命中消失时，历史文化即转入停顿、死灭，回复中古时代的黑暗和愚蠢……"这些人用儿童的心智情绪在"玩火"中引发战争，但却缺少孩子拥有的赤子的童心，因此在"黑"一节中沈从文提出"用童心重现童心""我们需要的是一种明确而单纯的新的信仰，去实证同样明确而单纯的新的愿望。共同缺少的，是一种广博伟大悲悯真诚的爱，用童心重现童心"。我们可以看到，沈从文不断用形容词的堆砌反复强调一种单纯的信仰，他希望这信仰童心能够拯救这被玩火者烧光的世界。

而从上文佛经重说的分析我们看到，主体的佛经故事除了融入了沈从文式的抒情氛围外，更是将其终极驱动力由"因果循环"转为了"信仰得救"，而驹那罗的故事被重说为一个信仰的故事："若信仰二字犹有意义，我儿驹那罗双眼必重睹光明，亦重放光明，若信仰二字，早已失去其应有意义，则盲者自盲，佛之钵盂，正同瓦缶，恰合给我儿驹那罗作叫花子乞讨之用！"用女子信仰的眼泪来拯救这失去的美。为什么沈从文在此时这样强调信仰，将佛经故事重说为一个信仰得救的故事？

在与创作《青色魇》几乎同时，沈从文写了一篇《从现实学习》，这

232

---

① 沈从文：《沈从文全集（第14卷）·从开发头脑说起》，北岳文艺出版社2002年版。
② 沈从文：《沈从文全集（第13卷）·从现实学习》，北岳文艺出版社2002年版。
③ 沈从文：《沈从文全集（第16卷）·谈苦闷》，北岳文艺出版社2002年版。

几乎是一个小传，回忆了作者从二十年代到北平至今（1946年末）面对现实的经历。回忆本来就是一种选择，且不论此时沈从文的记忆是否真实呈现了当年的面貌，但至少说明了选择记忆的现在的思想状态。我们可以看到，文章中不断重复着"信仰""理想""重造"等字眼。文章将自己的经历分为几段心路，每叙述一段心路历程的经验时，必然会出现"信仰"字眼，如初到北平："既为信仰而来，千万不要把信仰失去！因为除了它，你什么也没有！"在上海为文坛被政治商业侵入而彷徨之际，"为了证实信仰和希望，我就能够"。金介甫说过"沈从文这种说法未免对自己有点美化"①，那么，在这美化的背后又隐藏着什么？为什么沈从文在重述记忆时要用"信仰"来作为推动自己人生的动力和终极目标？1946年末，抗战结束后，沈从文由昆明重回北平，战争的胜利必定给每一个人带来新的憧憬，但这带给沈从文的却不只如此。回转过头来，从结果看原因，在1947年5月25日《泥土》杂志上发表了一篇题目为《文艺骗子沈从文和他的集团》，对沈从文及周围的年轻诗人袁可嘉、郑敏等人的文艺观进行了批判。我们且不论这个批判是否公允，但能引起左翼话语这样的争锋相对，就说明了在抗战后，沈从文担任了平津四大副刊的编辑，确实"通过刊物和各人交往栽培了40年代开拓文学一代新风的一批作家群"。② 这种局势让我们想起了战争前的30年代中期，沈从文在编辑《大公报》时聚集京派文人一度鼎盛的时候。由此可以知道，沈从文重说佛经故事所要"重新安排人生"的意指是什么了，他想跨过这战争的十年寻回自己在30年代的文学和人生的高峰。我想，在1946年沈从文重归北平时必是抱着重造自己的文学创作，重造这个社会民族的极大热情和信心的，这从1946年子岗的访问中也可窥见一斑："他打算写湖南十城记……他要写昆明的八骏图续篇。"③

233

---

① 金介甫：《沈从文笔下的中国社会与文化》，华东师范大学出版社1994年版。
② 巴金、黄永玉等：《长河不尽流·从一本迟出了40年的小书说起》，湖南文艺出版社1989年版。
③ 同上。

走过了 1944、1945 年的创作低潮，沈从文似乎对创作恢复了信心，打算重构自己的文学世界。在此时，这样的重说这个信仰得救的佛经故事，沈从文对"重新安排"是充满信心的，他将此作为了一个新的起点，"我希望用这个结论，和一切为信仰为理想而执笔的朋友互学互勉"。①

但是，相反方面来看，就在杂文中不断重复着"信仰""重造"，信心十足，高屋建瓴的时候，而反观内心的抽象散文《青色魇》却又似乎显得言语抽象甚至犹疑矛盾："有一点想象的紫火在燃烧中，在有信仰的生命里继续燃烧中；在我生命也在许多人生命里，我明白，我知道。但是待毁灭的是什么，是个人不纯粹的爱和恨，还是多数的愚蠢和困惑？"除了上文所说的语境压力造成的难解，是否还有作者自身的思想危机——其实不断重复是否也是一种危机的表现，如有些评论说的思维陷于混乱？

自小的军旅生活及十年的逃难生活，沈从文不会不明白战争的本质："战争的意义，简单一点说来，便是这类动物的手爪，暂时各自返回原始的用途，用它来撕碎身边真实或假想的仇敌……在一种多少有点疯狂恐怖情绪中，毁灭那个妄想与勤劳的成果，以及一部分年青生命。"②他很明白只有战争才能重造一切："战争的好处，凡是这类动物都异常清楚……是因动物所住区域和皮肤色泽产生的成见，与各种历史上的荒谬迷信，可能会因之消失，代替来的虽无从完全合理，总希望可能比较合理。"③沈从文如驹那罗眼一样看清了这纷乱的时局，但"许多人看清了世事却不能抛弃'虚妄的理想'"④，周作人选择作了明净观照的爱智者，鲁迅选择了做横站的中间人，而沈从文则在"黑"一节中选择做了信仰者，"我们需要的是一种单纯的新的信仰，去实证同样明确而单纯的新的愿望。"他认为"年轻的一代，要生存，要发展，总还会有一天觉得要另外寻出一条路的！这条

---

① 沈从文：《沈从文全集（第13卷）·从现实学习》，北岳文艺出版社 2002 年版。
② 沈从文：《沈从文全集（第12卷）·绿魇》，北岳文艺出版社 2002 年版。
③ 同上。
④ 哈迎飞：《"五四"作家与佛教文化》，上海三联书店 2002 年版。

路必然是从'争夺'以外接收一种教育，用爱与合作来重新解释"政治"二字的含义"。① 用爱与合作来重造，这句话沈从文在 40 年代后期不断重复着。他希望用信仰"美与爱"的抽象原则来重造社会。但民族并没有那样强大的宗教而带来的凝聚合一的宗教情感，想单单倡导这种"美与爱"来凝聚民族力根本是不可能的，在《橙魇》中，在体会到苗民生活的神性后，城里人慨叹："不幸之至却是人类选上了'政治'寄托他们的宗教情绪，即在征服自然努力中，也为的是找寻原料完成政治上所信仰的胜利！因此有革命，继续战争和屠杀……"只有"政治"的信仰带来的"专制"才能凝聚人心挽救民族，沈从文也很清楚这样就必须革命，继续战争和屠杀，而最后便陷入了谬论，一面是只有战争才能制止战争的结论，一面又认为"战争不能用战争解决，正如一个勇士陷于淤泥时，无从自己揪住头发掷出泥淖以外"。② "想象的紫火在燃烧中，在有信仰的生命里继续燃烧中。在我生命里，也在许多人生命里。待毁灭的是什么？是个人不纯粹的爱和恨，还是另外一种愚蠢和困惑？"沈从文就这样在不断轮回的矛盾中不断思索碰撞，这是思想者和信仰者的矛盾，如同驹那罗这个意象的矛盾体，一面是美与爱的化身，而另一面却有着看透世事的眼睛。

《月下小景》"将众多意识并置呈现……这互不相容的各种独立意识并非自足存在，第一叙述者意识始终处于控制地位"③。也就是说，《月下小景》这种的"听——说——评"众声喧哗的故事场实际上只有一个声音，而《青色魇》却正好相反，看似的"独语"并不是《画梦录》那样的顾影自怜，却是分裂成两个自我，进行着抗争对话。创作的危机使他努力地重构故事，但战争的阴霾，重造的热情，信仰的动摇，使他不断自我拷问，无法停留在 30 年代的抒情小说上，理念的不断干预使故事发生变形，使文本陷入晦涩难解。而也正是在这种思维状态下，沈从文选择了重说驹那罗

---

① 沈从文：《沈从文全集（第13卷）·从现实学习》，北岳文艺出版社 2002 年版。
② 沈从文：《沈从文全集（第14卷）·"否定"基于"认识"》，北岳文艺出版社 2002 年版。
③ 凌宇：《从边城走向世界》，岳麓书社 2006 年版。

这个多层意象指意的佛经故事，这种思想者和信仰者的矛盾和文本深处隐藏的深深的思索，使文本呈现出一种抽象抒情的文风。

那么，这种矛盾是否是有的评论所说的思维陷于混乱呢？我们来看一下沈从文思想的一种特殊的状态，一方面对时事的积极观照，甚至有人说沈从文在 40 年代几乎成了一个政治家，看清战争本质的他对民族对时局不断发表议论呼吁，希望停止"集团自杀""重造政治"[①]，但他却没有被那未来的黄金世界吸引而陷于宗教式狂热的信仰，却选择信仰了"美与爱"这样人人皆知不可能实现的抽象原则来重造社会。有意思的是，正是与左翼文人形成的对立，却隐隐存在暗合，一方面是二者对信仰的单纯，而另一面，沈从文提倡的这种"美与爱"是否一定程度上在未来的黄金世界中实现了？如果沈从文的"抽象原则"仅止于此，那么，在这个非杨即墨的时代，为什么他既无好感于民盟又拒绝参加萧乾的《新路》编辑？他说过："一切理想的发芽生根机会，便得依靠一种与理想相反的现实。"[②] 与他在 60 年代所作《抽象的抒情》一句话暗合："照我思索，能理解'我'；照我思索，可认识'人'。"[③] 在这分裂自我的文本之外隐藏着另一个"我"，跳出了二元矛盾对立的个人和时代，看清了自己的思想危机，旁观着"旁观一切"。在 40 年代沈从文的文章中，可以看到一件有意思也可怕的事，文中的许多文字成了他自己和这个民族的谶语，在后来的事态中一一应验了。那么，到底是谁思维混乱，是谁清醒？是那个发动战争的人，还是那高高在上，痛斥反动文艺的人，是第三条道路争取民主自由人，抑或是那些本着沉默谦逊态度默默工作的人？

［作者单位：中国社会科学院研究生院博士生］

---

① 沈从文：《沈从文全集（第 17 卷）·谈现代诗·读书人的赌博》，北岳文艺出版社 2002 年版。
② 沈从文：《沈从文全集（第 13 卷）·从现实学习》，北岳文艺出版社 2002 年版。
③ 沈从文：《沈从文全集（第 16 卷）·抽象的抒情》，北岳文艺出版社 2002 年版。

从文化塑形看沈复与林语堂的文化情怀

胡明贵

仔细比较林语堂和沈复、陈芸，我们便可以发现，在他们身上有许多相通或相似之处。《浮生六记》在沈复与芸娘身上所集中反映出来的中国文人的性格气质和处世态度正印合了林语堂的人生态度和性情。林语堂在他翻译的《浮生六记》"译者序"中曾写道："在这个故事中，我仿佛看到中国处世哲学的精华在两位恰巧成为夫妇的生平上表现出来"，"在他们之前，我们的心气也谦和了，不是对伟大者，是对卑弱者，起谦恭畏敬；因为我相信淳朴恬退自甘的生活（如芸所说'布衣菜饭，可乐终身'的生活）是宇宙间最美丽的东西。"① 精神情感上的共鸣，生活方式和人生价值上的认同，使林语堂"发愿"将它"译成英文，使世人略知中国一对夫妇之恬淡可爱生活"。把乾隆时代的沈复、陈芸与现代的林语堂作比较，是一件很有趣也很有益的事情，它能使我们看到中国文化潜质对不同时代文人所产生的共同影响（或者叫文化塑形）。

林语堂在《〈浮生六记〉英译自序》曾激动地抒写道："三白，三白，魂无恙否？他的祖坟在苏州郊外福寿山，倘使我们有幸，或者尚可找到。果能如愿，我想备点香花鲜果，供奉跪拜祷祝于这两位清魂之前，也没什

---

① 沈复：《浮生六记》，外语教学与研究出版社 1999 年版，第 17—19 页。

么罪过。"① 三白，是沈复的字，他的什么地方感动着林语堂，使他激动地大呼"三白，三白，魂无恙否"，还要到他的坟前祭拜呢？我们试比较一下林语堂与沈复，无疑会发现，他们的个性有着许多相似之处，林语堂在阅读翻译《浮生六记》时，重温想象着沈复放浪江湖，流连诗酒，淳朴自适的生活，在自己心里激起了许多共鸣与无限遐想。

沈复是一个饱经风霜、多才多艺而又恬淡自适的下层文人，由其书《浮生六记》可以想象出他的个性人品。他除《浮生六记》外，还留下七律二首，山水一桢，梅花一幅，篆文对联一副。从他仅存的一副对联"岩前倚杖看云起，松下横琴待鹤归"可想见其人生境界。

首先，他是性情中人，恬淡自适，追求个性自由，鄙视官场，不慕功名。在传统的士、农、工、商社会里，在"万般皆下品，唯有读书高"和"学而优则仕"的封建时代，在沈复这个以游幕为业的家庭里，按家庭和社会意志，沈复应当走科举仕途的道路，至少也该子承父业，致力游幕，像其母亲所期望的那样重兴家业。但沈复无心游幕，因为讨厌"轮蹄征逐，处处随人"的幕僚生涯；轻薄科举，因为官场之上"卑鄙之状，不堪入目"，他情愿易儒为商，去做人们瞧不起的商人。沈复崇尚心灵自由，自然不能为五斗米折腰，听从别人使唤；追求恬淡自适的生活，"布衣菜饭可乐终身"，自然不会去趋奉官僚的矫情卑劣；寻求真实自然，就不可能与官场上的虚伪同流合污。他只追求在自己的生活与心灵中保留一块明净自适的小天地。

238

他鄙弃礼俗，称自己的性格"且无拘束，不嫌放纵"，一切繁文缛节，都是腐儒所为，都有悖性灵，都是束缚自由的绳索。其自画像"性爽直，落拓不羁"，诚然也。所以沈复不屑三纲五常，不囿于男尊女卑，能平等地对待芸娘，敢于同芸娘并坐同行，敢于携芸娘消夏于沧浪亭畔，泛舟于太湖之上，敢于怂恿芸娘女扮男装和自己同逛庙会……追求心灵与生活自

① 沈复：《浮生六记》，北京出版社 2003 年版，第 202 页。

由，必然无视礼俗，敢于脱去虚伪的面罩，暴露真性灵。陪朋友夏揖山去东海收租，脱去世俗的皮囊，两人海边戏耍："肆无忌惮，牛背狂歌，沙头醉舞，随其兴之所至，真生平无拘之快游也！"

沈复以诗画会友，以雅趣聚人，以淡泊自适为意，朋友们如闲云野鹤来去自由，聚散随意。他客居之处——萧爽楼成为朋友们聚会聊天的艺术沙龙。为了不悖雅趣，大家约法三章，有四忌四取：

萧爽楼有四忌：谈官宦升迁，公廨时事，八股时文，看牌掷色，有犯必罚酒五斤。有四取：慷慨豪爽，落拓不羁，澄清缄默。[①]

物以类聚，人以群分。沈复所交皆为雅人，可谓"谈笑有鸿儒，来往无白丁"，"时有杨补凡名昌绪，善人物写真；袁少迂名沛，工山水；王星灿名岩，工花卉翎毛。爱萧爽楼幽雅，皆携画具来，余则从之学画。写草篆，镌图章，加以润笔，交芸备茶酒供客，终日品诗论画而已"[②]。这"四忌"、"四取"和交友原则充分反映出沈复的个性追求和精神品性。

其次，追求审美化的诗画般生活，抛弃尘俗的追求，徜徉、陶醉在美的世界里，用艺术家特有的触觉去感受生命，发现生活，开拓属于自我的艺术化人生。沈复从"不轻放过""良辰美景"，即使在困顿落泊之时，他也能以艺术眼光寻觅生存之趣，化解现实中的苦难。如果借用中国美学的一个术语来形容沈复夫妇的生活，就是"化境"人生。"他追求的是一种审美化的人生体验。他的价值取向已不再是光宗耀祖、荣名显亲的伦理本位，而是转化为一种艺术化的人生观：人生不再是纯生物学的生命演变或礼教道德的履行过程，而是一种近乎超功利的适心悦目的审美活动。他早已把'太上三德'之类的立身格言抛弃得干干净净，热衷于风流蕴藉、自在自为的生活。"[③]"春花秋月，在酒樽、画笔、闺房、山水之间，个体生命之舟荡漾漂泊，现实世界在

239

---

① 王宜庭：《沈复散文选集》，百花文艺出版社 1997 年版，第 71—72 页。
② 同上书，第 71 页。
③ 曹兴信：《论〈浮生六记〉的文化意蕴》，《天津社会科学》1992 年第 4 期。

他眼中被审美化了。"① 幼年之时，沈复就崇尚一种天生的物外之趣。夏天，面对骚扰蚊子，他竟能忘记难忍的叮咬，视之如群鹤舞空，怡然自乐。

正是这种超然物外的高旷襟怀和对事物超功利的审美态度，养成了沈复美化生活的天性，卜居处家，瓶花盆树，叠石架木，吟诗作画，品文联句，静室焚香，对月酌酒，访胜探幽，乐此不疲。沧浪亭畔，"我取轩"景色宜人，"檐前老树一株，浓阴覆窗，人面俱绿，隔岸游人往来不绝"，沈复与芸娘终日品诗论画而已。"自以为人间之乐，无过于此矣。"七夕之夜，夫妻同拜织女星，"是夜月色颇佳，俯视河中，波光如练，轻罗小扇，并坐水窗，仰见飞云过天，变态万状"。恬淡自适的心态，超功利的适心悦目的审美活动，使沈复超越了封建礼俗，对女子具有一种现代平等意识。因此芸娘说："宇宙之在，同此一月，不知今日世间，亦有如我两人之情兴否？"沈复回答："纳凉玩月，到处有之。若品论云霞，或求之幽闺绣阁，慧心默证者固亦不少；若夫妇同观，所品论者恐不在此云霞耳。"②

沈复夫妻不遗余力地追求美化人生的审美体验。为了求得案头瓶花逼真自然，他们将绘画中的草虫之法移植到插花艺术之中："虫死色不变。觅螳螂蝉蝶之属，以针刺死，用细丝扣虫项系花草间，整其足，或抱梗，或踏叶，宛然如生。"叠石架木无不别出心裁，或亭亭玉立，或飞舞横斜，或深或浅，或藏或露，无不"周回曲折"俯仰生姿。他们用宣州石叠盆景："用宜兴窑长方盆叠起一峰，偏于左而凸于右，背作横方纹，如云林石法，巉岩凹凸，若临江石矶状。虚一角，用河泥种千瓣白萍。石上植茑萝，俗呼云松。经营数日乃成。至深秋，茑萝蔓延满山，如藤萝之悬石壁。花开正红色，白萍亦透水大放，红白相间，神游其中，如登蓬岛。置之檐下，与芸品题：此处宜高水阁，此处宜立茅亭，此处宜凿六字曰

---

① 曹兴信：《论〈浮生六记〉的文化意蕴》，《天津社会科学》1992 年第 4 期。

② 沈复：《浮生六记》，外语教学与研究出版社 1999 年版，第 28 页。

'落花流水之间'，此可以居，此可以钓，此可以眺。胸中丘壑若将移居者然。"①他们完全沉静在美好生活的创造与享受之中，"胸中丘壑若将移居者然"，"神游其中"不能自拔，以至一天盆景为猫所碎，"两人不禁泪落"。

超然物外的审美心态，使沈复即使生活在离家失所颠沛流离的困厄之中，也不知愁苦为何物。在被逐出家门，借居朋友鲁半舫家的萧爽楼一年半的逆境之中，沈复、陈芸豁达自适不改往日潇洒，成为日后他们难忘的记忆。若无超功利的平淡与审美心态，在被父亲扫地出门后，寄人篱下焉能有如此悠闲之心情感受生活："晦明风雨，可以远眺。庭中木犀，清香撩人。"每天还"小酌必行令"，怡然自得，曾不知苦之滋味。寄居在锡山华氏乡下，沈复夫妇抛女别子，贫病交加，却依然恬淡自若地美化生活，创制"活花屏"，"多编数屏，随意遮拦，恍如绿荫满窗，透风蔽日，迂回曲折，随时可更，故曰活花屏。有此一法，即一切藤本香草随地可用。此真乡居之良法也"。离开华家以后，沈复夫妇走投无路，靠借贷过日子，但即使在生计无着，前往上海借债途中，沈复还是绕道到常熟去探访虞山胜景，豪兴依旧，"猿攀而上"，登上"无径可登"的山巅，连陪同他的人都赞叹地说："壮哉，游兴之豪，未见有如君者！"②

再次，酷爱自然，放浪江湖，流连山水。"驾一叶之所如，凌万顷之茫然，飘飘乎而不知其所止"，江海寄余生，向来是中国高洁之士的理想生活。李白放浪江湖，高呼"安能摧眉折腰事权贵，使我不得开心颜"，任性所至，"且白鹿青崖间，会须即骑访名山"。欧阳修寄情山水，乐在其中，"醉翁之意不在酒，在乎山水之间也"。仁者乐山，智者乐水。山山水水消去了多少人心中不平块垒，茅亭田舍抹平多少人悲愤凄苦。沈复襟怀高旷，不戚戚于功名利禄，不蠢蠢于凡尘俗务，以追求自适自为的自由生

241

---

① 沈复：《浮生六记》，外语教学与研究出版社 1999 年版，第 100 页。
② 王宜庭：《沈复散文选集》，百花文艺出版社 1997 年版，第 208 页。

活为目的。山水田园，为安放他那被世俗压抑不平、渴望飞向自由的心，提供了蓝天白云、青山绿水般的精神家园，也为他们生活和艺术注入了激情想象与浪漫情愫。污浊压抑的现实与高洁超然的心性形成的巨大反差，使沈复选择了一条忏逆现实的自适之路——在大自然中寻找美，寄情山水，放浪江湖。沧浪亭畔，虎丘之巅，太湖水上，函谷关口……无不留下他访胜探幽的身影。《浮生六记》之四"浪游记快"记叙了沈复自十五岁游绍兴吼山起，到四十四岁游济南趵突泉止，三十年间足迹遍及大半个中国旅游经历。沈复记游，重点在一"快"字，因此他对山水不作纯客观的描摹，更不搜索传志、堆砌典故，而是把个人的精神与山情水趣融汇在一起，写出亲临其境的个人情兴和心得。

其超脱宽广的襟怀，使他喜爱高旷开阔的景色。杭州的朝阳台"颇高旷"则"奋勇登其巅，觉西湖如镜，杭城如丸，钱塘江如带，极目可数百里"；荆州城上的雄楚楼，"规模雄峻，极目可数百里。绕城傍水，尽植垂杨，小舟荡桨往来，颇有画意"；函谷关"关在山河之间扼喉而起，重楼垒堞，其其雄峻而车马寂然，人烟也稀"；苏州西山飞云阁"四山抱列如城，缺西南一角，遥见一水浸天，风帆隐隐，即太湖也。倚窗俯视，风动竹梢如翻麦浪"；飞云阁殿后峭壁之上的平台，"残砖缺础尚存，盖亦昔日之殿苦也。周望环山，较阁更畅"，"对太湖长啸，则群山齐应"。这些空旷阔远的景观，恰合了沈复高旷超远的情怀与襟抱。

其自由淡泊的天性使沈复喜欢自然天成的景观，不喜无自然本色、匠气十足的景点。他说："余凡事喜独出己见，不屑随人是非，即论诗品画，莫不存人珍我弃、人弃我取之意；故名胜所在，贵乎心得，有名胜而不觉其佳者，有非名胜而自以为妙者。"绍兴吼山旱园，"拳石乱叠""有柱石平其顶而上加大石者，凿痕犹在"，沈复认为其"一无可取"。苏州园林甲天下，沈复却说："吾苏虎丘之胜，余取后山之千顷云一处，次则剑池而已，余皆半借人工，且为脂粉所污，已失山林本相。""其在城中最著名之狮子林，虽曰云林手笔，且石质玲珑，中多古木，然以大势观之，竟同乱堆煤渣，积以苔藓，穿以蚁穴，全无山林之势，以余管窥所及，不知其妙。"滕王阁名闻天下，沈复也不以为然："犹吾苏府学之尊经阁移一胥门之大马头，王子安序中所云不足信也。"

其自适自为的艺术趣味使沈复喜欢静谧幽深甚至人迹罕至的冷景。常熟虞山的"洞府"在绝壁悬崖上，人迹罕至，他敢于"猿攀而上"探险访幽，以至"俯首下视，腿软欲堕"，"以腹面壁，依藤附而下"。扬州的九峰园，因"在南门幽静处，别饶天趣"，"余以为诸园之冠"。西山的放鹤亭，因为"一路霜林，月下长空，万籁俱寂"，对月弹琴吹箫，便以为"飘飘欲仙"。张士诚王府废基处瓦砾成堆，地旷人稀，"颇饶野趣"。他和芸娘租住其间，吟联纳凉，悠闲自在。

我认为《浮生六记》让人最感动处无非一"情"字。林语堂说："人生在世，无一事非情，无一事非欲。"① 刘勰也指出："人禀七情，应物斯感；感物吟志，莫非自然。"② 张行在《小说闲话·真情之动人》说："此书（《浮生六记》）笔墨固佳矣，然其所以佳者，则尤在真情也，能得真情，则在自述所历而又在不饰不讳也。"③ 无疑，率性无伪真情流露是《浮生六记》最大的特色。沈复欣然命笔，是神情所寄，如鱼刺在喉，不吐不快，如其所言："苟不记之笔墨，未免有辜彼苍之厚。"④ 沈复为人坦荡自适，不为礼俗所缚，坦诚地记夫妇之真情，大胆地冠"闺房记乐"于篇首，以旖旎宛转的笔调记叙了自己与陈芸恋爱婚姻经过，不矫情，不虚饰，如作者如言，"不过记其实情而已"。陈寅恪先生在《元白诗笺证稿》中指出："吾国文学，自来以礼法顾忌，诗文不敢多言男女关系，至于正式男女关系如夫妇者，尤少涉及。盖闺房燕妮之情意，家庭米盐之琐屑，大抵不列于篇章，惟以笼统之词，概括言之而已。此后来沈三白《浮生六

① 林语堂：《说诚与伪》，《无所不谈合集》，东北师范大学出版社 1994 年版，第 18 页。
② 刘勰：《文心雕龙（上册）》，齐鲁书社 1981 年版，第 59 页。
③ 张行：《小说闲话》，转引自黄霖《中国历代小说论著选》，江西人民出版社 1990 年版，第 99 页。
④ 王宜庭：《沈复散文选集》，百花文艺出版社 1997 年版，第 31 页。

记》之《闺房记乐》所以为例外创作。"① 所以为例外者，是因为沈复不是在为另一烈女作传，而是两个离经叛道、蔑视礼法者。在中国道学思想的影响下，人们不敢记叙夫妻生活的真情，所吟咏者大多非妓即妾，而真正记叙夫妻之情的作品少之又少。传统礼教对于夫妻关系有严格规定，它的总原则要保证嗣统绵延和家庭稳定，即"香火不断"。女人的作用只被承认为传宗接代的工具，因此礼教根本不承认爱情的合理地位。夫妻的亲昵只限于卧室床笫，不可示人，"示人"即被指责为"放荡""不检点"。《礼记·曲记》说："男女不杂坐，不同椸枷，不同巾栉。"夫妻同房，只是为了生育子嗣，因而婚床之外，夫妻之间就应当避免肉体的接触，互相递送物品时也不可接触对方的手，"非祭非丧，不相授器。其相授，则女授以篚。其无篚，则皆坐，奠之，而后取之"（《礼记·内则》）。即使在卧室之内，夫妻之间也要保持男尊女卑的等级秩序，妻子不能把自己的衣服挂在丈夫的衣架上，不可以把自己的物品放在丈夫的篚笥里，平时夫妻相处，按《礼记·仪礼》规定："平日纚笄而相，则有君臣之严；沃盥馈食，则有父子之敬；极反而行，则有兄弟之道；规过成德，则有朋友之义。"总之，夫妻之间不能有这些礼教内容之外的儿女私情。沈复率性由真，极端蔑视礼法，他自谓"性爽直，落拓不羁"，当陈芸敬之如宾时，他厌烦地大呼："卿欲以礼缚我耶？语曰：'礼多必诈。'"他与陈芸"鸿案相庄廿有三年，年愈久而情愈密"②。无论是暗室相逢，还是窄途邂近，必握手相问，曾不作扭扭捏捏之道学面孔。他和芸娘相亲相爱，如胶如漆，如鱼得水："合卺后，并肩夜膳，余暗于案下握其腕，暖尖滑腻，胸中不觉怦怦作跳。"婚后小别，并肩调笑，"恍同密友重逢，戏探其怀，亦怦怦作跳，因俯其耳曰：'姊何心春乃尔耶？'芸回眸微笑，便觉一缕情丝入摇入魂魄，拥之入帐，不知东方之既白。"他和芸娘不忍离别，求学暂别，"恍同林鸟失群，天地异色"。小住学馆，"每当风生竹院，月上蕉窗，对景怀人，梦魂

---

① 陈寅恪：《元白诗笺证稿》，上海古籍出版社 1978 年版，第 99 页。
② 王宜庭：《沈复散文选集》，百花文艺出版社 1997 年版，第 36 页。

颠倒"，思之若渴。得先生允许归家，如罪人得赦，归心似箭："登舟后，反觉一刻如年。""及抵家，吾母处问安毕，入房，芸起相迎，握手未通片语，而两人魂魄恍恍然化烟成雾，觉耳中惺然一响，不知更有此身矣。"从沈复所记中，我们看不到半点虚假，只见一腔真情如一泓亮丽的清泉自山涧倾泻而下，无遮无拦，所过之处，鸟语花香，仿佛人间胜境。

沈复可贵之处不仅在于他无视封建礼教，以平等态度对待芸娘，而且在于他对芸娘情深意切，处处替芸娘着想。"我取轩"中，他和芸娘邀月畅饮，联句遣怀，"倚窗对酌，酒未三杯，忽闻桥下哄然一声，如有人堕，就窗细瞩，波明如镜，不见一物，惟闻河滩有只鸭急奔声。余知沧浪亭畔素有溺鬼，恐芸胆怯，未敢即言"①。沈复洒脱不羁，却能于细小处替妻子着想，怕她害怕，而不敢言，只有爱之深才能体贴之切。芸娘初为新妇半年，还未到过"我取轩"间壁的沧浪亭，中秋之日，沈复特意"先令老仆约守者，勿放闲人"，偕陈芸游逛沧浪亭："少焉，一轮明月已上林梢，渐觉风生袖底，月到波心，俗虑尘怀，爽然顿释。芸曰：'今日之游，乐矣！若驾一叶扁舟，往来亭下，不更快哉！'"② 为了能让芸娘一饱水仙庙"花照"眼福，沈复不但替妻子出谋划策——女扮男妆，而且极力鼓励她怕"为人识出既不便，堂上闻之又不可"的顾虑："庙中司事者谁不知我？即识出，亦不过付之一笑耳。吾母现在九妹丈家，密去密来，焉得知之？"③

沈复不仅有一双艺术家的审美眼光，也有一颗诗人画家敏感细致的心。他对妻子芸娘体贴入微，悲悯备至。因为他们夫妇离经叛道、蔑视封建礼法，所以为家人、亲戚所不容。沈复父亲因娶妾及小儿子借贷不还之事首次发难，写信要沈复休妻。沈复接信后，"如闻青天霹雳，即肃书认

245

---

① 王宜庭：《沈复散文选集》，百花文艺出版社 1997 年版，第 37 页。
② 同上书，第 38 页。
③ 同上书，第 44 页。

罪，觅骑遄归，巩芸之短见。到家述其本末"。① 当时沈复"馆真州"，接父亲信后一面即速修书向父亲认罪，挽回书面，一面赶紧雇骡马回乡，生怕芸娘受辱寻短见。后来他宁愿和妻子一起被父亲逐出家门放弃优裕的生活，也不愿置芸娘于不顾，更不愿休妻。其心之善，其情之真，天地可鉴。因此芸娘弥留之际甚感欣慰："忆妾唱随二十三年，蒙君错爱，百凡体恤，不以顽劣见弃。知己如君，得婿如此，妾已此生无憾。"②

沈复自谓"多性重诺"，今日观之，是也。芸娘的去世使沈复悲痛俗欲绝："当是时，孤灯一盏，举目无亲，两手空拳，寸心欲碎。绵绵此恨，曷其有极！"③ 人死不能复生，而沈复思念芸娘欲罢不能，无奈之下甚至渴望见到她的鬼魂。

刘勰辨文，有为情而造文，为文而造情之分。沈复的《浮生六记》完全是"志思蓄愤"为情而造文的"发愤"之作。沈复为感情驱使，情动于中，如鲠在喉，不吐不快，使他用手中如椽之笔，饱蘸昂扬的生命激情，抛开一切道学礼俗，任意挥洒真情真性，谱写了一曲爱之篇章，情之篇章，自由之篇章。俞平伯评价《浮生六记》说："这书颇觉粲然可观"，"其风裁的简洁，实作者身世和性灵的反映使它如此的。我们可幸，失掉一个'禄蠹'式的举子，得着一个真性情的闲人。他因不存心什么'名山之业'、'寿世之文'，所以情来兴到，即濡笔伸纸，不知避忌，不假妆点，本没有徇名的心，得完全真正的我。处处有个真我在，这总是一篇好的自叙传。"④ 沈复本无心为文名，无意"铁肩担道义，妙手著文章"，但正所谓有心栽花花不发，无心插柳柳成荫，因实录真情真意，自然感人，文遂得传。这大概就是经典自动淘汰律吧。时间是最好的淘金者，黄沙洗尽始见金，只要是金子，一定会发光。《浮生六记》从乾隆朝成书，到光绪年

---

① 王宜庭：《沈复散文选集》，百花文艺出版社 1997 年版，第 85 页。
② 同上书，第 93 页。
③ 同上书，第 94 页。
④ 沈复：《浮生六记》，北京出版社 2003 年版，第 208—209 页。

间被从民间发现得以流传，时间过去了一百多年，如果不是它的真情感人，那么它早就湮灭在历史的长河里，不为人们所知了。历史是最好的试金石！

如果我们溯本求源，对沈复、陈芸夫妇和林语堂的个性性格再作更深一层的文化思考和探索，我们会发现文化是一种经过长期历史积淀所形成的一种心理定式，这种定式一旦形成便成为一种集体无意识，像基因一样遗传延续下去，在一代一代人的身上或族群中显现出来。追求个人自由，崇尚自适自慰的道家文化，对中国历代文人的心理定式作用绵延不断，像嵇康、阮籍、陶渊明、李白、苏轼、沈复、林语堂等都有过一定的心理定式诱导作用，对他们的性情及心态也都产生过不同程度的文化塑形功效。因此分析老庄思想对《浮生六记》的作者及其爱人和林语堂的影响，作为中国文化心理定式作用的个案，对于了解中国文化对知识分子的人格形成原因具有一定的研究价值。林语堂不仅自称是道家的门徒，明确地表示自己的天性接近于道家，而且把庄子当作自己的师傅，他说："最后又有一些更伟大的人物：我比较不当他们做精神上的伴侣，而当他们做师傅，他们的明朗的理解是那么近情，又那么神圣，他们的智慧已经变成完全自然的东西，因此似乎表现得很容易，丝毫不需要努力。庄子就是这第一个人物，陶渊明就是这么一个人物：他们精神的简朴纯真，是较渺小的人们望尘莫及的。在本书（笔者注：指《生活的艺术》）里我有时在相当的声明之后，让这些人物直接向读者说话，有时则替他们说出来，好像是我们自己在说话似的。我和他们的友谊维持得越久，受他们思想的影响也就越大；我的思想在他们的熏陶之下，是倾向于亲昵，不拘礼节，不可捉摸，无影无形的类型的，这种影响正和父母对良好家庭的影响一样。"① 在《〈浮生六记〉英译自序》林语堂分析了沈复夫妇人格魅力的同时，也指出他们恬淡自适、任性自由人格魅力的文化渊源——道家文化："他们两位

247

---

① 林太乙：《林语堂传》，中国戏剧出版社1994年版，第137—138页。

胸怀旷达，淡泊名利，与世无争"，"我们看见这书的作者自身也表示那种爱美爱真的精神，和那中国文化最特色的知足常乐恬淡自适的天性！"①

把乾隆时代的沈复、陈芸与现代的林语堂作一番比较，它能使我们看到中国文化潜质对不同时代文人所产生的共同影响（或者叫文化塑形）。对照林语堂与《浮生六记》中的沈复、芸娘，便会发现他们在以下方面存在着许多共同的特质或个性特点：

1. 酷爱自然，寄情山水

沈复夫妇敢于冲破封建礼俗的禁锢，冒天下之大不韪，赏沧浪，观"花照"，游太湖，逛南园……他们放浪江湖，贴近自然，追求心灵的自适自为。"他俩（笔者注：指沈复和陈芸）以享受大自然为怡情悦性中必不可少的事件。"② 林语堂和他们一样对大自然有着一种近乎疯狂的痴迷，他说："让我低低地躺着，紧贴着土壤，和草根亲近着，我便会觉得十分心满意足。我的灵魂在沙土里舒服地蠕动着，觉得快活。有时当一个沉醉在之土地上时，他的神灵似乎那么轻飘，使他以为是在天堂。"③ 小时候，林语堂和他三哥、四哥到厦门鼓浪屿教会学校读书，因为厦门离漳州平和县旅程很远而且要花钱，他们一年只能回家一次。就在这一年一次的回家途中，有两件快乐事情让林语堂终生难忘，一件是回到母亲身边的快乐，一件事是由平和坂仔到厦门求学途中的景色，让他陶醉在大自然的山明水秀之中，终生难忘。

248

小溪到龙溪，一路山明水秀，迟迟其行，下水走两天，上水须三天。幼年的我，快乐无比地享受这山川的灵气及夜月的景色。④

长大以后，林语堂仍然耿耿不能忘怀大自然，他说："我喜欢采取低姿态，与泥土接近，我的灵魂在泥土沙粒中蠕动时，感到很舒服。"30 年

---

① 沈复：《浮生六记》，北京出版社 2003 年版，第 201—202 页。
② 林语堂：《生活的艺术》，陕西师范大学出版社 2006 年版，第 298 页。
③ 林太乙：《林语堂传》，中国戏剧出版社 1994 年版，第 1 页。
④ 林阿苦等：《吾家》，东北师范大学出版社 1994 年版，第 15 页。

代在上海他家的园子里，据林氏女儿回忆，他们住在这所房子里，完全是为了这花园的缘故，因为春天到来，花园里姹紫嫣红，热闹非凡：

每天清早……父亲一只手拉着妹妹，在园中慢慢地走着，欣赏着各种飞鸟的歌唱。①

1936 年林语堂应赛珍珠之邀，到美国去著书，他仍然不能忘却与自然相亲的热望，他在给亢德的信中表达了自己理想与现实的矛盾与苦闷：

初住莱斯文尼亚省乡下一个月，饱享异国村居的风味，饥来园中摘苹果，兴发涧上捉鱼虾……我现居纽约中央公园西沿七楼上，这是理想的失败。本想居普林斯顿大学附近，因原来我准备本年乡居，同小孩赤足遨游山林，练练身体——多美的理想啊！凡梦都是美的。②

林语堂酷爱钓鱼，他认为这是人接近大自然的最好机会，可以享受"落霞与孤鹜齐飞，秋水共长水一色"的人间美景，当此时，人与自然相谐，天、地、人融为一体，岂不快哉！他说："钓鱼常在湖山胜地，林泉溪涧，可以摒开俗务，怡然自得，归复大自然得身心之益。"③ 他非常羡慕江海寄余生的渔夫生活，他用张君寿的一首诗表达了这种情感："我最爱张君寿一首咏对打渔夫妇的诗：郎提渔网截江围，妾把长竿守钓矶；满载鲂鱼都换酒，轻烟细雨又空归。"他用中国山水画比喻人与自然相和谐的意境，他说："人生在宇宙中之渺小，表现得正像中国的山水画。在山水画里，山水的细微处不易看出，因为已消失在水天的空白中，这时两个微小的人物，坐在月光下闪亮的江流上的小舟里。由那一刹那起，读者就失落在那种气氛中了。"④ "在静逸的环境中，口含烟斗，手拿钓竿，涤尽烦琐与自然景色相对，此种环境，可以发人深省，追究人生韵味，恍然人世这熙熙，是是非非，舍本逐末，轻重颠倒，未尝可了，未尝欲了，而终不可了。"

① 林阿苦等：《吾家》，东北师范大学出版社 1994 年版，第 125 页。
② 林语堂：《林语堂自述》，大象出版社 2005 年版，第 186 页。
③ 林太乙：《林语堂传》，中国戏剧出版社 1994 年版，第 219 页。
④ 林语堂：《林语堂自述》，大象出版社 2005 年版，第 9 页。

249

仁者乐山，智者乐水。在语堂眼里，山水是有灵性的，它可以陶冶性情，消解现世的俗务与烦恼；可以使人感悟人生，找到自我，使人不至于狂妄自大、不可一世。庄子曰："天地有大美而不言"，林语堂认识到："人性的束缚，人事之骚扰，都是因为没有见过，或者忘记，这海阔天空的世界。要明察人类的渺小，须先看宇宙的壮观。"① 他把亲近大自然作为人存在于世的一种生存方式，一种有意义的活动。"享受大自然，是一种艺术，视人的性情个性而异其趣。"② 因为人生在世，如白驹过隙，"浮生如梦，为欢几时？"唯山间之清风，江上之明月，耳得之，目遇之，心悦之，暂得于己，或歌舞，或纵酒，或长啸，或缄默，世间俗务，宠辱偕忘，岂不快哉！这不仅仅是林语堂一人，也是中国历代文人士子解决现实与理想、肉身与心灵冲突的唯一办法：自然之美使人超越自我，忘身物外，从而达到超脱尘俗的淡泊境界。

2. 追求自由与心灵自适，厌恶官场

在读《浮生六记》时，沈复夫妇淡泊名利，任性自由的鲜明个性和人生境界给我们留下了深刻的印象，林语堂也深深为他们无为自由、率性真诚的真情真性为折服，他说："我颇觉得芸是中国文学中所有女子中最为可爱的一个，他俩（笔者注：指沈复和陈芸）的一生很凄惨，但也很放荡，是心灵中所流露出来的真放荡。"③ 从林语堂对他们夫妇的赞叹中，我们也可以推测出他自己的内心世界和人生追求。林语堂把庄子、陶渊明奉为自己的师傅，把任性潇洒的白居易、苏东坡，浪漫风流的屠赤水，独出心裁的袁中郎，叛逆放肆的李卓吾，感觉敏感的张潮，快乐直爽的金圣叹当作朋友，认为自己和他们有着相通的思想与情操。而这些人都是特立独行、任性自由的名士。从古代自庄子一路追踪下来，我们能很轻易地勾勒出林氏的个性性格和人生取向：追求自由与心灵自适。林语堂酷爱自由，称自

250

---

① 林语堂：《林语堂自述》，大象出版社 2005 年版，第 27 页。
② 林语堂：《生活的艺术》，陕西师范大学出版社 2006 年版，第 268 页。
③ 同上书，第 289 页。

己为自由主义者，这一点他在《林语堂自传》中有过明确的表述，他说："个人的生命究竟对于我自己是最重要不过的。也许在本性上，如果不是在确信上，我是个无政府主义者，或道家。"①　"一个人若能自在，则便已登上天堂了。"②　我们读一读他的《言志篇》、《有不为斋解》、《我来台后二十四快事》等，这种自由自适的个性性格很容易从他的言行里得到证实。他喜欢赤脚，喜欢打赤膊，喜欢在雨中散步，喜欢和孩子们吹肥皂泡，喜欢吃西瓜时满嘴流汁……总之，只要不是损人利己，他就会无所顾忌地干自己爱干的事，可以说是为所欲为，如他自己所说的那样："我要享受我的自由，不愿别人干涉我。"③　"因为我素来喜欢顺从自己的本能，所谓任意行事；尤喜自己决定什么是善，什么是美，什么不是。"④

　　率性由真，追求生活自赏自适，使他和沈复、陈芸夫妇一样，厌恶官场，耻谈仕途。林氏称自己是食草动物，善治己，不善治人，因为治人的人都是食肉动物，官场就是弱肉强食的大染缸。当年他在北京为武汉国民政府外交部长陈友仁的英语折服，毅然南下武汉投奔，任国民政府外交部秘书，旋即离去，因为他发现政治家是食肉动物，而自己是食草动物。超然物外，洒脱自然，任性自为，不为世俗为累，是林语堂终生追求的目标，他曾经写道："对我而言，顺乎本性，就是身在天堂。"⑤　为了保持个性的自由独立，林语堂一生都是个自由职业者。

　　3. 以审美的心态享受今生

　　现实是痛苦的，人生是短暂的。面对现实人生，人们往往会发出"人生苦短"的喟叹，会产生伤春与悲秋的感慨。"浮生如梦，为欢几时？"人生有涯，而宇宙无限，以有限待无限，痛苦挣扎，岂不悲也？如何看待人生，这是千百年来人类苦苦思索的问题。宗教的产生，哲学的问世，可以

251

---

①　林语堂：《林语堂自述》，大象出版社 2005 年版，第 25 页。
②　林语堂：《生活的艺术》，陕西师范大学出版社 2006 年版，第 378 页。
③　同上书，第 76 页。
④　同上书，第 24 页。
⑤　林语堂：《林语堂自述》，大象出版社 2005 年版，第 71 页。

说无不是"但为君故，沉吟至今"。林语堂和沈复、陈芸夫妇对待现实的态度是一样的，即不以人生为苦，反以人生为乐。他们都能以一种超然物外的心态来享受现实人生，以审美的眼光去发现现世世界的美好。陈芸说："必得不昧今生，方觉有情趣。"① 林语堂则把人生比作是一顿盛宴，是人们享受的，他说：现世世界，"这样看来，岂不是一席人生的宴会，摆起来让我们去享受——只是由感官去享受；同时由那种文化承认这些感官的欢乐存在，而使我们也可坦白地承认这些感官的欢乐的存在；这岂不显而易见吗？"② 从《浮生六记》中，林语堂透析出安乐的奥妙，他说："读了沈复的书，每使我感到这安乐的奥妙，远超乎尘俗之压迫与人身之痛苦——这安乐，我想，很像一个无罪下狱的人心地之泰然，也就是心灵已战胜了肉身。"③ 所以他主张人生是美好的，要学会享受人生这顿盛宴。他说："我以为人生不一定要有目的或意义。惠特曼说：'我这样地做一个人，已够满意了。'所以我也以为我现在活着——并且也许再活几十年——人类的生命存在着，那就已经够了。这样看法，这个问题便变为极简单，而不容有两个答语，就是人生的目的除了去享受人生外，还有什么呢？"④ 如此看待人生，使林语堂和沈复、陈芸夫妇一样安时处顺，不仅少有愤世嫉俗，而且从生活中发现美，享受美。这使得他们的人生儒雅恬淡，用张潮《如梦影》中的话形容，就是"人须求可入诗，物须求入画"。诗化人生是他们的共同追求。

综上所述，我们可以看出一种文化具有连续性和传承性，它对不同时代的人都有着不同程度的影响，对他们的文化情怀和个性特质具有塑形作用。

[作者单位：漳州师范学院]

---

① 王宜庭：《沈复散文选集》，百花文艺出版社 1997 年版，第 41 页。
② 林语堂：《林语堂自述》，大象出版社 2005 年版，第 145 页。
③ 沈复：《浮生六记》，山西古籍出版社 2007 年版，第 3 页。
④ 林语堂：《林语堂自述》，大象出版社 2005 年版，第 134 页。

被"言说"的"角色期待"与"角色真实"

——张爱玲散文文化意味的复杂性

温左琴

张爱玲小说与散文之间的"互文性"是张爱玲研究中一个值得关注的侧面。有学者言道:"张爱玲的小说,尽言他人之事,甚至回避采用第一人称的叙述体,只管编织沪港百余年来男女悲欢的密密情网,却处处有她的倩影在内闪动。"①而张爱玲的散文却从来不曾回避"我"的介入与存在。也许是自五四以来成熟的现代散文有意把"真实"标示为散文的灵魂,或是在现代意识范畴中被发现的"我"与文学真实性的天然关联,张扬的"我"一直是现代散文创作中的抒情主体和叙事主体。"我"的主体性在郁达夫、林语堂的眼里是"个性"或"性灵",而在张爱玲的散文世界里则是与伦常日用密切关联的"俗"身。在散文中,她对日常生活审美性的把握,对冷暖人生的特别体悟,透出一股结结实实的生活气息。

和现代散文的诸多大家相比,张爱玲的散文产量不算多,总量约六十余篇。它们包括:散文集《流言》、《对照记》,小说散文合集《张看》,《续集》中的相关部分,还有一些散见于四十年代报刊杂志的篇什和作者为自己作品写的序跋等。《对照记》是一部晚年的作品,图文并茂,专门

① 《张爱玲散文全编》,浙江文艺出版社 1992 年版。

收录了作者历年的珍贵照片。这是一部回忆气息极浓的作品，可以作为另类"散文"类型与其他作品相互对照。

张爱玲向来是作为一个冷艳孤傲的女子展现在世人面前。她的风趣刻薄的别致，使得新时期大陆散文名家贾平凹惊呼她是一个会说是非的女狐子。当研究者一味属意于她的小说创作时，张爱玲常常被定位于一个擅长酿制氤氲、会讲故事的作家。然而深入体味张爱玲的散文，你会看到她身上由不同生活角色所形成的复杂的文化色彩。徘徊于现代与传统之间的张爱玲，既是一个敢于从弥漫着遗老气息的家庭出走的"叛逆者"，同时又是一个与时代各种巨变相隔的"庸人"，作为中西文化共同锻铸的"知识女性"，在参透男性中心文化下女性的处境的同时，又欣然以"俗人"自居。"历史"的"旧"与"时代"的"新"，似乎一同成为张爱玲这一复杂主体在审美视野里的"风景"。被"言说"的角色，反倒被生活的真实角色所消解——这是张爱玲散文创作给我们留下的复杂感喟。

（一）

"逃离"既是张爱玲青少年时期的生活写真，也是她一生无法改变的精神走向。当她从"关押"了半年之久的父亲家里逃出来与母亲共处一个屋檐下的时候，并不是"逃离"的结束，而是新的"逃离"的开始——表现为心理上的潜逃以及对传统母爱的颠覆。从某种意义上说，正是这一母女关系的紧张成就了张爱玲。"这是一个极有光彩的中国女性。可是这种光彩，是以牺牲子女对母爱的渴望为代价的。其代价的结果是张爱玲本能地背离了她的道路、文化和人生追求。""张爱玲的独特性格和文字成就，可以说，正是她母亲的反面。"[①] 对于这样一个极富现代气息的母亲，张爱玲不但不予赞美，而且对歌颂母爱这一恒久主题的正确性提出质疑。凭着自己的早慧和对世态人情的观察，张爱玲颠覆以往把母亲作为女性价值最高体现的观念。区别于冰心大声讴歌母爱的伟大无私，张爱玲却以怀疑的

---

① 陈思和：《读张爱玲的〈对照记〉》，上海文艺出版社 1996 年版，第 232—233 页。

态度打量母亲对自己的感情。"同时看得出我母亲是为我牺牲了许多,而且一直在怀疑着我是否值得这些牺牲……这时候,母亲的家不复是柔和的了。"(《私语》)张爱玲对母爱的文化内涵给予了颠覆性的解析,并延伸了对男权中心文化的批判。张爱玲认为,"自我牺牲的母爱是美德,可是这种美德是我们的兽祖先遗传下来的,我们的家畜也同样具有的——我们似乎不能引以自傲,本能的仁爱只是兽性的善。"(《造人》)所以,母爱不是一个女性最高价值的体现,它只是一种"兽性的善",没必要讴歌颂唱。同时,张爱玲进一步指出:"母亲"不过是男权社会派发给女性的角色,"普通一般提倡母爱的都是做儿子而不做母亲的男人,而女人,如果也标榜母爱的话,那是她自己明白她本身是不足重的,男人只尊敬她这一点,所以不得不加以夸张,浑身是母亲了"。对儿子而言,母亲是他们避风的港湾,最终的归属地,然而这种身份角色的限制意味着母亲是一个事物,而非完整的人。母爱主题的过分渲染,导致女性自身本位意识被淹没。塑造母爱神话不过是男性文化哄骗女性恪守其以男性为中心的意识形态的一个手段。张爱玲在她的作品中,无论是小说还是散文,都没有正面宣扬过母爱这一主题。张爱玲不仅在散文中袒露自己对母亲的怀疑,就是在小说里也找不到正面伟大的母亲形象。从根本上来看,讴歌母爱就是对男性文化的妥协与认同。相较冰心的母爱颂被男性文化易于接受的现状,张爱玲叛逆的观点则受到谴责。但无疑,刻薄的张爱玲虽然比冰心少了份诗意,但多了份深刻。

255

"叛逆者"的张爱玲关于童年家庭的回忆不乏灰暗、苦涩与恐怖,但她回望自身"贵族"历史时,感伤的眷恋又赋予"家园"以温馨与甜蜜。作者在《私语》中不忘天津的家有一种"春日迟迟的空气",家的明朗爽气并不曾淡出记忆之域。"春日迟迟"是一个雅词,来源于《诗经·豳风·七月》"春日迟迟,采蘩祁祁。"在《私语》中,张爱玲记叙道:"房屋里有我们家的太多的回忆,像重重叠叠复印的照片,整个的空气有点模糊。有太阳的地方使人瞌睡,阴暗的地方有古墓的清凉。房屋的青黑的心子是清醒的，有它自己的一个怪异的世界。而在阴暗交界的边缘，看得见阳光，听得见电车的铃与大减价的布店里一遍又一遍吹打着'苏三不要哭'，在那阳光里只有昏睡。"一代贵族之家的衰败与没落景象沉浸着作者本人无限的伤感情绪。晚年散文集《对照记》中，张爱玲在铺排自己"人生流程"的同时，也在不断向自己的先辈寻求最终的归属感。"我没赶上看见他们，所以跟他们的关系只是属于彼此，一种沉默的无条件的支持，看似无用、无效，却是我最需要的。他们只是静静地躺在我的血液里，等我死的时候再死一次。我爱他们。"与叛逆的出逃者文化角色相悖的是，这些对末世贵族温馨伤感的诉说，时时在《对照记》中荡漾。既抗拒又留恋，这就是张爱玲对那个古老大家庭的矛盾情感。身处其大家庭中时感受到压抑落寞，所以抗拒；远距离观照时看到光辉荣耀，所以留恋。同时作为一个封建家庭的出逃者和哀伤的末世贵族，张爱玲被这两种情感牵扯着，既抗拒又留恋，陷入反叛的两重性之中。

（二）

对男性中心文化强加给女性的母亲、妻子角色的定位与规范，张爱玲给予了犀利的揭露与强烈的批判。张爱玲不仅揭示了男性中心文化下女性的身份模式，而且对其男性文化的虚伪性进行有力的披露。张爱玲认为母爱不过是兽性的善，没有大写特写的必要。而男性中心文化对女性淑女的要求，即使是张爱玲母亲这样一个西化女性，仍不免深陷其中而不自知。张爱玲对上流社会极力推崇的淑女风范嗤之以鼻：她母亲教她如何巧笑，她却不笑则已，一笑即开嘴大笑，又或单是喜滋滋的笑容，傻里傻气。她母亲教她淑女的走姿，但是她走路总是冲冲跌跌，在房里她会三天两头撞着桌椅角，腿上不是磕破皮肤就是淤青，她就用红药水搽了一大片。然而"我的两年计划是一个失败的试验。除了使我的思想失去均衡外，我母亲的沉痛警告没有给我任何的影响"（《天才梦》）。母亲的"淑女训练计划"到底落空。然而当这些记忆在散文中被审美地加以铺陈时，张爱玲对反抗的某种懊悔之意亦在笔端呈现。

　　她在《洋人看京戏及其他》中对男性中心文化观念进行了尖锐的讽刺。张爱玲指出："《玉堂春》代表了中国流行着的无数关于有德性的妓女的故事。良善的妓女是多数人的理想夫人。……现代的中国人放弃了许多积习相沿的理想，这却是一个意外。不久以前有一张影片《香闺风云》，为了节省广告篇幅，报上除了片名之外，只有一行触目的介绍：'贞烈向导女'。"作者把这两种截然对立的女性身份放在一起，旨在为了突出两类女性之所以被称颂，皆是满足了男性中心文化的需求。一方面，妓女满足男性的生理需要，另一方面，贞烈女则满足男性把女性作为私有物品的精神需要。同样在《红鬃烈马》中，描写了男性的极度自私。薛平贵为了一己功名，抛妻十八年。及至想起来时，"他以为团圆的快乐足以抵偿了以前的一切"。然而她妻子一生中最美好的时光都被贫穷和等待给作践完了。张爱玲写出了男性中心文化的自私和荒唐。她从女性的立场指责了以男性自身为中心的道德标准对女性的不公与残忍。

　　其实，阅读张爱玲并不是轻松的赏游：她的散文或小说都是如此——冷艳的叙述背后，也常常伤着了作者自己。与其"冷艳"一面相对的淡淡哀愁和悠悠无奈，不仅强化了作品的审美情趣，也形成了张爱玲笔下特有的"复调"状态。张爱玲不仅仅只有或只是批判男性中心文化对女性压制与驯化，同时对女性心理痼疾一直保持着足够的自我内审。她指出，中国女性沦为"第二性"的内在原因乃是女性几千年来慢慢积累起来的奴性。外部环境固然重要，但女性自身的不觉悟同样不可忽视。"女人当初之所以被征服，成为父系宗法社会的奴隶，是因为体力比不上男子。但是男子的体力也比不上豺狼虎豹，何以在物竞天择的过程中不曾为禽兽所屈服呢？可见得单怪别人是不行的。"（《谈女人》）

　　在男性中心文化的支配下，女性的最高价值更多地体现为以男性自身需求为标准的母性和妻性。那么妇女解放后，她们的本位价值又在哪里呢？各个作家的思考各有不同。丁玲笔下的莎菲是在五四运动中觉醒的新式女性，她的典型性在于其本位价值呈现男性化的倾向。莎菲以苇弟对她

257

的爱恋肆意折磨他，而又以男性观赏女性美貌的眼光对凌吉士的外表痴痴着迷。莎菲对两名男性居高临下的折磨带着一种复仇的快感，彻底摆脱了男性文化派发给女性的角色模式。张爱玲并不认同这种极端反叛及其女性价值取向。她认为，"在任何文化阶段中，女人还是女人。男子偏于某一方面的发展，而女人是最普遍的、基本的，代表四季循环、土地、生老病死、饮食繁殖。女人把人类飞跃太空的灵智拴在踏实的根桩上。"（《谈女人》）男人与女人的不同就像超人和神，"超人是男性的，神却带有女性的成分……超人是进取的，是一种生存目标。神是广大的同情，慈悲，了解，安息。"（《谈女人》）那么在张爱玲看来什么是理想的女性？她不无玄虚地谈到："如果有这么一天我获得了信仰，大约信的就是奥涅尔《大神勃朗》一剧中的地母娘娘。"对生命有"痛切的欢欣"，对死亡有"痛切的忧伤"，这是女人"母性"的根本。张爱玲认为女人精神里的"地母"根芽才是女性的本位价值所在。而地母精神的内核并非是为男性文化量身定做的母性，她体现为对人类博大的爱恋，是由女人的天性里生发出来的东西，故而能永恒持久。

（三）

我们注意到，张爱玲并非是一个以思辨见长的作家。她能感受到时代惘惘的威胁，却并不去深究其中的奥秘。因此，尽管她强烈的反叛男性中心文化给定的传统女性角色，但是这零星的领悟并不能给中国女性带来什么切实的希望。张爱玲在认识上的模糊不清也导致了她言行上的双重性。传统文化对张爱玲的长期浸染以及其无爱的成长经历，使得她追求现世人生时在其行动上又不自觉地回归到传统女性的角色范畴。1944 年 3 月张爱玲与苏青的对谈会上，张爱玲对妇女、家庭、婚姻问题的理解与解答，进一步显示出一个传统女性的姿态。她认为女人受丈夫保护，用他的钱，穿他的衣服，那是一种快乐，是女人舍不得放弃的传统权利。她甚至认为，女人在男人面前要永远谦虚，女人要崇拜才快乐，男人要被崇拜才快乐。张爱玲完全以小女人姿态欣然接受男性中心文化，与之前的反叛言语截然相反。当胡兰成闯入她的生活时，张爱玲竟是"见了他，她就变得很低很低，低到尘埃里，但她心里是欢喜的，从尘埃里开出花来"（《今生今世》）。

"有美的身体，以身体悦人；有美的思想，以思想悦人。"（《谈女人》）张爱玲所希望的显然是"传统女性"与"职业女性"两种文化角色的统一，而值得我们深思的是这一期待则暗含着对现实的妥协。张爱玲所处的上海是一个中西交融、新旧并存的特殊场域。女性经济上的独立，并非意味着现代意义上的思想觉悟。走出家门，进入社会的小部分行业，做着一份可有可无的工作，及至嫁人了，这工作就只是供消遣的玩意儿了。这是当时大多数所谓现代女性的真实社会状况。女性在男性中心文化可以接受的范围内进行着自娱自乐的工作，从本质上并没有走出男性中心文化的支配。现实生活中女性的真实处境让张爱玲对妇女解放感到彷徨乃至绝望。这一切表现在她的作品里，便是言说中的女性无一不是以一个"苍凉的手势"为结局的。张爱玲最终以自己的行动向现实作了妥协。

作为一个成长在传统封建家庭和现代都市的张爱玲，现代和传统是其多重文化角色的基本内涵。张爱玲在她的散文中宣泄其反叛情绪，而这种反叛锋芒莫不在现代和传统的对立中被耗散。接连不断的"思想出轨"和最终却还是回归到传统的悖性，构成了张爱玲悲剧的独特性。这也是张爱玲散文在于其小说对读中的真正的价值所在。

［作者单位：福建师范大学文学院］

大陆近 20 年文史游记的发生与发展

喻大翔

自 1988 年以来，由于余秋雨在《收获》杂志的出现，由于《文化苦旅》一书 90 年代初在上海的知识出版社出版，中国大陆的旅游文学出现了中文文学史上焕然一新的文体：文史游记。知识出版社是中国大百科全书出版社上海分社的副牌，1995 年 10 月，该社更名为东方出版中心，成为中国出版集团在京城之外的唯一一家国家级出版机构。东方出版中心继续沿着余秋雨的"文化苦旅"之路，相继策划了"文化大散文系列"和"东方文化大散文原创文库"，向读书界陆续推出了李元洛《怅望千秋——唐诗之旅》、夏坚勇《湮没的辉煌》与《旷世风华——大运河传》、卞毓方《长歌当啸》、李国文《大雅村言》、汤世杰《烟霞边地》、南帆《叩访感觉》、朱鸿《夹缝中的历史》、朱以撒《古典幽梦》、沈琨《岁月山河》、费振钟《堕落时代》等数十部作品，使文史游记的创作在 20 年左右的时间蔚为一种思潮。本文即以余秋雨的创作和东方出版中心的两套丛书为例，谈谈大陆的文史游记在近 20 年左右的兴起与发展。

一 "文史游记"的界定及其成因

本文所谓"文史游记"，是指写作者将自己动态地置身在区域的、国家的甚至世界的文化现象特别是历史现象之中，用文学笔调重构自然地理中的历史人物与文化事件，从而探寻个人的或与民族命运相关的文化生命理想。"游"与"记"是作者主要的行动方式和写作方式，它能把沉淀的文史现实化，平面的文史立体化，历史的文史文学化，专家的文史大众化。"文"与"史"是文章的主要内容和目标，重视山水的文化化，但并不轻视山水自然化带来的地理影响。这种文体把重点转向了历史与自然中的人及其文化，因此，我们也可称之为人文游记、历史游记、文化游记，甚至可以说，它就是一种文化散文。

是什么原因，促成了文化散文思潮之主体——文史游记在 20 世纪 80 年代中后期的酝酿、萌芽与发展呢？笔者以为下面几点不得不注意：

第一，受到了第二次文化转型及其文化讨论热的开悟。如果说，中国文化的第一次转型经历了"洋务运动、戊戌变法和辛亥革命、五四新文化运动三个阶段"，[①] 那中国文化的第二次转型就是从 1985 年初春开始的。那个时候，中国大陆的改革开放到了精神突围的深层，人们认识到，如果只是改变经济体制，不改变政治体制，尤其是人的思想秩序，经济和整个社会的进步一定是有限的，是会受到看不见的力量捆绑和钳制的。人们发现了那个力量就叫"文化"。此阶段，由新儒学推动的声势浩大的文化讨论热潮，不仅对大陆，甚至对整个中华文化圈都产生了经久不息的影响。

如果文化是潮流，文学是船帆的话，那大潮来临，帆船和它的渡海者们不可能在潮汐的涨落中安然不动。文学界正面回应这次文化转型渴望的太多了，我只摘出几朵至今还渍在船舷上的水花，因为它们和这个散文的季节有关。1987 年，湖北省散文学会主办的《当代散文报》，即打出了通栏连环标题"文化散文"。就我所知，这可能是大陆乃至世界华文界的平面媒体，第一次使用"文化散文"这一术语。1989 年 5 月，余秋雨接受上海《解放日报》记者采访，记者连问了两个与文化和散文有关的问题。一

261

---

① 杨春时：《中国文化转型》，黑龙江教育出版社 1994 年版，第 28 页。

个是："您是不是觉得，我们这几年的文化研究，太过于理性了？"还有一个是："这一来，就产生了别具一格的文化游记？"① 没有国人对文化的特别关注，哪有记者所说"我们这几年的文化研究"？没有《收获》杂志1988年连载《文化苦旅》，又哪有记者的"文化游记"这个术语的概括？还有一点，就是余秋雨和那两套丛书的作者，热衷于文化人格的重塑，回应了"五四"时代"改造国民性"的传统和"立人"的理想。而这么一个由文史游记造成的文化散文思潮，也应合了中国第二次文化转型期刚刚迈步时，整个大陆社会急于"建立个体本位的新文化结构"② 的需要。

　　第二，受到了港台散文的启示。1980年左右，福建的海峡文艺出版社和广州的花城出版社就引进香港与台湾作家的作品上市了。我没有做过统计，印象里，到80年代中期，港台的散文单集与合集，介绍到大陆来应该是最多的。文化讨论热一兴起，历史学家柏杨《丑陋的中国人》③ 在大陆出版，恰逢其时，一纸飘红。这前后的三毛、余光中、李敖、董桥、龙应台、王鼎钧等，无不引起读书界反应与轰动。这其中有一些作家的一些作品，可能直接催化了大陆文史游记的诞生。《解放日报》的那位记者曾问余秋雨喜欢哪些散文作家？余氏开列了这么一个单子："鲁迅、周作人、林语堂、叶圣陶、朱自清、巴金、沈从文、孙犁。漂流海外的作家中有梁实秋、余光中，还有一个在大陆不太知名的叫思果，我也挺喜欢。柏杨、龙应台机敏、爽利，对当代散文的新形态有一种重要的启示。④"余氏曾说过要读那些让他仰视的书，相信这个名单不会随便开列。尤其点出柏杨、龙应台对大陆"当代散文的新形态有一种重要的启示"，也当然是可信的。那么，他所说的"散文的新形态"是什么呢？至少是他正在经手的而且模糊着不能道出来的那种散文体裁，也可能就是文化散文、文化游记或文史

262

① 余秋雨：《文明的碎片》，春风文艺出版社1994年版，第274—275页。
② 杨春时：《中国文化转型》，黑龙江教育出版社1994年版，第211页。
③ 柏杨：《丑陋的中国人》，花城出版社1986年版。
④ 余秋雨：《文明的碎片》，春风文艺出版社1994年版，第275—276页。

游记的类似物吧。

第三，受到了历代文学及散文、大陆现当代散文的影响。中国传统文学及其散文，直到今天还充满巨大活力，对上述两套丛书的精神支持也是无处不在的。余秋雨多次说到对他散文写作影响最深的是司马迁。李元洛的《怅望千秋——唐诗之旅》，及后来在长江文艺出版社印行的《宋词之旅》和《元曲之旅》，直接以唐宋元三朝诗歌菁华为资源，那种浪漫、高蹈、悲凉的古典文气，无不贯穿其间。泗河流进黄河，清江注入长江，当代文史游记的海洋也永远是不清不白的。其实，大陆现当代散文对文史游记的影响更为复杂，余秋雨点出了一批大家，而鲁迅、周作人、沈从文、钱钟书等人也成了这些书籍的主人公。但依我判断，有几位现当代散文家及其作品，是特别值得注意的。比如沈从文，他的《湘西》与《湘行散记》，今天看来那也是极典型的文史游记。比如贾平凹，1986 年 12 月，他就在百花文艺出版社出版了《商州三录》，并在一篇《题记》里提出"历史地考察"乡土，"记录""故事"① 的书写方法，实在是开了两年之后文史游记思潮的先声。

二　大陆"文史游记"的文体特征

由余秋雨擎起大旗至今仍在世界华文文学界猎猎飘扬的文史游记，有三大主要文体特征可以探讨：

第一，文本的游写内容不再以自然为中心，而是以人物及文史为中心。

中国古代的游记虽以山水为中心，但人文游记总还有一个若断若续的传统。近二十年中国大陆兴起的侧重于人文历史的游记，当然是承续了这个传统，而且，被这些笃信文化可以改变一切的散文家们发扬光大了。在

263

---

① 贾平凹：《商州三录》，百花文艺出版社 1986 年版，第 230、229 页。

他们笔下，华夏天空山河都被历史化了、故事化了、文学化了、情感化了，总之，是人文化了或文化化了！最典型莫过余秋雨《文化苦旅》中的《三峡》一篇。以前的"三峡"文章，从郦道元到刘白羽，无一不是正面铺写，余秋雨一侧再侧，全文四千五百字左右，正面描写的只有十个字："神女在连峰间侧身而立"。不幸的是，给美丽的神女还是一个远镜头，神态表情均付阙如，因为神女还只是"侧身"着呢！作者为何如此吝啬笔墨呢？原来余翁之意不在大山之奇和峡江之险，在乎从里面鼓荡、冒险出来的屈原、李白、王昭君；在乎奇山异水中涵养的中国式"叛逆"与"流注"；在乎"健全的个体生命"即文化人格在三峡的"潜藏"；在乎与那些人物和文化相关的诗词歌赋中蕴藏的文化生命理想。读者诸君，在古典的游记里，你看到过这般的景象吗?!

第二，这两套丛书号称"文化大散文"，其大之一，是所写题材要么是大乡土、大流域、大高原；要么是大历史、大人物、大人格，即精英文化人格，为第二次文化（人格）转型张大旗。独特的题材领域，成就了文史游记的历史意味与风雅格调。

夏坚勇《湮没的辉煌》写江南地理与人物，而《旷世风华——大运河传》写从杭州到京师的沿途城镇与风物；汤世杰《烟霞边地》主写云南的风土与生存方式；朱鸿《夹缝中的历史》和沈琨《岁月山河》写黄土高原上陕西和山西的地理、人物与故事；郭保林《昨天的地平线》写天山南北的奇景异事和古丝绸之路的日升月落等，读这些散文，像回到战国时代，重新体验思想与人格的纵横；又像跟着一个个向导，沿着河流或山脉前行，感受惊涛骇浪与狂霞罡风。

所谓大历史，当然是指"文化大散文"的作家们，把笔尖犁向中华民族从神话一直到当代数亿年时间、千万平方公里空间和无法丈量长宽高的心间。这里面有多少豪杰？多少英雄？有多少"大人格"的大人物？又有多少亦人亦鬼的"大师"与名角？仅是历代作家，丛书里就写了屈原、司马迁、陶渊明、王昌龄、李白、杜甫、白居易、柳宗元、欧阳修、苏东坡、陆游、文天祥、元好问、袁宏道、鲁迅、周作人以及上文提到的台湾文星。还有历代的哲学家、政治家、艺术家、军事家、教育家、实业家呢？真可以说是星光灿烂，当然也呈示了星光背后黑暗的深空。费振钟的《高洁之思》，塑造了"异人"李贽，"一个绝不肯苟且于世的人"①的文化人格。而费氏《大师的落魄》，则将中国艺术史上的闻人董其昌贪婪暴虐与淫奢豪横大白于天下。这些作者大多有着清醒的文化反思与文化批判意识，褒扬与揭露也正是他们重塑精英文化人格的手段。

第三，这群作者是 20 世纪之前散文的总结者，又是 21 世纪新散文的开拓者，冲破散文写作的固有模式，将诗歌、小说、戏剧、电影甚至评论或相声等各种艺术形式引入散文，使文史游记成为一种真正的兼类文体，也成就了"文化大散文"之大。

余秋雨开始写作《文化苦旅》的时候，好像没有意识到自己是在写散文，这一"非散文"的预设性创作，其实是对传统散文的解放，他的散文也获得了他意识中的艺术效果。奚学瑶说余氏的文本"文史融为一体，既有历史之人物情节，亦有文辞之优美高雅，更有灵巧的文化思辨，使中国历史写作本已荒芜的旧径，重新清扫而展布鲜花缤纷的文路"②，是颇有道理的。

其他善于纵横各种文场艺宛而文笔矫健者大有人在，如李元洛、夏坚勇、汤世杰、卞毓方、朱以撒、朱鸿和沈琨等，都有出色的文本可供我们欣赏。如学者散文家李元洛，他是做诗评和诗歌美学出名的，在退休之前都是一个学者。没想到告别了批评却走出一个作家，而这作家，又的的确确是从批评家蜕变出来的。收在丛书里的《怅望千秋——唐诗之旅》，你会惊喜地看到他散文家的蜕变，也会惊喜地看到他诗论家的本色。我曾写过一篇专文，以他写王昌龄的《诗家天子》一文为例，探讨他如何"将诗性的、散文性的、小说性的、戏剧性的、评论性的、现代

265

---

① 费振钟：《堕落时代》，东方出版中心 2004 年第 2 版，第 40 页。
② 奚学瑶：《谏说余秋雨》，《文学报》，2009 年 8 月 27 日，第 7 版。

派文学性的等多种文体特性有机交融起来，几乎每一篇都不相同，每一篇都给人惊喜"① 的艺术创造，实在是兼类散文的艺术样本。此外，非学者散文家卞毓方《长歌当啸》一书也非等闲之作。他在该书后记里自称《文天祥千年祭》一文，"洋洋洒洒，有点像历史剧，也有点像小说，当然，本质是散文。传统的散文招数，早被我扔到爪哇国外。笔随气走，气随势转；一个明确的概念，就是'破体'!"卞毓方自觉将散文杂体化，使戏剧、电影、小说、相声、小品等在文本中混为一体且流转自如。

不能不指出的是，框定在这篇文章中的研究对象，不是每一家都好，更不是每一篇都好。郭保林其文若诗，有激情，且有一定气度，但雕章琢句，时过浮丽；曾纪鑫《千秋家国梦》的学识不够，文词的叙议不到位；王充闾的《沧桑无语》没有从传统笔法中蜕变出来，几无创新可言；张加强的《傲骨禅心》则逻辑混乱，简直不堪卒读。

［作者单位：同济大学世界华文文学研究中心］

---

① 喻大翔：《从游记诗史到诗史游记》，《理论与创作》，2006 年第 5 期。

20 世纪 90 年代学者散文的
内涵与审美特性

王　晖

　　20 世纪 90 年代的散文，继新时期文学诗、小说、报告文学和话剧的
复兴之后，成为 20 世纪末期创作文类的"显学"，以至于文坛惊呼"散文
热"和"散文时代"的到来。对这股热潮产生的背景和原因，诸多学者多
有探讨——报业竞争、作家群体的膨胀、读者的需求以及散文自身文体革
新的自觉等是多数论者的结论。楼肇明从阅读市场——传媒操作——作者
队伍三者合力产生的互动推进散文进步的说法更有其新意。他认为，这一
合力除了外国文学的影响、现代经典散文的再发掘和港台散文之"回馈"
等外在因素之外，"内因则有两个方面：一是传统意义上的智识阶层在文
化中的中心位置面临社会转型和文化转型的挑战，生命存在的感受者与诠
释者的地位却并未因此而丧失殆尽，具有私语性质的抒情文体散文被他们
选择为精神与情感的自由朴素的存在方式；二是散文文体的某些特征被市
场需求发现和强调，比如短小精悍、渗透性强、便于承载最新信息、具有
私人性等等，这正适合于报刊'周末版'和副刊飞速发展的需要，也适合
于只想在节奏日益加强的紧张生活之余获取轻松消遣的读者"[①]。因此，从

---

　　① 楼肇明、张杰：《叙事与诠释》，《小说家》，1998 年第 2 期。

某种意义上说，散文热的发生，得益于学者散文的风生水起。而学者散文的兴盛及其整体性凸起，又使得 20 世纪 90 年代散文创作的品位得以大大提高。在如此名目繁多的——文化散文、女性散文、新潮散文、新生代散文、明星散文等散文样态面前，我们不好绝对地说"学者散文的发展水平往往代表着同期散文创作的最高水平"①，但是否可以这样讲，学者散文显示着是一个时期（时代）散文创作知性的深广度、文体革新的力度以及整体品位的高下。

客观地讲，学者散文并非 20 世纪 90 年代散文家们的专利，它其实古已有之。近代以来的梁启超、周作人、朱自清、梁实秋、林语堂、丰子恺、王力，当代史上的沈从文、邓拓、钱钟书、杨绛、张中行、林非、钟敬文、余秋雨、张承志、余光中、董桥、梁锡华、黄维梁、柏杨、李敖等学者都留下了他们的名篇佳作。从批评的维度上观之，20 世纪八九十年代至今，偶见对周作人、梁实秋等人散文的个案研究，但罕有以"学者散文"的美学内涵和创作规定来审视作家作品的自觉批评，除去香港的余光中与梁锡华分别于 20 世纪 60 年代和 80 年代以"学者散文"一词简述过台港散文状况之外，大陆 90 年代以前，似未有明晰的"学者散文"概念生成和批评文本出现。90 年代初以后，余秋雨散文风行一时，此种说法才逐渐崭露头角。但零星的研究仍大多数散见于有关创作态势和理论研究的宏观描述之中，真正的专论当显现在 90 年代中期，尤其以末期为最。我以为，这其实是创作的繁丰对理论批评促动的结果。晚近的学者散文批评，多为在创作态势的描述与评价中阐释有关"学者散文"的问题。可以说，对学者散文的纯理论探索尚处于起步阶段。

在理论研究层面上，研究者对学者散文的含义辨析、审美特性给予了必要的关注；而创作现状的批评则涵盖了宏观把握和描述，以及作家（群）、作品的个案分析，这其中又以对余秋雨散文和香港学者散文作家群

268

---

① 楼肇明、张杰：《叙事与诠释》，《小说家》，1998 年第 2 期。

的批评较为热烈。此外，尚有对活跃于 20 世纪八九十年代文坛的林非、杨绛、张中行、钟敬文、楼肇明、钱钟书、张承志、孙绍振及宗璞等人的散论种种。

晚近批评中对学者散文名称的称谓基本趋同，当然，也有一些别称，如"新学人散文"、"知（智）性散文"、"学术随笔"等。不过，我以为它们的概念的内涵或外延上与"学者散文"一词不十分吻合（外延过大如"知性散文"，内涵过小如"学术随笔"）。在我看来，"学者散文"宜作偏正词来看待，即它应该是学者的散文，也就是说这是从创作主体的角色（身份）上做出的认证。那么，一些具原点意味的追问是——什么是学者？什么是学者散文？它的审美特性如何？

何谓学者？对这一问题的回答看似平常，但对此做出实质性精确描述的并不多。对此名词的考证，应该说直接关涉到"学者散文"概念的内蕴及其存在价值。因此，解读"学者"，可以看做是阐释"学者散文"的一个前提。

就目前来看，在学者散文批评中，对"学者"的解说大致有这样几种：（1）"职业或准职业的学术研究者"；（2）"主要指大学教授及博士、硕士之类"；（3）"大多出身于学院，具有良好的知识结构和在某一领域的研究功底，在理性与知性方面都有独到之处"；（4）"以学术研究为职业的知识人、文化人"等。不能说这些说法完全未涉及到"学者"含义的精髓，我想强调的是，它们仅仅只是指出了"学者"一词的部分语义，而且一些叙述还存在模糊性、概念不够周圆等破绽。

269

在此，我以为喻大翔对"学者"的解释有其独到之处，可自圆其说也有说服他人之力。他在《知识分子·学者·学者散文》一文中，将台湾水秉和有关"知识分子"定义的八种相关义项列出，其中有关"高级知识分子"的含义——即除了受过相当程度的教育并从事创造、传播、使用文化等工作之外，还应在意识与行为上有求真精神、社会使命感等比中国传统知识分子的"忧患意识"更具现代性的人文主义倾向——这同时也是作为一个现代学者的必备条件。在此基础上，真正的学者还应学有专攻（有自己特别熟悉的专业领域）且已取得成就，在学术思想、思维方式、方法规范上有自己的操作法则，其创造性成果不仅要改变学科、专业的历史，也将影响人类精神和生存方式。学者的最高境界有服从真理、维护真理甚至不惜牺牲自我的殉道精神。从这个意义上说，真正的学者是高级知识分子中的精英。① 也许喻对水秉和定义所做的引申寄寓了较多的理想化成分——现实中的中国学者离此标准尚有这样或那样的距离。但无论如何，这一说法使我们对"学者"内涵的把握更具实质性、层次感和清晰度。由此，我们可以说学者散文要求具备较高层次的创作主体，这就从一般意义上剔除了普通知识阶层或准知识阶层的散文创作实践。从此视点出发，再来看学者散文的内涵，就应该比较清楚了。

什么是学者散文呢？对这一问题的回答同样也是见仁见智的。让我们来看看这样一些有代表性的表述：

（1）"学者散文大致可作二解，一是学者所作的散文，二是学者型的散文。前者重在提示散文的作者身份，即多为职业或准职业的学术研究者；后者主要关涉散文的表现形态，注重其内在的学理因素，并以此区别于通常的抒情言志、议论、纪实类的散文作品。……统而观之，即主要由学者创作的且以才学、理趣等学术文化内涵的表现见长的散文作品。"

（2）"至于'学者散文'一说，倒比较明确，即是学者们写的散文。……他们的散文是由学识的深广而发，故不同于一般文化较低的作者所写。然而'学者'也非绝对不变的，有不少非学者的作者也写了这类散文……我认为所谓学者散文或可说成富有书卷气的散文。"

（3）"一般都具有较强的学理性，偏重于理性精神和文化学术品位，

270

————————

① 详见《当代文坛》1999年第6期。

但又不是纯粹的学术性论文，而是介乎随感和学术研究论文的一种边缘性文体，它不包含学者型作家以叙事或抒情为主的'美文'。"

（4）"'学者散文'与既存散文的抒情性及自我表白性特质相反，带有理性化和思辨化的特色，大体上基于作者自身独特的文化修养，以追求一定的文化品位为其特征。"

（5）"所谓学者散文，是一个富有弹性的概念，但约定俗成确有它的特定内涵和品位，乃是指学者写的具有较高学养和品位的并对社会持有文明批评的抒情小品、文化小品、书斋小品和随笔等文。"

（6）"主要指百年来各门学科学者创作的、具有现代专业学者的价值取向、理性精神、思维特征、知识理想、话语方式和文体风格等质素的各类散文作品。"

（7）"所谓学者散文，指的是学者创作的具有较强性的文化品位的散文、小品、随笔等。"[①]

以上表述实际包含了对学者散文含义理解的如下内容：一是对创作主体身份的认证，此有两种倾向——（一）学者；（二）学者＋仿学者（非学者身份，但有学者味）；二是对学者散文审美特性的指涉；三是对学者散文具体所涵文种的看法——有独指随笔的，也有指认边缘性文体的，范围更广的涉及四种文种（范培松），最为广泛的是"各类散文作品"（喻大翔、吴俊等）。

对学者散文的创作主体作明确限定，是保证此概念成立的前提。这

271

---

① 以上诸论的出处是：（1）吴俊：《斯人尚在，文统未绝》，《当代作家评论》1998 年第 2 期；（2）叶公觉：《九十年代散文面面观》，《当代文坛》1995 年第 1 期；（3）巫小黎：《当代知识分子的边缘姿态与现实关怀》，《广东社会科学》2000 年第 1 期；（4）［韩］金惠俊：《新时期中国散文的流变述评》，《河北学刊》1999 年第 5 期；（5）范培松：《香港学者散文鸟瞰及评论》，《苏州大学学报》1995 年第 6 期；（6）喻大翔：《知识分子·学者·学者散文》，《当代文坛》1999 年第 6 期；（7）刘登翰主编：《香港文学史》，人民文学出版社 1999 年版，第 579 页。余光中在《剪掉散文的辫子》一文中也曾谈到对学者散文的理解。他认为学者散文（Scholar's prose）"这一型的散文限于较少数的作者。它包括抒情小品、幽默小品、游记、传记、序文、书评、论文等等，尤以融合情趣、智慧和学问的文章为主。"——这一认识无疑具有很强的宽容性。

即是说，学者散文的创作主体只应该是学者（对此词内涵与外延的理解可参照喻大翔的说法），那些准学者、仿学者或有学者味的人一般而言不应被概括进这一特定含义内，至少要离开我们的研究视阈。唯其如此，学者散文才能保持其内涵的纯正性，否则，它很可能将在无限扩展的、模糊不定的外延中消解其概念的纯正、合理和唯一性。因此，由这一点出发，（5）、（6）、（7）三项表述有其阐释的具体、准确特征。当然，正由于"学者"和"散文"内涵的弹性较大，界说这些概念就存在着较大张力的叙述空间，正如有多向度理解的"散文"理念一样，对"学者散文"内涵与外延的把握，我们不指望、也不强求有一绝对权威的概括出现。

在基本廓清"学者"和"学者散文"二词的基础上，我们又不禁要问：学者散文的审美特征是什么？对这个问题的回答，可以说直接关系到学者散文有别于非学者散文文体形象的塑造以及对其做价值判断的标准的确定。

从前述诸家对学者散文的几种理解中，我们已看到它们对这一文种的理性、学养、文化品位等关乎其文体个性的确认上有趋同性。这表明，这些因素之于学者散文来讲是重要的必备条件。但前述部分理解［如（1）、（3）、（4）］的缺憾也是明显的——它们似或未能深入或欠清晰地论证问题（尽管这些并非是对文体审美特性的详述），多数仅仅是从学者、知识分子、从事科研等最一般的感性层面作大而化之、笼而统之的逻辑推演，其结果，可能会造成对学者散文审美特性认识的简单化、肤浅化，甚至进入思维的误区。我以为，对学者散文审美特性的认识，应去除两极对立思维模式的作怪，即认为在此种散文中知性与感性对立，前者压倒后者。如果学者散文是做如此状，那么陈剑晖批评的情况将不会是没有道理的。他在谈到 20 世纪 90 年代的中国散文现象时指出，学者散文中"确有一些作品令人生畏，不敢深入其间，有的甚至散发出一股霉味。究其原因，一是一些'学者散文'的作者太热衷于掉书袋，食古不化，泥洋不通，缺少散文应有的天然谐趣；二是一些'学者散文'总是纯叙述性地'回忆'过去，醉心于往事、古典和传统，而缺少体验，缺少现实的参照和自由开放的现代情怀，这就注定了这类'学者散文'只能是'过去的文本'，而很难与现代的读者沟通"①。在此，陈对于学者散文的指责虽不无偏激成分，但其提及的"掉书袋"和缺少体验与天然谐趣等问题，正是切中了此类散文重知性轻感性、唯理论舍情感的致命伤。

在笔者看来，真正优秀的学者散文，其最为重要的审美特性在于知性与感性的完美结合，当然可侧重知性，但绝不忽视感性。我想借用余光中的理念来说明这个问题。余从读者接受的角度谈散文的知性与感性，他认为，"所谓知性，应该包括知识与见解。知识是静态的、被动的，见解却高一层。……不过散文的知性仍然不同于论文的知性，毕竟不宜长篇大论，尤其是刻板而露骨的推理。散文的知性该是智慧的自然洋溢，而非博学的刻意炫夸。说也奇怪，知性在散文里往往要跟感性交融，才成其为'理趣'。""狭义的感性当指感官经验之具体表现，广义的感性甚至可指：一篇知性文章因结构、声调、意象等等的美妙安排而产生的魅力。"具体到学者散文，余明确指出，"当然也要经营知性感性，更常出入于情理之间。我曾经把这种散文叫做'表意'散文，因为它既不要全面的抒情，也不想正式的说理，而是要捕捉情、理之间洋溢的那一份情趣或理趣。"笔者以为余的这段话已涉及学者散文审美特性的一个重要原点，那就是要有"趣"——理趣，此不同于纯感性的抒情美文，也不同于掉书袋式的知识堆砌或学术论文式的严密推理，它是以作者的学识、学养为核心的诗意阐发，与滥情、矫情、作秀绝缘。进一步讲，学理、诙谐（幽默）、素朴、机智似应成为"理趣"内在构建的主要元素，理中含谐、以谐显朴、朴中孕智之理谐朴智四位一体也许还是评价学者散文水准高下的重要杠杆。从此意义上说，作学者散文实在是对学者人品、学问和才情的

273

---

① 陈剑晖：《论 90 年代的中国散文现象》，《文艺评论》1995 年第 2 期。

极大考验，"如果才气不足以驱遣学问，就会被其所困，只能凑出一篇稳当然而平庸之作。所以愈是学富，就更必须才高，始能写出真正的学者散文"①。

那么如何才能抵达知性与感性完美结合的彼岸呢？余光中除了"既不要全面抒情，也不想正式说理"之外，似无更绝妙的方舟可渡。倒是喻大翔所谓文本的抽象知识的艺术传达方式一说能给我们些许启示。首先，可类似钱钟书《写在人生边上》那样，在幽默蕴藉、旁敲侧击取得间接、抽象知识与直接、具象知识在散文里的融合，犹如静态与动态的平衡；其次，在引用中外文献时，除了密度高于非学者散文外，更重要的是使之成为"有引起散文话题、作为主题的根据、提高或暗示散文的意图或思想、扩宽文体视野、使语言产生复调的美感、不动声色地内化在字里行间作为抒情乃至整个文章的肌质、参与结构并推动散文发展等多重功用"的重要艺术手段。最后，是语言知、感两性的凝聚——即让知识与见解表述更富有文学性，以克服二者的抵牾或矛盾，"达到相激发、相提升、相互含的境界"②。当然，在讲究自由抒写的散文世界里，这种方式也完全可以看做是建构知感交融之桥梁的一种路径。

除了知性与感性的完美结合，学者散文的另一个重要审美特征是它对历史与现实以及文化的反思和批判。这犹如黄科安在论及现代随笔时所言："总结中国现代随笔几次兴衰和消长的现象，有一条很重要的原因就在于现代知识者是否拥有自由的灵魂和独立的人格，是否能高扬现代理性的批判精神，是否能以'社会批评'和'文明批评'来作为'指点向导一世'。"③据我理解，这意味着学者散文与报告文学有着类似的特性，即它们都是当下知识分子融入现实、卷入现实、参与社会之文明批评的话语方式。也许相比锋芒毕露的报告文学和杂文等样式，它会更多一些笔调上的

---

① 以上所引余光中语，均参见其作《散文的知性与感性》，《羊城晚报》1994 年 7 月 24 日。
② 上引喻大翔语，见其作《中华 20 世纪学者散文综论》，《社会科学战线》2000 年第 2 期。
③ 黄科安：《知识者的探求与言说》，中国社会科学出版社 2004 年版，第 363—364 页。

迂回和曲折，甚至看似闲适地谈天说地、对自然发话，但它实际上至少是睁一只眼看世界，于骨子中浸透出社会与人文关怀的热血，快餐式消闲与自我麻醉都和它无缘，而离对自我、社会和时代的内在困惑与矛盾的思考更近。在此，吴俊从 20 世纪 90 年代学者散文崛起的根本原因上对此进行的深入阐发颇能给人以启发，他认为，中国当代知识分子有着从士大夫那里承传过来的忧患意识，"学术文化的价值信念在大变动时代的失落，对中国知识分子的最强烈刺激乃是极度激发了他们良知中的忧患之感。以专业学者的身份而走上文坛成为文学（散文）作者，便不仅仅是因生活遭遇才选择了一种新的表现方式，而是以其对民族和文化命运的幽愤深广的内心忧患为最深刻驱动力的"①。我并不是说，以上这一审美特征仅为学者散文所专有，实际上在非学者散文——譬如作家散文那里，并不乏充满激情与感情的融入、参与、批判现实之话语，比如张承志、史铁生、贾平凹等人的文字。这里，我只是想强调学者散文在内涵和方式上对学理性和理性精神的侧重。

具有鲜明的专业个性和学术个性也可视为学者散文的审美特性之一极。这自然是由学者的内在特征所决定，也是与非学者散文的一个明显的区别之所在，因为学者研究的对象正是学者散文写作的知识背景和精神资源——它们在作家写作时必然要被镌刻进文本之中。一个例证就是，"我们可以轻而易举地从钱理群的创作中捕捉到周氏兄弟的世纪性文化遗产，从陈平原身上感受到他对清末民初思想和学术流脉的熟稔与洞察。"② 值得警醒的是，学者的专业或学术个性应该成为生动地贯注于文本之中的能证明或提升其品位的活的血液，而非陷入余光中所言"学得不到家，往往沦幽默为滑稽，讽刺为骂街，博学为炫耀"③ 之血栓中。

尽管一些论者力图解析学者散文的审美特性，但从总的研究现状上

275

---

① 吴俊：《斯人尚在，文统未绝》，《当代作家评论》1998 年第 2 期。

② 叶公觉：《九十年代散文面面观》，《当代文坛》1995 年第 1 期。

③ 余光中：《剪掉散文的辫子》，《余光中散文》，浙江文艺出版社 1997 年版，第 380 页。

看，学界对此尚无十分系统、清晰的表述，也许人们还未来得及从学者散文显示一个时代散文品位的高度考虑这一问题。我以为，应当从散文的总体审美特性出发，通过学者与非学者散文文本以及创作主体的考察、比较和辨异等工作，寻找出系统、完整、准确的学者散文审美特性，以此为当代的散文创作和散文研究提供可资借鉴的理论利器，力促 21 世纪中国散文新的变革与新的复兴。

〔作者单位：南京师范大学文学院〕

20 世纪 90 年代后"后鲁迅风"随笔杂文的"文化批评"主题

古大勇

鲁迅愿意他的文字能够"速朽",他说:"我以为对于时弊的攻击,文字须与时弊同时灭亡,因为这正与白血轮之酿成疮疖一般,倘非自身也被排除,则当他生命的存留中,也即证明着病菌尚在。"① 然而,时隔数十年之后,鲁迅所"攻击"的时弊"灭亡"了吗?鲁迅的文字"速朽"了吗?邵燕祥说:"鲁迅当时针砭过的时弊,有的仍作为时弊而程度不同地存在于今天,因此鲁迅的杂文依然具有旺盛的生命力,虽说这正是鲁迅的悲哀,他的杂文未能如他所期望的那样随时弊以速朽。今天社会和文化生活中的许多阴暗面,我们习以为常的,或是我们大吃一惊的,翻翻鲁迅书中的文明批评和社会批评,大致都曾经涉及过,抨击过,无待于今之作者哓哓也。你不能不折服先生的博大精深,也不能不叹息'日光之下没有新事',大概因此我们不可能割断历史吧。"② 例如,1996 年 10 月 16 日的《光明日报》上,出现一篇《鲁迅"论"90 年代文化》文章,作者是将鲁迅的原文照录,比照 90 年代的文化现象:"论某些在国际上'获奖'的当代中国电影":"有些外人,很希望中国永是一个大古董以供他们的鉴赏,

---

① 鲁迅:《鲁迅全集》(一),人民文学出版社 2005 年版,第 168 页。
② 邵燕祥:《新三家村札记·邵燕祥卷》,书海出版社 2004 年版,第 123 页。

这虽然可恶，却还不奇，因为他们究竟是外人。而中国竟也有自己还不够，并且要率领了少年，赤子，共成一个大古董以供他们的鉴赏者，则真不知是生着怎样的心肝。"（《忽然想到》）"论某些报刊之增广'闲文'"："七日一报，十日一谈，收罗废料，装进读者的脑子里去，看过一年半载，就满脑都是某阔人如何摸牌，某明星如何打嚏的典故。开心是自然也开心的。但是，人世却也要完结在这些欢迎开心的人们之中的罢。"（《帮闲法发隐》）"论出版界翻印之大量古旧破烂"："'珍本'并不就是'善本'，有些正因为它无聊，没有人要看，这才日渐灭亡，少下去：因为少，所以'珍'起来。"（《杂谈小品文》）① 以上现象说明，其一，历史和社会发展往往有特定的循环性。鲁迅曾经说过："试将记五代、南宋、明末的事情的，和现今的状况比较，就当惊心动魄于何其相似之甚，仿佛时间的流逝，独与我们中国无关。现在的中华民国，也还是五代、是宋末、是明季。"② 其二，这正说明了鲁迅文章超越性的批判力量，他虽然希望他的文章能"速朽"，但却反而"不朽"，穿越时空，永久的保持生命力和当下的现实针对性。我把 20 世纪 90 年代受鲁迅的直接影响，从事杂文随笔创作的余杰、摩罗、王开岭、何满子、邵燕祥、王彬彬、鄢烈山、王春瑜、牧惠、陈四益等称为"后鲁迅风"作家，以区别与现代文学史上传统的"鲁迅风"作家。③

"后鲁迅风"作家批判的火力一致瞄向 20 世纪 90 年代中国一统天下的大众文化，当然，每个作家的"打靶"的目标亦有差异。何满子重磅"炸弹"瞄准金庸，其批判金庸及其武侠小说的杂文达到近百篇，可谓"用心良苦"。其中《关于金庸武侠小说答客问》一文是此类题材的代表作，该文采用答客问的形式，将有关金庸武侠小说的代表性问题集中起来，先将一

---

① 张远山：《鲁迅 "论" 90 年代文化》，《光明日报》1996 年 10 月 16 日。
② 鲁迅：《鲁迅全集》（三），人民文学出版社 2005 年版，第 17 页。
③ 关于 "后鲁迅风" 作家概念的界定参见程玖、古大勇的《"鲁迅风" 与 "后鲁迅风"》一文，见《理论界》2008 年第 9 期。

些文化界赞同金庸武侠小说、反对何满子立场的主要观点通过客问的形式提出来,然后作者一一进行有理有据的驳斥,这是一篇苦心设计的驳论文。何满子具有一种忧心如焚的文化使命感,在所有"后鲁迅风"作家中,他的杂文随笔"文化批判"色彩尤为引人注目。

鄢烈山不但"拒绝金庸",更"怒骂"王朔,其对王朔的批判神似鲁迅,颇得鲁迅的"刻毒"。

王彬彬则"炮轰"所谓"晚报文体"。90 年代消费主义文化或大众文化的兴起,形成一股散文随笔的热潮,散文随笔刊物骤增,特别是晚报的副刊和娱乐性报刊方兴未艾,也促成了散文随笔的大量生产,而报刊为了扩大影响与发行量,需要名家撑台面,名家在高额稿费的诱惑下,于是大量炮制所谓散文随笔。《论晚报文体》就对当下流行的散文随笔热发表独到看法。这些名家散文随笔,有些确是上乘之作,"但大多数名家作品,都乏善可陈,许多文章,则干脆是一种扯淡。谈谈'我'的喝酒或者戒酒,'我'的抽烟或者戒烟,'我'的喝茶或者喝粥,'我'的儿子或者女儿,'我'的胡子或者梳子,'我'的名字或者八字,'我'的作息时间起居习惯,等等。——这类文章,不是歌不是哭,不是笑不是骂,甚至不是'无病之吟',只能算是嚏;这类文章,没有血没有泪,没有苦没有痛,甚至也没有酸,只会有菌。"[①] 作者形象生动的将这股流行的名人散文随笔称为"喷嚏"文学,名人由于高额的稿费是"一嚏千金",晚报等成为向大众提供名人"喷嚏"的地方。鲁迅《帮闲法发隐》中有"某明星如何打嚏的典故"一语,不知道王彬彬的所谓名人的"喷嚏"文学命名灵感,是否源于此?

王开岭"直伐"90 年代文坛上最领风骚的两大门派——"分享艰难"文学与"休闲白领"文学。《现在的"屠杀者"》一文,以鲁迅对二三十年代的文化批判为参照,对 90 年代的文化界与文坛现状进行毫无伪饰的揭露

279

——————————

① 王彬彬:《为批评正名》,时代文艺出版社 2001 年版,第 278 页。

与批判。"分享艰难"和"休闲白领"派文学，前者是鲁迅所谓的"帮闲"，后者不过是"鬼脸上雪花膏"的"扯淡"。在批判前者时，文章引用了鲁迅的一段话："近来的革命文学家往往特别畏惧黑暗，掩藏黑暗……不敢正视社会现象，变得婆婆妈妈，欢迎喜鹊，憎恶枭鸣，只捡一点吉祥之兆来陶醉自己，于是，就算超出了时代。"① 这些所谓"分享艰难"文学和二三十年代的革命文学的性质表象不同，内质无异。小说试图告诉我们，这些厂长、经理、书记、县长等也是多不容易，要为他们分享一点艰难。因此，小说貌似"为民请命"，描写底层生活，但其实并没有真正站在底层民众和弱势群体的立场说话，而是站在厂房、官方一面，要替他们分难解忧、息事宁人、摆平矛盾、领颂太平，倚靠强势，为权力献策献媚。一句言之，"民魂"其表，"官魂"其里。"因为他们不敢睁看黑暗，不敢贸然'打鬼'，既乏勇力，又失方法。"② 所以，有"帮忙"之心，而乏"帮忙"之力，只得"帮闲"。而所谓"休闲白领"文学家，"在汉语堆里苦思冥吆，在西洋书上左挖右抠，来点民族的，来点世界的，来点陈酿的，来点超前的……自称'零度'，自称'现代派'，发誓要写出能够超越时代的'永恒'经典"。③ 这种文学极似于梁实秋当年倡导的文学，"上海的教授（指梁实秋）对人讲文学，以为文学描写永远不变的人性，否则便不长久……譬如出汗罢，我想……该可以算得较为'永久不变的人性'了"。④

余杰甚至勇敢地向整个 90 年代文学举起了"投枪"。《底层体验和体验底层》一文，愤激地指出 90 年代文学已经背弃了现代文学由鲁迅开辟的体验底层的传统。在 90 年代文化语境中，有底层体验的作家拒绝书写这种底层体验，没有底层体验的作家则拒绝体验底层，他们对挣扎在底层的穷

---

① 鲁迅：《鲁迅全集》（四），人民文学出版社 2005 年版，第 104—105、591—592 页；王开岭：《黑暗中的锐角》，中国社会科学出版社 2001 年版，第 171、173 页。

② 王开岭：《黑暗中的锐角》，中国社会科学出版社 2001 年版，第 171、173 页。

③ 同上。

④ 同上。

人、失业者等弱势群体的悲惨遭遇视而不见,他们贡献给时代这样的写作:"小女人顾影自怜,抚摸自己的玉体,美其名曰:'女性写作';老先生反刍记忆,唠叨陈年往事,美其名曰:'杂忆'。一群号称'新现实主义'的青年作家,打出'分享艰难'的旗号。他们也看到了底层的艰难,但他们教育底层:要接受现实、要忍耐、要挺住、要挤出微笑来,面包总会有的。他们认为,上层比底层更艰难:厂长、书记、乡镇长们不容易,官场争斗难道不艰难?走后门、请客送礼难道不艰难?带领群众发展经济难道不艰难?"① 这样的文学,不敢直面"惨淡的人生",不敢正视"淋漓的鲜血",对底层体验漠视,对苦难进行逃避与"超脱",被权力"招安",向金钱献媚,为世俗颂歌,失去反抗与斗争的力量,失去了自身的悲剧性。因此,余杰甚至"偏激"地认为:"从这个意义上来说,九十年代文学比十七年文学(1949—1966)还要不堪入目,九十年代作家营造的莺歌燕舞的世界比《创业史》、《金光大道》的世界还要可怕。"② 另外,王彬彬、牧惠、王春瑜、袁良骏、陈四益等很多"后鲁迅风"作家对金庸、王朔现象等也作了独特的批判。应该说,何满子、鄢烈山等对金庸、王朔及其他大众文化的批判有一定道理,但是他们对于金庸、王朔等的全盘否定的价值立场也是值得商榷的。对金庸、王朔小说等的价值评判是一个比较复杂的学术问题,本文无意于此,本文关注的中心是探讨此种文化现象产生的社会背景和深层原因,并联系鲁迅对此种类似文化现象的观点,作纵向比较,寻找两者内在相通性,挖掘文化现象产生的共同原因及其普遍规律。

281

无论是王开岭所说的"分享艰难"文学和"休闲白领"文学,余杰所说的老年"杂忆"、"女性写作"文学、"分享艰难"文学,王彬彬所说的"晚报文体"散文随笔,还是何满子、鄢烈山等批判的金庸、王朔的文学与"帝王皇帝题材"影视等,都是远离苦难、底层、血泪与终极关怀的文

---

① 余杰:《文明的创痛》,百花文艺出版社 1999 年版,第 265 页。
② 同上。

学。从本质来说，它极类似于鲁迅在 30 年代所批判的以林语堂提倡的"性灵文学"为代表的"小品文"，虽然表面上两者的体裁不同。鲁迅认为小品文不过是"琥珀扇坠，翡翠戒指"之类的"小摆设"，而 30 年代对于"小品文"的要求，"却正是越加旺盛起来，要求者以为可以靠着低诉或微吟，将粗犷的人心，磨得渐渐的平滑"。在"风沙扑面、狼虎成群"的时候，其实是"麻痹"民族灵魂的"麻醉性的作品"。五四时期，散文小品"自然含有挣扎与战斗，但因为常常取法于英国的随笔，所以也带一点幽默或雍容；写法也有漂亮或缜密的"。但发展到 30 年代，散文小品"挣扎与战斗"的特点不见了，只剩下"雍容，漂亮，缜密"，"就是要它成为'小摆设'，供雅人的摩挲，并且想青年摩挲了这'小摆设'，由粗暴而变为风雅了"。这种小品文，在 30 年代泛滥到社会的各个角落，"上海虽正在盛行，茶话酒谈，遍满小报的摊子上，但其实是正如烟花女子，已经不能在弄堂里拉扯她的生意了，只好涂脂抹粉，在夜里蹩到马路上来了"①。比照 20 世纪 90 年代文化环境，和鲁迅所说的 30 年代十分相似。其一，90年代小品文性质的散文随笔遍地开花之势，几可比 30 年代。例如上文所说的"晚报文体"散文随笔、老年"杂忆"文学等。其二，20 世纪 90 年代虽然不是什么"风沙扑面、狼虎成群"的时代，但是无孔不入的消费主义文化对形而上精神追求与人文传统的消解与颠覆，无异于造成另一种意义上的"风沙扑面、狼虎成群"，90 年代的"休闲文学"等也是一种抽空精神内涵的文化快餐，亦是另一种"麻痹"大众灵魂、使思想滑入平庸境界的"麻醉性作品"。鲁迅在 30 年代小品文的危机的情况下，也并没有失去希望，他期望："生存的小品文，必须是匕首，是投枪，能和读者一同杀出一条生存的血路的东西；但自然，它也能给人愉快和休息，然而这并不是'小摆设'，更不是抚慰和麻痹，它给人的愉快和休息是休养，是劳作和战斗之前的准备。"②鲁迅在 30 年代对小品文的期望也许同样适用于 90

---

① 鲁迅：《鲁迅全集》（四），人民文学出版社 2005 年版，第 104—105、591—592 页。
② 同上。

年代的文坛,所幸,在所谓"休闲"文学和"晚报文体"散文随笔等泛滥成灾的情况下,毕竟还有何满子、余杰等"后鲁迅风"作家群,他们的散文随笔,"是匕首,是投枪",同时"给人的愉快和休息是休养"。另外,值得注意的是,鲁迅所谓的"脐下三寸文学"在当下也大成泛滥之势。鲁迅在《中秋二愿》里写道:"一愿,从此不再胡乱和别人去攀亲","二愿,从此眼光离开脐下三寸"。① 七十多年过去了,前愿有没有实现姑且不论,但是后愿不但没有兑现,反而此风越演越烈,"脐下三寸文学"一直繁荣不衰,例如"后鲁迅风"作家屡屡所批判的"性骚扰小说"、"美女文学"、"新新人类小说"、"性文学"等,就是当下文坛一道"亮丽"的风景线。假如说早期的卫慧、棉棉尚且能穿着睡衣进行动作的话,后来木子美的性爱描写则是赤裸裸的一丝不挂,让"脐下三寸文学"彻底撕去了遮羞布,鲁迅倘死而有知也会赞叹"后生可畏"。并且,80 年代也许这些文字还可能被列为禁书,作家写起来尚躲躲闪闪,而当下,它却成为某些写作者招徕顾客、赢得市场的"法宝",从而"八仙过海,各显神通",卖弄起性爱描写的"十八般武艺",这种水平即使是鲁迅所批判的专写"肉欲"的前辈作家张资平也是自叹弗如。

鲁迅最早提出了"帮忙文学"和"帮闲文学"的概念,并且指出,中国的知识分子不但能成为官的"帮忙"与"帮闲",并且也可能成为"商"的"帮闲"、"帮忙"与"大众"的"帮闲"、"帮忙"的危险。在《京派与海派》一文中,鲁迅说:"北京是明清的帝都,上海乃各国之租界,帝都多官,租界多商,所以文人之在京者近官,没海者近商,近官者在使官得名,近商者在使商获利,而自己也赖以糊口。要而言之,'京派'是官的帮闲,'海派'则是商的帮忙而已。"② 鲁迅也提出了"商定文豪"的概念。20 世纪末的中国,已经迥异于 20 世纪 30 年代,社会正向市场化的商品经济社会急剧转型,社会亦从以政治为中心向以经济为中心发生根本性转

---

① 鲁迅:《鲁迅全集》(五),人民文学出版社 2005 年版,第 595 页。
② 同上书,第 453 页。

变，从而形成了以经济为中心的总体社会格局。在新的社会格局中，知识分子当然不可能从根本上改变传统意义上对政治的从属，但是同时也增加了成为"商"的帮忙与帮闲与"大众"的帮忙与帮闲的危险。20 世纪 90 年代社会，金钱至上、商品拜物教观念深入人心，以消费主义为特征的大众文化成为主流文化，精英文化沦于边缘地位，没有一技之长的作家、艺术家在市场经济面前顿时手足无措，显露出迂腐书生本色，匆忙"下海"，由于"不识水性"而被呛得半死，知识分子曾经一度处于相对贫穷状态。这种情况之下，为了生计，知识分子不得不向金钱妥协，这样就容易沦为"商人"的"帮忙"与"帮闲"。鲁迅曾经也说过："自由固然不是钱所能买到的，但能够为钱而卖掉。"① 当然，知识分子的贫穷状态是处于中国经济向市场经济转型的开始阶段，等过了一段时间，知识分子适应了市场经济，他们的腰包鼓起来，不再贫穷，这时候，他们不一定成为"商"的"帮忙"与"帮闲"，但新的情况又产生了，面对强势的大众文化，他们又容易成为"大众"的"帮忙"与"帮闲"的危险。鲁迅早在 20 世纪 30 年代就对这个问题有过思考，提出了"大众的帮闲"的概念，他说："读书人常常看轻别人，以为较新，较难的字句，自己能懂，大众却不能懂，所以为大众计，是必须彻底扫荡的；说话作文，越俗，就越好。这意见发展开来，他就要不自觉的成为新国粹派。或则希图大众语文在大众中推行得快，主张什么都要配大众的胃口，甚至于说要'迎合大众'，故意多骂几句，以博大众的欢心。这当然自有他的苦心孤诣，但这样下去，可要成为大众的新帮闲的。"② 鲁迅《文人相轻》系列也对 20 世纪 30 年代文坛的形形色色的文化现象进行了揭露，其中《六论"文人相轻"——二卖》一文揭露了当时文坛上的两种主要现象，即二卖——卖老和卖俏，除此以外，还有作者所谓的卖富、卖穷、卖病、卖孝等，而读者被"养成了一种'看

---

① 鲁迅：《鲁迅全集》（一），人民文学出版社 2005 年版，第 308 页。
② 鲁迅：《鲁迅全集》（六），人民文学出版社 2005 年版，第 103—104 页。

热闹'的情趣"。① 在这里,"二卖"成为当时大众的"看热闹"的题材,这是作家对大众的一种主观迎合,因为,30年代上海商业文化气息浓厚,刊物极力想扩大销路,维持生存,作家想一夜成名,增加作品发行量,取得高额版税稿费等,就不得不"二卖"甚至"多卖"。而此种文化背景和90年代有没有某种程度的类似呢?如果说20世纪30年代的中国,大众文化还远没有发育成熟,尚处于萌芽或生长状态,时至90年代,随着"全球化"的"后工业社会"的来临,大众文化已经发展成熟,渗透到市民生活的各个方面。当然,我们不能对大众文化采取简单的否定和拒斥态度,在多元化的当今社会,它有存在的合理性与自身的价值,优秀的大众文化,也是我们这个文化生态构建中不可或缺的部分。但是,我们要看到,其一,大众文化正成为我们这个社会的主流文化,它对整个社会的冲击几成排山倒海之势,这种不合理的畸形的文化生态构建是值得我们警惕的。其二,大众文化内部良莠不齐,"即使是最好的大众文化、流行文化,也是显示一个时代文化的平均数。如果完全沉迷于其中,拜倒于它,迎合于它,进而为它所控制,那必然导致思想和文化的平庸化。它是一种消解力量,所谓休闲是有消解力的,会导致知识分子思想的批判锋芒的丧失,思想的创造力的丧失。这就是大众文化、流行文化的危险性所在"② 因此,知识分子要防止成为新一轮的大众文化的"帮忙"与"帮闲"。而所谓"休闲"文学、"晚报文体"散文随笔就是20世纪90年代大众文化的产物,难免有沦为大众文化的"帮忙"与"帮闲"的危险趋向。

285

当然,我们也要注意到,20世纪30年代和90年代的文化环境毕竟有差异。30年代的时代主题是"启蒙与救亡"并存,到了1937年后,则演变为"救亡压倒启蒙","救亡"和"启蒙"成为时代的重大主题,也是唯一"合法"的主题,文学也被"悲壮"地纳入到这一总的时代主

---

① 鲁迅:《鲁迅全集》(六),人民文学出版社2005年版,第414页。
② 钱理群:《我的精神自传》,广西师范大学出版社2007年版,第94页。

题之下，"义无反顾"地和多灾多难的民族一同承受"苦难"，承担时代的使命，因此，诚如李泽厚所言，中国现代文学的总主题便是"启蒙与救亡"主题的双重变奏，忧郁和苍凉成为其主要情感基调。"救亡"和"启蒙"成为现代文学总主题，从而对文学主题风格的多样化造成一种无形的约束和限制，虽然在 30 年代，大力提倡作家创作表现时代主题的作品，却并没有明确反对文学主题风格多样化的创作自由，然而显而易见的是，这种自由不能超出一定的限度，不能妨碍时代主题的中心地位，当这种自由造成对时代主题的一定程度的遮蔽或喧宾夺主时，它的存在理由就会遭到正义的质疑，例如鲁迅所批判的 20 世纪 30 年代流行的小品文。因为 20 世纪 30 年代的时代背景是"风沙扑面、狼虎成群"，"救亡"和"启蒙"是其时代主题，时代要求"挣扎与战斗"的文学，而小品文只能是"低诉或微吟"，"将粗犷的人心，磨得渐渐的平滑"，起到"麻醉"民族灵魂的副作用，这样的作品在 30 年代出现便显得不合时宜，遭到"笔伐"也是在情理之中。然而 20 世纪 90 年代的时代主题不再是"救亡"和"启蒙"，如果说 80 年代还是所谓的"新启蒙时代"，与五四和现代文学的"启蒙主义"传统一脉相连，90 年代则是大众文化成为主流文化。20 世纪 90 年代的文化特征是多元化，虽然大众文化并非先进的文化，但却是 90 年代文化生态构建中一个有机组成部分，我们不能对它采取简单的否定和拒斥态度，在多元化的当今社会，它有存在的合理性。因为 90 年代与 30 年代相比较，"救亡"的时代主题消失，"启蒙"主题由中心退居边缘，成为多元价值生态建构中的一极。20 世纪 30 年代是"救亡"和"启蒙"时代主题的一元价值标准时代，而 90 年代是多主题的多元价值标准时代，借用陈思和的话，前者属于"共名"时代，后者属于"无名"时代，因此，与 20 世纪 30 年代的时代主题相悖的小品文在 30 年代就缺乏生存发展的充分合理性，如果放到 90 年代，则有一定的生存理由。所以，有些"后鲁迅风"作家在批判 90 年代文化现象时，过于苛刻，没有指出所谓的"休闲文学"、"晚报文体"散文随笔在多元化的 90 年代也有一定程度的存在合理性，而作出全盘否定，表现出一种缺乏辨证思维、过于绝对化的倾向。我们要警惕的是，大众文化不能过于膨胀，成为占时代统治地位的主流文化，但绝非因噎废食，取消大众文化。

[作者单位：泉州师范学院文学与传播学院]

21 世纪初随笔简论

姚　楠

随笔是文学文体中最难以言说的一种。这也难怪，随笔问题的复杂与难度，杂乱纷繁地存在于历史与现实、理论与创作、承续与变异之中。在文体的分类上，不仅许多作家自身分不清，更让许多文体理论家头疼。

进入 21 世纪以后，中国随笔获得了重要的发展。以中国文学的年度文选为例，随笔在很大程度上，被认可为相对独立的文体。本文所论，主要是 2000—2008 年间的中国大陆随笔。

一　新世纪初随笔在散文格局中的位置

新世纪初，年度文选逐渐增多，比较稳定的已经有了多种。这些"年选"，既是对这一年度分体文学创作的总结和检阅，又是人们认识和思考的对象，给我们提供了认识文学新现象新特质的新机遇。它们是一种形象的、精粹的文学的年度记忆。新世纪初"年选"中的"随笔"卷，由于历史发展中的积累，经历几年的发展，由少到多，由附庸到独立，成为引人注目的特别现象。

在 2006 年，以年度文选为名义结集出版的从书中，随笔作为一卷单独出版的逐渐增多。

（1）《中国年度随笔》，漓江出版社出版。①

（2）《中国最佳随笔》，辽宁人民出版社出版。②

（3）《中国随笔精选》，长江文艺出版社出版。③

（4）《中国随笔年选》，花城出版社出版。④

（5）《中国随笔排行榜》，北京工业大学出版社出版。⑤

其中，由中国作协创研室选编的《中国随笔精选》，与散文、杂文卷并列，已表明，不仅是限于个人和出版社，作为全国性的有重要影响的文学团体，已经认可了在广义散文中，狭义散文和随笔、杂文并列的格局。而许多出版社同时认定这种散文、随笔、杂文并列的形式，也是考虑到了图书市场——广大读者的阅读需求。文学评论工作者和理论家，不应对此视而不见或者估计不足。对于中国当代随笔的发展而言，这是不可忽视的重要信号。这是随笔获得了前所未有的重要的独立的认可。

散文（狭义）、随笔、杂文三分的基本形成，经历了逐渐发展的过程，这是值得注意的重要的新的文学现象。

由中国作协创研室选编、长江文艺出版社出版的年选，2003 年有散文、杂文卷，无随笔卷，自 2004 年开始有了随笔卷。中国散文学会评选的年度文选，几度变化。2005 年是散文、随笔、杂文合为一卷，《2006 年中国随笔排行榜》，则开始将随笔卷与散文卷、杂文卷并立，单独出版。漓江出版社的年度随笔卷最早，可以追溯到 1999 年 ⑥其时，还有散文卷，无杂文卷。后来杂文卷独立出来。辽宁人民出版社到 2008 年，已有了十个年度（1998—2007）文选的历史。近年来一直是散文卷、随笔卷，杂文卷并出。花城出版社的年度文选，也一直是散文、随笔、杂文各卷并出。这一

---

① 杜渐坤、陈寿英编选：《2006 中国年度随笔》，漓江出版社 2007 年版。

② 王蒙主编，潘凯雄、王必胜选编：《2006 中国最佳随笔》，辽宁人民出版社 2007 年版。

③ 中国作协创研室选编：《2006 中国随笔精选》，长江文艺出版社 2007 年版。

④ 李静编选：《2006 中国随笔年选》，花城出版社 2006 年版。

⑤ 张秀枫主编：《2006 中国随笔排行榜》，北京工业大学出版社 2007 年版。

⑥ 杜渐坤、陈寿英编选：《1999 年中国年度随笔》，漓江出版社 2000 年版。

现象说明，许多出版社已经认可了广义文学散文三分的格局，满足市场的需求。综合各家出版社的年度文选，应当看做是一个重要标志。至此，散文、随笔、杂文各独立为一卷，形成了报告文学从散文中分出以后，三足鼎立的态势。

二 新世纪初随笔的分类

我认为，随笔是一种以形而上的思考为特征的广义散文的亚文体。这就与散文（狭义）的抒情，与杂文的世评，在理论上划清了界限。随笔是以对人生、社会、历史及自然的思考，形而上的哲学思考，来完成自己的精神提升与审美创造。

新世纪初随笔的内容，可以大略分为以下几类：

1. 历史随笔。历史随笔是作家对历史的重新理解。不仅在于叙述已知道的历史资料（这是普及历史的学者的事情，不是随笔作家的职责），更在于表达对历史的新思考。历史的复杂性、丰富性，现实的多种感触，使许多作家在对历史的回望中，激起文化创造的欲望。有《戊戌年的铡刀》（南帆）；《问卜中华》（余秋雨）；《醉里挑灯看剑》（熊召政）；《唐朝，那朵自由之花》（李木生）等，是突出的代表。《戊戌年的铡刀》写了清末民初在全国有重大影响的三位重要人物，同为福州同乡的林旭（戊戌六君子之一）、林纾（文化名人）、林长民（他"抛出的火炬点燃了五四运动的烈焰"，林徽因之父）。对这一组群像的描述，形象、生动。对传说与正史关系的思辨，令人称道。余秋雨的散文（广义），具体来说，作为随笔，更易于看出其所做的文化思考。

2. 生活随笔。生活随笔，不仅是体验和描述生活，更在于对生活有独特的精神层面的感悟。《熬至滴水成珠》（池莉），以一帖中药的膏方，说明人生是修炼过程，"人生的春（懂得世事）是煎熬出来的"，表述自己在煎熬中的痛苦与欢乐，对自我的体谅与爱意，希冀矛盾处境的解脱，展示

290

酸甜苦涩的游移。贾平凹借对足球世界杯的电视观赏，触发了"足球这个人类的玩具"带来的种种球场快乐与世事遐想（《看世界杯足球比赛》）。王安忆在《今夜星光灿烂》中，不仅深情回忆了与刚刚不幸病逝的女作家陆星儿的以往交往，更是把这种特殊的方式与情感，提升为对一种人生关系、社会交往的形而上的广义的思悟，概括了颇为深广的普世情怀。是友情之思，更是人性之问。潘向黎的《好的东西都不变》，从美食口味的不变，感悟生活常理的恒在，以细微处反思时代的更新与持守。

3. 文化随笔。文化随笔的内涵，大小不一。文化随笔，是对文化的沉思。有的是专门讨论文化现象，有的是在具体的生活事件中，思考生活的文化意义。《纸上的江湖——武侠文化的八个关键词》（南帆），对武侠文化中的"侠肝义胆"、"华山论剑"等八个词，笑谈放论，有对传统武侠意气的敬重，有对现实武侠文化的别议。有惊奇，更有叹息。以趣取胜，以思见长。钱理群是中国现代文学研究的著名学者，他的随笔追随鲁迅的文化精神。《我们为什么需要鲁迅》，从电影《鲁迅》说起，穿过被还原为普通人（好儿子、好丈夫、好父亲、好朋友）的鲁迅，追问之所以为鲁迅的本义，思索鲁迅对于现代中国、对于我们民族特殊的仅仅属于他的非他莫有的意义和价值。显示出，随笔的精髓是——思想深处的灵魂拷问。

4. 游历随笔。游历随笔即是随笔中的游记。游记，是以游历为基础内容的文章。在现代，文体日益细密的背景下，游记既可以写成以叙事、抒情为中心的散文，也可以写成以思考为中心的随笔。我们所见到的这些作品，不仅在于记下游历，更在于展开沉思。陈忠实关于一条河——灞河的记忆和想象，不是自然风景的描绘，而是人文历史的回想。（《关于一条河的记忆和想象》）阎纲对王国维故居的寻访，言及小院住房的不过几笔，更多的是对王国维投水之谜的追问，对大师人生成就的惊叹！肖复兴的《京城速写》，笔调轻盈、思想凝重，在小巷里寻找活历史，在物移中感受真精神。

5. 学术随笔。学术随笔不同于专门的学术论文，往往采用轻松自如、

291

笔调灵活的方式，在谈学论理中也抒发浓郁的情感。学术随笔并不比学术论文容易。既包含着学术创造的责任，又有着普及新思想的义务。在散文艺术的形式中，向最广泛的读者传达专业的学术问题。陈丹青的《鲁迅与死亡》，是一次学术讲演。从先生去世前关于"死"的两句话谈起，感受先生的死亡观，认识"环绕鲁迅的死亡图景"，感叹"堂堂鲁迅，独领风骚"，敬仰之意，绕梁有声。祝勇的《出走与归来》，以崇敬的心情理解、颂扬沈从文的小说和家乡，讨论中国乡土及文学的作品，是以鲁迅为参照的。尽管他对鲁迅的评价用语节制，还是可以明显感到作者扬沈抑鲁的鲜明色彩。这是我所不能认同的，却是我们时代多种观念并存的一个写照。

6.读书随笔。读书随笔不是一般意义的书评，而是一种特别的书评。从读书始，以思考为推动力，辐射散开，超越具体的作品，探讨书内外的许多问题。邵燕祥从两本书读一位罕为人知的诗人——汪明竹，以诗心品诗作，解诗感世，唤起人们对其诗的亲近与研究。(《汪明竹：从两本书读一个诗人》)、林白的《不读耶利内克的理由》，显示一位中年作家的自信与宽容。对于不适合自己的，依然予以尊重。尽管耶利内克是诺贝尔文学奖获得者，她的作品值得读，林白还是不读。其中有不随众意、不入时尚的坚定，也略有不够开放的褊狭。读书应有趣，却并不意味着只读有趣的书。

三 新世纪初随笔的成就和问题

新世纪初随笔的成就是明显、突出的。

首先表现为丰硕的成果。作品数量众多，成为选家出版选本的丰富基础。出版者推波助澜，在相当程度上，促进了随笔的大量写作与广泛阅读。

众家的参与，是随笔获得丰收的内在基础。新世纪初的随笔创作，是20世纪随笔创作良好态势的积极发展。许多随笔作家继续前行。一些很少从事随笔创作的作家（如池莉、熊召政等）相继加入，丰富了随笔的文学世界和随笔的创作阵容。这是很可喜的现象。我们既希望有更多的人从事随笔创作，也寄厚望于出现相当数量专心从事随笔创作的随笔名家。名家、大家的一定数量，才是随笔创作繁荣的基本保证。在新世纪随笔创作中，小说家占了相当大的比重。其中有：李国文、贾平凹、陈忠实、从维熙、韩少功、张抗抗、张承志、池莉、熊召政、王安忆、陈染、林白、迟子建、潘向黎等。散文家的数目也是可观的：袁鹰、肖复兴、王充闾、赵丽宏、阎纲、周晓枫、祝勇等。诗人的队伍相对要小：邵燕祥和叶延滨是勤勉的有成就的随笔名家，舒婷近年来散文不断有佳作，于坚也显示了其独有的特色。学者的阵列，是随笔的生力军。南帆、钱理群、余秋雨、王彬彬、李元洛、孙郁、易中天、李佗、费振钟、张鸣、章明、杜高等，都时有新作，质量可观。陈丹青是有影响的画家，他的随笔集，还成为畅销书。

思考的深入和自觉，是随笔达到思想高度的保证。没有独立的思考，不能有敏锐的目光和独到的识见。捧着历史教条，如何能写作出感动灵魂的文章。

新世纪初随笔的一些问题，主要表现在以下几个方面：

沉思者少，随意者多。从我读到的作品来看，历史随笔数量不少，比较丰富；生活随笔轻松者多，沉思者少；文化随笔和游历随笔，力作不多，缺少创意；学术随笔和读书随笔，篇章偏少，魅力欠缺。在主体的沉思方面，深刻的独立思考和创见，往往欠缺。思考与随感，看似都有思考，其实大不相同。思的层次有深浅。同是思考，随笔读者偏爱有深度的识见。随笔的随，不仅是随意的思，更是随时随处的思，是以看似随意的方式，相对于专门的学术论文而言的形式的随意，同样追求有深意的见解。在随感的方式中，表达的可能是深刻的思想，也可能是缺少意义的自语。在资料与思想的关系上，随笔要解决的是资料叙述与思想创造、作者见识的关系。有的作品，尽管有对历史文化的深入思考，却在描述史实方

293

面，过于冗长而难以精粹，影响了思考的力度，减弱了对读者的震撼。

形式的随意多，文体的自觉少。散漫的感想与自由的思想之间，很多随笔偏重于前者。这自然和对文体的理解有关。更重要的，是并没有多少真正的识见，没有精神的充分轻松。个别篇章显现作者役于名利、役于自得，心态失衡。在与读者关系方面，有些作品，多的是作者的自言自语，少的是与朋友的促膝谈心。在诉说自己的痛苦与欢乐时，把对自我成功的喜悦，强加于读者，显露一己的成功。

理论成果稀少，随笔评论缺失。黄科安的《知识者的探求与言说：中国现代随笔研究》①，欧明俊的《现代小品理论研究》②，是近年来难得的随笔理论华章。视野广阔，资料翔实。具体的独立的随笔评论，可以说如凤毛麟角。对具体的随笔作品的评论，或者淹没于泛泛的散文漫评，或者远离了随笔的文体特征，成为广义散文的模糊谈论。

在编辑过程中，同一篇作品，可以被选入"随笔"卷，也可能在"散文卷"找到。例如，王安忆的《今夜星光灿烂》，贾平凹的《看世界杯足球比赛》。这固然说明了随笔编选的不同标准，也说明了随笔理论建设和作品评论的必要和迫切。

随笔创作的发展，需要批评，需要理论，需要不同观点的争鸣与互补，需要在历史的选择与现实的创造过程中，达到新水平。

［作者单位：集美大学文学院］

---

① 黄科安：《知识者的探求与言说：中国现代随笔研究》，中国社会科学出版社 2004 年版。

② 欧明俊：《现代小品理论研究》，上海三联书店 2005 年版。

诗化散文、文化散文与任蒙散文

毛 翰

最近几年，任蒙的散文在评论界和读者当中引起越来越多的关注，《文艺报》《文学报》《文艺新观察》和《中国散文评论》等报刊相继发表专题论文，对任蒙散文的艺术特色作过比较深入的分析研究。在我看来，任蒙散文所以能够受到读者首肯，除了丰厚的文化底蕴，还有其浓郁的诗化特色，用"诗化＋文化"来概括任蒙散文的艺术成就，或许更为全面，更为准确。因此，本文试图从诗化散文和文化散文的认知角度，对任蒙的散文作一次新的解析。

任蒙散文缘于作者的诗笔

这里，不妨简略回顾一下作家任蒙的创作历程。早年，他是知名诗人，发表过几百首军旅诗歌，继而从事诗歌评论，出版有多部相关理论专集，包括他那部至今还在许多课堂的作文教学中发挥着"品牌效应"的论著《诗廊漫步》。《诗廊漫步》1988 年由北方文艺出版社出版后，曾经多次再版、重印，曾被有的高等院校用作函授教材或写作参考教材。鉴于其诗歌创作和理论方面的成就，许多朋友都不约而同地劝他重点从事文学评论，但他却不知不觉地走上了散文创作之路。

　　自上世纪 90 年代中期开始，任蒙先后出版了《文化旅思》《海天履痕》等多部散文集。一批文字优美的短章相继见于各种散文选刊和选本，关于访欧见闻等一些域外散记，特别是一批历史散文，更受到好评。2005 年 10 月，《任蒙散文选》由武汉出版社出版，评论界的一些文学教授和作家诗人纷纷撰文推介，给予了高度评价。这些评介文章的字数，甚至数倍于任蒙文化散文本身的字数。

　　不少评论家关注任蒙散文的诗性特色。比较来看，著名学者黄曼君教授在论述任蒙的散文艺术时，把握得更为全面而准确。他在《开拓文化散文的多维空间——任蒙散文融合诗、史、思的文学意义》①一文中指出："任蒙的散文有深厚的历史感，又有鲜活的现实意识，显示了不可忽视的创作实力。评论界曾多次提到任蒙对于中国当代散文的贡献，也主要是指他这方面的艺术高度和创作超越。他把史实、学术和散文的抒情几个方面，很好地融合在一起，这是任蒙散文的最大成功之处。"黄曼君教授的评论正是围绕这种"融合"展开的。显然，这种富有立体感的"融合"中包含着任蒙散文的诗的品质。

　　缘于诗人本色，任蒙不少散文给人的直观感觉就富有诗化意味。例如《峡江两赋》之一的《古老的栈道》这样开篇："峡江从历史深处流来，栈道也从苍茫的世纪中蜿蜒而来。/峡谷有多长，栈道就有多长。/峡江无岸。栈道只能凿在险峭的石壁上。它时高时低，有些路段悬在半空，长长的纤索自身已够沉重的了，还要拽着逆流而行的舟楫。/那不屈的脊梁呵……"如此峡江之赋，文字空灵，读来却很沉重，谓之散文诗，亦不为过。

　　所谓诗化散文，在中国当代曾经风靡一时，拿散文当诗写，曾是杨朔的标榜。"文革"结束之后，那种"叙事—抒情—政治象征"三段式的诗化散文模式已告式微。作为新一代充满怀疑和探索精神的散文作家，任蒙不愿

---

　　① 原载《文艺报》2007 年 2 月 15 日。

意蹈其覆辙，而且早在二十年前华中师大主办的一次文学研讨会上，他就明确表示过，不赞赏杨朔那种为文造情的抒情方式，并举例说，杨朔梦见自己变成一只小蜜蜂之类的笔法，有些牵强，甚至有伪情之嫌。由此，任蒙放下诗笔之后，在已经置换了的文化背景上，在广阔而深远的历史和现实的时空里，展开了属于他自己的散文意境的营造。

任蒙散文重在诗意的内化

散文的诗化程度，折射出的是作家以诗的眼睛观察世界的能力，以诗的心灵感悟世界的能力，以诗的语言重构世界的能力。在《秘境之旅》这组短章里，任蒙写道："高原的石头是海的化石，山的化石。光滑的石头上什么也没有写，但它们都是天地的符号，向我们显示着：天是什么，地是什么，时间是什么，人又是什么。"他没有着意于那种独特卵石的外表，而是通过它们"烙着沧海的痕迹"，通过它们经历的亿万年沧桑，来表现这些石头内在的丰盈和内在的美感。

夕照、戈壁、雄关等，是任蒙不多的写景散文所摄取的意象。或许这些场景更能够激起任蒙的诗情，更适宜于任蒙散文那种壮美雄浑的美学追求。比如，他这样描绘沙漠之美："尖厉的风刀在沙海中忙碌了千万年，雕刻出了浩瀚沙浪，雕刻出了一座座古老城邦的断壁残垣，雕刻出了一个个绿洲王国残露在沙砾中的辉煌幻景，雕刻出了那金樽玉饰、金冠皓腕的歌舞浮影，还有那隐约的佛塔、果园、作坊和夕晖下络绎不绝的远行驼队。"他以其大气而流畅的诗笔，引导我们去想象当初西域王国的盛世景象和一部大漠古史。

散文的诗化，重在诗意的内化，重在作者能够自发地以诗心诗语观察和记录生活。任蒙散文极少吟咏花鸟虫鱼之类，《鸟巢》是他近些年所写的几篇咏物断章之一，但它更像是一篇散文诗。在他的笔下，一具具硕大的鹊巢架在还很细嫩的白杨枝间，迎着寒风不停地摇曳，让人感到惊心动

297

魄,但他最后的想象却让读者为之释然:"鸟儿偎依在属于它们的那座温暖的空间里,享受着它们的生活,享受着它们的尊严。哦,这高悬的巢穴原来不在乎天空的表情。"这里,作者通过他的联想,展示了生命面对险恶环境的坚韧、镇定和从容。

在任蒙过去的散文集里,有些记述自己情感经历的短文也写得相当精致、相当感人。比如,《二十九个荷包蛋》写他参军离乡的前一天,乡邻家家户户煮鸡蛋为其送行的情与景,十分生动,很多人都曾经被这篇散文感动过,并留下深刻印象。可他在编《任蒙散文选》时就是不收,并且表示以后如果再版,仍然不收这类散文。他认为,那样的"短小制作"尽管也需要技巧,但很多写作者只要亲身经历过,就有可能写出来,不足以体现散文书写的难度。由此可见,任蒙追求的散文境界和艺术高度。

积淀的诗意与哲思的光芒

诗化的表达,不是散文唯一的美学要素。特别是文化散文,更为重要的是它的思想重量。任蒙的散文创作,注重的是在广阔的调色板上作浓墨重彩的描绘,作大撇大捺的勾画,表现的是广阔的意象和丰富的内涵。如《历史深处的昭君背影》一文,作者想象了昭君出塞的历史场面:"马蹄声,铜铃声,雪地上吱吱嘎嘎的车轮声,以及将士们挥鞭驱马的呵斥声,打破了大漠的宁静。"类似一连串形象化的诗意描写,将读者不知不觉带进遥远的历史事件和历史场景之中,进而对这个家喻户晓的历史人物作出自己的判断,对昭君出塞之后的匈汉关系表达出自己的见解。他说:"昭君出塞前后的匈汉宁和,主要是几代单于能够从匈奴自身利益的大局考虑,审时度势,明智地处理匈汉关系的结果。因此,我们应该用历史唯物主义去认识历史,不要无限夸大和亲的作用,更不要无限夸大和亲女主角的作用。"这样的认知,正是文化散文所要追求的史识。而这种具有一定深度的思想层面的历史见地,往往比诗意语言更能激活读者的想象,更能产生流动的气韵，使读者获得更多的审美趣味。

任蒙所选取的散文题材本身，也不允许作者运用托物言志的简单方式，去做种种情与景、情与物的肤浅"融合"。他在《凭吊赤壁古战场》里，是这样表现那场殊死大战的："战争不会选择时年，更不会选择季节。假如那场激战不是在那个严冬，而是发生在我们现在到来的这种春意弥漫的时日，自北方而来的曹军参战将士，看到这山，这江，这田野，也许他们战死时会增添一份对人世的留恋。"这里，作品透出的是一种无法抗拒的生命意识，更是对世间真善美的深切期待和无言歌赞。

众多研究者关注任蒙的文化散文，盛赞其文化和思想品位，称他为"坚守精神家园的独立思想者"，决非是廉价的吹捧。任蒙坚持认为：文化散文就是思想散文。他在宽广的历史时空纵横捭阖，往往追求的是深层思辨的文化批判。

"漫长的时间使腐朽化作了神奇，而我们通过神奇更透彻地看到了腐朽。"这种被论者誉为"神来之笔"的句子，不仅《放映马王堆》里有，其他篇目中也不时可以读到。他写长城："它像一道高高挥舞的粗大鞭影，千百回抽打过我们的民族，最后沉沉地落在这块土地的脊梁上。"这样的散文语言，不是诗句，却是诗意的丰厚积淀，让人感到扑面而来的，是一种哲思的光芒。

由与余氏散文的比较说开去

青年评论家刘保昌在《体贴人生：实力派散文的突破性意义》一文中指出："从比较文学的研究视角，来研究余秋雨和任蒙这两位文化散文作家的写作，或者在余秋雨文化散文创作的既定背景下，来反思任蒙文化散文写作的突破性意义所在，就不仅是一个饶有兴味的比较学意义上的话题，而且也是一个具有现代性意义和创作学意义的话题。"他认为"任蒙的这组散文（指任蒙的一批历史题材散文——引者注）在审美性上可能比余氏'稍逊风骚'，但在思想性上绝对超过了余秋雨"①。

还有几位理论家在评析任蒙散文时，也都不约而同地将其与余秋雨散文进行比较。我不反对这种比较，只是觉得，进行这种比较研究还须谨慎。关于余秋雨其人其文，如今批评者众多。对人们说到的其人格软肋和作品中的文史硬伤，我们在这里没有必要再作议论，我所要强调的是余氏散文的模式化、套路化，即所谓匠气，也曾为有识者所诟病。已故诗人黎焕颐晚年就曾著文，对余氏人品和文品作过透彻的解析："余秋雨的文化散文，恰好以其宏观与微观的整合，散发出他特有的文化底蕴，在散文领域苍头突起，这是可喜的。我并不认同对他散文的某些非持平之论。散文最讲究的乃是情与物，理与势，势与气的有机的组合——组合中的变化，变化中的组合，无空格之格，无定局之局。有如天马神龙的性灵神韵机杼自发。余的文化散文，单篇看，或者抽一二篇来玩味，窃以为庶几近之。但，把他的《文化苦旅》和《山居笔记》和最近才问世的《霜冷长河》作为一个整体来审视，特别是他的《文化苦旅》从头到尾来审读，则是主题先行的思维定势，外化为他文章手法的老套。这样，就匠气十足了！有人以大家目之，这就失察了！"② 如此犀利的批评、彻底的解构，想必也引起了余秋雨的反思和警醒。读余氏近作《诗人是什么》③，从《诗经》时代的诗国风采，写到屈原《离骚》的绝世风神，但觉文思瑰丽，才情纵横，已不见其惯有的章法套路，不禁为之惊喜。

而任蒙散文早已是一篇一世界，一章一时空，既不重复他人，也很少重复自己。即使同为音乐笔记，《超越语言的语言》一文品评弦乐四重奏《梁祝》，另一篇《一个世界性艺术话题》，则是品评二胡名曲《二泉映月》，这就构筑了两个风格迥异的"艺术王国"。

前者赞叹《梁祝》低回跌宕的旋律，把我们带到那个没有年代的年

---

① 见《任蒙散文论集》，武汉出版社 2008 年版。
② 黎焕颐：《戴厚英和余秋雨》，原载《书屋》2000 年第 5 期。
③ 原载《收获》2007 年第 5 期。

代，"那里有寂静的山川和田野，有古老的拱桥和溪水，有高深的宅第和闲恬的园林，有现代和未来不可能再现的生活背景和文化心态。"作者如诗似画的描绘，让我们走进了那个古老的故事，走进了那个为后世孕育了不朽音乐的古老时代。"爱情故事淡化了十年寒窗追寻功名的价值观念，渲染的是封建礼教和门第婚姻的残酷。但音乐使故事的主题得到了再次升华，听者感觉到的不是几千年尘世俗念的困扰，而是空灵，纯洁，缠绵而不忧伤。"文章在倾诉了对音乐的心有灵犀的许多感悟之余，也记叙了"文革"动乱之后，中国的一道文化景观：当海峡彼岸，邓丽君那圆润甜美的歌声飞来，让整个大陆为之倾倒；海峡此岸，一支《梁祝》飘飞过去，在台湾岛上萦绕不散，也让上至政要下至百姓为之沉醉。从而感叹艺术的魅力，感叹同一个民族的文化和心灵的亲和力。

后者，即《一个世界性艺术话题》及其续篇《还说〈二泉映月〉的话题》，由世界著名指挥家小泽征尔第一次听到《二泉映月》，竟泪流满面，情不自禁地跪下去的动人情景，一路洋洋洒洒写下去，从瞎子阿炳个人命运的凄惨，写到中华民族历经的苦难，写到《二泉映月》享誉世界，却一度在自己的祖国被封杀……文思追随音乐旋律，一路流淌而来，所谓行云流水，所谓舒卷自如，不过如此。请看其中的一段文字："你或许从凄然悱恻、如泣如诉的倾吐中，读到一种苍凉；或许从迷茫幽暗、激昂忧愤的琴声中，读出的是悲怆；或许从顿挫有致、优美晶莹的音符中，读到的是古老的江南水乡；或许从跌宕起伏、苍劲有力的旋律中，读出的是原实的音色……"这样表达对名曲的欣赏感受，犹如音乐一般流畅了。特别是这段文字的最后两句："或许你什么都没有听出，而又什么都能听出。"是思辨，更是诗语。

当人们竞相赞扬任蒙的文化散文时，笔者忽然生发出一点小小的感想：一位散文作家，对于自己的作品风格、散文疆界，不妨任其朦胧一点，有时不妨诗化，有时不妨文化，有时则不妨随缘走笔，我手写我心，不化而化，是为化境吧。

任蒙散文是不曾固守一种风格和题材，画地为牢的，即便它如何时尚。

归纳、整理、定性、命名，那是史家和论家的事。创作之树常绿，史与论总是灰色的。作家自己完全应该并且可以任由文思信马由缰，纵横驰骋。子曰：从心所欲不逾矩。那是说做人的境界。至于作文，只要从心所欲，管它逾矩不逾矩呢！逾矩，也许更意味着超越、突破、别开生面、别见洞天呢！

"文章合为时而著，诗歌合为事而作。"为时为事的文章，纵无诗化的美、文化的雅，信笔写来，素面朝天，亦自有动人可人之处。

任蒙文化散文的时代性特质

审视任蒙的散文，我们也能够进一步坚信：散文的诗化，不是那种没有思想的"纯美文"，更非华丽辞藻的堆砌。任蒙曾多次表示过，他不主张刻意求变的散文创作。有人为了追求所谓的变革，将主要精力运用在对表现技艺的把玩上，将好生生的语言折腾得文理不通，一篇散文病句连篇，甚至连标题、书名都是病句，让人不知所云。任蒙曾批评说，这种表面化的求新，容易滑向"反创作"，流于对母语基本法则的反动。

任蒙散文中洋溢着强烈的批判意识和情感色彩，是因为他能够坚守自己的文格，坚守一个作家的精神园地，不断追求作品思想与个性的充盈。我们还可以肯定地说：任蒙所要表达的决非是个人悲欢和个人好恶，他是在为一个悠远的历史时空而书写，是在为自己的社会理想和精神信仰而书写。

说到这里，我们自然会想起任蒙曾经发表过大量的杂文，出版有《戏说红尘》《战胜谎言》等多部杂文集，还是一个为不少读者所熟悉的杂文作家，我也很欣赏任蒙的一些针砭时弊的即兴杂文。这里，顺手从网上拎出一篇《农妇与蓝甫》，文中写道，由红豆集团与《中华诗词》杂志社联合举办的传统诗词大赛中，名列二等奖榜首的一首绝句："北国春风路几千，骊歌声里柳含烟；夕阳一点如红豆，已把相思写满天。"其作者竟是山东一位农妇。作家于是感叹，朝中贪官胸无点墨，甚至错别字成堆，却能加官晋爵，到处题字。乡间农妇，满腹诗书，锦心绣口，却只能"汗滴禾下土"，年复一年。古时科举以诗文取仕，被人批得体无完肤，但时至今日，以厚黑取仕，让诗人耕田，难道就正常吗？

任蒙的文化散文更是充满着对历史的思考，有人说过，任蒙散文强烈的冲击力，主要源于这种强烈的批判意识。任蒙作出的种种反思与批判，与其说是对历史的思辨和拷问，不如说作家关注的是未来的社会走向，关注的是我们民族的命运。

思想分量，为任蒙散文注入了鲜明的时代性特质，也为这类散文增添了难以遮蔽的文体光辉。

任蒙之"蒙"，本义是野草。任其散文之中葆有一派野草般的朴素、清新、自然之趣，也很得体，甚至不可或缺。任蒙总在努力超越自我，我们也相信他的散文一定能够走向更加高远的境界。

[作者单位：华侨大学文学院]

303

文化会通:奇妙的思维方式

——浅论金克木晚年散文随笔

李　莉

金克木在晚年的散文创作中采用了一种新颖的思维方式——会通思维。什么是会通,杨义先生在《会通的核心与"现代的苦恼"中的新会通》一文中是这么解释的:会,是融会众专,或融会众科,以通博识。即便从事一个专门学科的研究,也追求融会众智,融会同一文化线索上的多种文化因素,并达致一种通识。需要注意的是,"会通"并不是一般化的比较,比较只是论证方法中的一种,其着眼点是在寻找两个研究对象之间的异同点,而"会通"则是在比较的基础上进行归纳,以寻找研究对象中带有普遍性、规律性的东西,所以说"会通"是一种更深层次、更高意义上的比较。会通并不是把丰富多彩的文学经验和智慧,削足适履地硬纳在一个狭窄的框子里,或删除枝叶只剩下几根干巴巴的教条,而是以博大的胸怀和博识的眼光,既承认文学存在的合理的多样性,又承认文学解释的可能的多样性,从而把这种通作为生命体验的活泼泼的过程。所以会通的意思就是打通。它既是一种方法,也是一种学术境界,而在金克木的散文中它同时也是一种深层的文化思维方式。

一　打破时空界限的文化会通

金克木晚年的散文汲取了新的时代智慧,在纵横的时空坐标上梳理古今脉络,沟通中西文化。文章大体舒展着两条基本思路:一是对传统的诗学经验、术语、文献资源和学理构成,进行现代性的反思、阐释、转化和重构;二是对外来的诗性智慧和学术观念,进行中国化的接纳、理解、扬弃和融合。两条思路自身各有增减,互有乘除,把古今中外的人类智慧熔于一炉而冶之。

(一) 在纵向上会通不同时代的文化思想

在《探古新痕》前记中,金克木说道:"所读之书虽出于古而实存于今,就是传统。断而不传的不能算传统。所以这里说的古同时是今。"也就是说,金克木从来就没有就古论古,他关注的是古代跟现在的极大关联性,并间接地指向未来。因为离开了当代的关注和传统在当代的反应,那些古代就只是孤零零的古代,是已死的而不是鲜活的,所以脱离了对"现在"的反应和对"未来"的关注,那些古书只不过是轮扁所说的"古人之糟粕",弃之不足惜的。

所以金克木晚年习惯于散文中打通古今界限,将传统文化现代化,赋传统文化以新的现代内涵。通过这种方式,把古书读出新意。

例如《妄谈孔子》一文中金克木这样评价孔圣人:"一是他不断出国访问、讲学,弘扬中华文化。二是他赞同发财致富,教出一位超级'大腕'。三是他提倡女权,是最古的女权主义者。"首先,孔子周游列国,到处游说,这是众所周知的,但金克木用现代的语言来形容他,说他是"不断出国访问、讲学",不仅如此,他还想到海外定居拿"绿卡","毫无种族歧视观念",如此这般地用现代语言来替换古代说法,这就使其对孔子的评论越过了时间界限,具有了现代感;其次,说孔子赞同发财致富,并有一位大腕学生则更是"师出有名"。孔子说:"富而可求也,虽执鞭之

305

士，吾亦为之。"对此金克木是这么解读的："为了发财致富，连拿鞭子赶马车他都肯干。在今天，那就是当司机开汽车办运输掌握经济脉络了。"而且孔子还培养了"子贡"这个"流芳百世"，被商业界拜为"祖师爷"的商界奇才；金克木认为子贡是"爱国模范，政治的心理学者，外交辞令大师，人民外交家的最高峰，远胜过苏秦、张仪。他有钱，有势，有名，到处宣扬老师"，所以他认为孔子的名声和子贡的国际"公关"工作大有关系。虽然先秦时期，中国社会的各个成员及各个组成部分之间就已经开始采取"类公关"手段来协调社会中的矛盾和摩擦，其中一些活动还取得了相当好的社会效果，但人们的"公关意识"并未形成。现代公关起源于美国，来自于北美殖民地人民反对君主专制、争取独立的斗争，时间最早也只能追溯到 18 世纪；再者，且不说孔子为什么会成为女权主义者，单说"女权主义"一词的"起用"时间，应该是 19 世纪中后期。由此可见，金克木善于把古人古事"现代化"，充分体现了不同时代文化的会通。金克木之所以要把古书古人古事现代化是因为把古书现代化后就不会难懂。"把文字语言当作可以含有各种意义因而能够传达各种信息的符号，只看你用什么密码本去破译。什么经史子集、禅师或朱熹或王阳明或其他人的什么'语录'，都和最早的'语录'《论语》一样，和八八六十四卦形象的'爻辞'解说以及越来越多的直到今天明天的解说一样。"这就是金克木读古书认古人看古事的独特方法，也是金克木的散文为什么会写得如此有新意，如此吸引人的原因。

　　金克木在古今的会通过程中有一篇文章给人的印象特别深刻，那就是《与文对话：〈送董邵南序〉》。在这篇文章中，金克木把自己对韩愈的《送董邵南序》的理解用对话的方式表达出来，既幽默，又见解独到，与其说是金克木（文中的提问者——人）在与韩愈对话，不如说是金克木在教读者分析作品，或者说金克木在用这种独特的方法教读者如何去探求知识。这种对话方式本身就已经打破了时间的界限，让今人可以自由地与古人通话，而且金克木在写韩愈时给人的感觉是处处在问韩愈，时时在问自己。

文章的结尾这样写道:"韩老前辈! 我还有句话想问。若在今天,您会不会再写一篇送人出国序呢? 您会怎么说呢? 还要请他替你去凭吊华盛顿、林肯之墓吗? 去访吉田松阴被囚之地吗? 到街头去找卢梭,到小饭馆里去遇舒伯特吗? 既然知道'风俗与化移易',今人非古人,也就不必再写文章了吧?"金克木在这里只不过是借韩愈之名在问自己,或者是在问读者,答案是什么,无解。提问不是目的,引人思考才是目的,目的达到了,所以他才说"不必再写文章了"。

金克木在打通不同时代的文化思想时,往往能够去粗取精,去伪存真,自成一家之言,这表明金克木对前贤既有继承又有新的超越,另辟蹊径,已达到了一个很高的境界。

(二)在横向上会通中外文化思想

杨义先生在《会通的核心与"现代的苦恼"中的新会通》中指出:自海禁开通、西学东渐以来,西方纷繁复杂的文化思潮如波浪似的起伏涌进,拓展了中国的学术视野,丰富了中国的学科建设。知识的多样性刺激着学界对其进行融会贯通。"外来知识的本土化过程,相对于本土经验的现代化过程,既存在着知识论上的紧密联系,又不能在本体论上丝丝入扣地加以代替。因此必须进行会通,进行平等而深入的文化对话,才能以现代性的形态,重现中国智慧的神理和滋味。"我们知道,近代以来陆续输入的西方理论思潮,对于拓展中国人的世界视野发生过、并且在继续发生着伟大的作用。但是,西方理论是从西方世界的历史文化和审美经验中抽象出来的,它们的许多创造者对中国的历史文化和审美经验并不了解,或者说不如中国人那样有切身体会。在师法或借鉴这些理论时,有必要从中国的实际情形出发,重新体验,另有领会和修正,不能简单地直线地套用,或者牵强附会地贴标签。因此会通成为中国人与西方世界对话、或把西方理论精华加以中国化的重要思维方式。[①] 杨义先生的这一观点在金克

307

---

① 杨义:《"感悟"的现代性转型》,《学术月刊》2005 年第 11 期。

木的晚年散文中得到了明显地体现。

金克木打通东西文化的方法之一是比较，比较的目的是为了更好地会通。举个例子，金克木指出，东西方文学作品中对神、对爱情的描绘有着明显的不同："中国赋中的神是假的。""希伯来人说的神是真的，真正衷心信仰的。由此，把对人的爱情等同于对神的信仰，藉神性表人情，或说是由人性见神性，所以爱情神圣。到基督教中更讲'三位一体'。中国既没有这样对神的'信仰'，又没有这样对人的'爱情'，合不起来。双方的神根本不同。"金克木通过对《雅歌》与《寡妇赋》的分析拓展开来，比较了中国、古希腊、印度等国家、地区的爱情与文化，使读者在看到之中不同文化的同时又在寻找它们的相通之处，明白外来文化"进口"到中国之后的本土化进程。

从这种比较中我们能深切地感受到金克木对中外不同文化的熟悉程度，正因为这样，所以金克木对每一种文化或知识的评论都能抓住要领，切中要害，提出种种真知灼见。如在《公孙龙·名家·立体思维》中，金克木认为："哲学思想，从古到今，外国（欧洲、亚洲）的往往囿于宗教，离不开所谓存在、永恒、绝对、精神、物质等等的正反面的问题。中国的则往往囿于政治，离不开人情、人事、实用。双方思想的核心问题不同，虽有交叉重叠，但是不能互相套用公式术语。""中国一般人不容易懂得外国人的宗教感情。外国人不容易懂得中国人的政治意识。一个用宗教眼光看政治。一个用政治眼光看宗教。"差异这么大，该如何将其"中国化"？"从 17 世纪到 20 世纪，外国哲学大有发展，我们大可借鉴和采纳，但不便硬搬。移植很难，接枝不易。对于术语和习惯用语更要注意，因为双方传统不同，往往形似而神异。吸收必然会转化。""对于不同语言必须仔细推敲，斤斤计较。"他又说："我们何必照抄别人的？我们尽可自己作中国的研究。为什么一定要去对号入座呢？我以为对新玩意的最好的引进方式不是听讲、照抄而是应用。"这是金克木对会通思维方式的阐释。所以他提倡"学以致用"。

金克木的会通思维不仅是单纯地打通时间或空间的界限,在很多篇章里更多地表现出了一种综合——同时打破时空的壁垒。"在他的观念里,古今中西是浑然一体的,往往随意谈开,便风光满眼,妙趣横生。"① 如在《武人的文才史学》一文中,金克木说:"武人有文才,会作文作诗,不稀奇。会打仗而兼有文才史学,一两千年前著的书有现代意义,这就不多了。"由此金克木举了两个例子,一个是罗马执政官恺撒的《高卢战记》,一个是晋朝大将军杜预的《春秋左氏传集解》。金克木认为《高卢战记》里的恺撒"重视全面搜集信息,七篇书中第六篇有不少节是描述高卢人和日耳曼人的社会风俗。充分了解对方的人情才能战而胜之并统而治之,若只管打仗胜利,不通人情,纵使消灭了战场上的敌军也不能安安稳稳统治下去。这大概就是恺撒和亚历山大以及成吉思汗不同的地方。这也是当代战略政略的新发展"。看来恺撒不仅精通战国时期的《孙子兵法》,而且与现今的超限战不谋而合。其实认真推究起来,恺撒哪里会了解不同时空下的孙子兵法,更不会知道近两千年后的现代战略战术,真正能把不同的时空知识会通到一起的是金克木。而对于《春秋左氏传集解》,金克木用了蒋百里的例子。时任陆军大学校长的蒋百里一就职就考学员,考题中有一道是《左传》所写的大战役的战略分析。"不用说,他要求的是用现代战略眼光考察古代故事。可见古书有新义。"而《春秋左氏传集解》的现代意义还不仅于此。"杜预解《左传》不但重新编过而且从中发展了体例。他那篇《序》实在重要,《论语》中提到左丘明是孔子同时人,《左传》便有了权威。杜预在书中找出了'三体、五例',将'书、不书、先书、故书、不言、不称、书曰之类'都认为有'微言大义'。这可以算是欧洲释义学的中国先驱吧?有没有值得参考的呢?"《春秋左氏传集解》与现代释义学联系在了一起。金克木这一会通,为今后的学术研究指出了一个新的方向。

在《平行名人传》中金克木提到"也许世上名人生来就是一对一对

309

---

① 谢冕:《序言》,《金克木散文选集》,百花文艺出版社1996年版,第10页。

的。前有亚历山大从欧洲打到亚洲，后有成吉思汗从亚洲打到欧洲。前有牛顿，后有爱因斯坦，有了莫扎特，就有贝多芬"。这里出现的人名都是一对一对的，而且不分国籍，不分朝代，把整个世界看成一个地球村，把人类的历史贯串联通，放开眼界，打开思维，形成大视野，这就是打破时空的会通。

　　而在对时空的会通上金克木做得更多的是融汇和发展的工作。如在《"道、理"兴亡》一文中金克木提到了可以概括两三千年的文化思想的道、理的发展变化：从老子、孔子开口、闭口讲道起，到韩愈建立"道统"再到宋朝的理学，这之中经历了"道"先于"理"后"理"胜于"道"变化，这一发展变化是比较纯中国化的。然自从魏晋南北朝时佛教传进中国，中国式的"道、理"中就加进了佛法，因此在中国人的思想深处，不论是读书人还是不读书之人，"儒、释、道"的思想常常是共同存在其中的。当然这其中是有发生发展变化的，金克木认为"三国、六朝是初变，五代、十国是再变，'道光'是最后大变。"皇帝被赶下了台，"从此'革命'成为至高无上的好事。'造反'有了'理'，几千年的大道理仿佛冰消瓦解了"。所以"'道'从此'光'了。""然而，还是有许多人，读书人和不读书人，认为并没有变得彻底，甚至认为变了躯壳还没有变魂魄。"金克木这里的"魂魄"指什么？笔者认为指的就是这种掺杂进了佛教甚至基督教思想的中国"道、理"。金克木用这种发展的眼光来整理中国的传统文化思想，整合进了"进口"思想，使这种整理更加科学与合理，如此梳理自然可以促进文化的发展与繁荣。

　　总之，金克木在"会通"东西文化思想时，既尊重西洋文化的成就，也肯定中国文化的辉煌，时刻表现出对五千年华夏文化的自豪感以及对中国当下文化出路的冷静思考。

二　打破学科界限的文化会通

　　金克木在他的一些关于天竺游历学习的作品中不经意间提到他熟悉的

印度语言包括了古印度的吠陀语、梵语和巴利语及乌尔都语，除此之外他还精通世界语、英语、法语、德语等多种外国语言文字。除了语言天赋外，说到学科的广博，金克木不仅学贯东（中、印）西，而且思究天人。他是印度文化与宗教的专家，佛学更是不在话下，而且他的文史哲各科造诣皆极俱精深，另外，世人都认为金克木是个人文学者，但他自然科学的素养也不低。他对天文学有特别的兴趣，不仅翻译过天文学的著作，也发表过天文学的专业文章。以《艺术科学丛谈》一书中所列举的篇目看，就包括了"信息论美学"、"实验美学"、"建筑美学"、"符号学"、"民俗学"、"人类学"、"语义学"等，"这些学科及其知识，在八十年代的中国都是具有前卫的性质，金克木是老学者，他能够站在这些学科的前沿发言，便是非常可贵而动人的"①。更加难能可贵的是，他不仅能熟练掌握这些新知识，而且能够融会贯通、学以致用。

如用符号学解读孔子和孔乙己。金克木先说"孔夫子"是一个符号："在这个符号下面有一个是我们谈过的《论语》里的。还有一个是从汉代其尊为先师，后来高升为文庙中的神，同帝王列入一等，本来只称'素王'，后来竟得封号为'大成至圣文宣王'。这是成神的孔子，和《论语》中记的活人孔子不是同一意义，只是同一符号。此外还有一些孔子，那是各门各派奉为祖师爷或掌门人的。例如董仲舒尊的是照公羊高讲解的《春秋》发挥出来的。宋明的程、朱、陆、王又各讲各的孔子。清末康有为又讲出一个'改制'的孔子。还有更早的，如孟子也标榜孔子，荀子据说也归入孔子门下，还有庄子等也给孔子加上一些说法。这各种意义都挂在一个符号之下，当然互有关联，可是也不能等同。"（《从孔夫子到孔乙己》）于是"孔子"不仅是一个符号，它还有不同的文化内涵。他既是"有文的文化的大宗师"（书本上的孔子形象），"又是属于无文的文化的"（民俗心态的）。再看金克木用符号学、信息学的知识来解读《孔乙己》："《孔乙

311

---

① 谢冕：《序言》，《金克木散文选集》，百花文艺出版社 1996 年版，第 3 页。

己》里的人都是些符号。符号化为人便不止一个。咸亨酒店是一个信息场，里面有戴着各种符号的人走来走去。长衫和短衫是两类符号。长衫客在里屋，短衫客在柜台外，信息是隔开的。掌柜的和伙计是在两者之间奔走串联的。酒客和孩子们各有各的符号。所有这些都如同《呐喊·自序》中所说的，'只能作毫无意义的示众的材料和看客。'这篇短短的小说就是把这个酒店信息场上的孔乙己及其看客来'示众'，同时也是传达一种信息，显出看示众和被示众的心态。孔乙己是长衫客，却不在里屋而在柜台外。这是一个信息。他读过书，会写好字，是雅人；又偷东西，是俗人；又雅又俗。这是另一个信息。书生加乞丐成为一个人，在偷书中合一了，这又是信息。好喝酒，不欠债，终于死后还欠下十九文铜钱的债。这是不得已的。他死去也不安心吧？举人'家里的东西，偷得的么？'自然要写'伏辩'，低头认罪，被打断腿。断了腿还要爬去喝酒。自己不能考中'半个秀才'，还要教孩子们认字。人家不懂的话还要讲。这些都是信息。""掌柜、伙计、大人、小孩，全觉得他可笑，所以他成为'示众'的材料，有'看客'。……在信息场里，人人是传达信息的符号。符号的所指是可以转移的，不是特定的，只有一个。符号各有特色，但不是特殊。符号需要解说，这便是信息。'示众'便是组成信息场。"(《从孔夫子到孔乙己》)且不说符号学、信息学是否属于文科，与文学的差异有多大，就是把这三门学科综合起来使用，恐怕能做到的人也不是很多，这也是金克木的会通思维所体现出来的能力。他是在用符号学、信息学解读孔子和孔乙己，但何尝不是在用孔子和孔乙己来解读符号学、信息学。

作为文化学者，金克木对数理化的掌握更是令人咋舌。在《燕口拾泥三题·四维空间》一文中，金克木对牛顿的三维空间和爱因斯坦的四维空间不仅了如指掌，而且用四维空间的理论来论说人才使用问题，非常有新意，而且也很形象，很生动："可能有的地方储备人才，留在那里，不用也不放，或则叫他改行干别的，过了些年用到他时，他知识老化，精力衰退，不是当年的人才了……这类事大概不会少了。这都是第四维——时间玩的花样。"对于人才,留而不用或留而改用都是对人才资源的一种浪费,这是金克木对人才资源管理的一种思考,也是他对改革开放出现的一些问题的忧虑。用数理化知识解释人才管理问题,这又是一种学科会通成果。

正因为他了解科学、哲学,所以形成了自己独有的宇宙观。他特别提倡读书人要懂一点天文知识:"看天象,知宇宙,有助于开阔心胸。这对于观察历史和人生直到读文学作品,想哲学问题,都有帮助。心中无宇宙,谈人生很难出于个人经历的圈子。""最宏观的宇宙和最微观的粒子电脑,多么相似啊!宇宙的细胞不就是粒子吗?怎么看宇宙和怎么看人生也是互相关联的。"他通常是在这样的思想境界里思考问题,其思想的博大精深,自然不言而喻。

20世纪中期,"全球化"的思潮带给中国学术界不小的"焦虑",面对东西文化的激烈交锋,金克木从科学发展史的角度俯瞰整个世界的文化发展进程,他指出"西方(欧)文化里的东方(亚非)成分本来就不少,后来几乎是东方文化向西方发展的文化史。西中有东,东中有西,难以隔绝。"他认为从古时代代相传的文化之"统",是在变化当中传下来的。虽然形式有种种改变,但是思想之"统"没有变,中国传统思想之"根",就存在于六部经书里(《周易》、《老子》、《尚书》、《春秋》、《毛诗》、《论语》);其中《周易》是核心,是思想之体;《老子》是用,两者相辅相成,是中国传统思想核心的两面,等等。从他的散文里,读者感受到的不仅是一个学者、散文家,更是一个地地道道的思想家。他通过自己相通的文理知识不断地对人类社会的发展、东西方文明的进步进行着梳理、比较与重组,希望找到一条创新之路。

313

在知识更新、多学科知识综合交叉渗透的今天,金克木的这种创作思维模式无疑是一种成功的尝试,它给人们带来的思索和启迪也将是多方面多层次的。

"当前世界趋向可以一言以蔽之曰通。交通、通讯、交流、对话、传播以至于商品和资金周转、信息流通,还有系统、控制、耗散等名堂,全是不通就不行。科学技术的术语如潮水一般涌向文学哲学，反而科学技术的理论思想倒是越来越接受或接近文学哲学，也是在互通。其实这不过是人类对自己和自然界的认识越来越通了而已。不好的文章叫做不通。现在人类作的一篇大文章要通了，要续断了。"① 文学做通了就具有强大的艺术生命力，学问做通了就可称之为渊博，而文化做通了则能使国家、民族的传统与现代文化具有强大的、永久的生命力，若把什么都做通了，我们的国家就可以成为世界强国。

金克木晚年散文会通思维的表现形式之一是"对话"，金克木自己说过："中外文化互相冲击，我们需要关心一下当前世界思潮中的问题，并且参加进去对话。不是只提供情况和资料，不是只说自己的意见，而是对话，以平等的地位，不高也不低，参加到世界思潮中去。这样的对话需要知己知彼，互相沟通。"在知己知彼的基础上来平等对话，这就是会通。为什么要通？"只见冲突，不见汇合；只见袭古，不见创新；只见其同，不见其异或只见其异，不见其同，是不能理解历史的真相的。""中国境内各民族怎样互相同化和异化是不应当片面理解的。片面看自己也会片面看别人。片面看历史也会片面看现在。这样的片面结论用于实际行动是会出乱子的。""不全面认识自己和别人的文化，凭'想当然'做起事来往往会收到同预计相反的结果。"② 金克木在吸取各种文化精华的基础上还有所发展："'学以致用'是句老话，'不要读死书'是句新话；但从学问的本身说来，无所谓有用无用；而从学的人这方面说来，只要真学就真有用，就是说，至少所学直接对己间接对人都有影响；所以，如果我不把'用'的范围定得太褊狭，在学习的时候，我们就该事先注意这学习所应有的结果。这样便不能生吞活剥地读书，给人家当收音机；学的经过也就应当大致分做：学——思——行；打个比方说：吸收——消化——营养。"所以

---

① 金克木：《续断》，《金克木/咫尺天涯应对难》，人民日报出版社 2007 年版，第 67 页。
② 金克木：《北京对话》，《金克木/咫尺天涯应对难》，人民日报出版社 2007 年版，第 297—299 页。

金克木才说,读书一是读"书",再一个就是读"人"。"读'书'是以我为主,我寻材料供我用,和查考辞书类书的目的一样;所以读的书,也无所谓好坏,凡可以供我利用的都要读。""读'人'却不然。读一人的著作,想见其为人,于是尊之为师,敬之如友,研其思想,学其品行,择善而从,不善则改,所注意的是见解,所学习的是做人,不嫌狭隘,但求贯通。"① 唯有如此,才能真正做到学以致用,社会要发展,人类要进步就要不断从书本中吸取各种养料,学到各种本领。

"文学的背后是文化思想,重要的是思想通气。通得不一定对,更不见得准,但一通气就会扩散而产生力量。相似的容易通气。不相似的应该通气。看错了对方也不要紧。""我国的近代、现代文化所受外国影响中可能最深的是日本以及日本所学的德国(他们起先学荷兰,称为'兰学')。弄清日耳曼文化对了解我们自己也有好处。"② 以此类推,弄清其他文化,不论是哪个国家、哪个民族、哪个朝代,对于现在的中国文化的发展都是有好处的。金克木作为一位有社会责任心的文化学者,如何为本民族的发展与腾飞寻找一条可供借鉴之路是他不断追求的目标。金克木"会通"的思维模式是由较为稳固的内容支撑起来的。在打通横向地域文化时,对东西方文化择其善者而用之,择其不善者而弃之,既不崇洋媚外、妄自菲薄,又不故步自封、夜郎自大;在打通上下时代文化时,既提倡古为今用、又不穿凿附会,既不厚古薄今、也不厚今薄古;在打通各种学科时,注意挖掘文学的本体意义,努力把文学批评提升到科学的地位上。这种广泛而高远的"打通",使得金克木在文化的海洋中进得来、出得去、提得起、放得下,在先哲学的峰峦上站得高、望得远、登堂入室、出神入化,使其具有了对中西文化进行宏观审视的高度和整体反思的深度。

因此金克木的会通既是跨越不同历史时段和思想流派的知识领域,通向历史精神的大处,是一种历时性的纵通;又是跨越不同语种和学科的知

315

---

① 金克木:《读书》,《金克木人生漫笔》,同心出版社 2006 年版,第 222—223 页。

② 金克木:《文学史三题》,《金克木散文选集》,百花文艺出版社 1996 年版,第 190 页。

识领域，通向人类心智的深处，是一种共时性的横通。所以会通以因时、因地、因人而异的多种方式，既可以在时代智慧中获得一个"新"字，在传统学术中获得一个"实"字，又可以在深刻识力中获得一个"深"字。这新、实、深三字相互冲突和不同配比，使会通在流动中实现自己的兼容性和创造性，从而成为一个具有广阔的世界视野和与时俱进的方法论概念。

［作者单位：泉州师范学院文学与传播学院］

诗化散文与现代性
——以余光中为例兼和杨朔比较

倪金华

引言

当代台湾散文从 20 世纪 50 年代至今的发展过程中，历经时代风云的跌宕起伏，文化思潮的激荡交融，呈现出多彩多姿的文学风貌。怀乡散文、学者散文、诗化散文、佛教禅理散文、乡土散文、都市散文、政治散文、环保散文、原住民散文……林林总总，层代迭出，意象纷呈。伴随着台湾社会的现代化进程，体现出台湾散文的现代性追求。

台湾散文批评家郑明娳、林央敏与何寄澎，密切观察研究台湾散文的发展规律，关注散文文体与台湾社会历史发展进程之间复杂的对话关系，分别概括台湾散文发展蜕变的重要趋势。郑明娳指出"类型整合、中间文类的诞生、科际整合的潜力"是当代台湾散文发展的重要特征。[①] 林央敏在其文章《散文出位》中指出散文向诗出位的部分作品，"有意在散文中经营诗的特质，运用诗的神技替散文美容，或为语言的、或为意境的，使

---

① 郑明娳：《现代散文类型论》，大安出版社 1987 年版，第 292 页。

散文晶莹如诗"①。其中尤为引人注目的，是 20 世纪 60 年代以来，以余光中、杨牧等人创作的诗化散文，追求散文的现代化，以"诗化为先声"，随后散文革新风气渐开，"糅合小说、戏剧表现方式以创新体者，尤觉后来居上，至堪注目"②。可见台湾 20 世纪八九十年代散文的剧烈变革，可追溯到 60 年代开始的散文文类跨越的现代性转型时期。因而本文将把讨论的重点放在"诗化散文"与现代性的联系上，以余光中的散文理论主张和创作实践为例，考察诗化散文的某些特质，兼和大陆散文家杨朔的"诗化散文"主张与创作比较，探讨二者之间的异同，进而与散文理论界相关的"诗化散文"理论相参照，探讨"诗化散文"的现代性追求的意义和价值。

一

"现代性"作为一个历史、文化概念，不仅为我们提示了一个新的理论角度，更提示了一个广阔的历史视野。从历史的眼光来看，余光中在 20 世纪 60 年代提出的散文革新主张与创作实践，体现出鲜明的现代性追求。

20 世纪 50 年代的台湾散文创作，由于当时特定的时代氛围与历史背景的限制，成就并不大。兴起于 50 年代中期的怀乡文学思潮，主要表现去台人员和一些文人对大陆故土的眷恋，抒发思亲怀乡的感情。作者大多从自身经历入手，回忆过去年代的人和事，反映时代的动荡不安，以及人民的疾苦和忧患。苏雪林、谢冰莹、张秀亚、徐钟佩等前行代女作家，把大陆的文艺经验带到台湾，促进了台湾文学和五四时期文学的接轨，从女作家的抒情文字之优美，可以明显地看出冰心体散文的影响。一些表现日常经验的随笔体散文，谈论自然、人生，具有浓郁的个性色彩。

---

① 林央敏：《散文出位》，见何寄澎主编《当代台湾文学评论大系》(5)，第 113 页。
② 何寄澎：《当代台湾散文的蜕变》，见李瑞腾主编《中华现代文学大系·评论卷》(2)，第 417 页。

在 60 年代，以余光中、杨牧、管管、张健等为代表的台湾诗人，不但以现代诗影响了文学界，在散文的现代性追求上，也取得了引人注目的艺术成就。他们接受现代主义思潮的影响，变革传统的散文观念，借鉴现代诗的艺术手法，题材有所开拓，不再限于以柔美为主的抒情、叙事，而是以新的感性去开拓散文的新境界，带来了丰富的审美趣味的变化。

余光中在六七十年代论述散文理论的文章，多集中在《剪掉散文的辫子》(1963)、《论朱自清的散文》(1977)，以及《左手的缪斯》(1952—1963)、《逍遥游》(1963—1965)、《望乡的牧神》(1966—1968)和《焚鹤人》(1968—1971)的前言、后记中。他对五四以来的散文创作和台湾文坛当时的现状进行批评反思，提出现代散文的审美新范式，集中起来有如下三个方面：

第一，反思五四以来散文创作的历史与现状，分析其缺陷。余光中指出："一般认为，目前最流行的散文，在本质上，仍为五四新文学的延伸。也就是说，冰心的衣裙，朱自清的背影，仍是一般散文作家梦寐以求的境界。某些副刊与国文课本的编者，数十年如一日，仍然以为那样子的散文才是新散文的至高境界。浅显的文义，对仗的句法，松懈的节奏，僵硬的主题，不假思索的形容词，四平八稳的成语，表现的无非是一些酸文人的孤芳自赏，假名士的自命风流，或者小市民的什么人生哲学，婆婆妈妈的什么逻辑。这一切，距离现代人的气质和生活，实在太远太远了。"[①] 他认为"朱自清是二十年代一位优秀的散文家"，但是朱自清散文的章法、句法、修辞手法和文章的境界，"用古文大家的水准和分量来衡量，朱自清够不上大师"[②]。

第二，特别强调现代散文和现代诗的关系，推崇现代诗作者创作的散文。余光中根据自己的写作经验，称自己"因为习于写作，我的散文颇接

319

---

① 余光中：《我们需要几本书》，《余光中散文选集》，时代文艺出版社 1997 年版，第 272 页。

② 余光中：《论朱自清的散文》，《余光中散文选集》，时代文艺出版社 1997 年版，第 140 页。

近诗"。"诗是我的抽象画，散文是我的具象画，诗是我的微积分，散文是我的平面几何。"① 他说："我认为，台湾的现代散文，如果不是纯自现代诗脱胎而来，至少至少，也该是后者的一个师弟。没有接受过现代诗洗礼的作者，恐怕大多与现代散文无缘吧。"② 余光中在写于 1976 年 7 月 12 日的文章《谁来晚餐？》中指出："现代散文，则是现代诗一手带大的小弟弟。这件事，十三年前我在《剪掉散文的辫子》一文中早已预言，今日已成事实。看看《人间》、《联副》、《华副》、《幼狮文艺》等刊物上的散文吧，有几篇是能够免于现代诗影响的呢？目前的情形是：现代诗人之中，不少能写一手漂亮的散文，但是散文家中，有几位能写像样的现代诗呢？"③ 对于散文作者来说，多读好诗，对于培养抒情散文的写作技巧和胸襟，自然是有很大帮助的。我们考察当代台湾散文的发展，从叶珊、夏菁、管管、张晓风和简媜等人的创作中，的确会看到现代诗对散文的影响。

第三，提倡散文革新，提出现代散文的现代审美范式。余光中在检讨了伪学者的散文（指西而不化的洋学者文体与文白夹缠的国学者文体）、花花公子散文、浣衣妇散文的不足之处后，提出了兼顾"弹性、密度和质料"的现代散文（modern prose）审美范式。他在 1972 年出版第四本散文集《焚鹤人》的前言中，进一步阐明了自己的散文观："此地所谓的'现代'，是指作者必须具有现代人的意识和现代人的表现方式。所谓现代人的意识，是指作者对于周围的现实，国际的，国家的，社会的种种现实，具有高度的敏感；这种敏感弥漫字里行间，不求表现而自然流露。……至于现代人的表现方式，是指这一代的青年作者对于文字的敏感和特有的处理手法。适当程度的欧化，适当程度的文白交融，当代口语的采用，对于现代诗及现代小说适当程度的吸收，以及化当代生活

---

① 余光中：《六千个日子》，《望乡的牧神》，纯文学出版社有限公司 1974 年版，第 128 页。
② 余光中：《我们需要几本书》，《余光中散文选集》，时代文艺出版社 1997 年版，第 272 页。
③ 余光中：《谁来晚餐？》，《青青边愁》，纯文学出版社有限公司 1977 年版，第 98 页。

的节奏为文字节奏的适应能力，这一切，都是现代散文作者在技巧上终必面临的问题。"① 可见余光中不仅重视散文作者写作技巧上的问题，更是强调了作者必须具有的"现代人的意识"。

作为一个经历战乱年代，跨越中国大陆、中国香港、中国台湾及美国等几度文化时空的作家，余光中的诗文中所具有的强烈的现代人的意识，自然是萦绕于心的"中国意识"。郑明娳认为余光中的散文《地图》、《万里长城》和《蒲公英的岁月》里"溢满了磅礴的中国意识"。② 余光中带着故乡的记忆，涵咏在中国古典文学之中，抒发他对故乡的美感。我们且看余光中在《蒲公英的岁月》③ 中的描写："当喷射机忽然越离跑道，一刹那告别地面又告别中国，一柄冰冷的手术刀，便向岁月的伤口猝然切入，灵魂，是一球千羽的蒲公英，一吹，便飞向四方。再拔出刀时，已是另一个人了。"新奇而又富于动感的比喻，写出了告别中国的深刻感觉。在蒲公英的岁月中，"西顾落日而长吟：'一片孤城万仞山。'但那边多鸽粪的钟塔，（丹佛城的）或是圆形的足球场上，不会有羌笛在诉苦，况且更没有杨柳可诉。"化用古诗词典故，倾诉离别之苦。"旧大陆，新大陆。旧大陆。他的生命是一个钟摆，在过去和未来之间飘摆。"长短句式参差、重叠，诗化色彩浓郁。郑明娳认为"余氏的散文常常要读者视觉、听觉、嗅觉与味觉同时'享受'。"④ 我们不仅从余光中的散文理论主张中，而且从他的散文创作中，也会深深地感受到他对散文现代性的追求。

应该指出的是，余光中的散文观念与他的散文创作是在不断发展变化的，他所追求的，是一种能够充分表达自己的个性与才情的文体。在20世纪60年代至70年代中期去香港中文大学任教之前这一段，余光中批判和冲击旧有的文学审美规范，关注创作主体的现代性审美感觉表达方式，追

321

① 余光中：《我们需要几本书》，《余光中散文选集》，时代文艺出版社1997年版，第272页。
② 郑明娳：《余光中论》，《现代散文纵横论》，大安出版社1986年版，第108页。
③ 余光中：《余光中散文选集》，时代文艺出版社1987年版，第239页。
④ 郑明娳：《余光中论》，《现代散文纵横论》，大安出版社1986年版，第108页。

求现代诗的西化，追求散文的诗化，"以诗为文"、"为文近诗"，求变、求新、求独创，表现出一种特立独行的现代散文观，创作了《逍遥游》、《四月，在古战场》、《蒲公英的岁月》、《听听那冷雨》等意象丰奇、节奏铿锵的作品。后来，他又追求散文的纯体例，在他 1987 年出版的自诩为"我的第一本纯散文集"《记忆像铁轨一样长》的序言中，宣称"三十几岁时，我确是相当以诗为文，甚至有点主张为文近诗，现在我的看法变了，做法也跟着变了"①。他意识到"把散文写成诗，正如把诗写成散文，都不是好事"，于是他对自己过去"以诗为文"的创作主张进行反省与纠偏，创作了《催魂铃》、《牛蛙记》、《我的四个假想敌》和《沙田七友记》等本位散文。

我们从余光中对于散文审美规范的不断变化中，可见他特立独行的人生姿态。他对于散文现代性的追求，是与他的强烈的生命主体意识和求新求变的创新意识分不开的。他追寻西方文艺复兴以来的但丁、华兹华斯、艾略特等文学巨人的足迹，学习西方而不拘泥于西方；追摹我国古代文人韩柳欧苏等人的艺术风范，反叛传统而不彻底抛弃传统，执著于精神生命的超越，追求人生的永恒，融会中外，通变古今，体现了现代性的精神，为现代散文在台湾的发展，开创了一条崭新的路子，推动了台湾散文现代性书写的历史进程。

二

当我们把考察的目光转移到海峡此岸的时候，会发现大陆在 20 世纪 60 年代前后的散文创作，与台湾有着几乎相似的"诗化散文"的提倡与书写，在一个相近的历史时期而又不同的文化背景空间里，作为当代散文三大家之一的杨朔，以他鲜明的诗化散文理论主张和创作风格，奠定了他在

---

① 余光中：《记忆像铁轨一样长》，《余光中散文选集》，时代文艺出版社 1997 年版，第 455 页。

当代散文史上的重要地位，并给此后的散文创作带来了广泛的影响，形成了新中国成立后 17 年散文最为显著的诗化散文思潮。

从杨朔的人生阅历和创作历程来看，他在创作初期显然缺乏余光中从中国大陆、中国香港到中国台湾，再到美国的几度不同时空的穿梭和经历，更没有余光中学贯中西、浸淫于东西方文学经典的审美经验。只有小学毕业程度的杨朔，更多靠的是在艰难困顿的战争环境中自学英语和文学写作，半生过着戎马生活，用自己的笔，写作反映抗日战争、解放战争和抗美援朝战争的通讯、散文。1954 年从朝鲜回国后，主要从事外事工作，由于工作上的关系，他奔走于欧、亚、非等许多国家，写下了大量反映各国人民反帝反殖民主义斗争的散文。与余光中右手写诗，左手写散文不同的是，杨朔"用笔战斗"，辗转于不同的战争战场，还写下了中篇小说《锦绣山河》和长篇小说《三千里江山》。而真正奠定杨朔在当代文学史上的地位，给他带来声誉和影响的，是他在诗化散文风格趋于成熟，进入高产期的诸多名篇佳作，如《香山红叶》、《海市》、《荔枝蜜》、《茶花赋》、《雪浪花》、《樱花雨》等。

与余光中喊出"散文革命"口号，将现代主义的诗歌艺术形式引进诗歌创作，追求诗化散文相似的是，杨朔也有自己的诗化散文理论主张。他说自己在写作时，"总是拿着当诗一样写"，"常常在寻求诗的意境。""总要像写诗那样，再三剪裁材料，安排布局，推敲字句，然后写成文章。"① 他喜欢引用优美的古典诗句入文，常托物言志，借景抒情，文求简约，意求深藏，重视语言文字的简洁凝练，兼容口语之活泼与古文之素雅，表现出浓郁的诗意和情韵。

如果说，余光中的诗化散文理论主张，来自于纵的继承和横的移植，是在自觉寻求中国古典诗学的现代化与西方诗学的本土化在中国现代散文的会通与交融，不断开拓艺术视野，因而他的审美现代性，内在地蕴涵、

323

---

① 杨朔：《东风第一枝·小跋》，《杨朔散文选》，作家出版社 1961 年版，第 220 页。

生长着一种自我否定、自我挑战的力量，表现为一种与时俱进的时代意识和历史进步的眼光、情怀和信念，体现了现代性的基本精神；那么，杨朔则主要来自于他从小刻苦自学，以写古体诗起步，经过不断的人生历练与创作实践，总结形成了自己的诗化散文的艺术主张。他在思想观念上，秉承了载道、征圣、宗经的散文传统，继承了我国古典文学的审美范式，运用托物寄情、情景交融的艺术手法，去进行诗性意象和意境的营造。

如果说余光中的诗化散文注重语言运用的弹性、意象复合的密度和词汇的品质琢磨，在文字的风火炉中炼丹。杨朔的诗化散文则更侧重于散文诗意的提炼、意境的营造、布局的精巧和诗意人物形象的描绘，在语言文字运用上反复推敲，做到凝练传神、有声有色。

余光中的诗化散文，写的是真实的自我的人生经历与体验。《掌上雨》（1959—1963）、《逍遥游》（1963—1965）、《望乡的牧神》（1966—1965）、《焚鹤人》（1968—1971）、《听听那冷雨》（1974—1977）五部集子中的诗化散文作品，可以看成是他用诗笔融汇时代变幻风云，抒写自我人生情怀之作，表达了他对祖国故乡的眷恋，也表现了他对西方文明的赞美，是一位有着强烈爱国心而又受过欧美现代教育的高级知识分子对人生的记录和心态的反映，展现了他对现代生活的敏锐感受与诗情，同时也容纳了对于国家、民族的历史叙事。

杨朔的诗化散文，写的是幻化为诗意的"大我"。"总是以诗人的风姿，在作品中扮演抒情角色和塑造诗意人物。他每篇作品中的'我'，都是胸怀坦荡，同情弱者，富于幻想而细致，热情敏感又多思，无论在何时、何地、何种情景，都是怀着诗心和诗趣的。"[①]就连《雪浪花》中的老泰山那样的人物形象也是诗意化了的。

余光中的最爱，是诗歌，他首先是作为一个诗人而闻名的。杨朔则首先是战士，长期随部队出入战场，"用笔战斗"，他创作的二百多篇散文，

---

① 张振金：《中国当代散文史》，人民文学出版社 2003 年版，第 45 页。

从不同的角度，反映了抗日战争、解放战争的漫天烽火，反映了抗美援朝的浴血搏斗，描绘了社会主义崭新的生活画面。应当说，他的诗化散文创作是他经过丰富的人生经历和漫长的创作历程之后，走向风格成熟时期的结晶。但是由于时代的局限和作者艺术视野的狭窄，文化心理构成的单一，散文由"诗化"而演变为"模式化"，给后来的散文创作带来了一些负面的影响。后来，当人们反思20世纪60年代诗化散文思潮的缺失和作家局限时，有人指出杨朔"只抒写时代的美好和诗意的一面"，在表现某种时代精神时，"显得勉强和做作"，"作品中的'我'，常常不是真实的'自我'，难免有矫饰之感"。① 若是从现代性的视角反思，其根本的问题就在于杨朔的诗化散文创作，脱离了作家的个人主体性意识，"作为主体的个性和自我被消解了"②。

我们从现代性的框架来重新思考诗化散文与历史和现实的关系，会发现诗化散文与社会的历史发展进程密不可分，也与创作主体的主体性意识紧密相连。随着政治的、经济的、社会的和文化的复杂的互动关系的推进和影响，余光中和杨朔所倡导的"诗化散文"主张和创作实践，因应时代的变革要求和人们求新求变的审美心理，在20世纪60年代前后，在海峡两岸分别形成了诗化散文的创作热潮，并影响了当时和此后相当长一段时期内的散文创作。我们从余光中身上看到，作家的现代感受力，来自于他的批判智慧和浪漫主义的探索精神的结合，他能够敏锐地感受到现代意识和现代精神的变化，追求文学的自主性的审美意义，追求创作方法的新奇与变异，体现了作家精神的主体性和心灵的自由化，因而也使得余光中散文的艺术魅力更为感人，艺术生命也更为永恒。

325

我们高兴地看到，在20世纪80年代众声喧哗的台湾散文多元化的创作格局中，诗化散文一脉代有传人，以张晓风、杜十三、林燿德、简媜等为代表的诗化散文创作，文字搔首弄姿，意象跳跃变化，文意转折呈现，

---

① 陈剑晖：《中国现当代散文的诗学建构》，江西高校出版社2004年版，第249页。
② 同上。

在散文与其他文体整合的创新实验中，继续开拓出新的创作局面。而大陆新时期散文也随着改革开放的步伐得到进一步发展，新生代散文创造者注重强调独立人格自由精神的表达，散文的现代诗化追求手法也有不少创新。舒婷、周涛、王小妮、斯好等追求散文的诗性表现，文字出奇鲜活，节奏跳荡变幻，意象复叠移换，鲜明地表现出诗化散文的现代性特质，与台湾诗化散文的现代性风格逐渐接轨了。

三

诗文互渗的艺术传统由来已久。关于散文与诗歌密切的血缘关系，前人多有论述。在现代散文理论中，对于散文创作中的诗意追求和散文批评的以诗衡文，李广田、梁实秋、朱光潜、朱自清等现代作家和理论家也多有探讨。

余树森关注诗化散文的"诗意"和"意境"，他认为"诗歌对于散文的艺术渗透，主要是热情和想象，具体表现在散文里，便构成所谓'诗意'和'意境'"。"所谓'诗意'，我认为乃是一种流动状态的美丽的情感和想象……而'意境'，即是凝晶状态的美丽的情感和想象……当美丽的情思和想象，附丽于一定的客观景物时，方能构成意境。""好的散文总是贮满诗意的。"他和余光中一样看中诗人写的散文，认为"诗歌在艺术上对于散文的渗透，在诗人写的散文里往往表现得更突出"①。

326 祝德纯认为诗歌、散文都是旨在写情的语言艺术形式，因而他特别注重从诗与散文的相似点，深入探讨散文意象的美学特征和新颖的意境创设。他认为"散文和诗歌一样，也是借助于意象来传达感情、暗示思想的，所以，描述意象，组合意象就成了散文表情达意的一种艺术形式"②。而"散文作者和诗人一样，也追求一种情和景、意和象的艺术融合

---

① 佘树森：《散文创作艺术》，北京大学出版社 1993 年版。
② 祝德纯：《散文创作与鉴赏》，中国社会科学出版社 2002 年版，第 87 页。

与统一，也期望创造一种主观内情与客观物境交织渗透而构成的艺术境界。……散文是靠清新、深远、独特的意境来感染读者的"①。

从以往的理论文章来看，"意象"和"意境"成为探讨诗化散文的关键字眼，诗化散文的诗意离不开作家对于作品中的意象和意境的艺术建构，换句话说，审美意象和意境的组构，就是散文的诗学，散文家往往是通过意象的组合和意境的营造来增强散文的抒情性。而"意象"和"意境"，本是中国诗画艺术理论的结晶，也常常被视为诠释诗歌作品的专门术语。我们今天在探讨诗化散文的美学特质时，也常用来探讨诗化散文的核心生成因素。郑明娳和陈剑晖在他们的散文理论专著中，都列出专门章节进行探讨，对散文意象进行仔细的分类，剖析其意象构造，确定散文意象创造的美学原则。

由于散文这种文体样式有其独特的美学规定性，诗化散文在运用审美意象和意境的营构上，它更适合于集中表达作者独特的情感与思想，从而更富于艺术的张力和魅力。我们看到，杨朔的诗化散文意象，多用浅显的象征艺术手法构成，往往借助单一的自然意象的描绘寄托情思。诸如：香山红叶、荔枝蜜、雪浪花、山茶花、蚂蚁山等，一人一事，一景一理，一个有意义的生活片段，一番有诗意的思想情感，借助托物言志的比兴手法，卒章显志，从而获得诗化的艺术效果。在意境的营造上，为文造情，重外化而轻内省，违背了现实的真实性和自然美，意旨失之浅露。

而余光中的诗化散文意象，纷繁复杂，感觉丰富，表现力强烈而又多元，有现代诗的怪诞与跳跃，有古典诗的弹性与奇幻，有现代绘画的变形与抽象，且融汇了现代戏剧的象征与夸张，表达出鲜明的感性与知性的交融，因个性的充盈和主体人格的朗照而闪耀出诗化散文的文体光辉。从余光中的作品中，我们可以信手拈来：

"四月发育着，在他的脚下，发育着，流着，爬着，歌着。茫茫的风

327

---

① 祝德纯：《散文创作与鉴赏》，中国社会科学出版社 2002 年版，第 87 页。

景，茫茫的眼眸。茫茫的中国啊，茫茫的江南和黄河。三百六十度的，立体大壁画的风景啊……"

——《四月，在古战场》

"黄昏是一只薄弱的耳朵，频震于乌鸦的不谐和音。"

——《塔》

"惟北有斗，不可以挹酒浆。有一种疯狂的历史感在我体内燃烧，倾北斗之酒亦无法浇熄。有一种时间的乡愁无药可医。"

——《逍遥游》

"航空邮简是一种迟缓的箭，射到对海，火早已熄了，余烬显得特别冷。"

——《望乡的牧神》

"比起来，台北是婴孩，华盛顿，是一支轻松的牧歌。纽约就不同，纽约是一只诡谲的蜘蛛，一匹贪婪无魇的食蚁兽，一盘纠纠缠缠敏感的千肢章鱼。"

——《登楼赋》

在余光中的笔下，充满了种种活泼的意象，视觉、听觉、甚至触觉，都被描写得跃然纸上。有精致的意象，或繁复的意象；有叠合的意象，或扩张式意象；有瞬间感受的呈现，有思绪的放射性跳跃。难怪夏志清评价余光中"是当代最有独创性，最多姿多彩的散文家"。[1]

由于余光中精心的经营编织，他的散文呈现出情景交融、虚实相生的形象系统，开拓出丰富的审美想象空间，获得了更为丰富多样的诗性意境。我们再来欣赏两段余光中描写春天的精彩片段。

"三月风，四月雨，土拨鼠从冻土里拨出了春季。放风筝的日子哪，鸟雀们来自南方，斗嘴一如开学的稚婴。鸟雀们来自风之上，云之上，越州过郡，不必纳税，只须抖一串颤音。不久春将发一声呐喊，光谱上所有

328

---

① 黄维樑：《火浴的凤凰——余光中作品评论集》，纯文学出版社 1979 年版，第 342 页。

的色彩都会喷洒而出。樱花和草莓，山茱萸和苜蓿，桃花绽时，原野便蒸起千朵红云，令梵高也看得眼花。"

——《九张床》

"我的春天啊，我自己的春天在哪里呢？我的春天在淡水河的上游，观音山的对岸。不，我的春天在急湍险滩的嘉陵江上，拉纤的船夫们和春潮争夺寸土，在舵手的鼓声中曼声而唱，插秧的农夫们也在春水田里一呼百应地唱，溜啊溜连溜哟，咿呀咿呀呀得喂，海棠花。他霍然记起，菜花黄得晃眼，茶花红得害初恋，营营的蜂吟中，菜花田的浓香熏人欲醉。更美，更美的是江南，江南的春天，江南春。春水碧于天，画船听雨眠。"

——《四月，在古战场》

《九张床》和《四月，在古战场》是余光中 1965 年在美国盖提斯堡学院讲学时先后写下的文章。前段是景中藏情，从对春天景物的动态描写中，透露出作者对春天的喜爱之情。后段是情中见景，由眼前美国的春天，展开自己的丰富联想与想象，诱发出自己浓郁的思乡情怀。

从现代性的视角来看，作家在审美意象和意境方面的艺术匠心，的确是离不开作家审美体验上的现代性与艺术表现上的现代性。作家要用自己的形式，忠实地表达出个人真切的因而也一定是独特的情志，体现在汉语的现代性表达上，要融汇口语、文言和外来语，在审美现代性和汉语现代性相交叉的坐标点上，创造出新的便于表达现代人生存体验的诗化语言，显现出诗化散文的现代性特质和美学价值。

329

结语

从诗化散文的文体互渗，到散文理论阐释的话语互渗，我们看到了诗化散文创作与批评的互动发展与艺术整合趋势，恰好能与文化发展的历史状况相呼应。从审美现代性的发展态势来看，面对如今文化大规模的复制、生产和大规模消费的时代，原先从混沌中分离出来的文体样式，作家们又试图使它们重归混沌，这似乎已经成为当今文学创作的一个趋势。因此对于诗化散文创作，立基于创作主体的自觉建构和现代意识，我们有理由期待诗化散文在传递现代人们的审美体验和艺术功能上，有更加完美的艺术范式和新境界的出现。

[作者单位：华侨大学文学院]

中国台湾岛 20 世纪的变迁容颜：
黄春明散文论

萧 成

中国台湾著名作家黄春明的文学世界是一轴色彩缤纷的画卷，尽管他的散文不如其乡土小说那样蜚声中外，但仍然以其率性见真、爱憎分明、明快坦荡的个性占据了这轴画卷的绚丽一隅。1988 年结集的《等待一朵花的名字》，是黄春明出版的唯一一部散文集，所收录的作品的时间跨度非常大。它主要由两个部分组成：第一部："随想"，收录了 10 篇作品；第二部："乡土组曲"，收录了 15 篇作品。在开篇的"自序"中，黄春明将自己成为作家的来龙去脉简明地写了出来，并衷心感谢他中学时期的一位老师的批评，庆幸自己没有误入"歧途"，最后走上了"为人生"的现实主义创作道路。换言之，文学创作对于黄春明而言，既不是一种消愁解闷的工具，也不是单纯获取"稻粱谋"的手段，而是要借助它在时代大潮中发现和解释、怀疑和确定、反省和认清人生价值的本质追求。

刘勰在《文心雕龙·时序》篇中曾云："文变染乎世情，兴废系乎时序"。黄春明所处的时代是中国台湾从传统农业社会向工业社会，直至向后工业社会过渡的时代，因此他的创作自然地会"染"上中国台湾社会的"世情"，"系"上"变迁"的"时序"。黄春明一生的经历相当丰富、坎坷，因而他的散文创作视野亦相应的比较开阔，作品题材所涉及的面可谓相当宽泛：既有对童年生活的亲切回顾，对社会变迁的客观摹写，对丑陋时弊的无情针砭，对人文景观的刻意描画，对民族历史的深入挖掘，对个人际遇的诚挚诉说，对亲友好友的深沉缅怀，以及对乡土愁绪的缱绻抒发，等等。这些散文篇章，不论是叙事、议论，还是抒情、论辩，都凝聚了他对土地与人民深厚的感情，鲜明呈现出了作者的"真性情"。

黄春明散文中的一个首要内容，就是反映时代的变迁。这类散文有：《往事只能回味》、《屋顶上的番茄树》、《啊！火车》等。黄春明以社会批评与文明批评的方式，真实叙述了自己对 50 年来中国台湾社会变迁、发展的独特感受，既追怀了逐渐消逝的古老乡土，又揭示了现代社会的崛起。写的大多是平淡生活中一些不会被人注意的细微琐屑的小事，不过这些小事一到他的手中，由于开掘得很深，因此带给人们的启示与感触也就特别复杂与丰富。《往事只能回味》一文就是在如诉家常的语调中，娓娓道出人世的变迁和自己追思往日的情怀。文中有这样一段关于"牵猪哥"职业变迁的叙述：

> 而这一头公猪最引人注目的是，两只后腿中间夹着硕大发亮的睾丸包；也只有对具有这么大规模的睾丸包的公猪，才配得上和我们称兄道弟，称它为"猪哥"。其实所有的猪哥的睾丸包，都长得十分跋扈，并不是两只后腿夹它，是它把两只后腿往两边挤开，害得后腿走起路来，还得往外一步一步赔小心，板眼一点也不许含糊。因而上面肥大的屁股，不能不大幅度地左右款摆，特别显得动荡不安了。

从上述生动形象的描写，让人们领会了"牵猪哥"这个职业中所带有的古老色彩。随着社会的发展，"牵猪哥"这种"落后"的职业已经被新型的更为科学的职业所取代了，然而新型的"配种"方式，却因其冷冰冰的科学性，使之丧失了职业的趣味与人生的况味。作者在文章中还插叙了过去和现在两个社会婚姻缔结的不同方式，在怀想中肯定了过去岁月中的人情美。文章最后写道：

> 　　等我稍一定神，我才发现社会变迁的脚步，狠狠地把牵猪哥的老人踏到后头去了。那些跟牵猪哥有关的俗语、歇后语和谜语也离开了现在的生活。这些曾经让语言丰富，让语言生动的语汇，再过后也就没人知道了。当然，今天自然会有今天的语汇产生，但是，目前除了制造许多触目惊心的语汇，例如环境污染、核子战、能源危机等之类的新名词外，在我们的生活语言中，又为我们增加了几个生动的语汇？我告诉我自己说："那一首曲子不是说了吗？往事只能回味。"

　　在这里，作者倾诉了一种恋恋不舍的心情，这是见识了人生沧桑之后的惆怅心情。换言之，由于特定的文化历史背景，面对城市中的喧嚣，怀乡思旧，怀念故乡的山水亲人，使作品流露出浓浓的人情味。作者也由此对台湾城乡的变迁提出了深刻的省思，既反映出中国台湾乡村面貌的历史变迁，又反映出昔日乡土人情的醇厚感人，那永恒的美好的人间真情，其深刻与感人是作家记忆深处难以忘怀的。于是他形诸笔墨，表现了对中国台湾乡土和亲人的恋情。也透过城乡不同生活状况的对比描写，展示中国台湾社会芸芸众生相，写出社会的变迁和人情的隔膜。至于《屋顶上的番茄树》一文，则带有很明显的"自传"色彩，将个人的成长史、家庭史，以及城乡变迁史交融在一起，写出了半个世纪以来中国台湾社会中人们的悲欢离合，以及思想观念的变化，从而折射出城乡的发展历史。黄春明在这篇文章中花了不少笔墨介绍自己："我姓黄，名春明，因为在二十八年前，一个春光明媚的季节里，我是黏附在春神的足踝上的一粒发酵的种，当春的脚步降临到罗东浮仑仔，同时我也来了。八岁那年，母亲撇下我们五个，扛走了一块墓碑，据石匠说，那块石头本来是要做成石磨子的。我是老大。我们五个是一副重担，压在曾经缠过脚连自己都站不稳的祖母肩上。当然，我们五个小孩就跟着动荡了。我一直挨打长大的。我读过好多

333

学校：罗东中学、县城中学、电器行学徒、北师、南师、屏东师范。当教员时学生们喊我黄哥哥，当过两年通讯兵，曾在石门水库给水工程处拿圆锹十字镐，现在是宜兰电台编辑。"这段文字言简意赅地将黄春明的个人成长史和家庭史叙述出来了。这段丰富的人生经历，成了他后来写作中取之不尽，用之不竭的素材。在这篇散文中黄春明还追述了在三年级时发生过的一件事。有一次上美术课，老师要学生以"我的家"为题作画。黄春明按照自己家房子的实际样子，在屋顶上画了一棵番茄树。不过比例有些失调，番茄树比房子都大，还长着红番茄。老师看了，勃然大怒，问道："你画的是什么？"他说："番茄树。"老师打了他一记耳光，又问："你到底看过番茄树没有？啊？"他捂着挨打的脸颊说："看过。"老师又一记耳光，说："你还说看过！"他说："老师，我真的看过。"老师拉开他的手，又一巴掌，把他的鼻血都打出来了。文章接着写道：

> 我的鼻血流出来了。同时脑子浮现出屋顶上的番茄树来，我冷静地说：
> "我家的屋顶上就长了番茄树。"
> "你种的？"这下没打我。
> "自己长出来的。"
> "骗鬼！"又想打我，但他把半空的手缩了回去。"屋顶上没有土怎么活呢？骗鬼！"
> 这时祖父的话浮出来了。我说：
> "想活下去的话就有办法。"其实那时我还不懂这句话的意思。
> "如果你不想活了你就再辩！"他举起手威胁我。我反而放下手，把头抬起来站好。好像要为真理牺牲的样子。当然，那时什么都还不懂的。

在作者描写的这个细节里，人们可以很容易地就看出黄春明桀骜不驯、自尊坚韧的性格。由此可以想见，在他小说中所出现的那些"小人物"身上，为何都闪烁着这种"想活下去的话就有办法"的精神光辉。除此之外，在这篇散文中，作者还饶有兴趣地叙述了一些乡村趣闻，爱吃死鸡的姨婆，以及大闹野戏台等故事，都表达了他对往事的留恋，也透露了中国台湾社会的变迁，因为那些场景是永远不会再现了的。

黄春明散文中还有不少感慨人生，反映岁月沧桑之作：《相像》、《愕然的瞬间》、《等待一朵花的名字》、《啊！火车》，以及《母亲的手》就属于这类性质的散文。黄春明十分重视生活与创作的关系。他的散文题材都是他从生活中观察、提炼出来的。从他散文琐屑平凡的描写中，人们可以了解到他那丰富的生活阅历，看到他接触过的多姿多彩、纷繁复杂的人和事，感受到他那浓厚的生活情趣和对生活的态度；而且他很擅长以素描或速写的方式给人物画肖像，抓住对象的重要特征，三两笔就勾勒出人物的精神风貌。《相像》一文中就有这样的文字："我有一个妻舅。他从中学时代就被同学叫作'马脸'，一直到今天，这个令他气也无可奈何的绰号，还是比他本名受用。就是说一个陌生人第一次见他的脸：只要这个人这时脑子稍有休闲，且是见过马的，他一定马上会联想到'马'这种动物，即使在南北极见不到马的地方亦如此。然而，他心里暗暗惊叹着说：'怪怪，这个人的脸怎么像马像到这种地步？'是的，一点也不错，这位妻舅的脸不但很长，尤其人中的部位长得又宽且长的盖着下唇的模样，真像是从一匹马那里移植过来的。"这种"特写"式的刻画，很自然地令人物形象跃然纸上。此外，作者还以同样的笔法勾勒出了妹妹和她养的母狮子狗"Honey"的相像、阿蕊和她养的杂种哈巴狗"来旺"的相像、补鞋匠和他的拳师狗的相像，以及一对企业家夫妻的相像。在此过程中，作者不停地探究"相像"的根本原因，最后用下面的一段文字告诉了人们答案：相像这种外象的互为因果关系，道理已经很显然了。但是内象的变化，仍然是令人困惑的。这种相像不仅限于人与狗，人与人的关系。……好比说某些体制吧，看它养着什么，或是被什么养着，细细观察之下，不难发觉某些

335

相像的模样来。当然，谈到非个体与非个体的相像，那岂谓感情使然？的确，"相像"的根本原因之一，就在于"感情使然"。依此类推到台湾社会出现的各种"相像"的现象，其中的原因恐怕就更为复杂了，值得人们深究。至于《愕然的瞬间》这篇散文，则采用叙事与抒情相交织的手法，表达了一种"己所不欲，勿施于人"的人生感慨。小说通过回忆自己当教师时出于善意而造成的一件遗憾的事，对于自己在无形中造成的伤害表示了深沉的忏悔之意。文中有这样一段文字：

> 在他们之间，对廖永土叫"摇船的"并不是存心羞辱对方的意思，相反的它是一种腻称。再说，在他们的学校生活中，"摇船的"已经摇了四五年了，早就附有一份浓重的感情在，它是有生命的，我不能活活扼杀它，扼杀他们之间的一种关系，也扼杀了他们之间的文化。怎么办？我相反的有个期盼，盼望着那一天孩子们，又以亲切的口吻叫声"摇船的"让我听到，但是，我却像破坏了生态；其实，是破坏了小圈子里的文化生态，这要让它恢复原来的面目是不可能的事了。

由此可见，作者自以为是的行为，即使是出于善意，也会造成难以弥补的伤害，因此，我们不要轻易去改变一些已经形成的人文关系和文化生态，否则，一旦改变了，就会如文中所说的那样"要让它恢复原来的面目是不可能的事了。"《等待一朵花的名字》和《母亲的手》这两篇散文，在艺术手法上有一些共同之处，都采用了以意象结情的手法，从记忆之河中精选个性特征突出而又鲜明的意象，给予集中而又具体生动的描写，形成凝结往事、情感，以及记忆的磁力场，从中编织与之有关的人事变迁，从而产生具体感人的艺术魅力。《等待一朵花的名字》写得声情并茂，作者以细腻的笔触，以"垃圾花"为意象结穴，联结自己关于乡村的温馨回忆。文章通过作者探寻偶然在乡间见到的一朵不知名野花名字的过程，将台湾社会今昔变迁融会其中，以当今乡土社会的年轻人不识野花的情形，感慨了乡土社会无情消逝的情形，当最后从一位老阿婆处得知了此花名为"垃圾花"时，在惊诧与愕然中，回首反思自身的经历，点明自己就像是那朵"垃圾花"，虽然绽放着美丽的风姿，但是却于乡土毫无价值或意义，感慨自己已经从乡土之子，彻底蜕变了。在这里，"垃圾花"不仅是一种个人的象征，也是一种普遍性人生的见证，伴随着"垃圾花"摇曳的是作者对人生的慨叹与沉思，而人们的心也随之感觉到那起伏不定的情感波涛。而《啊！火车》一文中有这样一段："据说开始有火车的那一阵子，兰阳平原像一锅滚水，看火车，看火车去！看了火车的人，晚上有做噩梦的，有的年轻人，田里的工作也不干，整天跑去看火车，小孩子对火车更是抱着无穷无尽的幻想，他们现在都是阿公阿婆了。呜——！啊！火车啊！"作者仅用如此简短的一段文字，不仅让人们看到了火车满载的"历史变迁"，而且让人们感受到作者感情涟漪的波动。《母亲的手》则是一篇很短的文章。全文如下：

> 　　一个人伤心的忍不住痛苦的时候，通常是会哭的，哭罢心头总是宽多了。有时候伤心的人自然而然也会哼哼歌，但是通常是不会哼轻快节奏的调子。
>
> 　　难怪以前小学的时候，上下学经过妓女户一带，时常可以听到那些苦命的女郎，在没有生意的时候，倚门懒懒的哼着雨夜花之类的歌。我猜想，那歌曲的每一字每一句和曲调，一定像是一只母亲的手，轻轻地揉着她们的伤口吧？
>
> 　　二三十年后的今天，到酒家喝酒的人，叫来一大群小姐关在房间花天酒地。别人虽看不见她们怎么脱衣陪酒，但是雨夜花之类的歌声，和着敲击酒瓶碗皿的节奏，就从门缝溢出来，那么这样的雨夜花的歌声又是怎么样的一双手？是马杀鸡，或是鸡杀马的手的爱抚吧！

作者以"母亲的手"这一意象所带来的不同时代意义来表现文明批判与社会批判的主题。即以"母亲的手"所象征的安慰、爱抚意味,反衬了当今台湾社会酒家中"马杀鸡,或是鸡杀马的手的爱抚"中所隐喻的"世纪末"的及时行乐况味,谴责了台湾社会的日渐堕落、糜烂和颓废。

随着黄春明社会文化视野的日渐开阔,也愈发能体验人生的况味,他的文化批判精神也得到了进一步加强,常常从不经意间捕捉到的社会细微现象的表面中透视到底里,深入挖掘其本质;换言之,他就像医生一样对现实施以"拆开"或"拆穿"式的精微、深入的剖析,从而使作品的深刻性得到不断加强。《从"子曰"到"报纸说"》、《小三字经,老三字经》、《感伤的脚步走向黑暗》,以及《改掉吸奶嘴的习惯吧》就属于这一类的散文作品。《从"子曰"到"报纸说"》一文,可以同黄春明的小说《现此时先生》一道进行"互文性"阅读。都批判了大众传播媒介中的虚伪性和荒谬性。在信奉"子曰"的时代,人们确实感到"古人诚不欺我";而在"报纸说"的时代,编造、杜撰的假新闻,却会令人送命。因此作者提醒人们在当今这个文化工业兴旺发达的时代要谨慎,因为所有与"报纸说"相类似的,譬如电视、广告、广播、电影等一切大众传媒,都是以其文化垄断形成的"权威"来慑服人与控制人的,人们绝对不可以盲目迷信或崇拜大众传媒。文章就这样通过捕捉现实社会中看似一闪即逝的现象,竭力挖掘其内在的深远内涵,将"一言一动之微,一沙一石之细"的社会现象,经过无情而有力的"穿拆"解剖之后,使其真相与本质很自然地就显露在人们面前了,而那遮蔽人眼的社会帷幕也就被掀开了一角,隐藏于其间的丑恶亦曝光于天日之下。《小三字经,老三字经》一文则在回忆往事的同时,并不掩饰对国民性痼疾的暴露。文章以嘲讽的口吻叙述道:

> 有人说在这个地球上,有阳光的地方,就可以看到中国人。我说有中国人的地方,就可以听到老三字经。今天在西风更彻底席卷之下的我们,在我们的生活,我们的身上,要找到纯粹的中国化,已经所

剩无几。老三字经是其中之一，十分道地。奇怪的是，同时遭受冲击
与洗礼的，除了正面的影响之外，中国人抢救文化的结果，不是抱
尸，就是像王大妈家着火，她奋勇抢救，抱出来的是一只马桶，还脱
了竹篛，屎尿沾了一身，隔火傻眼看着房子化烟升天。该救没救，可
以放弃的，却紧抱不放。

在这里，作者从中国人"国骂"的批评，进而深入文化批判，嘲讽了
中国人盲目抢救"国粹"的行为，从而提醒人们对传统文化应采取辨证的
"扬弃"态度，而不可一味食古不化，当然也表达了重建国民良好的道德
风尚的愿望。显然，该文是由物质文明上升到精神文明的层面上来思考。
这种随时随地进行的社会批判与文化批评，始终是黄春明不懈坚持的创作
圭臬，他坚决将形形色色的假恶丑现象曝光于太阳下，使之枯萎、死亡。

与之相关的另外两篇文章：《感伤的脚步走向黑暗》和《改掉吸奶嘴
的习惯吧》，亦属于这类针砭时弊的文化批判之作，既是对中国台湾社会
当下现实的激情而理性的批判，又体现了黄春明作为一个知识分子事事关
心的入世精神。《感伤的脚步走向黑暗》一文如下："当西洋的文化登陆本
土到处践踏的时候，引起一些文化斗士的觉醒，这是何等的庆幸啊！但是
庆幸之余，我们看到这些斗士手上握得出汗的武器，竟是过去的，破旧生
锈的刀枪，都是感伤的时期，无可奈何和宿命的东西。当他们列阵过街杀
敌时，显然像迎神赛会、狮阵、宋江阵吹吹鼓游街。无怪乎，西洋货误以
为受欢迎，而笑纳盛意，大哼特哼助兴。如果这些手握老武器的是一般老
百姓，那不但情有可原，还是令人起敬，但是他们竟是什么家那个家这个
家的知识分子啊！"而《改掉吸奶嘴的习惯吧》一文则这样叙述道：

339

　　抽烟斗就是抽烟斗
　　一个小孩子在外头受到大孩子的欺负，忍俊着眼泪跑回家。见了
　母亲，却哇一声大哭起来。说有多冤就有多冤，尽在哭声中。母亲把

他搂在怀里安抚。很意外地感觉到沐浴在母亲的怀抱中，竟是这般的享福，多哭几声，多换一点在母亲怀抱中的时间。这时被欺负的事情也忘得一干二净了。

有一天这小孩子长大成人了，母亲早就过世。他在前程奋斗的过程受到挫折、颓丧之余，这种挫败感类化成童年受大孩子欺负的经验，而以母亲哼过的歌谣转化成母亲，于是这个大孩子就唱这么一支歌。不知不觉中，斗志被软化了。

妈妈你在哪里？他如是呼唤着不已，但是他自己并不很清楚。那个挫折的经验，化成恶魔的阴影，把守在他的前程的关卡。他萎缩，他呼唤他的母亲。他没想到他的年龄已比母亲过世时还老。

这两篇文章都不长，均为数百字的短文，但是却揭露了台湾都市社会中普遍存在的一种现象——失掉了自信心与自主能力的生存状况。面对这一切，作者严厉批判了造成人的"异化"的现代都市文化，表现了作家深沉的忧患意识。

值得注意的是，在黄春明的散文中，《战士，干杯》是一篇具有特殊的历史警示意义的作品。文章通过台湾雾台乡一个名叫"熊"的鲁凯族家族四代男人的真实故事，不仅揭示了台湾"原住民"的悲剧历史，而且为一个多世纪以来台湾普通民众的苦难史做了一个形象诠释。文中以平淡的叙述呈现了一段震撼人心的历史：

……我好奇的摘下镶在桌上的烛光，移到群像面前，除了耶稣受难图那一张，每一对眼睛都炯炯发光的逼视着我。其中令我受到几分惊吓的是，排在耶稣旁的第二张独立人像，他竟然是一个日本兵：头戴战斗布帽，背后及两侧垂下遮阳的布片，这是太平洋战争，派遣到南洋地区的日军打扮。这一张人像很明显的就可以看出来，它是从团体照去部分放大的，在左下角还切进别人的半个头进来，画面粒子很粗，几乎快变成高反差效果的程度。

"这位日本兵是谁？"

"我妈妈的丈夫。"熊在厨房回答我。

……

"我妈妈说他在菲律宾战死了。日本人说他很勇敢，墙上还有他的奖状。"

我的视线马上被隔壁第三张的人像吸引过去了。他是一位军人。但是帽子就不一样，是早期国军的小布帽，他的画面效果和第二张的日本兵一样粗糙，也是从团体照放大过来的照片。

"日本兵的隔壁这一张是谁？"

"噢！你说那一张共匪……"

熊回答话的方式，一直叫我紧张。

"共匪？"

"是啊，他是台湾光复后，最后一批去大陆打战的，我们村子里有好多人去了。听说他们都被八路军抓去当共匪的匪兵。"

我看不到在厨房的他。在昏暗中他的话好像从四周冒出来，听得很清楚。

"他是你们家的谁？"

"我老爸啊。"

……

341

"怎么，肚子不饿啊？这是我的大哥。"他引我看大镜框里面的小照片，指着穿迷彩装的国军说："他也死了。他是蛙人，有一次出任务的时候为国牺牲了。看！"他指着另外一张彩色照片。"这是在乡公所的追悼会，部队长也来了。听说是到大陆突袭，被共匪打死的。但是，部队长在追悼会说，我大哥他们的任务完成了。很伟大。"

……

"这是我二哥。他没死。他退役之前，他们被选上莒光连。现在在海上捕鱼。他也是雾台乡的马拉松选手。"他指着戴大盘军帽的照片，又接着指一群马拉松选手照片当中的一张脸孔。

……

"你祖父有没有照片？"

"怎么可能？又是在我们山上。"

……

"他没当过兵吧？"

"没有。但是跟日本人打过仗。"稍停了一下，"还有我祖父的父亲……"

"曾祖父。"

"对，我的曾祖父也打过仗，和你们平地人……"

"汉人。"

"对，和你们汉人打过很多次的仗。罗牧师说，我的祖父和曾祖父他们很幸运，他们都为我们鲁凯族自己打过仗。"

由上述文字可以看出，这一家数代的命运，可谓囊括了整个20世纪中国台湾的历史和命运。作者的笔触并未停留于惨相的表层描绘上，而是由此及彼地进行联想，进而从更深的层次发掘出造成悲剧的罪恶根源："对山胞而言，从历史来看，他们只有被攻击而已。所以这个比喻的另一个意义是抵抗；只要还有一兵一卒，就还有希望。这里没有个人，只有种族、民族的集体意识，把个人的牺牲视为度外的哲理，不知是熊懂得这个道理，或是这道理已经成为山地人的文化中的文法，每个人不用懂得也会做。"因此，面对那些战士的相片，作者表达了极度的愤怒："我为这个家庭，为这个少数民族，还为我的祖先来开拓台湾，所构成的结构暴力等等杂乱的情绪，在心里喃喃叫天。"如此沉痛的呼声，引导人们追索与质疑"谁之罪？"与"谁之责？"的重大问题。这篇散文的确是关注台湾"原住民"文学中最具有自我审判意义的作品之一。由此可见，直面历史、对历史进行深刻的反思，并从这种反思中获取于我们今天有益的经验和教训，这就是我们宝贵的精神财富。

黄春明还写了一些反映文化差异与探讨民族性问题的散文——《我爱你》和《琉球的印象》。《我爱你》这篇散文生动说明了传统文化在中国人心底的积淀，形成了中国人含蓄、内敛的性格，不善表达感情的中国人，无法以"我爱你"这类显得有些赤裸裸的语言来直接表达内心的爱意，不过却有更为丰富、曲折而戏剧性的表达方式。作者用生动的叙述将这种情况以大相径庭的方式表现出来了。例如一个心疼太太的丈夫，听了太太整夜咳嗽，希望她赶快去看医生这件事。在一般百姓的日常生活中，这个丈夫通常会用方言这样说：

"干你娘咧！嗽、嗽、嗽给我听有什么用！又不是没钱让你看医生。"还装一副臭脸。

太太只有继续咳嗽，一边做家事没有回答。其实她字字听在心里，知道丈夫关心她、爱她，觉得很愉快，她又咳嗽了。

先生到外头转了一圈回来，看到妻子还在厨房摸东摸西，他又开腔了。

"你这种查某人嗽死好了，嗽死您老爸再娶一个幼齿的……"

太太听了这句话，不咳嗽了。她说："我就知道你希望我早一点死……"说完难过的又咳嗽起来了。

……

不过，如果这件事是发生在国语连续剧里，那么丈夫和妻子的对白就变成这样了：

先生听太太咳嗽，心疼得说：

"兰，我请假带你去看医生。"

"噢，亲。"太太感动地说："不用了。"结果先生假是请了，留在

343

家多了一次生小孩的机会。

……

不过，这件事如果是发生在外国人身上，那么就又是另外一种场景了。

上班出门前，他关心太太咳嗽说：

"亲爱的，没问题吧？"

"我想不会有事。亲爱的。"

"你的咳嗽不看好，每一声都刺痛我的心。"

"亲爱的，我会照顾自己的，放心。"

先生搂住她要亲吻，太太用手指堵住他的嘴。"我不怕，我不怕，我愿意……"

由上述三个画面，人们可以看出，黄春明是相当善于经营人物对话的。他运用与人物身份、表情贴近的语言，不仅将语言中所包含的文化韵味展露了出来，而且把台湾社会中人与人之间被隐藏和遮蔽起来的感情也表达出来了。文章结束之时，更进一步说明了中国人，特别是使用方言的人，在现代社会所处的不利地位：说真的，惯用方言的人，就是这么笨于表达爱。难怪在吞吞吐吐之间，慢了半拍，叫直截了当的西化表达方式占了上风，结果心爱的女孩子，给已经西化的国语爱用者，或是老外阿啄仔娶走了。时至目前，男娶女嫁的比例，方言社会的女性，嫁给西化途中国语社会，和西化先进欧语社会的男性，比方言社会的男性，娶西化途中中国语社会，和西化先进欧语社会的女性，少得几乎不成比例。当然导致这样的结果，有更多的主要原因，语言性格固然可以拿来当做玩笑谈扯一番，但要认真也可以找出问题省思一番。

在这里，作者通过见微知著的方式，将不同民族与生活环境中的人在语言使用、性格体现等方面的差异给揭示了出来，从而挖掘出了其中深藏的"和而不同"的文化问题。文章从表面上看，谈的似乎是生活中常见的现象，但是隐含在其间的文化批判意义却是相当丰富的。

至于《琉球的印象》，虽然是一篇普通的游记，但作品的核心内容并不在于"记游"，描绘的也不是什么异域风光，或名胜古迹，而是将文章的重点放在对琉球人文化性格的探讨上面。文章从琉球人辛酸的历史写起，追溯了琉球和中国、日本之间错综复杂的历史文化关系。发现琉球人的文化与中国有更多的相似点，琉球人性格的成因与他们历史上始终处于夹缝中小心求存的处境有着莫大的关系。文中对此有一段很精辟的论述：这种形成压力的外来势力，在琉球人的心理化成权威，让他们在历史中，一直为这巨大的阴影惧怕。久而久之，一代传一代，惧怕外力的心理，表现在外在的行为，却是讨好进贡求生的生活方式，并且不知不觉间就生根，而结成琉球人对外过分亲切的情结。也是一种媚外的情结。至于到后来，当有形的外来势力，把粗暴残虐的侵略行为技术化、合法化之后，叫琉球人的直觉无法发觉外来势力存在时，琉球的小孩也不会感到任何阴影和压力。可是，他们和心底仍然存有阴影的大人生活在一起，看到大人对外人特别殷勤的招待时，上一代媚外的情结，就像遗传因子，从文化生活的空气中，不声不响的传给下一代，而使琉球人无法摆脱这种情结。因而琉球人对自己、对自己的文化失去信心。

很显然，琉球人之所以会形成这种"媚外"的性格，是一种历史文化长期积淀之后形成的一种集体潜意识。由此作者深刻反思了与琉球人有着相似文化的中国人，提醒人们不要忽视自己的民族性中也可能出现与琉球人相类似的问题：有一天，我们的国家真正的步上民主，而绝大部分的人要是和我一样，没有勇气，没有决心，没有办法从心理深处，把自己从崇洋媚外的情结的桎梏解放出来的话，在国际社会的舞台上，我们仍然是精神文化的侏儒。由此可见，如果不从历史文化的根子上去挖掘我们民族性中存在的问题，那么即便社会经济再繁荣，民主的脚步迈得再快，但"我们仍然是精神文化的侏儒"。

黄春明散文创作中，涉及民谣题材的作品数量相当多，它们集结起

345

来，一起反映了黄春明对民间文学与民间艺术的基本立场——以辩证的态度努力保存与抢救这些宝贵的文化遗产。这类作品有：《丢丢铜仔》、《一个可爱的乡村歌手》、《使我想起来了》、《产生民谣的时代》、《老调和新声》、《民谣的歌词》、《嗨呵！嗨呵！嗨哟呵！》、《算术民谣》、《一支令人忌讳的民谣》、《台湾民歌札记》等。其中《走！我们回去》虽然写的是西班牙游击队员的故事，但也仍然与民谣有关，表现了民谣之于民族精神的重要意义。《丢丢铜仔》和《一个可爱的农村歌手》，均指出了民谣因其所含有的巨大趣味性，从而与人们的生活产生了密切关系。而《使我想起来了》这篇，则显出了一点"学术论文"的味道，作者仔细辨析了一支流传甚广的恒春民谣——"思相枝"名称的来龙去脉，发现这一名称存在以讹传讹之误，其实应该是"思想起"，甚至有可能是"使想起"，文章通过这个辨析过程，呈现了民谣发展的历史，以及这段历史上所记录与流传下来的人生经验。《嗨呵！嗨呵！嗨哟呵！》和《算术民谣》，都是讲民谣的实用性价值。前者以太平山伐木工人唱歌所唱的民谣，指出这种产生于劳动中的民谣的实用性价值；后者则通过宜兰养鸭人家做生意时所唱的算术民谣，揭示了民谣的商业性价值。至于《老调和新声》、《产生民谣的时代》和《台湾民歌札记》，均为介绍台湾民歌与民谣的历史发展过程之作，不仅将经过岁月潮水冲刷与湮没的如烟往事一一发掘出来，而且还使人们通过不断演变的民谣——这个象征着台湾民间社会人文精神和文化灵魂中，看到台湾社会变迁的历史面影。

346　　　　现代著名作家郁达夫在论及五四散文特征时曾说："作者处处不忘自我，也处处不忘自然与社会，就是最纯粹的诗人的抒情散文里，写到了风花雪月，也总要点出人与人的关系，或人与社会的关系，以抒怀抱，一粒沙里见世界，半瓣花上说人情，就是现代散文的特征之一。"[①] 这段话在黄春明的散文中可以说得到了充分印证。黄春明始终严肃直面现实人生，从

---

① 郁达夫：《〈中国新文学大系·散文二集〉·导言》，赵家璧主编：《中国新文学大系》，上海良友图书印刷公司 1935 年版。

未忘记自己作为一个作家的职责，总是尽力从生活中撷取题材以表现对时代社会的感受。他的散文虽然不以旖旎风光、交融情景和俊俏文字骋其所长，但却是有意运用丰富的社会生活阅历和平民化的素朴文风统观全局气势，以敏锐的观察力和深刻的剖析力表达他对政情世态的感受，以素描刻画人物，以速写勾勒场景，用随感自由议论、叙事与抒情，充分发挥了散文的社会价值，展现了散文之于人生的重要意义。他的散文语言上最突出的美学特质是自然无饰。他从来不堆砌华丽的辞藻，他的散文完全采用质朴无华的日常语言，"拉家常"般随便平常，让人们感受到他本真的心灵闪动，而这种平淡无奇是更高层次上的诗意栖居；更为难得的是，在他的散文中，既没有陷人于泥淖的苦闷，也没有陈腐的"头巾气"，亦见不到崇洋的"面包味"。换言之，他始终行走于现实主义的大道上，竭力实践着"为人生"的文学目标，他的散文不仅是他在一个个人生驿站上奋笔直书的记录，留下了他艺术探索的足迹，而且拓片下了 20 世纪中国台湾这座美丽宝岛变迁的容颜，因而他的散文自有其独特的社会价值和研究意义。

［作者单位：福建社会科学院文学所］

桃李不言，下自成蹊

——对王鼎钧作品在大陆研究和传播过程的考察

陈建宁

一

王鼎钧，山东临沂人，14 岁开始写诗，19 岁发表第一篇作品，抗战末期辍学从军，1949 年到台湾。1950 年代初进入中国广播公司，开始只是做剪报、贴资料的工作，后来才专门写稿。先后担任过中国广播公司编审组长、节目制作组长、专门委员等职务，并主编台北公论报副刊，征信新闻报副刊，中国语文月刊。1963—1966 年担任《中国时报》的主笔和"人间"副刊主编，并担任过幼狮公司期刊部的总编辑。1978 年应新泽西州西东大学之聘赴美，任双语教程中心高级研究员，编写美国双语教育所用中文教材。1990 年退休后定居纽约。虽然王鼎钧先生的许多重要作品如《人生三书》、《情人眼》、《单身汉的体温》等早在 20 世纪 70 年代就已在中国台湾出版，总发行量多达 60 万册，并且他本人也于 1977 年入选台北版的《中国当代十大散文家》，但由于两岸隔绝等原因，长久以来大陆的读者对其却相当陌生。楼肇明先生曾如是说："人们熟悉作为散文革新家的余光中的名字，而另一位也许艺术成就更大、意境更为深沉博大的旅美华人散文家王鼎钧，则是为大陆读者所知不多和相当陌生的了。"① 不过大陆一些早期的台湾文学史编纂者却很早就注意到了王鼎钧这个名字，在其所著或合著的文学史著作中对其予以介绍，如《台湾当代文学》（王晋民，1986）、《现代台湾文学史》（白少帆等，1987），认为王鼎钧是屈指可数的"一生真正从事散文创作而成就较大"的作家②，或是必须提及的"为人公认的散文名家"。③ 但却未能展开分析，不能不说是一种遗憾。不过这也不难理解，在整个中国台湾文学界对于大陆学者都是十分新鲜或曰陌生的情况下，怎能期望他们做进一步的研究？但无论如何，这些著作开拓了大陆读者的眼界，使王鼎钧这个名字第一次为大陆读者所知，其功绩不容抹杀。

最早把王鼎钧先生的作品带到大陆读者眼前的是原籍广东后定居香港的蓝海文。他在《台湾散文选粹》（湖南文艺出版社 1988 年版）收录了王鼎钧先生的《散文三帖》，使王鼎钧先生揭开了神秘的面纱，得以与大陆读者见面。不过由于他的身份特殊，故不能视为大陆学者的努力。真正起到拓荒作用的大陆学者是厦门大学的徐学先生和中国社科院的楼肇明先生。徐学先生在 1988 年出版《隔海说文：台湾散文十家》（厦门大学出版社 1988 年版）一书中收录了林语堂、梁实秋、余光中、王鼎钧等十人的部分代表作品，王鼎钧先生入选此书的作品是《那树》、《最美和最丑》、《石头记》、《杂念》、《旧曲》五篇散文，都是较能代表王鼎钧先生创作水平的作品，显示了编者独到的眼光。在此书中徐学先生对王鼎钧先生给予了非常高的评价："写散文、小说、诗，写广播稿、电视剧、文学理论，他方方面面都有建树，是文学界五项全能健将。读万卷书，行万里路，使他的散文无论是议论人生、抒发情怀、咏物记事皆有可观者，为当代台湾散文

349

---

① 楼肇明：《谈王鼎钧的散文》，《王鼎钧散文》，浙江文艺出版社 1996 年版。参见黄万华《文学史上的王鼎钧》，《齐鲁学刊》2005 年第 1 期。

② 王晋民：《台湾当代文学》，广西人民出版社 1986 年版。

③ 白少帆、王玉斌、张恒春、武治纯等编：《现代台湾文学史》，辽宁大学出版社 1987 年版，第 728 页。

作者群中出类拔萃的异数"。① 并结合作品如《杂念》、《旧曲》、《那树》进行了相当精当的点评。《隔海说文：台湾散文十家》一书的震撼作用是非常巨大的，一位读者这样说道："这本书，深深地影响了我后来的人生。这本书一直陪伴着我，20多年过去了，它仍是我的枕边书……历经了20多年的岁月，让我每每重读它时，都有对人生更为深切的感悟，它给了我对自然的浪漫情怀，对生活的细腻之爱，对生命的歌唱之心，对世间一切的感恩之情。"② 继徐学先生之后，楼肇明先生在 1991 年出版的《八十年代台湾散文选》中也收录了王鼎钧先生的作品——《最后一首诗》、《脚印》、《大气游虹》，并在《南天一隅，重峦叠翠，万壑争流的散文风景线——〈八十年代台湾散文选〉代序》中认为，如果说以林语堂、苏雪林、谢冰莹、台静农、梁实秋等在二三十年代就已在大陆成名的作家为第一代，在大陆度过了青少年时代，受过高等教育，到台湾以后才真正登上文坛的琦君、张秀亚、钟梅音、徐钟佩、思果、吴鲁芹、言曦、胡品清等人为第二代作家的话，那么，以余光中、王鼎钧、陈之藩、张晓风、许达然等人代表了台湾散文发展的第三代，这些作家多数在大陆度过了童年和少年，受教育则在台湾，在文坛上崛起也在台湾，他们大都接受了现代文艺的洗礼，大幅度地突破了现代散文的原有格局。他还认为，在台湾"散文革命"中，王鼎钧的成就最大，这源于他丰富的人生阅历和勤奋自学得来的广博文化历史知识，以及对不同文体的实验与把握。值得注意的是，徐、楼两位先生都深刻地把握了王鼎钧先生与同时期台湾散文作家的特异之处（不同的是徐学先生更多是从微观入手，而楼肇明先生则从大局着眼），这也是后来许多论者在评论王鼎钧先生时所广泛认同的。在这一年，徐学先生在《台湾新文学概观》（下）（黄重添、徐学、朱双一合著）中对王鼎钧先生作了更加深入的分析，但因发行量较小，未能引起学界的充分注意。到了 1993 年集台湾文学研究之大成的著作《台湾文学史》（下）出

---

① 徐学：《隔海说文：台湾散文十家》，厦门大学出版社 1988 年版，第 114—115 页。
② http://blog.sina.com.cn/s/blog_3d81ed83010004aq.html

版，徐学先生对王鼎钧先生的介绍和对其作品的分析才真正引起了学者的重视。此后，研究王鼎钧先生的学者开始多了起来，如庄若江、倪金华、黄万华等。与此相呼应，《台港文学选刊》、《读者》等多家报纸杂志也开始登载其作品。随后一些出版社也开始出版王鼎钧先生的作品，如：中国友谊公司（《大气游虹》，1994）；浙江文艺出版社（《王鼎钧散文》，1996）等。

二

但这并不是说，大陆读者就已经完全接受了王鼎钧先生，与学界的广泛赞誉不同，普通读者对王鼎钧先生并不"感冒"。《南方文坛》（1997年第4期）曾刊登楼肇明先生与浙江文艺出版社编辑汪逸芳女士的谈话，从这次谈话中我们得知，王鼎钧先生的作品卖得并不好——"市场上琼瑶三毛（与《王鼎钧散文》同时为浙江文艺出版社出版——笔者注）二三十万流转了……王鼎钧等还只第二版"，楼肇明先生并对王鼎钧先生作品销量不好的问题进行了分析，他认为，这种现象出现的原因，一是两岸所承继的散文传统不同，大陆方面主要是鲁迅，台湾方面主要是周作人；二是大陆读者对于台湾作家的"乡愁"不能感同身受；三是台湾的经济发展以及随之而来的台湾人对现代社会的时代病的感受均早于大陆，对此也不能深刻认同。应该说，这种见解是相当中肯的。不过我们还应该看到，当时的大陆流行着一股"散文热"——"大散文"、"艺术散文"、"学者散文"、"文化散文"、"小女人散文"、"新生代散文"，等等，各式各样的散文纷至沓来，这种繁盛而略显驳杂的现象影响了大陆读者对王鼎钧先生的作品的接受，毕竟，在已有几乎各种类型的散文的情况下，再接受一个"外来者"的"入侵"，是有些困难的。而且，王鼎钧先生的作品，这里主要指散文，不像琼瑶、三毛的散文那样"感性"，这也造成了王鼎钧先生散文在大陆不畅销的结果。

　　不过，随着王鼎钧先生的作品被越来越多的出版社出版①，加上读者口味的逐渐转变，王鼎钧先生也因而赢得了越来越多大陆读者的喜爱。2001年，《那树》被选入人民教育出版社所编的中学语文课本，标志着王鼎钧先生得到了中国知识界的一致认可，也为王鼎钧先生作品的传播制造了一个非常有力的平台，许多人正是借此知道和喜欢上了王鼎钧先生。这里不能不提的是，在这一时期的大陆，随着经济的快速发展，由此带来了一系列的、工业化国家都曾面临的问题，如都市文明发展的利弊、人与自然的冲突等，在这种情况下，王鼎钧先生对工业社会的批判性作品如《那树》才真正引起了大陆读者的共鸣。而他有关民国和抗战的回忆文章也暗合了这一时期大陆图书市场的"民国热"潮流，而论语言之优美、见识之深刻，又是同类作品所不及的，这也是他的作品能够为大陆读者认同的因素之一。一些读者对王鼎钧先生的作品非常喜爱，以致2006年在百度贴吧创立了"王鼎钧吧"，在贴吧中网民们相互交流、探讨。2008年google网上论坛又创立了"王鼎钧作品讨论区"，随后豆瓣网也创立了王鼎钧讨论小组，这些无疑都加速了王鼎钧先生作品的传播。而在一些著名的论坛上，也随处可见王鼎钧先生的作品，如在天涯里的"天涯博客"、"闲闲书话"中，就有王鼎钧先生的部分作品如《六字箴言》、《脚印》、《错误都不美丽》、《霓虹灯下的读者》。在一些文章中，作者显然对王鼎钧先生非常熟悉，王鼎钧先生的妙语也随手拈来。如在"新浪论坛"中有一篇《爱恨是玻璃板上的两滴水》，②就援引了王鼎钧先生的"爱情是我们内心深处的千回百转不舍昼夜"的说法。不难看出，从学院派的自吟自唱到为普通读者所喜闻乐见，王鼎钧先生作品的传播实现了一个很大的跨越。而只有深深扎根于读者当中，才有可能使作家获得长久的生命力。值得注意的是，在王鼎钧先生作品于大陆传播和接受的过程中，我们的作家保持了难能可

---

　　① 《昨天的云》，中国工人出版社2000年版；《风雨阴晴》，山东文艺出版社2004年版；《情人眼》，山东画报出版社2005年版。

　　② http://bbs.bj.sina.com.cn/thread-139-2/tree-177470-5662-19350.html

贵的操守：不因作品卖得好就沾沾自喜，也不因作品不畅销就怨天尤人，更不曾请人作所谓的"红包批评"（这一现象在中国大陆屡见不鲜），完全是凭借作品的独特魅力而为大陆读者所钟爱的。所谓"桃李不言，下自成蹊"正是对此的真实写照。

三

当然，目前在王鼎钧先生作品的研究方面还存在一些不足，如对他的作品的讨论大多囿于散文方面，而对他的其他体裁的作品，如小说、文论、回忆录等就研究的比较少，小说方面只有徐学先生《孤侠与乡愁——王短篇小说研析》[①] 等为数不多的文章，而且至今也没有他的传记。这不能不说是种缺憾。不过我们相信，随着时间的推移，对王鼎钧先生的关注和研究会越来越多，这种缺憾会得到弥补。

［作者单位：福建论坛杂志社］

---

① 见《台湾研究集刊》1994 年第 3 期。

编后记

    2008 年 4 月 29 日至 5 月 2 日，"中国散文的民族化与现代化"学术研讨会在福建泉州师范学院隆重举行。本次会议是由泉州师院省级重点学科中国现当代文学和《文艺争鸣》杂志社联合主办的，来自全国各高校、各学术机构的 80 位专家、学者参加了会议。会议取得了丰硕的学术成果，现将它结集出版，一方面以期在学术界中扩大交流面，汇聚更多有志于散文研究的同道者；另一方面也是主办方想为本次会议留一痕迹，以作永久的纪念与珍藏。

    本次大会围绕着"中国散文的民族化与现代化"议题，或以宏观视野的学理探讨，或以历史脉络的系统构建，或以作家文本的审美批评，为人们提供了散文批评的多重艺术视角和多元文化的诠释。著名学者杨义先生在大会主题发言时就指出，改革开放 30 年来散文研究所取得的巨大成就，是与中国学界的解放思想、追求创新密切相关的。他强调，中国人要有自己本土生长出来的话题，同时这个话题又是可以和西方对话的、开放的。汪文顶教授在致闭幕词时，总结了本次会议的三个特点：第一，学科研究视野扩大，特别是散文的理论批评获得宏观上的比较的视野；第二，研究队伍壮大，老中青三代学者汇聚一堂，在研讨中能相互沟通、平等对话；第三，与时俱进，关注新世纪散文的创作动态。

    泉州师范学院文学与传播学院拥有一个中国现当代文学省级重点学科

和一个校级散文研究所。在校领导和学术界同仁的关心和帮助下，本学科老师学术研究取得了一定的成绩，主持了国家社科基金课题"外国散文译介与中国散文的现代性转型"、中国博士后科学基金"西方随笔资源与中国现代随笔的话语实践"等项目，出版散文学术专著5部，散文学术论文50余篇，初步形成了一支散文研究团队。2008年，经学校遴选，"中国语言文学"一级学科被确定为首批申报硕士点立项建设授权的学科之一。因此，摆在本学科老师面前，任务艰巨，困难重重，希望学界同仁能一如既往地支持我们、鼓励我们。我们将抓住历史机遇，发扬团队协作精神，加强科研攻关力度，突破科研发展瓶颈，争取早日实现申硕目标。

黄科安

2009 年 11 月 18 日

355